W0349334

Johannes Bobrowski

Johannes Bobrowski

# GESAMMELTE WERKE

IN SECHS BÄNDEN

*Dritter Band*

Johannes Bobrowski

# DIE ROMANE

Herausgegeben von Eberhard Haufe

Deutsche Verlags-Anstalt
Stuttgart

Die Deutsche Bibliothek – CIP-Einheitsaufnahme

*Bobrowski, Johannes:*
Gesammelte Werke : in sechs Bänden /
Johannes Bobrowski. – [Ausg.] in 6 Bd. –
Stuttgart : Deutsche Verlags-Anstalt
Bd. 3. Die Romane / hrsg. von Eberhard Haufe. – 1999
ISBN 3-421-06356-7
ISBN 3-421-05169-0


Typographische Gestaltung: Hans-Joachim Schauß
Schutzumschlag und Einband (unter Verwendung einer
Fotografie von Johannes Bobrowski; Foto: Roger Melis, Berlin):
Susanne Gerhards, Düsseldorf
Druck und Bindearbeit: Jütte Druck, Leipzig
Printed in Germany
ISBN 3-421-06356-7 (geb.)
ISBN 3-421-05169-0 (Studienausgabe brosch.)

INHALT

# LEVINS MÜHLE

34 Sätze über meinen Großvater

Roman

# 1. KAPITEL

Es ist vielleicht falsch, wenn ich jetzt erzähle, wie mein Großvater die Mühle weggeschwemmt hat, aber vielleicht ist es auch nicht falsch. Auch wenn es auf die Familie zurückfällt. Ob etwas unanständig ist oder anständig, das kommt darauf an, wo man sich befindet – aber wo befinde ich mich? –, und mit dem Erzählen muß man einfach anfangen. Wenn man ganz genau weiß, was man erzählen will und wieviel davon, das ist, denke ich, nicht in Ordnung. Jedenfalls es führt zu nichts. Man muß anfangen, und man weiß natürlich, womit man anfängt, das weiß man schon, und mehr eigentlich nicht, nur der erste Satz, der ist noch zweifelhaft.

Also den ersten Satz.

Die Drewenz ist ein Nebenfluß in Polen.

Das ist der erste Satz. Und da höre ich gleich: Also war dein Großvater ein Pole. Und da sage ich: Nein, er war es nicht. Da sind, wie man sieht, schon Mißverständnisse möglich, und das ist nicht gut für den Anfang. Also einen neuen ersten Satz.

Am Unterlauf der Weichsel, an einem ihrer kleinen Nebenflüsse, gab es in den siebziger Jahren des vorigen Jahrhunderts ein überwiegend von Deutschen bewohntes Dorf.

Nun gut, das ist der erste Satz. Nun müßte man aber dazusetzen, daß es ein blühendes Dorf war mit großen Scheunen und festen Ställen und daß mancher Bauernhof dort, ich meine den eigentlichen Hof, den Platz zwischen Wohnhaus und Scheune, Kuhstall, Pferdestall und Keller und Speicher, so groß war, daß in anderen Gegenden ein halbes Dorf darauf hätte stehen können. Und ich müßte sagen, die dicksten Bauern waren Deutsche, die Polen im Dorf waren ärmer, wenn auch gewiß nicht ganz so arm wie in den polnischen Holzdörfern, die um das große Dorf herum lagen. Aber das sage ich nicht. Ich sage statt dessen: Die Deutschen hießen Kaminski, Tomaschewski und Kossakowski und die Polen Lebrecht und Germann. Und so ist es nämlich auch gewesen.

Nun steht noch an, glaubhaft zu machen, daß die Geschichte erzählt werden soll, weil es anständig ist, sie zu erzählen, und Familienrücksichten keine Rolle spielen. Ob es anständig ist, sagte ich vorhin, hängt davon ab, wo ich mich befinde, das muß ich also vorher noch feststellen, und dann muß ich die ganze Geschichte eben erzählen, sonst bekommt man kein Urteil darüber.

Feste Urteile hat man schon gern, und vielleicht ist es manch einem egal, woher er sie bekommt, mir ist es jetzt nicht egal, deshalb werde ich die Geschichte auch erzählen. Man soll sich den klaren Blick durch Sachkenntnis nicht trüben lassen, werden die Leute sagen, denen es gleich ist, woher ihre Urteile kommen, und das hat schon etwas für sich, die Kunst zum Beispiel wäre ohne dieses Prinzip nicht so heiter, wie Schiller sich das denkt, aber wir werden doch lieber Sachkenntnis aufwenden und genau sein, d. h. also, uns den klaren Blick trüben.

Immer trübe, immer trübe,
nur man ja kein' Sonnenschein,

hätte Prediger Feller gesungen, der Glaubensheld, doch das führt jetzt zu weit. Wir fischen hier im Trüben diesmal, wir fangen etwas, ohne vorgreifen zu wollen, etwas, was uns ganz wunderbar leicht eingeht, es sind ein paar Figuren dabei, von denen wenigstens eine ganz so schön aussieht wie wir, aber sicher noch ein paar mehr.

Ich sitze – das ist die Beantwortung der Frage: Wo befinde ich mich? – einige hundert Kilometer Luftlinie westlich von jenem Weichseldorf. Ich weiß nicht, ob es das Dorf noch gibt; es ist unerheblich. Die Leute von damals gibt es nicht mehr, nur uns, Enkel und Urenkel. Und es könnte ja sein, daß es völlig nutzlos wäre, die ganze Sache jetzt zu erzählen, genau so nutzlos, wie wenn ich sie damals meinem Großvater aufgetischt hätte – später, als er in Briesen saß und noch immer genug hatte, als alter Mann, dasaß in drei Zimmern und Küche, mit seiner Frau allein, mit den Kindern entzweit, die auch alle genug hatten für sich und ihrerseits die Entzweiung mit den Enkeln betrieben. Mit Erfolg, wie ich weiß. Und hier, wo die Einleitung zuende ist, abgeschlossen mit der Andeutung einer Besorgnis, von der ich hoffe, daß sie grundlos ist, fängt die Handlung an. Gewissermaßen der zweite Satz.

Rechts Glaubensstimme, links Evangeliumssänger, zwei schwarze Bücher, in schwarzem Kaliko, gut erhalten, einen knappen Meter über dem Sandweg. Man kann das gut erkennen, obwohl die schönen Bücher hin und her geschwenkt werden von dem lächerlich langen Mann, der sie an den lächerlich langen Armen trägt. Ein schwarzer Mann mit kleinem Kopf, auf dem ein schwarzer Hut sitzt. Aber was wäre der Kopf ohne den schwarzen, lang herabhängenden, in zwei blanke, steife Schnüre auslaufenden Schnauzbart, dieser kleine, schmale Kopf mit den Kalmückenaugen, dieses blasse Gesicht wie saure Milch. Prediger Feller kommt über den Fußweg von der Chaussee, wo sonst die Schafe entlangkommen, abends, wenn die Schwalben zum letzten Mal in den Wind schießen, und jetzt ist es Vormittag, später Vormittag, wo die Schwalben noch einmal kurz unterwegs sind, ehe es heiß wird.

Das Haus sieht aus wie zugeschlossen, aber es ist auf. Wenn man herumgegangen ist um den Garten und durch die Pforte neben dem Hoftor, das zu ist, sieht man: Die Haustür ist offen, auf dem Schwellenstein steht der Ganter Glinski und sieht sich seinen Gegner an, seinen Feind Feller, der ihn auch erblickt hat und vor lauter Entschlossenheit die Glaubensstimme in die linke Hand tut, zu dem Evangeliumssänger, um die Rechte frei zu haben. Er ist ein Streiter und wird diesen Glinski, diesen leibhaftigen Satan, überwinden, wird sich den Eintritt ins Haus erkämpfen, nicht einmal einen Stock braucht er dazu, nur ein bißchen Polnisch. Das verträgt Glinski nicht, ein deutscher Ganter, so wenig wie der richtige Glinski, der Malkener Pfarrer, der so laut schreit.

Da steht der Satan. Brabbelt unruhig und heiser vor sich hin. Noch einen Schritt, Feller, dann wird Glinski die Trompetenstimme erheben, daß dem wilden Schafbock hinter der Scheune der Hintern hochgeht, weil er den Kopf gesenkt hat, das ganze Gewicht auf die dünnen Vorderbeine drückt und gleich losgeht gegen die Zaunpfähle und dann gegen die Scheunenwand, und die Truthähne mit an die Erde gedrückten Flügeln um das Stallende herum auf den Hof stürzen, rasselnd wie mit Kettenpanzern behängt und ihre unordentlichen Tonleitern kollernd, unter Dampf gesetzte Wasserorgeln.

Ich komm dir, du Satan, sagt Feller finster, sagt es auf Polnisch und hat den bewußten Schritt getan, dieser Glaubensheld, und jetzt bleibt er doch stehen, weil Glinski ganz falsch reagiert. Der Trompetenstoß ist erfolgt, so weit war alles richtig, die Kurrhähne sind da, die ganze Streitmacht, mitten auf dem Hof, aufgereiht vor dem abgeladenen Leiterwagen, und hinter der Scheune bullert es gewaltig in immer gleichen Abständen, weil Mahlke, der alte Hammel, immer schön fünfzehn Schritt rückwärts macht, ehe er wieder seinen Schädel gegen die Bretterwand haut. Aber Glinski müßte jetzt den Hals vorstrecken, den Kopf bis fast an den Boden, er müßte anfangen zu zischen, plötzlich daherfahren gegen den Feind, mitten im Lauf den Kopf hochwerfen, die Flügel ausbreiten und die herrlich breite Brust zeigen, ein großer Held in strahlendem Weiß, vor dessen Anblick die Hunde den Schwanz einkneifen und die Pferde einen steifen Hals kriegen und einen Schritt seitwärts machen, ein Zucken läuft ihnen übers Fell.

Glinski steht auf der Schwelle, gleichmütig, wie es scheint, das eine Auge halb geschlossen. Komm mir nur, du Zieper, du schwarzer.

Das mußt du dir merken, Feller, dazu ist die Kreatur fähig. Sie ist so und so, wie man weiß, dies und das kann man erwarten, aber nicht jedesmal. Natürlich läßt sich die Welt einrichten, schriftlich sogar, dann paßt eins zum anderen: Gänse also sind so und Pferde so, aber plötzlich paßt es doch wieder nicht, weil ein Ganter namens Glinski keine Gänsemanieren hat oder zeigt. Er steht da, der Glinski, blinzelt und weiter nichts.

Feller, der die Teufel austreibt, aber nur bei den Menschen, der seine langen Hände in den heillosen Wirrnissen der ihm anbefohlenen Seelen herumfingern läßt, der Feiertag für Feiertag den Malkener Gottesmann einen Verführer und Belialssohn und Jerobeam oder Rehabeam nennt, mit lauten Tönen, bei denen es den Frauen, alten und jungen, am meisten den Witwen, kalt den Rücken hinunterläuft, Feller läßt den Arm sinken, er hält die Bücher vor den Leib, es ist ihm mit einmal ganz kalt, er richtet den Blick zum Himmel und ruft mit verstörter Stimme hinüber und meint Himmel und Haus zugleich.

Da hat er also aufgeblickt und Christina gerufen, und Glinski muß natürlich bemerkt haben, daß der schöne Augenblick dagewesen ist, dem Schwarzen dort in die Beine zu fahren, ein Augenblick, der das Dasein herrlich macht und das Leben der Helden bis ins Alter beglänzt. Glinski hat ihn vorbeigehen lassen. Steht da, blinzelt ein bißchen, sieht freundlich aus, jetzt schließt er sogar ein Auge ganz, und jetzt biegt er den Hals, blickt in den Flur hinein, macht sogar noch einen Schritt zur Seite. Na hau ab, sagt Christina und füllt die Tür und tritt in die Pantinen, die neben der Tür stehen, und kommt Feller entgegen und sagt: Tag, Bruder Feller, und Feller antwortet mit mildem Verweis: Gott zum Gruße.

Komm man rein, sagt Christina, und Glinski, der alte Held, blickt diesem schwarzen Kerl da nach, wie er vor Christina im Haus verschwindet. Dreht sich um und marschiert los über den Hof, auch die Truthähne ziehen ab, die Schwalben sägen noch an den letzten Spitzen für ihre Muster in der Luft, und Christina kommt mit zwei Körben aus dem Haus und läuft zum Schuppen. Ein Korb Holz und ein Korb Torf.

Das ist also der zweite Satz. Ein bißchen lang, aber noch nicht einmal zuende. Der Feller ist jetzt im Haus, in der Stube, wo es ihm auch nicht gleich warm werden kann, wo mein Großvater sitzt, und er ist gekommen wegen einer Taufe. Und das ist nun aber schon wirklich das schönste Thema, das man unter Baptisten anschneiden kann, da stehen gleich Erzengel und Erzväter in der Stube, die Münder kreisrund, und Evangeliumssänger und Glaubensstimme mischen sich mit Posaunen ein, gegen die ist Glinskis Trompete rein gar nichts, eine Jammerflöte.

Mein Großvater also sitzt da und brummt etwas. Als Feller eintritt, mit erhobenen Händen, und nur und ganz laut Johann sagt. Betonung auf der zweiten Silbe. Johann!

Und wie weiter?

Hör mich erst an, ehe du redest, sagt Feller beschwörend, hast du das gesagt: Ich und mein Haus, wir wollen dem Herrn dienen? Voriges Jahr Pfingsten? Hast du das gesagt?

Was willst du, du kommst mir so komisch, antwortet mein Großvater.

Da seufzen wir erst einmal.

Der Alwin, aber nein, geht ihm das Maul wie dem Scherenschleifer der Hintern.

Das sagt Großmutter Wendehold. Sie sitzt am Ofen, jetzt im Sommer, und Feller hat sie gar nicht beachtet, sitzt da und sieht aus wie ein Bild, solch eins aus den Herrenhäusern. Die leicht geschrägten Vertikalen, die den feinen Ernst solcher Darstellungen garantieren, ergeben sich bei ihr aus dem Fehlen der Zähne und daraus, daß die Arme dicht beieinander liegen, und der schwarze Streifen am Hals, zwischen dritter und vierter Querfalte, ersetzt das Samtbändchen, man gerade, daß das Medaillon fehlt.

Sie sitzt auf der Ofenbank, hat sich den Tisch herangezogen und legt Karten, ein dreckiges Spielchen, das sie immer in der Schürzentasche mitführt, und weil sie für Ordnung ist und für schnelle Ordnung, geht es auch mit den Karten immer gleich über den kurzen Weg. Der Herzkönig also ist immer zur Hand, und so gehandhabt passen die Karten schon zum menschlichen Leben, so gehandhabt schon.

Olga, du sei man still, sagt mein Großvater.

Die haben einmal etwas gehabt miteinander, die beiden, sagt man jedenfalls, damals als der Großvater ein Jüngling war, was man sich gut vorstellen kann, und Olga Wendehold ein Mädchen, da wird es schon schwieriger, es ist auch zu lange her und kleine zehn Jährchen wird sie auch älter sein als der Großvater, aber nachher, wenn überhaupt etwas gewesen ist, war natürlich nichts mehr, weil Oma Wendehold bei den Adventisten ist, schon lange, und mein Großvater bei den Baptisten, auch schon lange, und als Ältester sogar, und auch das schon lange. Und daß Großmutter Wendehold trotzdem hier in der Stube sitzt zwischen Ofen und Tisch, die Karten vor sich und zum Reden aufgelegt, das ist wegen der Schweine. Weil der Alte denkt, sie werden Rotlauf kriegen, und weil gegen Rotlauf ein bestimmtes dickblättriges Kraut gut ist, aber am sichersten Oma Wendehold, die es mit diesem Kraut versteht. Feller setzt sich.

In der Malkener Kirche gibt es einen Altar, wie ihn vielleicht nicht jeder kennt. Aus Holz geschnitzt und bemalt und ziemlich hoch, ein altes Stück. Da sind in der Mitte lauter Wellen, schön blau wie Wasser sein soll und manchmal auch ist, wenn nicht im Drewenzfluß oder in der Weichsel, dann aber doch sicher im fernen Jordan. Wellen, in Schlangenlinien angeordnet, immer eine über der anderen. Und rechts steht groß und mager der heilige Johannes, der Täufer. Da ist weder Gestalt noch Schöne, er streckt einen Arm aus, der ist magerer als man denken kann, am magersten sind die behaarten Beine, die im Wasser stecken und kurz vor den Knien nach oben in das berühmte Kamelshaar übergehen.

Wie man Kamelshaar aus Holz schnitzt, das weiß wohl keiner. Dieses hier ist nur einfach zottig, mit kleinen Spitzen und Bukkeln und Striemen und Zottelchen, grau angestrichen, und soll ganz unordentlich aussehen, aber eben: wie sich ein Handwerker in Holz Unordnungen vorstellt, heilige Unordnung außerdem. Es ist also gut geraten, alles wohlüberlegt. Trotzdem, der Johannes sieht noch schrecklich genug aus. Vom wilden Honig, der ihn ernährt hat, ist ihm vor allem die Wildheit angeschlagen, besonders um die Augen und an der weit vorspringenden Nase, am Kinn auch. Er blickt nach vorn, aber auch nach der Seite, nach seinem Täufling, der auf dem Ufer kniet. Das ist wohl nicht anders als mit einem Schielen zu erreichen gewesen. Und sonst ist er eben sehr mager und dürr, man weiß ja, daß er sich, außer mit wildem Honig, noch und vielleicht noch mehr mit Heuschrecken durchgebracht hat. Schön, daß der Altar an ihn erinnert, dem es schlechter gegangen ist als irgendeinem Kossäten im Polendorf, der immerhin zwei Schweine hat und wenn schon keine Kuh, dann wenigstens drei Ziegen. Allerdings ist es auch eine Weile her. Und die Deutschen – also Ragolski und Wistubba und Koschorrek, um ein paar andere Namen zu nennen – wissen, daß es an der Tüchtigkeit liegt, wenn man etwas hat, und die Polen denken, es kommt von der Muttergottes. Aber freilich, die wirkt mehr ins Gemüt als ins Portemonnaie, sagt man, und deswegen haben die Polen, sagt man, weniger.

Also der heilige Johannes der Täufer. Er steht in Malken auf dem Altar, bei den Evangelischen, und der Knieende neben ihm ist Jesus, der Vorgang hat sich am Jordan abgespielt, damals, und Jesus auf seinem Ufer ist bescheiden und ziemlich klein und lange nicht so abgezehrt wie der gewaltige Heuschreckenmann im Wasser. Der Künstler hat den Boden, auf dem er kniet, noch mit vielen kleinen runden Steinen versehen, da knie mal erst einer.

Aber auch das hat sich inzwischen ja gebessert. Die Eltern heutzutage, wenn sie einen Täufling in die Kirche bringen, sehen das schöne Taufbild gar nicht, weil sie zu tun haben, ihren Brüllsack mit Schaukeln und Zureden und Vorweisen von Klappern und Zeigefingern zu zermürben, damit er einschläft. Der Pfarrer sieht es auch nicht, weil er reden muß und ihm sowieso alles hier gehört, immerhin zeigt er auch einmal mit langem Arm auf die Szene: so war das, damals! Nur die Paten sehen es und sind zufrieden mit dem Weltlauf, und die Baptisten die haben es sich auch angesehen, Jesus ist ja wohl der unverdächtigste Zeuge, von Kindertaufe kann überhaupt keine Rede sein, da soll man gar nicht erst von Taufe reden, wenn sie so ein kleines Kind an den Taufstein schleppen, das weiß ja nicht, wie ihm geschieht, das Kind. Taufe?

Besprengung sagt deswegen auch Prediger Feller. Und noch einmal nachdrücklich: Besprengung.

Und mein Großvater, der ihm beipflichten müßte, mein Großvater als Ältester der Baptistengemeinde Neumühl, sagt: Nun hör man auf.

Sonderbares Benehmen. Da muß er, Feller, doch gleich hinauf aufs Roß und in den Kampf, und er fummelt gewissermaßen schon den linken Fuß in den Steigbügel, bloß den Zügel hat er noch nicht, dazu muß er Glaubensstimme und Evangeliumssänger aus der Hand legen, und das tut er gerade, da setzt Oma Wendehold zu einem hübschen Angriff aus der Ofenflanke an.

Also Alwin, das gibt mir zu denken.

Was? fragt Feller ahnungslos, doch da hat ihn das hinterhältige Weib schon, und er merkt es nicht.

Also Alwin, sagt Oma Wendehold, deswegen, mir scheint, schreien auch die kleinen Kinder so, wenn sie getauft werden.

Na natürlich, fährt Feller sogleich daher, na natürlich, und noch einmal: natürlich. Schützenhilfe von dieser Seite, das kam unerwartet, aber da liegt er schon quer auf dem Schlachtfeld, aufs Roß kommt er jetzt nicht, denn Oma Wendehold lacht, und mein Großvater lacht auch, und Feller weiß nun, sie meinen die letzte Taufe in der Baptistengemeinde, wo Schwester Marthchen, der Spättäufling von vierzig Jahren, so entsetzlich geschrieen hat, als ihr das kalte Wasser an den Leib kam.

Trautstes Fellerchen, versauf mich nicht! Das hat sich schön angehört in der Kapelle. Und alle haben herumgestanden um die Tonne, ganz vorn die Ältesten, und die hinten haben gezischt, damit Marthchen sich beruhigt, und die andern, damit die hinten still sind, und mein Großvater, der ganz vornean war, als Ältester, hat gesagt: Aber na Marthchen, ist ja schon gut, aber na ja, ist ja bloß das eine Mal.

Was soll Feller jetzt sagen? Vielleicht, daß es an der Tonne liegt und also daran, daß die Gemeinde noch immer nicht solch eine Einrichtung hat wie die Kapelle in Briesen: in den Fußboden eingelassen und mit Treppen, die von beiden Seiten hinunterführen, ganz bequem und mit Anschluß an die Wasserleitung.

Hört euch bloß an: Wasserleitung!

In Amerika, belehrt Feller, haben alle Gemeinden so was, aber da kommt auch was zusammen, aber da gibt jeder den Zehnten, ohne zu reden, aber ihr redet bloß und geben gebt ihr nichts.

Amerika, sagt Christina, die mit den Pellkartoffeln hereinkommt, und mein Großvater vervollständigt stillschweigend: Arschloch hoch Amerika. Was landesüblich ist. Sagen sagt er nichts. Auch Olga Wendehold kann jetzt nichts sagen, erstens geht es diesmal nicht auf mit den Karten, da sitzt immer Kreuzbube zwischen, und zweitens hat jeder fromme Mensch, der auf sich hält, Verwandte in Amerika, und auf Verwandte, die etwas haben, läßt man nichts kommen, und wer so weit weg wohnt, hat immer etwas, steht zu lesen in jedem Brief. Es sollen ja welche zurückgekommen sein, die haben wirklich etwas gehabt, – das, was ein frommer Mensch für den sichtbaren Segen Gottes hält und auch so benennt.

Christina ist hereingekommen und hat die Schüssel mit den Kartoffeln auf den Tisch gestellt. Was noch nötig ist, Teller undsoweiter, räumt sie dazu, geht ihr alles flott, zuletzt kommt die Specksoße.

All wieder Eingepökeltes, eß ich nicht gerne, sagt Oma Wendehold.

Brauchst auch nicht, sagt mein Großvater.

Aber nein, Johann, sagt Christina, du immer gleich wie Borstenschwein.

Da denkt Prediger Feller vielleicht, er muß jetzt den Frieden im Haus retten, doch es ist nicht nötig. Christina stellt die Soße hin, mein Großvater rückt mit dem Stuhl heran und furzt dabei, allerdings ohne Vergnügen, mit einer gewissen Verschämtheit sogar, ein scharrender Stuhl könnte es schon auf sich nehmen. Aber man denkt sich soetwas leicht, und dann trifft es gar nicht zu, und mein Großvater sagt deshalb ganz betont munter: Na dann wollen wir mal.

Olga Wendehold schiebt die Karten zusammen, es wird jetzt doch nichts, immer Kreuz und dann noch Pik, und Herz gar nicht mehr, und stemmt sich hoch von der Ofenbank, weil die Adventisten aufstehen, weil es heißt: sich zu Tisch setzen, Matthäus am Sechsundzwanzigsten, und weil man das bloß kann, wenn man vorher gestanden oder gegangen ist, oder so etwas, und Feller hat sowieso gestanden, noch von seinem Glaubensritt vorhin, wo er eigentlich aufs Kreuz gefallen war, also bleibt er stehen und faltet die Hände, im Stehen, und mein Großvater und Christina, die sich eben erst gesetzt haben, müssen auch aufstehen, nun stehen alle.

Und Feller sagt seinen langen Spruch, und Olga Wendehold macht ein schönes Gesicht mit geschlossenen Augen, die Nase etwas gesenkt und den Mund klein wie ein Knopfloch, bloß als Feller sagt: Schmecket und sehet, wie freundlich der Herr ist, schnauft sie ein bißchen, die Augen öffnen sich unversehens, sie sieht wieder vor sich, was ihr nicht schmeckt, aber das hat sie schon gesagt, also sagt sie, leise, wie die andern auch, Amen, nur Prediger Feller sagt es laut, und jetzt kann man sich wieder setzen.

All wieder Krillkartoffeln, sagt mein Großvater.

Ich pell dir schon ab, sagt Christina.

Die Gottesgabe, sagt Feller und hat eine Kartoffel angefaßt und zieht die Finger gleich wieder zurück, ist noch ein bißchen sehr heiß.

Siehst du, hättest du lieber in der Schmiede gelernt, sagt Oma Wendehold verächtlich. Aber nun reden wir mal deutsch.

Feller hat die Kartoffeln Kartoffeln sein lassen, nach einer abweisenden Bemerkung gegen Oma Wendehold, versteht sich, die ja wohl etwas ganz anderes ist, nämlich Adventist, er hat sich zurückgelehnt, er hat sein Ziel im Auge, er sagt: In Malken dein Bruder Gustav läßt ein kleines Kind besprengen, vom Glinski.

Nun ist es also gesagt und auf Deutsch, es ist gesagt, und wir werden jetzt weiterreden, wenn auch lieber nicht auf Deutsch, denn was das heißt, mit jemand deutsch reden, das wissen wir. Da lieber schon friedlich.

Du denkst vielleicht, es geht mich nichts an, sagt Alwin Feller, es geht mich schon etwas an, und du gerade als Ältester.

Ach was, große Rosin', sagt mein Großvater.

Ihr nehmt das alles so leicht, sagt Feller, voriges Jahr, wie du bei deinem Bruder in Malken warst, bist du beim Glinski zum Abendmahl gewesen, red mir nicht, ich weiß Bescheid, es gibt Brüder, die machen das, aber wir machen es nicht. Offene Kommunion, wie das heißt, das ist bei uns nicht Sitt und Brauch, das wird auch nicht Sitt und Brauch, das wird auch nicht Sitt und Brauch werden, solange ich lebe.

Sitt und Brauch, ich denk, ihr werdet lieber was essen.

Nein, Christina, sagt Feller, erst wird der Johann hier vor uns beiden – er rechnet, wie man sieht, Olga Wendehold nicht einmal mehr unter die Anwesenden –, erst wird er sagen, ob er nach Malken geht oder nicht.

Also, Bruder Feller, ich werde dir mal was sagen.

Und jetzt sagt ihm mein Großvater etwas. Von Frieden und was das heißt: der Stadt Bestes suchen hier auf dem Dorf, und daß die Friedfertigen selig sind. Alles gute Sprüche, die einem Gemeindeältesten anstehn, doch Feller ist nicht gekommen, den Frieden zu bringen, sondern das Schwert, und das führt zu nichts, da machen sie sich besser ans Essen, die Kartoffeln kalt inzwischen, die Soße mit einer Haut, Christina ärgerlich, alles wegen diesem Feller. Sie sagt: Wenn der Gustav in Malken taufen läßt, ist das seine Sache, soll ich meines Bruders Hüter sein! Steht geschrieben.

Das ist nun also ganz falsch. Die maulfaule Ausrede Kains paßt höchstens als Eingeständnis, zur Verteidigung nicht. Dafür paßt nun aber mein Großvater: Du bist jetzt ruhig, Tante Frau! Und dann, um alles gleich auszubügeln: Hat man schon mal gehört, daß eine Frau ein vernünftiges Wort geredet hat? Nicht einmal den Seufzer dabei vergißt er, er gerät ihm ganz überzeugend, sogar seinen dunklen Blick kriegt er fertig, die Unterlider schieben sich ein bißchen hinauf, die Augen, die sonst etwas von dem stillen Ausdruck der Gewohnheitstrinker haben, verändern sich deutlich, das Weiße wird weißer, das Dunkle dunkler, man sieht die feinen rötlichen Äderchen gar nicht mehr, dafür wird die Iris, die sonst einen bräunlichen Schimmer zeigt, beinahe schwarz, da kann Feller nichts mehr sagen, nur: Du überlegst dir das noch, Johann.

Was tust du nun mit dem Alten? Wie willst du mit ihm kämpfen, wenn er sich nicht stellt? Und das in deiner Gemeinde, Feller! Fährt er wirklich nach Malken und macht die gottlose Prozedur mit, womöglich noch als Pate, was dann? Der Älteste! Und dann noch der, der das meiste Geld hat. Auf den alle, die etwas haben im Dorf, hören. Wenn ich, der Prediger, ihm kräftig komme, antwortet er: Dann geh ich unters Blut, dann kommt er also zum Abendmahl, und ich kann ihn nicht zurückweisen, das geht nicht, ich mach mir die Gemeinde kaputt, das weiß der Alte so gut wie ich.

Feller, steh auf, dir schmeckts nicht mehr. Hau ab, berate dich noch einmal mit Barkowski und Rocholl, aber was soll da schon herauskommen?

Feller, kein Kampftag heute. Das ließ sich schon mit dem Glinski, dem Satansganter, nicht richtig an. Wenn ich bloß wüßte, warum der Alte nach Malken will, wann kümmert der sich schon mal um Verwandtschaft, hat er ja auch nicht nötig. Es steckt etwas dahinter, laß ich mir nicht ausreden. *Der* und Frieden! Und da hast du recht, Feller, da hat es doch etwas gegeben, im Frühjahr, das weiß das ganze Dorf, und keiner spricht davon, höchstens die Polen, und jedenfalls nicht laut. Du wirst auch nicht davon sprechen, Feller.

Und jetzt steht mein Großvater auf, das Schweigen um den Tisch ist schon wirklich lästig, wer weiß, wo der Feller mit seinen Gedanken hingerät, wenn man ihn noch länger hier herumsitzen läßt. Ich geh mal zur Mühle rüber, sagt mein Großvater, und du kannst nach Hause gehen, Bruder Feller, sonst schimpft die Mutter.

Das sagt er ganz lustig, und Tante Frau lächelt dazu, wenn auch ein bißchen säuerlich, sie steht auf und nimmt Olga Wendehold mit, wir müssen mal nach den Schweinen sehen.

Der Feller zieht also los, und der Großvater geht zur Mühle. Fünfhundert Meter Weg. Den Feller braucht er nicht mitzunehmen, der Mühlenweg führt vom Dorfe ab, an Pilchs Häuschen vorbei, geradeaus zu einem Nebenarm der Drewenz. Na denn Aufwiedersehn, Alwin. Gott zum Gruß, Johann.

Pilchs Häuschen. Vier Stuben. Strohdach. Wohnten früher Pilchowskis Leute drin. Pilchowski, der nach Osterode gezogen ist und sich Pilch nannte, was ebenso polnisch ist, aber nicht auffällt. Hat verkauft, was er noch hatte, bloß das Häuschen nicht, weil keiner Geld für solche Buden hat. Deshalb gehört es, denke ich, keinem, deshalb wohnt der Zigeuner Habedank dort und seine Schwester oder Tochter oder Großtante, da kennt man sich bei den Zigeunern nicht so aus: diese Marie.

Mein Großvater steht da wie ein Strolch. Er reckt den Hals vor. Alles ruhig. Die treiben sich wieder herum, diese Zigeuner. Mein Großvater macht zwei, drei Schritte auf das Fenster zu und redet irgendetwas, aber mehr mit den Händen, und bleibt gleich wieder stehen und dreht sich um. Und wieder zurück auf den Feldweg und weiter zur Mühle. Um die Stallecke herum, dann taucht er auf. Für die Männer, die vor der Mühle sitzen.

Hund verfluchtiger, sagt Korrinth zu Nieswandt, da kommt er all wieder angeschissen.

Gehn wir mal rein, sagt Nieswandt zu Korrinth.

Also wird er nicht wissen, daß sie herumgesessen haben, so weit sieht er nicht, er wird es bloß an den Säcken abzählen, daß sie nichts tun, wenn er nicht dabeisteht, aber das weiß er sowieso.

Der Deiwel, sagt Korrinth zu Nieswandt.

So also reden sie von meinem Großvater. Die Polen.

Der Weg geht nicht gleich auf die Mühle zu, er macht einen Bogen und kommt von Südwesten, also gegen die Strömung, vorbei an der Stelle, wo sie das Stauwehr gebaut hatten, da liegen noch die Pfähle herum und Stangen und Bretter und die Faschinen aus Strauchwerk. Alles so hingeschmissen, sagt mein Großvater, und nun ist er an der Mühle. Ich hab doch gesagt, ihr sollt das wegräumen. Damit kommt er durch die Tür. Er redet so laut, daß er die Tür offen läßt. Aber Korrinth hat auch eine kräftige Stimme, er sagt: Ohne Fuhrwerk, so auf dem Kreuz, dem selbsteigenen, wie? Und stellt sich hin, breitbeinig, und fingert in der Jacke herum nach Schnupftabak und zieht schon die Nasenflügel hoch und bringt die linke Faust vor, läßt den Daumen hochspringen, daß sich eine Delle hinter der Daumenwurzel bildet, da kommt der Tabak hinein, aber ehe er die Prise vor dem rechten Nasenloch hat, schreit mein Großvater los: Was heißt auf dem Kreuz, ist wohl keiner dagewesen heute?

Ach was, sagt Nieswandt, die laden auf und hauen ab, die werden gerade den Dreck mitnehmen. Und dann fügt er freundlich hinzu: Der Levin war da. Und Korrinth hat das Prischen in der Nase untergebracht, zieht schniefend ein paarmal Luft und sagt, weil bis zum Niesen noch ein bißchen Zeit ist: Läßt auch schön grüßen.

Mein Großvater hält sich noch zurück. Er kriegt bloß seinen schwarzen Blick: Also der Levin war da, und das ganze Zeug liegt noch herum, besser kann er das ja alles gar nicht haben. Aber nun ist es schon beinahe gleich. Höchste Zeit, daß ich nach Malken komme. Und auf die Polacken ist kein Verlaß. Jetzt niest Korrinth, und mein Großvater sagt: Ihr werdet mir den Kerl nicht in die Mühle lassen.

Wollte auch nicht reinkommen, sagt Nieswandt.

Nun möchte man, als mein Großvater, gerne wissen, ob der Kerl, der Jude, etwas geredet hat. Und was er überhaupt hier wollte. Aber man weiß, als mein Großvater, schon, wie die Antworten aussehen, die man hier kriegt: Er hat nichts gesagt, bloß Guten Tag. War bei der Marie.

Ja, wir wissen, Pilchs Häuschen. Diese Marie, mit der sich der Kerl herumzieht. Sinnlos, das ganze Gerede. Also: schwarzen Blick weg, Säcke gezählt, für morgen alles besprochen.

Wenn man sich nicht um jedes bißchen selber kümmert! Da

hängt der Aufschlag, na sieh doch, na doch nicht an der Welle, na da unten, na da am Rad natürlich, geh dir mal ansehen, na wo sonst, verflucht nochmal, na die Aufschläge müssen doch fest sein, sieh mal, wenn das Wasser reinfaßt, dann geht es doch vorbei, wenn die Aufschläge hängen, müßt ihr doch selber sehen, aber na ja, ist euch ja egal.

Manchmal, wie jetzt auf dem Heimweg, denkt mein Großvater, er hätte sich auf den ganzen Mist – Mist sagt er schon – nicht einlassen sollen. Aber dann: Nanu! Und gerechterweise wieder die Überlegungen: Hätte mir da also glatt noch gefehlt, daß sich der Jud da breit gemacht hätte. Das ist so im Mühlengewerbe: wer sein Korn selber von wer weiß wo heranholen muß, der hört bald auf, aber der mußte ja nicht, sie haben es ihm ja hingeschleppt, die Neumühler auch, da hätte ich mich wohl auf die Lauer legen sollen, wie der Poleske.

Da taucht nun in dieser Geschichte ein gewisser Poleske auf. Den wir noch nicht kennen. Der ein Urahn ist, eine Art Haustier von einem Urahn, wir erklären das gleich. Na ja, sagt mein Großvater, na ja, der!

Und nun ist es Nacht. Und nun liegt der Großvater im Bett. Christina schläft, aber er ist wach, und nun kommt da eine Geistererscheinung, wenn soetwas überhaupt möglich ist, also:

### 1. Geistererscheinung

Die Republik Polen war ein Königreich, in dem der ganze Adel etwas zu sagen hatte. Möglichst jeder dasselbe, wie die Konstitution von Radom das vorsah, und das geht ja nicht. Jeder etwas anderes, das wäre schon leichter gewesen, in Polen und früher. Und da jeder Pole von Adel und jeder mit einem seiner Königshäuser verwandtschaftlich verbunden ist und jede Familie eigentlich viel älter als diese Königshäuser, sind sie alle einander ebenbürtig, wie man das nennt. Die Polen sind es, und die Deutschen, die früher Polen waren, aber jetzt schon möglichst lange deutsch sind oder deutsch fühlen, die sind es womöglich noch mehr.

So jedenfalls bekommt man die Geschichte der Republik Polen

aufgetischt, wenn man nur zuhören will und den richtigen Gewährsmann hat. Zum Beispiel einen wie meinen Großvater. Der lange Enden daherredet, so über ein Gläschen, über ein zweites, drittes, viertes hin: so etwas von alten Zeiten.

Die Geistererscheinung kommt ja aus der älteren Geschichte, da haben wir es mit dem Adel zu tun, der stolz ist, weil er seinen Wert so gut kennt, wie er ihn sich ausgedacht hat, und da eben jeder von Adel ist, weiß es die ganze ritterliche Nation samt Nachfahren, Hintersassen, Verwandten, Angeheirateten, Witwenhäusern, Fräuleinstiften in Krakau, Fideikommissariaten, Kindeskegeln, Findelkindern und Deutschen. Hohes Geschichtsbewußtsein zeichnet all und jeden, man kennt sich also mit seinen Voreltern und Ahnen, und man hat Geistererscheinungen, das ist wie gar nichts und nicht solch eine Sensation wie in Berlin oder in Mecklenburg-Strelitz, wenn dem Hohenzoller seine weiße Frau in Seide oder Barchent, je nach der Jahreszeit, oder dem Junker sein Sadrach von Ur- und Erzahn in Leder oder Ketten, je nach dem Fluch eines Dorfmädchens oder eines Hirten, erscheint. Man hat das, man bemacht sich nicht deswegen, es haben das eigentlich alle und mein Großvater natürlich auch.

Er liegt im Bett, der Großvater, und sinniert und murmelt so irgendetwas, und da kommt die Geistererscheinung und hat einen kurzen schwarzen Bart und heißt Poleske und ist ein Urahn und steht in der Schlafstube und sagt etwas. Und der Großvater sagt auch etwas, und dann ist wieder der Poleske dran, es geht immer um ein und dasselbe, das kommt immer wieder, das hört sich an wie ein Zauberwort und lautet schlicht: Mein Recht. Beides groß geschrieben. Ganz klar, daß die Welt damit nicht bestehen kann. Mein Großvater hat also Sein Recht, es gehört ihm, aber natürlich soll es für alle gelten, weil es sonst nicht Recht wäre und das heißt: für meinen Großvater nutzlos, also: Mein Recht. Und dann geht der Poleske wieder, durch die Fensterläden oder durch die Tür.

Der Poleske hat sich etwas gedacht und hat danach gehandelt. Und ist für etwas eingestanden. Und mein Großvater wird aus der Geschichte seines Urahns schon irgendeinen Honig saugen, einen, der zu Seinem Recht in Beziehung steht.

Nun aber zuerst die Geschichte mit dem Poleske. Sie stellt sich, aufs kürzeste erzählt, folgendermaßen dar:

Poleske liegt auf dem Block, angebunden, das Gesicht nach unten. Der Nachrichter hebt das Schwert bis in Dreiviertelshöhe, senkt es schnell und trennt Poleskes Kopf ab. Die Richter bleiben noch einen Augenblick stehen, das ging ein bißchen schnell und geschah auf einem öffentlichen Platz, aber die Leute, die Zuschauer fehlen. So etwas ist bedrückend ohne Zuschauer. Nur vor Frauen und Kindern.

Dann wird alles flink eingepackt, Sägemehl und Sand ausgestreut. Die Frauen gehen nach Hause, die Kinder an der Hand. Der Priester schließt sich ihnen an. Der Mattern hat sich selber gerichtet, im Peinhaus, weiß er zu erzählen.

Es ist ein heller Tag, fast kein Wind vom Meer, die Stadttürme stehen rot in den wasserblauen Himmel. Wie schön Gottes Gnadensonne Poleskes Haupt beschien, sagen die Frauen zu ihren Kindern.

Die Krähe, die quer über den Weg marschiert, nachdrücklich, mit schwerem Tritt, legt plötzlich ein paar Stottertakte ein, stutzt, streckt die Flügel und macht einen Hüpfer zur Seite, steht einen Augenblick auf der Stelle, dann geht es weiter, so ruhig wie vorher, an der Esche vorüber und auf das Feld zu. Mattern, einige seiner Leute hinter sich, steht mitten auf dem Weg, die Hand auf Poleskes Sattel gelegt, und sagt friedlich: Die Alte wollte bloß tanzen, na ja, hat nichts zu bedeuten, aber Poleske, von seinem Roß hinunter, knurrt: Soll sie tanzen, du bist mir ein schöner Räuber, und: Da zieht sie los.

Die Krähe ist kein Habicht, denkt er, ehe der nicht schreit, ist der Tag nicht herum, und der muß erst herum sein.

Sie sind ein bißchen weit auf Danziger Gebiet geraten. Aber der Platz ist zu gut, soetwas gibt man nicht auf, darum liegen die Späher schon ein paar Stunden im Waldstück nach Norden. Meine Habichte, denkt Poleske, die so schön schreien können, kurz und scharf, das hören nur wir. Dann heißt es: seitwärts.

Ich bin drüben, sagt Mattern, dreht sich um und stapft den Weg hinunter. Die Männer folgen, einer nach dem anderen. So ist das jedesmal, Warten, immer die gleichen Anordnungen, Standplatz für Matterns Haufen: Hinter den Kusseln, die gibt es überall. Die Pferde weiter zurück, im Fichtenwäldchen. Wenn die Danziger kommen, geht man auf die Straße und hält sie an – die üblichen vierzig Wagen –, und dann schreien die Habichte, und Poleskes Knechte kommen vom Wald her über das Feld, und Poleske selber reitet langsam heran. Verhandelt oder gedroschen, immer dasselbe. Mit siebzehn Hakenbüchsen. Aber so haben wir an der Oder nicht gelebt, der Alte zahlt, und die Hälfte der Beute kommt dazu. Diesen Winter machen wir es uns noch in Polen warm, überlegt Mattern, es ist auch schon Herbst.

Poleske mit seinem Pferd, allein auf der Straße. Es wird dunkel. Jetzt kommen sie nicht mehr, die Herrschaften. Als ob sie das riechen. Dabei sind wir hier noch nie gewesen. Mattern hat abgeraten: zu nah an der Weichsel, man hat nur eine Seite offen. Dabei sind es zwei. Der versteht schon was. Den zieht es immer nach Westen. Weil er von da her ist.

Poleske, der Habicht, hebt ein wenig den Zügel und reitet die Straße hinauf zum Wald. Jetzt ist es finster. Der dritte Tag ist vorbei, und sie kommen nicht.

Der alte Gregor humpelt ihm entgegen. Nichts, Herr.

Schick mir den Martin her, sagt Poleske. Es muß einer nach Dirschau zum Scholz. Die andern nach Hause. Nehmt die Matternschen mit.

Die Nacht ist wie das Haus, das Poleske nicht mehr betritt. In das Poleske zurückkehren wird, wenn er den Danzigern die Lust ausgetrieben hat, mit ihren Planwagen die Republik zu überziehen. Wie Ungeziefer frißt sich das weiter und weiter über die Länder, das Thorner und Krakauer Schacherervolk schwänzelt ihnen entgegen, der König sieht zu und hält die Hand auf, er braucht etwas für seinen Handel mit Prinzessinnen und hier ein bißchen

Licht und dort ein bißchen Dunkel auf den Schleichweg. So wakkelt die Krone Polen daher: ein dicker Bauch und ein Rotweingesicht, pacta conuenta und vota aller Sorten um den Speckhals gehängt. Ihm, Poleske, ist da etwas aufgegeben.

Doch wohl die Ehre der Republik, könnte man denken, und das Recht, Polens Recht, Ehre und Recht, denen mit Tagfahrten, Insurrektionen, Investiturentscheiden und Einsprüchen und zuletzt mit großer Frömmigkeit in Gnesen oder Tschenstochau aufgeholfen werden mag. Oder doch vielleicht besser hier, wo Poleske das Gesockse auslaust, das sich breit um die Bucht herumgesetzt hat und den Hintern ausstreckt gegen die Republik? Dazu hat er den Matternschen Haufen von der Oder herübergeholt, dafür alles stehen und liegen lassen, eines schönen Tages, sollen die Weiber unterdessen leben, wie sie wollen, dafür liegen sie hier im Sand und hinter den Kusseln, vierhundert Mann. Und sie kennen ihn jetzt, die Herren Danziger, sie kommen nicht mehr.

Ich soll nach Dirschau, sagt Martin.

Du gehst zum Scholz. Er wird dir alles sagen. Und nach Schönsee zum Priester. Wen der Pampowski, der königliche Richter, nach Marienwerder befohlen hat, will ich wissen.

Am andern Abend ist Martin zurück. Die Danziger kommen nicht mehr. Auf seinen, Poleskes, Kopf stehen 600 Gulden, ebensoviel auf Matterns schwarzen Schädel, und ein Freibrief hängt auch noch an der Geschichte.

Also kann ich den Poleske verkaufen, für 600 Gulden, grinst Mattern. Lebend, sagt Poleske und reitet los.

Der Pampowski hat alles zitiert, was Beine und Ohren hat, da kommt nichts heraus, nur wieder eine kleine Schiebung mit Bischofsstühlen, an der die Danziger verdienen und Majestät auch, und der Weisselrode hält weiter seinen Krummstab in den gichtigen Knochen.

Einen halben Tagesritt vor Marienwerder wird Poleske gefangen. Er ist allein. Der Pritschmeister nimmt ihn in Danzig in Empfang. Er hat schon gewartet.

Der Gerichtstag ist kurz. Der Bürger Scholz oder der Priester in Schönsee, überlegt Poleske. Zwei Tage später sagt ihm der Wächter durch die Tür, daß der Mattern im Verlies nebenan liege. Wie lange schon, fragt Poleske und erhält keine Antwort. Oder der Mattern, überlegt er.

Am folgenden Mittag wird er hinausgeführt auf den Platz. Keine Ketten. Die Stadtwächter in weitem Abstand.

Poleske geht langsam. Aber die Stadt, dieser ganze trockene Steinhaufen, scheint an den Blicken vorüberzusausen. Wie im Mondschein sieht alles aus, keine Schatten. Nur, jetzt, in der Luft ein Schrei. Poleske blickt hinauf in das zerflossene Licht, legt die Hand über die Augen und blickt wieder hinauf. Ein Habicht jagt eine Lerche. Er schießt von oben herab. Verfehlt. Die Lerche ist über ihm. Keinen Augenblick hat sie aufgehört mit ihrem Zittergesang.

Der Zug hat gehalten. Nun setzt er sich wieder in Bewegung. Dort hat sich der Rat postiert. Dort ist die Richtstätte. Hier wird er stehen, er, Poleske, dem etwas aufgegeben war, der sich im Besitz einiger Fortune erzeigt hat, ein paar Monate lang, und den die Fortune verließ.

Er steht auf dem weiten Platz. Es ist Mittag. Der 28. September 1516. Ein heller Herbst. Poleske tritt vor. Wieder der Habichtschrei. Aber jetzt blickt niemand mehr hinauf. Und jetzt ist es ganz still.

Man kann das hören: es ist ganz still.

Jetzt müßte man erzählen: vom Mond, vom Wasser, wo die Mühle steht, wo das Stauwehr war, eine Mühle, aber die andere nicht mehr.

Christina schnauft ein bißchen im Schlaf.

Na ja, sagt mein Großvater, und vielleicht denkt er: Das waren noch Zeiten damals, und mir will der Jud an den Hintern, so weit kommt das noch, aber ich geh nach Malken, sie werden alle das Maul halten, die Polacken aus der Mühle schick ich weg, die sollen abhauen, ins Russische hinüber, kostet natürlich Geld, dann soll er reden, der Levin, soviel er will.

Kriech du man nach Briesen aufs Gericht, du langer Laban.

Anpinkeln werden sie dich, wir sind hier Deutsche, wenn du das noch nicht gewußt hast. Er jedenfalls, mein Großvater, weiß schon, wer pinkeln und wer alles mitpinkeln wird. Mein Recht, sagt er.

# 2. KAPITEL

Nach Malken braucht man mit Fuhrwerk gute drei Stunden. Und da Malken ein ziemliches Stück nördlich von der Drewenz liegt und die Nebenflüßchen und Mühlenfließe alle, obwohl das Land flach ist, im Drewenztal bleiben, kommt die Chaussee auch nirgends ans Wasser, nicht einmal an eines der kleinen Flüßchen heran, wer tränken muß, der tränkt in Gronowo an der Pumpe vor dem Krug oder in Trzianek, oder er besorgt es ausreichend vorher, dann langt es für die vierundzwanzig Kilometer, sogar noch im Juni.

Die Chaussee heißt Chaussee, und wir lassen ihr den Namen.

Erst kommt mitten im Dorf und für einen guten halben Kilometer ein Kopfsteinpflaster, die linke Straßenseite ungepflastert, als Sommerweg, dann hört das Pflaster auf, ein schlichter Sandweg folgt, im Dorf Gronowo ist eine Art grober Schotter angestampft, dann kommt, weil es die Gegend so hergibt, eine glatte Lehmchaussee, kurz vor Trzianek fängt wieder das Kopfsteinpflaster an, so wechselt das, immer wenn man sich gerade an eine Sorte Chaussee gewöhnt hat, ist die nächste dran, und die ist immer, auch wenn sich die Art des Pflasters oder Nichtpflasters wiederholt, schlechter als die vorherige, womit denn auch die zunehmend schlechte Laune meines Großvaters hinreichend erklärt ist.

Der Großvater befindet sich auf der Fahrt nach Malken. Mit Fuhrwerk. Er hat schlechte Laune, er sitzt da, Tante Frau zur Rechten, und erklärt die Gegend, Besitzverhältnisse und Preise pro Morgen Acker oder Weide und wer verkaufen würde und wer nicht. Obwohl Christina darüber viel besser Bescheid weiß, je näher sie nämlich nach Malken kommen, denn dort ist sie her, genauer gesagt: aus Brudzaw, aus Klein Brudzaw. Also: Brunowskis Schwiegervater hat dem Konarski in Dombrowken, damals, das wird zweiundsechzig gewesen sein, für 70 Taler – aber wer will das wirklich hören? Christina sitzt neben dem Großvater, sie hat ihren Hut auf, das erste Mal in diesem Jahr. Erzählen wir von Christina.

Christina, geborene Fagin, angeredet in der Gemeinde mit Schwester oder mit Christina, von meinem Großvater mit Tante Frau, ist runde zwanzig Jahre jünger als der Großvater, seine zweite Frau, kinderlos, ausgestattet seinerzeit mit 7000 Talern, die noch da sind, Kreiskasse Kowalewo-Schönsee; auf die also die Kinder aus erster Ehe, die Stiefsöhne und die Stieftochter also, keinen Anspruch haben, aber doch erheben, wobei sie sich darauf berufen könnten, daß Christina nichts dagegen hat, bloß die beiden Alten, der Fagin in Klein Brudzaw und mein Großvater, der auch. Trotzdem sagen die Stiefsöhne Tante zu ihr, die Stieftochter sagt Christina, und mein Großvater sagt Tante Frau, das hört sich, gegenüber der Familie, versöhnlich an und ist es nicht. Erzählen wir von Christina.

Sie ist eine hübsche Frau. So ein bißchen rund, so ein bißchen kleiner als üblich bei den Fagins, aber noch immer um einen halben Kopf länger als mein Großvater, was man ihr in der Gemeinde nachträgt, weniger allerdings die Länge, die der Herrgott verleiht, dafür jedoch den Tatbestand, daß Christina dieses ihr offensichtlich zur Versuchung, zur geistlichen Prüfung auferlegte Körpermaß nicht mit der gehörigen Demut in Leibeshaltung und Redeweise auszugleichen trachtet, daß sie es also versäumt, zu korrigieren, womit sie der liebe Gott begabt hat, was man allerdings doch wohl eher mit Hochmut als mit Demut, möchte man meinen, bewerkstelligt, wenn man es tut, – Christina jedenfalls tut es nicht, und gerade dieses Versäumnis wird nun jeder fromme Mensch, in Neumühl jedenfalls, mit Hochmut bezeichnen. Und der betreffenden Person nachtragen. Erzählen wir von Christina.

Sie ist laut und lustig und singt. Herz, mein Herz, sage an, wann wirst du frei ... Solch ein Lieblingslied, wie man es in der Küche oder im Holzstall oder im Keller hören kann, und wenn es nicht am Sonntag auch in der Kapelle gesungen würde, mit einer hübschen Verteilung der Stimmlagen, mit Pausen für den Sopran und kurzen Solostellen für den Baß, während Alt und Tenor nicht recht wissen, wo sie sich anschließen sollen und nur so undeutlich herumsuchen, was ebenfalls einen ganz guten Effekt macht, – wenn es nicht auch am Sonntag in der Kapelle gesungen würde, aus Glaubensstimme oder Evangeliumssänger, aber am meisten auswendig, könnte wohl auch das als unpassend empfunden werden: von frommen Menschen, denn was heißt schon frei! Geht es ihr nicht gut? Ist das nicht der reinste Segen beim Johann? Die Kinder aus dem Haus und noch immer soviel Geld! Und jetzt erst, wo der Levin abgesoffen ist mit seiner Mühle!

Ach nein, so denken nicht alle, nicht einmal alle in der Gemeinde. War so bequem mit dem Levin, denken sie, er kaufte und bezahlte, jetzt kann man wieder wer weiß wohin fahren mit dem Korn, wenn man nicht mahlen lassen will, sondern bloß verkaufen. Man braucht doch Geld in diesem neuen Kaiserreich, das heißt: man muß das doch alles bezahlen, mit Groschen und Talern, und möglichst vielen. Das einzige war, daß der Alte nicht merken durfte, daß man an den Levin verkauft hatte, das wollte er nicht haben, kann man ja verstehen. Jetzt ist es aus damit, das ist ein Schlag, doch man wird es nicht sagen, man sagt: Na Johann, dem hast du es aber gegeben, der kommt nicht wieder. Und: Gott sei Dank! Also was sollen wir von Christina erzählen?

Christina ist, wie gesagt, aus Brudzaw, aus Klein Brudzaw, was gleich hinter Malken, nach Strasburg zu, liegt. Es ist ganz hübsch dort. Der Höhenzug, der vom nördlichen Bogen der Drewenz herankommt, fällt mit zwei oder drei Ausläufern ab in die Wiesen, und nach Westen, wo es ganz flach ist, geht gleich der gute Boden los, für Weizen und Zuckerrüben, es gibt einen runden See dort und ausgedehnte Fichtenwälder dahinter, es ist ganz hübsch dort, Christina kommt dorther, und es paßt alles zu ihr.

Nun ist der Wagen drei Kilometer vor Malken. Es geht auch schon auf sechs. Um drei sind sie losgefahren. Der Feller hat sich nicht sehen lassen.

Der Großvater ist auch nicht durchs Dorf gefahren, sondern hat die Pferde gleich um die Scheune und über den Feldweg auf die Chaussee zugelenkt, also gar nicht hoffärtig zunächst, aber dann auf der Chaussee, vor Gronowo, wird die Peitsche quergelegt, er steckt sich eine Zigarre an, fühlt sich wie der Landrat oder der polnische Graf in Ciborz oder als hätte er eben ins Schwarze Meer geschissen.

So sind sie also durch Gronowo gekommen, und durch Trzianek auch. In Trzianek hat mein Großvater zweimal halten müssen, weil Christina mit der Tante vom Rocholl und mit noch einem alten Weib reden mußte, man bringt die ja leicht durcheinander, eine sieht aus wie die andere, und jetzt also ist man drei Kilometer vor Malken.

Hinter Trzianek hat es aufgehört mit den Chausseebäumen, jetzt sieht man, über die Pferdeköpfe hinweg, das ganze Flachland ausgebreitet vor sich.

Die Straße zieht geradewegs auf das Dorf zu, das vorerst zwischen dem linken Ohr des linken Pferdes und dem rechten Ohr des rechten Pferdes Platz hat. Links vom rechten Ohr des Braunen, also des linken Pferdes, taucht der Kirchturm auf, und jetzt erkennt man, genau zwischen den Ohren des Schecken, also des rechten Pferdes, den Dorfkrug und daneben, nach dem linken Ohr zu, das Ziegeldach der Schule, dazwischen steht Gustavs Wohnhaus, und dann ist da noch das, was man nicht sieht, wenn man mein Großvater ist: Kastanien und Linden, zu Gruppen zusammentretend, Hecken und Baumgärten, Flieder und Holunder. Aber so ganz läßt sich das nun alles zwischen den Ohren der Pferde doch nicht mehr unterbringen und einteilen, man kommt schließlich immer näher an das Dorf heran, zwei Störche, sieht man, kreisen über dem Kirchdach, und dann halten auch die Pferde die Ohren nicht mehr ruhig genug, sie hören also etwas, und auch daran könnte man merken, daß es nicht mehr weit ist bis Malken.

Aber da wir vorhin Christina beschrieben hatten, Christina, geborene Fagin, 7000 Taler schwer, Schwester und Tante und Tante Frau, so werden wir, für den Rest der Fahrt, nun wenigstens kurz noch meinen Großvater beschreiben, und warum eigentlich kurz? Es sind noch gute zwei Kilometer bis Malken.

Mein Großvater war, wie man hört, in seinen jüngeren Jahren ein schmalbrüstiger, ein bißchen unansehnlicher Mensch, hört man, Militärmaß einseinundsechzig, aber mit den Jahren muß er immer größer geworden sein. Ob er tatsächlich gewachsen ist, weiß ich nicht, es wird die Würde gewesen sein und überhaupt der Wohlstand, jetzt jedenfalls ist er ganz stattlich, sonntags vor allem, wenn ihm die goldene Uhrkette über dem Bauch hängt, am stattlichsten, wenn er betrunken ist, links, von vorn gesehen, da schwillt ihm die Leber auf. Ein Mann und Deutscher und mein Großvater.

Er sitzt auf seinem Wagen, oben drauf, und schmeißt den Stummel weg, drei Zigarren heute, und nimmt wieder die Peitsche. Er denkt.

Was wird er schon denken! Erst den Gustav an die Seite nehmen, heute abend noch, und morgen dann den Glinski, schon vorher ein bißchen Guten Tag sagen, nachmittags zwischen Kaffee und drei Schnäpsen alles weitere, gute Worte, womöglich noch Geld, man wird sehen.

Wir kennen jetzt ein bißchen die Gegend: den Winkel zwischen Thorn, Briesen und Strasburg, wo die Drewenz, die von Nordosten herab aus dem Löbauer Kreis kommt, südlich von Thorn, ein Stückchen hinter Leibitsch, in die Weichsel mündet, nachdem sie etwa von Cielenta an, was gegenüber von Strasburg liegt, die Grenze gegen das russische Polen oder Kongreß-Polen abgegeben hat, das Culmerland also, eine Gegend alt und fromm, wo man, sofern man etwas besitzt, Geld oder Ehre, deutsch ist und stolz auf seine edle Herkunft, die aber wiederum polnisch ist, doch das war früher, jetzt, und ganz genau gesagt 1874, ist man, als mein Großvater, fromm – also Baptist – und fährt dennoch – mit Pferd und Wagen – zu den Feinden des Glaubens – also den

Evangelischen – und steht zu seinem Recht – als Deutscher – und das, weil man etwas hat: eine Mühle bei Neumühl, an einem rechten Nebenflüßchen des Drewenzflusses, der immer im Polnischen, aber zwischen Deutschland und Rußland verläuft, eine Wassermühle mit Mühlenteich und, wenn man will, auch mit Stauwehr.

Der Dreck liegt noch immer auf dem Ufer herum: Pfähle, Stangen, Bohlen, Bretter, Faschinen aus Strauchwerk, – verdreckt und verkommen, und mit diesem verkommenen Dreck sind wir bei unserer Geschichte, nach der wir immer auf der Suche waren mit all dem Gerede über meinen Großvater.

Der Levin liegt im Gras auf der Böschung, liegt da, die Arme unter dem Kopf, auf dem Rücken, so lang und dünn er ist. Er sagt: Du mußt nicht immer anfangen damit. Und diese Marie, die der Levin Marja nennt, diese Marie sagt: Ja ja.

Der Tate hat geschrieben, sagt Levin, ich soll gehn nach Briesen und alles zurückziehn und soll kommen nach Rożan, dort sind unsere Leute alle, und Marie liegt neben ihm im Gras und sagt: Ja ja. Und das ist so ungefähr der dritte Satz in unserer Geschichte.

Wenn sie sich aufrichten würden, die beiden, sähen sie unten an der Böschung die Bohlen vom Laufsteg, halb im Wasser, den ausgetretenen Sandplatz, auf den die befestigten, mit Knüppeln und Brettern abgestützten Stufen hinunterführen, wo Levins Mühle war, aber das brauchen sie ja nicht, das wissen sie ja noch: da ist sie gewesen, ein Jahr lang, und ist davongeschwommen mit dem Stauwasser, das von der anderen Mühle herkam, ist zerbrochen und in die Drewenz getrieben, im Frühjahr, als das Wasser kalt war, an ein paar Dörfern vorbei, Treibholz und weiter nichts.

Nur die Mahlsteine sind nicht mitgefahren. Da schimmern sie herauf aus dem eiligen Wasser, das den Sand gegen sie heranführt und einen Wall vor sie hinbaut, von dessen Höhe die Körnchen wie mit einem Sprung über die Steine hinfliegen.

Ja ja, sagt diese Marie, und nun wird es dunkel in diesem Juni, der Mond hängt über Russisch-Polen, was soll er auch über den Fluß kommen! Diese Marie sieht ihn und der Levin auch, sie sagt: Bleib man lieber da.

Also: Du, Mond, bleibst in Russisch-Polen, und du, Levin, bleibst hier und gehst nicht nach Rożan zu deinen Leuten.

In vierzehn Tagen ist der erste Termin.

## 3. KAPITEL

Wird all duster, sagt dieser Habedank.

Sitzt vor Palms Krug auf der Holztreppe wie ein Zigeuner, nämlich nicht aufgestützt, die eine Hand oben auf dem Geländer, die andere auf dem schwarzen Geigenkasten, der sieht aus wie ein Weichselkahn, stabil und lang und, wie gesagt, schwarz und mit einem Deckel drauf wie ein Hausdach.

Und was will dieser Habedank in Malken?

Vorige Woche ist er hier durchgekommen, kam von Cielenta, irgendein Pferdegeschäft ohne Geld, Expertise oder Zigeunereid, was also heißt: Schwurhand nach oben und den anderen Arm ableitend nach unten, aber hinter dem Rücken wohlgemerkt. Und ist beim Gustav vorbeigegangen – bei meines Großvaters unfrommem Bruder, wie man sich erinnert – und der Gustav hat ihm Bescheid gesagt wegen der Musik, für Sonntag, wenn abgetauft ist, für nachher, für die Begebenheit, so gegen Abend.

Wird sein Musik, sagt dieser Habedank und zieht ab.

Und jetzt ist er wiedergekommen, am Sonntag früh, mit Geige, wie er meistens kommt zu Begebenheiten, weil er die Musik ist, die weltliche Musik, die lustig ist oder traurig, eins von beiden und nichts dazwischen und also ohne Übergang: lustig oder traurig. So wie dieser Habedank ja auch redet: entweder Mist oder Sehr schön. Wenn er das Kind gesehen hat, sagt er: Schöner Knabe und so zuversichtlich.

Drüben, nur ein paar Meter weiter, wohnt der Gustav, zwischen Kirche und Krug, heute wird das Kind getauft, das siebente, Nachzügler oder Nachschrabsel, was soll man sagen? – getauft beim Evangelischen, beim Glinski, der so laut schreit, – dieses Kind, das meinem Großvater so gelegen kommt mit seiner evangelischen Taufe und dem Prediger Feller so ungelegen mit seiner gottlosen Besprengung.

Die anderen Kinder, Gustavs andere Kinder, die Sechs, spielen im Garten, daß man es hört. Habedank, der die Musik ist, hört sogar heraus, daß es sechs sind. Sie singen:

Abel Babel  
Gänseschnabel,  
Gänsefüßchen  
schmecken süßchen.

Das ist ein Begräbnislied. Die tote Schwalbe, die man dazu braucht, findet sich immer und wird begraben, umständlich und traurig und mit Gesang.

So laufen einem die Kinder nicht immer unter den Füßen herum.

Das sagt Gustavs Frau in der Küche, sagt es zu Christina und hüpft um die acht Töpfe, die auf dem Herd stehen, und Christina hört auch den schönen Gesang und kennt natürlich das schöne Lied und denkt gleich an die Begrüßung gestern abend.

Da kamen sie in die Stube, mein Großvater und Christina, da standen die beiden ältesten von Gustavs Sechsen, der Christian und die Emilie, und sagten Guten Tag, aber die andern Vier steckten unter dem großen roten Sofa, die Augen, viel mehr war nicht zu sehen. Bis Christina dann die Tüte mit den Anisbonbons aus dem Beutel wühlte. Da kamen sie also vor und standen einen Augenblick da, alle sechs, aufgereiht, der Christian vornean, dann die Emilie, nach der Größe, immer anderthalb Jahre Unterschied, und nun aber schnell auf die Tüte zu, eine Handvoll für jeden, in die Tellerchen der vorgestreckten Hände hinein, und dann Rückzug, unter das Sofa, die Vier, die Größeren zur Tür hinaus. Da hatten sie gesessen, die Kleinen, in Sicherheit mit ihren Bonbons. Wie die Hundchen, hatte mein Großvater gesagt und dagestanden, ein bißchen verwundert, bis Gustav sich an den Dreijährigen erinnerte, den er vorführen wollte. So waren die Männer hinausgegangen, zum Pferdestall.

Als es anfing dunkel zu werden, gestern, als die Kinder hereingeholt wurden oder unter dem Sofa vor, um in die Betten gesteckt zu werden, da war schon das erste passiert.

Gustav hatte die Frau Pfarrer vorbereitet, über den Zaun weg, und dann hatte mein Großvater am Amtszimmer geklopft, und eine halbe Stunde später hatte ihn Glinski selber bis ans Hoftor geleitet und Aufwiedersehn gesagt und: Na denn auf morgen, und daß alles richtig gelaufen ist bisher, das sieht man an der Bewegung, mit der sich mein Großvater jetzt morgens um halb acht das weiße Hemd über der Brust zuknöpft und ein Härchen, das sich aus dem Knopfloch vorwagt, einfach abreißt, mit Kleinigkeiten halten wir uns nicht auf. Tante Frau, sagt er, wo sind die Socken?

Die Socken sind da, Frühstück ist da, alles da, der Täufling eingewickelt und garniert, die Trude, die Schwägerin, hat die Töpfe übernommen, Christina und Gustavs Frau stecken in schwarzen Kleidern wie eingenäht. Alles da. Und dieser Habedank sitzt noch auf Palms Treppe.

Jetzt geht die Glocke los und hört sich an wie ein Blecheimer, und drüben hinter Wyderskis Scheune taucht der Willuhn auf und hat den Habedank gleich gesehen.

Gibt der Palm nicht? schreit Willuhn und kommt schräg über die Straße. Wie ich noch an der Schule war, hohoho.

All wieder besoffen, der Willuhn.

Habedank nimmt seine Geige und legt sie eine Stufe höher hinter sich.

Willuhn, das soll man sich merken, war einmal Lehrer, hier in Malken. Und könnte es noch sein. Weil ein Lehrer so besoffen eigentlich gar nicht sein kann, jedenfalls nicht dauernd. Woher denn? Willuhn aber hat reich geheiratet, da ist es also gegangen, zehn Jahre lang, dann haben sie ihm die Schule abgenommen, das Geld war alle, der Willuhn wurde lästig, nun ist er bei einem Altenteiler untergekrochen, auf dem Abbau, der hat auch nichts, da sind sie beide besoffen, ewig, man weiß eigentlich nicht wovon.

Der Willuhn macht auch Musik, aber so häufig sind die Begebenheiten ja nicht, und er spielt ja auch nicht lange, er ist ja immer gleich betrunken, was kann da herauskommen! Wundern wir uns ruhig, woher und wieso, der Willuhn jedenfalls hat heute morgen schon gehabt, was er braucht, nun steht er vor diesem Habedank und beugt sich gefährlich vor und sagt viel zu laut: Der Christina ihrer ist da. Gestern abend gekommen.

Na ja, sagt Habedank, da geht er.

Mein Großvater. Zur Kirche. Und Christina auch und Gustav und Gustavs Frau und der alte Fagin, und Gustavs Frau macht plötzlich kehrt und rennt wieder zurück ins Haus und kriegt erst vor der Haustür einen Schreck über ihre unfeierliche Eile, hält an und geht jetzt langsam hinein. Und kommt kurz darauf noch langsamer wieder aus der Tür und sieht: da stehen sie und warten, und geht also langsam auf die Gruppe zu, die sich wortlos in Bewegung setzt.

Die hat sich aber, wie so Talglicht, sagt Willuhn.

Ach was, sagt dieser Habedank, schwarze Talglichter gibt nicht. Wo hast du dein Instrument?

Habedank sagt Instrument, Willuhn sagt Recksack, also ist es eine Ziehharmonika, eine altertümliche, mit zahllosen Riestern und Pechdraht zusammengehalten, was auch nicht die Seligkeit ist und immer mal nachläßt, dann gibt es so leise, aber ganz unangenehm überraschende Töne, Nebentöne, selten daß einer zu der vorgetragenen Melodie paßt.

Hab ich schon beim Gustav, das Ding, sagt Willuhn und läßt sich auch auf der Treppe nieder.

Und mein Großvater drüben hat schon gesehen: dieser Habedank sitzt da, was will der Zigahn?

Kommt heute abend spielen, sagt Gustav, ich hab ihm gesagt, wieso fragst du?

Nein nein, soll er meinetwegen, sagt mein Großvater, aber es gefällt ihm nicht. Habedank – diese Marie – der Levin – so gehen die Gedanken, nein, es gefällt ihm nicht, meinem Großvater, aber da sind sie vor der Kirchentür, da kommen die andern, Willutzkis, Witzkes, die Lehrerfrau, Jendreizycks, Palms und wer weiß noch alles, nun also Guten Tag sagen und ein bißchen reden und alles schön und gut, jetzt keinen Ärger zeigen, und hinein in die Kirche, ehe das Geläut aufhört.

Nun sind sie drin, sagt dieser Habedank.

Was der Alte in Malken will? Er hat so seine Gedanken, der Habedank. Ob der Willuhn etwas weiß? Was kann er schon wissen!

Doch der Willuhn weiß.

Gestern war er beim Glinski, sagt Willuhn, gestern abend noch, der Baptist beim Glinski, gibt wieder schönen Krach bei euch Neumühlern.

Hat schon gegeben, sagt Habedank, hat schon gegeben, der Feller rennt rum wie angestochen.

Also was weiß der Willuhn?

Der Alte ist beim Pfarrer gewesen, gestern schon, heute geht er zur Kirche bei ihm, er läßt den Glinski nicht aus den Fingern, das tut er doch nicht ohne Absicht.

Ob man den Willuhn ausfragen kann? Ohne daß der gleich überall herumposaunt: Der Habedank hat, und der Habedank hat nicht? Aber wenn er etwas weiß, ich denke, wird er schon reden.

Eine vorsichtige Frage: Was meinst du, Willuhn, vielleicht hatten sie was vor mit Pferden?

Ach was, mit Pferden, du immer mit Pferden, sagt Willuhn. Ist doch sein Bruder! Wird er Pate stehen.

Also der Willuhn weiß doch nichts? Habedank nimmt seine Geige unter den Arm, zieht sich am Geländer hoch und geht los.

Wart doch, sagt Willuhn, was rennst du so!

Doch dieser Habedank hat es eilig. Heute abend beim Gustav, Glock fünf bin ich da.

So bleibt der Willuhn nach ein paar Schritten stehen, dieser Habedank rennt ja wirklich, und schreit: Na denn hau doch ab, du Zigeuner. Mußt wieder ein Pferd im Arsch jucken, mit der Geige?

Bleib stehen, Willuhn, das geht dich alles nichts an. Laß den Habedank rennen, du hast den Ärger nicht, und wenn du ihn hättest, reichte er wohl nur bis zur nächsten Flasche. Du kennst dich nicht aus in all dem Durcheinander, das die Leute Leben nennen oder Frömmigkeit oder Recht, du hast damit abgeschlossen, damals vor sieben Jahren, als du die Schule loswurdest, fang nicht erst wieder an mit solchen Sachen, du bist im Stande der Unschuld, vielleicht als einziger hier in Malken, vielleicht bis nach Briesen als einziger, du fragst nicht, wo der Schnaps herkommt, irgendwo her kommt er schon, sieh du die Lilien an auf dem Felde und die Vögel unter dem Himmel, geh Willuhn, steh nicht herum, heute abend sehen wir uns wieder, beim Gustav. So, nun ist die Straße leer.

Nur die Störche fliegen umher. Denen es gegangen ist wie dem Willuhn. Denen der Küster Gonserowski, das alte Mannchen, gestern mit einer Stange das Nest vom Kirchdach heruntergestoßen hat, die beiden Störche. Das gibt auch nichts Gutes.

Die Störche, davon könnte der Habedank erzählen, kommen alle aus Osieczna, was Storchennest bedeutet, das liegt im Posenschen, dort stammen sie her, und man legt ihnen, wie bekannt, ein Wagenrad aufs Dach, damit sie kommen und es bequem haben und bleiben und nächstes Jahr wiederkehren, das tut man. Ganz neu, daß sie nicht mehr aufs Kirchendach dürfen, ganz neue Moden.

Unten in der Kirche, unter dem Dach, das nun leer ist, aber umflogen von zwei Störchen, sind sie beim Predigtlied. Der Glinski stampft die Kanzeltreppe hinauf, nickt meinem Großvater freundlich zu, dann überblickt er erst einmal seine Herde. Und wir lassen ihn reden, soll er unsertwegen auch schreien, wenn er die Abkündigung nur nicht vergißt, Gustavs Siebenten, die Heilige Taufe empfängt heute –, soll er ruhig schreien. Und wenn die Kirche aus ist, gehen sie zurück, jetzt der Gustav und Gustavs Frau vorneweg, mein Großvater und Christina und der alte Fagin, der aus Klein Brudzaw, hinterher, ein bißchen schneller als vorhin. Und dann wieder in die Kirche, diesmal aber mit dem

Täufling, das weitere kennen wir schon. Johannes der Täufer, oben über der Szene, in seinem hölzernen Jordan, hölzerne Beine und hölzernes Kamelhaar, aber doch ganz natürlich in den Farben. Da oben tauft der Johannes, unten tauft der Glinski.

Eigentlich nicht so schön wie bei den Baptisten, findet Christina, nicht so feierlich. Da steht der Großvater und hält das Kissen mit dem Würmchen und gibt es nach einer Weile ab an den Fagin, den andern Paten. Aber schmeiß nicht hin. Das Kind bekommt einen Namen und weiß nichts davon, denkt mein Großvater. Aber na ja, sagt er so laut, daß Glinski aufblickt und sich unterbricht, mitten im Satz.

Er wird schon wissen, wie er weiterkommt. Mein Großvater regt sich da nicht auf, er sagt: Reden Sie man ruhig, Herr Pfarrer, und der Glinski schiebt nur mal die Augenbrauen hoch, ziemlich hoch allerdings und mit einem deutlichen Ruck, ehe er seinen Satz zuende bringt, aber mein Großvater denkt: Hab dich nur nicht so, mit meinem Prediger mach ich das kein bißchen anders.

Das wissen wir schon.

Das Kind bekommt also seine Namen, Christoph nach dem Schwiegervater Fagin und Johann nach meinem Großvater. Und darüber ist es doch noch feierlich geworden, Christina jedenfalls weint, und Gustavs Frau kann das nicht mit ansehen, sie weint auch, und es hält vor bis zu Hause, es tut dem Menschen gut.

Palms Krug bleibt heute zu. Nicht nur am Vordereingang, das ist jeden Sonntag so, sondern auch hinten. Palms sind zur Taufe geladen, da kann der Willuhn noch dreimal kommen und an der Küchentür klopfen, wegen einem Viertelchen Spiritus. Er steht da, der Willuhn, und schüttelt den Kopf. Meine Zeit! Das hat die Welt noch nicht gesehen, sagt er erschüttert und macht eine so kurze Wendung, daß er ins Stolpern kommt und längelang hinschlägt.

Wer das sieht, sagt sofort in freudiger Empörung: Der Willuhn, nein, schon wieder, und am heiligen Sonntag, voll wie eine Fichte.

Dabei war es bloß die Enttäuschung. Man tut dem Menschen

sehr schnell unrecht, dem Menschen Willuhn. Der sich jetzt langsam mit den Händen hochstützt, auf die Knie kommt, sich erhebt, dasteht, und ohne viel nachzudenken losmarschiert, um Palms Haus herum, durch die Einfahrt, rechterhand den Zaun entlang, auf Gustavs Haus zu.

Er steht vor der Tür. Er geht hinein. Er kommt in die Diele und hält plötzlich erschrocken, denn Kathrinchen, Gustavs Kleinste, steht in der Stubentür und schreit entsetzt auf bei seinem Anblick. Ganz zu Unrecht übrigens, denn der Willuhn hat sich feingemacht, kommt mit Socken und mit Hut, die schwarze Schleife vorgebunden, was will das Kind!

Aber das ist doch der Herr Willuhn, sagt Gustavs Frau, der Herr Willuhn, haben Sie Kaffeedurst, Herr Willuhn?

Ja ja natürlich, Kaffeedurst, sagt Willuhn verdrießlich, was anderes schon gar nicht.

Da ist die Taufgesellschaft beisammen.

Willuhn, wie in alten Zeiten, geht auf die Frau Pfarrer zu, kein Gedanke jetzt, daß der Willuhn hinfallen könnte, Lehrer a. D. Willuhn.

Gedienter Mann, sagt Glinski wohlgefällig. Sieht man gleich.

Lassen wir den Glinski reden. Unsere Geschichte bekommt Konturen. Wir nähern uns dem vierten Satz. Auf Umwegen.

Und wir sind in der Guten Stube.

Vor das neue Sofa mit dem braunen Trumeau ist der lange Tisch gerückt. Da thront der alte Fagin, meines Großvaters Schwiegervater, und neben ihm Christina, als seine Tochter, und auf der anderen Seite sitzt der Palm, Arme auf dem Tisch, der Parobbek, daneben im Sammetstuhl Frau Palm, diese Schwarze mit dem langen Hals und Locken bis auf die bekannt schönen Schultern hinab, das magere Gestell, wie mein Großvater sagt, die sich der Palm irgend woher aus dem Polnischen geholt hat, rein deutsche Familie übrigens, Hecht oder so ähnlich, weiter Gustavs Schwägerin und ihr gegenüber der Tethmeyer, und oben an der Tafel Pfarrers beide, in zwei Sesseln, und mein Großvater, im dritten Sessel.

Muß man das beschreiben?

Eine Gute Stube, wie man sie überall findet, und Kindtaufe wird gefeiert, nicht sehr üppig, wie man sieht, weil ein Nachzügler immer ein bißchen genierlich ist. Als das Kind besehen wurde, vorhin, und die Frauen redeten und Ähnlichkeiten fanden, vor allem mit meinem Großvater, und der Gustav sich ein bißchen in die Brust warf, hatte der Tethmeyer diesem Vater ins Kreuz geschlagen und nur gesagt: Den hättest dir sparen können.

Nein, man muß wohl nicht.

Sie sitzen noch alle um den langen Tisch. Noch sind sie lange nicht fertig mit dem Kuchenzeug, mit den weißen Torten und den dunklen Napfkuchen.

Und die Kinder sind nicht unter dem Sofa, die gehen um den Tisch herum und sehen genau, was da verschwindet und was da bleibt, und sie singen natürlich, man hört es schon, aber man hört es nicht genau oder man achtet nicht so darauf, dabei könnte man es schon hören, denn Louischen singt es ganz deutlich: Für uns wird schon nichts bleiben, für uns wird schon nichts bleiben.

Gustavs Frau schwenkt mit der Kaffeekanne in die Küche, mein Großvater und Christina trinken noch ein Täßchen mit, aller guten Dinge sind sieben, und die Frau Pfarrer auch, zur Gesellschaft.

Willuhn, zwischen Großvater und der Schwägerin, bekommt also den Kaffee und nippt auch dran, aber der Rest wird kalt werden, denn da sitzt dieser Tethmeyer ihm gegenüber, der große Spaßmacher, da kommt er gleich ins Gespräch. Wie man mit Tethmeyer ins Gespräch kommt: als ob man mitten in einem Satz, in dem Satz, den man gestern oder vorgestern nicht beendet hatte, fortfahren müßte: über die Störche oder über allerlei Krankheiten, Tethmeyers besonderes Interessengebiet. Man sagt: Die erholt sich auch gar nicht, und Tethmeyer weiß sofort, man meint Urbanskis Großmutter, er weiß es, er sitzt da, eine große Eule, die gleich die Flügel ausbreiten wird, so mit Blick nach innen, auf etwas bedacht, was noch nicht da ist, aber im nächsten Moment eintreten wird, Eduard Tethmeyer, der Sargtischler, die große

Eule: mit buschig aufwärts gerichteten Brauen über den halb geschlossenen Augen, die übrigens kreisrund sind, wenn er sie aufschlägt, dem kurz geschorenen Grauschädel, den behaarten Spitzohren, die große Eule Eduard. Mit fliegenden Bewegungen huscht sie hinein in die Häuser, freundliche Sprüche an die Krankenbetten zu tragen: Siehst ja schon wieder ganz gut aus, wird schon werden, kannst Gift drauf nehmen. Und dabei hat Tethmeyer dann schon Maß genommen und schließt seine Ansprache einfach mit: Einsachtzig.

Tethmeyer also, der Totenvogel und große Spaßmacher, sitzt auch da. Und gegenüber Willuhn, und links von ihm Gustavs Schwägerin, dann Palms.

Das hat die Welt noch nicht gesehen! Sitzen hier herum, die Palms, alle beide, und unsereins kann sich die Hacken abrennen!

Aber Willuhn, das sagt man nicht in Gegenwart eines Pfarrers, der Sonntag ist heilig, diesmal auch an der Küchentür, also lieber weiter über den Tisch: Na Eduard, wie sind die Geschäfte? Obwohl das jezt auch nicht das richtige ist. Also etwas anderes: Na war schön in der Kirche? Hat er gebrüllt? Womit der Täufling gemeint ist, nicht der Glinski.

Aber Tethmeyer kann jetzt ruhig fragen: Wen meinst du? Denn der Glinski hört nicht zu, der redet mit meinem Großvater. Wissen Sie, sagt er, solange es nicht in meinem Dorf ist, habe ich nichts dagegen, der Herr Superintendent teilt da durchaus meine Ansicht. Doch ordentliche Leute, die Baptisten, sieht man doch an Ihnen.

Aber das enttäuscht meinen Großvater, so kommt man doch nicht weiter, so wird kein Geschäft daraus. Mein Großvater sagt: Alles ganz schön und grün, Herr Pfarrer, und natürlich, man ist ein Mensch und hat Religion im Leib, bloß daß nun jeder seinen eigenen Topf kocht –

Da hat er ja vielleicht recht, mein Großvater. Wenn man sich überlegt: hier in Malken sind die Evangelischen, die kennen sich nicht, untereinander, in Neumühl sitzen die Baptisten, die kennen sich, auf Abbau Neumühl die Adventisten, die auch, es hat alles seine zwei Seiten, in Trzianek sind die Sabbatarier, in Kowalewo und Rogowo die Methodisten, nach Rosenberg zu fangen die Mennonitendörfer an, das ist schon weiter weg.

Ja aber, sagt mein Großvater und ist notfalls, scheint mir, bereit, die Baptisten an den Glinski zu verkaufen, aus Frömmigkeit, wie wir wissen. Er ja, aber die Frau Pfarrer, nein, die ist dagegen.

Da fährt sie dazwischen und ist nämlich aus gutem Hause und hat eine hohe Stimme und nimmt noch einen Schluck, setzt die Tasse kräftig auf den Tisch, faßt sich an den Haarknoten, weil der neue falsche Zopf sich nicht fügen will und immer die Nadeln aus dem Knoten treibt, nein, Herr Mühlenbesitzer, das riefe doch nur Unfrieden hervor, das können Sie doch nicht wollen!

Unser geliebtes Kaiserhaus, sagt Palm, der anno 70 zwei Wochen im Krieg gewesen ist, im Choleralazarett, Eimer tragen.

Ja, sagt mein Großvater, unser geliebtes Kaiserhaus an der Spitze.

Ja, sagt Glinski, unser geliebtes Kaiserhaus. Unser kaiserlicher Held hat soeben durch das Repatriierungsgesetz und durch die Landesgesetze vom 9. März –

Jawohl, sagt die Frau Pfarrer und hebt die auffallend gerade Nase und fingert an dem goldenen Ührchen herum, das sie an einer langen Kette um den Hals hängen hat, er führt das Werk unseres Doktor Martin Luther zu einem strahlenden Ende.

Na sehen Sie, sagt mein Großvater.

Aber meine Herren, sagt Glinski, das richtet sich doch gegen den Feind, den römischen Stuhl, und das heißt –

Gegen die Polacken, sagt mein Großvater.

Wenn Sie das so meinen, sagt Glinski, also da haben Sie recht. Eingeschlossen von einem uns zuinnerst fremden Volkstum –

Na also, denkt mein Großvater, jetzt haben wir ihn so weit. Und unten am Tisch der Willuhn kriegt rote Ohren und sagt zu Tethmeyer hinüber: Jetzt kommt er in Fahrt, und lehnt sich zurück und legt die Hände zusammen, und Tethmeyer zieht einen

Mundwinkel hinauf und zischt: Halleluja, und macht den Mund wieder breit und sagt: Na denn man los.

Jetzt also eine von Glinskis Deutschen Reden.

Wenn nicht eben die Tür aufginge, wenn nicht der Habedank erschiene, jetzt gerade, die schwarze Mütze in der Hand, den schwarzen Geigenkasten unterm Arm, dann müßten wir Gloria und Victoria über uns ergehen lassen. Also, Habedank, komm wie gerufen, kriegst auch noch Kaffee.

Habedank sagt: Guten Abend allerseits.

Gustavs Frau sagt: Guten Abend, Herr Habedank.

Tethmeyer dreht sich um und ruft: Hast den Kasten aufgenuddelt?

Willuhn sagt: Was denn, ist all fünf?

Und mein Großvater denkt: Na jedenfalls ist er angeheizt, der Gottesdiener, wir werden ihn in die Ecke nehmen, drüben an den runden Tisch, Zigarre, zwei, drei Schnäpschen. Wie meinten Herr Pfarrer?

Ach so, sagt Glinski, natürlich, wir sprachen ja gestern schon kurz. Also, Natalie, wir haben da noch eine Kleinigkeit. Aber vielleicht willst du dich dazusetzen?

So setzt sich diese Natalie dazu. Christina allerdings geht in die Küche, wegen der Gläser. Ist auch besser, denkt mein Großvater, die sagt womöglich wieder was ganz Falsches aus der Bibel.

Eine heilige allgemeine christliche Kirche. Damit nimmt die Frau Pfarrer das Gespräch von vorhin wieder auf, und dann sagt sie: Es sind Schweine, und meint die Katholischen, die bedauernswert sind und polnisch.

Glinski greift nach einer Zigarre, und mein Großvater kommt eilig nach, er nimmt also auch eine Zigarre, beißt die Spitze ab, steckt sich den bunten Papierring, den der Pfarrer natürlich an seiner Zigarre sitzen läßt, auf den linken kleinen Finger, währenddessen redet diese Natalie immer weiter.

Ein unerschöpfliches Thema. Weil man nicht bei ihm bleibt. Ein unerschöpfliches Mundwerk. Weil man es nur in Haus und Hof, aber nicht in der Kirche in Gang setzen darf, als Pfarrfrau.

Der Glinski dagegen hat wiederum nur in der Kirche zu reden oder bei Begebenheiten, in Haus und Hof nicht. Aber mein Großvater ist, als Baptist und Ältester, dem wahren Christentum näher, der ehrwürdigen Ordnung des Mulier taceat und also dem echten Verständnis von Genesis 3, darum sagt er jetzt: Wissen Sie eigentlich, Herr Pfarrer, weshalb Adam aus dem Paradies vertrieben wurde?

Aber na hören Sie, sagt die Natalie Glinski, das weiß doch jeder, das werden Sie doch nicht meinen Mann fragen.

Na, sagt mein Großvater freundlich, was meinen Sie denn, Frau Pfarrer? Und die Frau Pfarrer also weiß, daß es wegen der Früchte gewesen ist, nicht wegen irgendwelcher Äpfel, wie immer gesagt wird, sondern wegen dieser Früchte vom Baum der Erkenntnis. Aber mein Großvater weiß es besser: Da lesen Sie man noch mal in Ihrer Bibel. Er läßt sich gar nicht beirren: Adam wurde ausgetrieben aus dem Paradiese – er macht eine kleine Pause und fährt mit erhobener Stimme fort: weil er gehorcht hat der Stimme seines Weibes.

Was tut der Glinski jetzt? Was sagt er? Das soll er sich aber gut überlegen. Da sitzen sie nämlich am langen Tisch: Palms, der alte Fagin, Tethmeyer und natürlich Willuhn und dieser Habedank, und laut genug hat mein Großvater ja gesprochen. Also, Mann, Glinski, was sagst du?

Glinski, nun ja, entschließt sich zu einem Lachen, einem etwas rauhen Lachen. Ist ja auch spaßig. Aber wohl doch ein bißchen unverschämt. Die Frau Pfarrer jedenfalls erstarrt fürs erste. Und wenn auch mein Großvater lacht, die andern lachen nicht, der Tethmeyer sagt ernsthaft: Man lernt nie aus.

Aber wer soll hier lernen? Mein Großvater hat gedacht: der Glinski. Wenigstens für die nächsten anderthalb Stunden. Denn jetzt wird es ernst, jetzt will mein Großvater alles herausrücken, einfach und klar, alles, wie er es sich gedacht hat. Da muß diese Frau natürlich aufhören mit ihrem Gerede.

Diese Frau sieht also, nachdem die Erstarrung vorbeigegangen ist: der Glinski, der Mann, lacht, und mein Großvater, der Rohling, bleibt sitzen, hat seine Zigarre eingebissen, sagt nichts, als ob er auf etwas wartet.

Christina ist noch rechtzeitig hereingekommen, sie hat ihren Alten noch gehört, also geht sie auf die Frau Pfarrer zu und sagt: Er ist aufgewacht, der Christophchen, und nimmt sie mit hinaus.

Und die Musik ist endlich dran. Und jetzt, so kurz vor dem Auftritt, kann der Willuhn, ohne unhöflich zu sein, seinen Schnaps fordern. Zielwasser: weil er die Töne treffen muß, Seelenöl: weil es jetzt aufs Gemüt geht, aufs ganze Gemüt, oder einfach Branntwein: weil es feurig zugehen soll. Wenn es auf diese Weisheiten kommt, ist bei Willuhn kein Ende abzusehen, da sagt der Habedank: Na drehen wir mal einen auf!

Geige ans Kinn, einmal über die Saiten gestrichen, stimmt.

Alte Kameraden, ruft Glinski.

Also: Alte Kameraden.

Heidegrab, ruft mein Großvater, als sie fertig sind.

Also: Heidegrab.

Dazwischen der Schnaps.

Tethmeyer wischt sich die Tränen, er sagt: Nein, der Habedank! Weil der Habedank in der Refrainzeile, in der mit den blühenden Rosen, immer so einen schweren Schluchzer angebracht hat. Und Frau Palm ruft leidenschaftslos wie eine Flachshechel: Sabottka.

Also: Sabottka. Eine dörfliche Vierviertaltaktweise, etwas zum Trampeln, aber auch ein bißchen traurig zum Schluß.

Tethmeyer kann sich nicht halten, er singt mit, auf Polnisch. Die Palmsche, dieses Polenweib, auch und sogar Gustavs Frau, die in der Tür steht, und die Schwägerin sowieso.

Polacken, sagt mein Großvater, aber nicht so laut, und beugt sich dabei zum Glinski hinüber.

Und dann sagt er einfach: Sie sind doch mit dem Herrn Landrat bekannt, Herr Pfarrer, Sie werden ihm doch –

Da sagt der Glinski: Bekannt ist gar kein Ausdruck. Mein Bundesbruder! Sagt Ihnen ja wohl genug.

Daß es da noch mehr gibt, noch mehr Verbindendes, das geht die Leute ja doch wohl nichts an.

Nun also kurz und rund die Geschichte mit dem Levin. In zehn Sätzen, wie sich mein Großvater die ganze Angelegenheit zurechtgedreht hat.

Ich verstehe, sagt Glinski und nimmt eine neue Zigarre. In unserem Abwehrkampf gegen die polnische Überfremdung, in unserer Position als Eckpfeiler unseres stolzen Reiches, ich will mal sagen: die Gesetze reichen hier einfach nicht aus.

Jawohl, sagt mein Großvater. Und da dachte ich –

Und da haben Sie recht gedacht, sagt Glinski, und morgen gleich schreibe ich.

Und wenn Sie vielleicht hineinschreiben möchten, daß die Sache in Briesen liegt und daß der Termin – Also diese Musik, schreit der Großvater plötzlich, kannst du nicht drüben bleiben, mußt du einem immer direkt in die Ohren sägen!

Der Habedank ist, wie man weiß, ein Zigeuner: er hat ein Haus ohne Geld, eine Geige mit schwarzem Kasten, einen Pferdeverstand, wo soviel bedeutet, daß er etwas von Pferden versteht, und natürlich bleibt er als Zigeuner nicht irgendwo stehen, wenn er spielt. Er geht umher im Zimmer, auch mal durch die offene Tür nach nebenan, das Kind will auch etwas davon haben, aber auch mal hinüber zum runden Tisch, er singt auch ab und zu ein paar Worte, beugt sich zu dem und jenem und sagt etwas Lustiges. Und gute Ohren hat er auch, als Zigeuner.

Glinski – der Landrat – Briesen, soviel hat er verstanden, so geht es also lang. Wenn er jetzt noch hören könnte, was die beiden über den Termin zu bereden haben, wüßte er genug, der Habedank. Aber davon erwischt er nichts, da paßt mein Großvater jetzt auf und schickt ihn immer gleich zurück, wenn er dem Tisch zu nahe kommt. Und jetzt gibt es außerdem Abendbrot. Also sammelt sich alles wieder um den großen Tisch. Palms waren noch gar nicht aufgestanden.

Sei still, sagt Palm, denn seine Frau hat wieder mal angefangen mit: Früher in Polen, wo die Festivitäten Gute Gedanken hießen, wo es Lichtertänze und Polonäsen gab, lauter Tänze, Zauner, Heyduck, Lipek, alles feierlich und fröhlich und ganze Nächte durch.

Das könnte dir Weibstück so passen, knurrt mein Großvater am anderen Tischende, aber da sagt Tante Frau: Nein, du mußt dich zusammennehmen, du alter Deiwel, und mein Großvater sagt: Ja ja, das letzte Endchen schaffen wir auch noch, die Hauptsache haben wir schon.

Aber als das so weitergeht, als der Tethmeyer zum Willuhn hinüberruft und den Habedank dazuwinkt, der an der Dielentür lehnt, eingeklemmt zwischen Türrahmen und Geige, versunken, weil ihm irgendeine Erinnerung gekommen ist an irgendeinen langen Winter oder einen Sommer, aber wahrscheinlich doch wohl an einen Winter, als der Tethmeyer also schreit, weil der Habedank nicht so schnell herankommt: Der Matuszewicz in Brześk, muß man sich mal vorstellen, hat selber die ganze Nacht auf der Flöte zum Tanz gespielt, weil er keine Musikanten bekommen hatte, und als der Willuhn im Anblick des Abendbrottisches und der Flaschen, mit denen der Gustav hereinkommt, noch losschreit: Gast ins Haus, Gott ins Haus!, dieser Willuhn, der kein Pole ist, sondern ein deutscher Lehrer, freilich ein aus dem Dienst gejagter: Gast ins Haus, Gott ins Haus, so hieß es früher in Polen, da hält mein Großvater doch nicht mehr an sich, da sagt er laut und scharf: Immer diese Polackerei, früher in Polen, früher in Polen, was heißt: früher in Polen? Dann geht doch hin nach Früher und nach Polen!

Hören Sie, Mensch – das ist die Eule Eduard, sie schlägt mit den Flügeln und hat kugelrunde Augen – als hier noch Polen war! Verstehen Sie nicht, was?

Ja, ist der Tethmeyer nun ein Pole oder ein Deutscher? Was wird er schon sein. Er macht Särge aus Fichtenholz, Erwachsenensärge und Kindersärge, schwarze oder weiße, sieben oder acht im Jahr, es stirbt sich nicht so sehr in dieser Gegend, und wer einen Sarg braucht, der ist Pole oder Deutscher gewesen, dem ist es egal, was für ein Tischler ihn einsargt. Mehr wird man darüber nicht erfahren, jedenfalls nicht von Tethmeyer.

Findest du wohl sehr gemütlich, diese Begebenheit, sagt Fagin zu Christina, und Christina steht auf und geht in die Küche, fehlt wohl noch etwas, vielleicht Salz. Aber Fagin erhebt sich auch und geht ihr nach, er läßt nicht locker, er steht in der Küche und fängt wieder an: Nicht so sehr gemütlich.

Was soll denn auch sein, sagt Christina, du weißt doch, was mein Alter hier will.

Na er will zu den Evangelischen, sagt Fagin.

Aber nein, sagt Christina, es ist doch wegen damals, wegen der Mühle vom Levin.

Ach und da soll der Glinski? Aber nein, was soll denn der Glinski dabei? Das Neueste, was ich höre.

Aber du weißt doch, Vater, der Levin hat den Johann eingeklagt in Briesen, und der Alte denkt, jetzt müssen die Deutschen zusammenhalten.

Aber die müssen auch, aber gewiß, sagt Fagin.

Aber was soll der Levin denn machen?

Aber na hör mal, sagt Fagin, abhauen soll er, nach Rußland, seine sieben Koddern kann er mitnehmen.

Na ja, so reden die Beiden. Und was soll der Levin denn nun wirklich mitnehmen? Was ihm davongetrieben ist auf der Drewenz? oder die Mühlsteine? Hat er sonst noch etwas? Die Marie? Wenn er mit der zu seinen Leuten kommt, wird sich keiner freuen, dort in Rożan.

Aber nun gräm dich nicht, sagt der Fagin, dein Alter wird das schon deichseln. Siehst doch! Damit geht er in die Stube zurück.

Da sieht man: Mein Großvater, zwischen Glinski und seiner Frau Pfarrer, und er hat das große Wort, das größte heute abend, den vierten Satz, der heißt: Na also!

Da sind sie nun klar. Der Glinski hat nicht nur den ganzen Landrat zugesagt, sondern auch das Gericht in Briesen, weil der Herr von Drießler der Schwibschwager vom Kreisrichter Nebenzahl ist. Also der Termin wird vertagt. Wird erst einmal vertagt. Mach ich alles. Mach ich gleich nächste Woche. Morgen.

Na also, hat mein Großvater gesagt. Und jetzt auch kein Wort mehr davon. Habedank, ruft mein Großvater, ist die Fiddel klar?

Ja, sagt an Habedanks Stelle der Willuhn, bloß noch schmieren. Also zwei Gläschen oder drei, dann geht der Tanz los.

Ein rechter Christ und Deutscher, der Herr Mühlenbesitzer, sagt Pfarrer Glinski zu seiner Pfarrfrau, und da weiß die Natalie also, daß Gottes Segen für die nächste Zeit aus Neumühl winken wird. Also noch ein bißchen vom Glauben und: Wär doch so schön, wenn sie alle zusammenstehen würden, die Christen, diese Deutschen, dann könnten die andern alle sehn, wo sie bleiben, aber wir hier stehen ja auch schon, wir gehn da voran, wir geben ein Beispiel, und jetzt tanzt ja auch erst einmal die lange Schwarze, die Palmsche, und natürlich mit dem Tethmeyer. Da stellen wir uns nicht dazu. Da nicht.

Also Gustav, wie steht es mit den Schnäpschen?

Na gut, sagt Gustav.

Den vierten Satz haben wir hinter uns und sind überhaupt ganz hübsch vorangekommen: mit unserer Geschichte von der Mühle, die geblieben ist und noch dasteht, wo Korrinth und Nieswandt drinsitzen oder davor, lustig oder unlustig, und der anderen Mühle, die nicht geblieben ist, sondern zerbrochen, nachts, und davongeschwommen, diese Geschichte von den Deutschen und den Polen und dem jungen Juden Levin, diesem langen Laban, mit seiner Marja, dieser Marie, ganz hübsch vorangekommen in dieser Culmerländischen Geschichte, die übrigens auch um Osterode herum, dann aber später, oder um Pultusk herum, dann aber früher, spielen könnte, meinetwegen auch im Waldland um den Wysztyter See oder noch weiter nördlich, nach Litauen hinauf, dann müßte aber der Glinski Adomeit heißen und der Pilchowski, der jetzt Pilch heißt, Wilkenies und später Wilk, was ebenso litauisch ist, aber nicht so auffällt, der Wyderski müßte Naujoks heißen, der Gonserowski Aschmutat, der Urbanski Urbschies, oder die Geschichte könnte auch im Lettischen spielen, dann aber auch früher, solch eine Geschichte ist das. Ohne Ärger geht es jedenfalls nicht ab, bisher nicht und wenn wir weiter erzählen schon gar nicht. Aber jetzt ist es erst einmal, wie man sagt, gemütlich.

Dieser Habedank hat sich niedergelassen, am Fenster, da sind die Läden noch offen, da sieht er hinaus, der Tethmeyer singt, der Willuhn drückt noch immer mal an seinem schwarzen Kasten herum und findet lauter falsche Knöpfe, und jetzt kommt ihm auch noch einmal der Ärger hoch, der vorhin unterdrückte: Sitzt hier herum, der Palm, und das ausgereckte Weib auch, alle beide, und die Menschen müssen draußen stehen wie Pik Sieben, und durstig und trocken wie Drost, der Ärger kommt ihm hoch, und er sagt es auch, ganz so von Herzen, wie ihm der Ärger gekommen ist, und der alte Fagin geht mit einer Flasche herum und tut, wo er eingießt, auch jedesmal ausführlich Bescheid, also nimmt ihm Christina schließlich die Flasche weg, die Frau Pfarrer will nach Hause, also bekommt der Glinski einen roten Kopf, weil er nicht möchte und sie möchte doch, und Gustavs Frau bringt die Salzgürkchen hereingetragen, die so gut sind zum Schnaps, ein Schüsselchen nach dem anderen, mein Großvater schließlich, damit wir noch einmal von ihm reden, ist schon etwas betrunken. Merkt er selber. Soll er etwa tanzen? Noch schöner! Die Palmsche soll tanzen, dieses Zirkuspferd, und meinetwegen auch die Schwägerin, und der Gustav, der junge Bengel, und nicht nur mit der Frau Pfarrer. Was diese Dame bloß immer zu kichern hat? Und dann gefälligst etwas Deutsches, also: Rheinländer. Was tanzt der Deutsche noch? Also: Schieber. Mein Großvater steht neben Willuhn. Wie ist er dahin gekommen? Bloß weil der Willuhn die Flaschen bekniffen hält? Sieht so aus, und ist doch nicht wahr. Er will jetzt reden, mein Großvater, da muß er sich in die Mitte stellen. Und was soll er sagen? Zum Beispiel:

Hervorragender Mensch, der Glinski, so ein deutscher Mann so ein deutscher, und die Frau, die gnädige Frau, das reinste Achtzigtalerpferd, diese Frau Pfarrer, so eine deutsche Frau so eine deutsche.

So etwas ähnliches.

Meine Herren, sagt mein Großvater unbeschreiblich wohlgelaunt, meine Herren. Er wirft den Kopf hoch wie ein Gaul, breitet die Arme aus und torkelt gegen den Ofen. Meine Herren!

Du hast ganz schön geladen, sagt Christina und nimmt ihn bei den Schultern und dreht ihn zu sich herum und flüstert, aber ganz scharf: Du gehst jetzt ins Bett.

Und mein Großvater macht einen Schritt nach vorn, aber der fällt nicht gut aus, viel zu wacklig für die Rede, die er halten wollte. Also denkt er, ich werde den Kopf in die Waschschüssel stecken, dann ist das vorbei, dann komm ich wieder, dann sag ich denen noch was, diesem Speckfiedler, diesem Zigeuner, diesem Schleicher, und dem Tethmeyer, und dem Willuhn auch, und der Palmschen, das sind mir vielleicht Deutsche, denen erzähl ich aber was, das haben sie noch nicht gehört!

Also läßt er sich von Christina bis an die Tür schieben und von der Tür, die Christina hinter ihm zumacht, über die Schwelle in die Schlafstube hinein.

Da steht er erst einmal, und die Luft ist hier ein bißchen kühler und schlägt ihm vor den Kopf. Man muß sich erst zurechtfinden.

Auf dem Tisch rechts, neben dem Schrank mit dem großen Spiegel, steht die Petroleumlampe und brennt bei heruntergedrehtem Docht, da ist es hübsch halbdunkel, gerade hell genug, an die Waschschüssel zu finden.

Da steht die Wasserkanne, da sagt mein Großvater: Na los, Johann! und hebt die Kanne und will sich Wasser in die Schüssel füllen, aber da ist doch etwas, so ein Geräusch, da geht doch einer, dort am Schrank, da dreht sich mein Großvater um gegen den Spiegel, da fällt ihm die Kanne aus den Fingern und knallt auf die Dielenbretter und zerspringt in lauter Scherben, da kommt doch tatsächlich einer gegangen, aus dem großen Krach hervor.

Seht doch selber, sogar noch einer, daneben: eine weiße Gestalt, ganz dünn und weiß, im bloßen Hemd mit bloßen Füßen, denkt man, wenn man sieht, wie sie daherkommt, mit einem Perlenkranz im Haar und die ganze Brust naß von Tränen, und immer noch weint und mit stockender Stimme sagt: Ach Krysztof, ach Krysztof.

Farben zwischen grau und weiß, Silberblitze dazwischen, beweglich, Wasser.

Ach Krysztof, sagt die traurige Gestalt und öffnet kaum den Mund dabei, und der Angeredete sagt laut, über den roten Bart hinab: Meine Seele. Aber er weint nicht.

Das ist der Krysztof, mein Großvater weiß es gleich, der Krysztof, der fromme Wilde, der aus Bobrowo, der sich vor Bialken an eine Weide gehängt hat, der Wilde, den seine Seele nicht hat überreden können, weiterzuleben wie die andern, dort, wo der Glaube tot war, verbrannt oder ausgetrieben von Zygmunt, dem Dritten seines Namens, anno 1608, dem verfluchten Schweden, der hier König war.

Ach Krysztof, sagt Krysztofs Seele, und Krysztof greift nach dem Schwert und tritt auf das Gewässer vor seinen Füßen zu und holt aus und wirft das Schwert, so wie es in der breiten Lederscheide steckt, von sich, daß es klatschend auf die Wasserfläche fällt wie ein Stück nasses Holz und gleich versinkt.

Krysztof hat den Rokosz von 1606 angeführt, die Insurrektion gegen den König, den Wasa mit seinen Jesuiten, bis nach Krakau sind sie gekommen, die Evangelischen, damals, wie man weiß, der König ist herumgerannt in der Republik und hat geschrieen: Da sei Gott vor! Zwei Jahre lang, doch es ist nichts gewesen damit. Dann sind sie gekommen, die Katholischen mit ihren Heeren, dann ist es ausgewesen mit dem masowischen Adel: Katholisch oder außer Landes! Da sind ein paar geblieben auf ihren Höfen und haben Gregor oder Stanislaus geheißen seither, aber der Krysztof ist umhergejagt im Land bis nach Rosenberg und Marienwerder hinauf, und keiner hat ihn anhören wollen, alles vorbei. Da hat er zuletzt auch nicht lange hören mögen auf die Seele, wie sie Tag und Nacht hergegangen ist neben ihm und Ach Krysztof, ach Krysztof geleiert hat und vor dem Baum gestanden ist mit ausgestreckten Händen und leergeweint auf dem Ast gehockt hat, als sich der Krysztof daranhing, ohne Schwert, an den Weidenbaum vor Bialken.

Hoho! schreit der Krysztof. Da kommt er wie von einem Hügel

herab, durch hohes Gras, er streckt den linken Arm aus und hält die betrübte Seele zurück und macht einen großen Schritt vor.

Krysztof, ruft mein Großvater in tiefer Bewegung und sinkt auf die Knie, tief bewegt, und fällt auf die Seite, mit einem entsetzlichen Seufzer.

So finden sie ihn, Christina und Gustavs Schwägerin, die in die Schlafstube gerannt kommen, weil sie den Krach mit der Wasserkanne gehört haben. Da liegt mein Großvater, in der Wasserlache und inmitten der Scherben, vor dem Spiegel, halb auf dem Deckbett, das er herabgerissen hat, als er umsank; tief bewegt, wie man sich erinnert.

Christina geht an den Tisch und dreht den Docht höher, da wird es hell in der Schlafstube, da sieht man: mein Großvater schläft, das Gesicht voll Tränen, und als Gustav, der hinter den Frauen hereingekommen ist, ihn aufhebt und zum Bett trägt, sagt mein Großvater seufzend, aus seinem Schlaf hervor: Sei still, meine Seele! und nach einer Weile: Halt das Maul!

Nach Geistererscheinungen schläft mein Großvater besonders ruhig. Da hat er also die

2. Geistererscheinung

gehabt.

Es ging diesmal um den Glauben, um die Festigkeit im Glauben, sozusagen um die Union von Malken von 1874, geführt von meinem Großvater, die Überwindung der Glaubensspaltungen – Evangelische, Baptisten, Adventisten, Methodisten, Sabbatarier, Mennoniten –, einen Ansatz dazu, um die Deutschen also, nicht um die Katholiken und Polacken.

Der Saufkopp, sagt Christina, erst den großen Mund riskieren und dann daliegen wie so ein Parezke, in Kleidern und Schuhen, und noch brummen, wenn man ihn auszieht.

Meinem Großvater muß, wie geschrieben steht, alles zum Besten dienen. Sehen wir ihn uns noch einmal an, mit Christinas Augen: wie er daliegt, Arme und Beine von sich gestreckt, nun schon ohne die Spuren der Erschütterung, mit getrockneten Tränen also, friedlich und ausgesöhnt und deutsch.

## 4. KAPITEL

Nun also den zweiten oder dritten Nebensatz unserer Geschichte. Der erste und möglicherweise auch der zweite standen im ersten Kapitel oder auch noch im zweiten, man wird das leicht herausfinden. Der zweite oder dritte Nebensatz lautet: Richtige Zigeuner sind richtig schön.

Das ist wahr, ich sage es, wie es ist. Beschreiben allerdings kann man Zigeuner nicht. Wanderer, kennst du sie nicht, so lerne sie kennen, habe ich an einer Kirchenwand gelesen, an einer Außenwand, wo es zum Gedächtnis einer Verstorbenen angeschrieben war.

Wie mit dieser Verstorbenen, so steht es auch mit den Zigeunern, sie sind tot. Zusammengetrieben und erschlagen in jenen Jahren, an die wir uns erinnern, in jenen Gegenden, von denen hier erzählt wird. Wo soll man sie kennen lernen?

Wer jetzt sagt: ich kenne welche, der denkt sich das bloß, der weiß nicht, was er redet, der meint die drei schwarzhaarigen Männer, einen dünnen und zwei dicke, die im Kaffeehaus Musik machen und all das tun, was man (nur so als Mensch) vom Zigeuner erwartet: Umhergehn mit weichen Gelenken, biegsamen Hüften, sanft durchdringendem Blick, einer Geige, die ein bißchen verölt klingt und auf der es offenbar keine richtige Mittellage gibt, das bekannte Zimbal dazu. Das meine ich alles nicht, ich meine Zigeuner, die man nicht beschreiben kann, also Habedank und diese Marie und noch einige andere.

Da kommen wir gleich hin.

Weil wir fragen, weil wir etwas noch nicht wissen: Wo hat dieser Habedank an diesem Sonntag von vormittags zehn Uhr bis nachmittags Glock fünf gesteckt?

Er war im Zirkus. Das ist die Antwort. Wenn man sich die Antwort so leicht machen darf. Ich denke, man darf es nicht. Also: dieser Habedank war im Italienischen Zigeunerzirkus. Und dieser Italienische Zigeunerzirkus ist im Wald. Nicht nur gestern, Sonntag, heute, Montag, auch.

Montag. Da geht die Wagentür einen Spalt breit auf. Der Montag fängt früh an: gegen sieben Uhr. Scarlettos Kopf, gelbe Haut, gerötete Augen, ein grünlicher Haarschopf darüber, erscheint zuerst, dann folgt ein langer Hals, dann die eine Schulter, nun geht die Tür ganz auf, Scarletto steht auf der Schwelle, er tritt auf die Treppe, den weißen Spitzhut in der Rechten, und sagt, nach einer großen Verbeugung: Der liebe Herr Gendarm. Und Krolikowski, Fußgendarm, antwortet von seinem Wallach hinunter: Papiere, Gewerbeerlaubnis.

Der liebe Herr Gendarm, sagt auch Antonja.

Sie hat den Platz auf der Treppe eingenommen, Scarlettos Platz, denn der ist hinabgehüpft, sie steht da als die Ägyptische Finsternis oder Neapolitanische Nacht, Antonja, sie hat auch die Papierchen, übergibt sie mit spitzen Fingern an Scarletto, der sie mit einer Verneigung nach schräg seitwärts entgegennimmt, dabei wie entschuldigend sagt: Der liebe Herr Gendarm will sie in Augenschein nehmen, sie hinaufreicht, wobei er die linke Schulter bis fast zum Ohr springen läßt, die linke Augenbraue entsprechend bis zum aufwärts stehenden Haarschopf, der, wie gesagt, grün ist.

Krolikowski, der die lumpigen Blättchen links entgegennimmt, führt rechts die roten Wurstfinger an den Mund, da wird eine breite Zunge sichtbar und fährt über die Fingerkuppen. Braucht man, zum Blättern, muß man machen. Aber man muß nicht denken, der Krolikowski sei so ein Dicker, er hat nicht einmal einen Bart, es sind nur die Hände, diese Pfoten, die, denkt man, gar nicht zu ihm gehören, er ist streng aber gerecht, davon wird es auch kommen, daß er aussieht, als habe er Würmer. Ein kleiner Mann, der Fußgendarm Krolikowski, mager und grämlich. Aber nun die Papiere. Dieses Bündelchen da.

Obenauf liegt eine Vaterschaftserklärung, ausgestellt auf einen gewissen Jan Marczinzyk in Lautenburg, beglaubigt und gestempelt, für ein Kind männlichen Geschlechts mit Namen Joseph. Also das ist nichts, sagt Krolikowski.

Das nächste ist auch nichts. Eine Tanzkarte, goldgerändert, ein weißes Bleistiftchen daran, mit Seidenkordel am rechten Blattrand befestigt, vom Offiziersball irgendeines Bataillons irgendwelcher Füsiliere.

Das nächste Papier ist eine Auftrittsgenehmigung, ausgefertigt in Schönsee, vom vorigen Jahr allerdings, das ist wenigstens etwas.

Dann eine Ehrenkarte für einen Herrn Bürgermeister, an der linken Ecke unten eingerissen, handgemalt übrigens.

Darunter dann ein Stück Zeitung, Strasburger Nachrichten, auf dem von einem zahmen Huhn, genannt Francesca, die Rede ist.

Als letztes ein Brief in polnischer Sprache mit gedruckter Ortsangabe und einem großen Wappen darüber, mit dem Scarletto, angeredet als Pan Signor, aufgefordert wird, sämtliche im Bereich von Gut und Dorf Krasne befindlichen Fürstlich-Chartoryskischen Ratten zu dressieren.

Das reicht also alles nicht.

Papiere, Gewerbeerlaubnis, sagt Krolikowski.

Der liebe Herr Gendarm, sagt Antonja.

Im Park von Krasne, über dem Schwanenteich, neben einem Gingkobaum, auf einem kleinen Rondell, vor einer Hecke aus grünem, rotem und gelbem Laub, steht eine Rose, die man in der ganzen Gegend kennt, ohne sie gesehen zu haben, eine schwarze Rose. Ich erwähne das nur, weil ich finde, daß Antonja dieser Rose gleicht.

Krolikowski blickt auf und kneift erschrocken die Augen zusammen. Er sagt: Was macht ihr hier?

Scarletto hat eine eigentümliche Art zu gehen. Er wirft, wenn er das Bein vorwärts führt, den Unterschenkel mit einem kurzen Ruck zurück, daß der Fuß bis in Kniehöhe schnellt und ebenso schnell wieder zurückfedert, also gar kein bißchen später als bei einer gewöhnlichen Gangart den Boden erreicht. Der Nutzen ist demnach eigentlich der gleiche wie bei allen Leuten, die gehen, aber der Effekt ist anders und bezieht sich auf Scarlettos Künstlertum, auf die Verpflichtungen des Künstlers gegenüber dem Volk, dem Dorfvolk wie dem Stadtvolk, das, soweit es Zirkusvorstellungen besucht, immer vom Dorf ist: kein Drahtseilakt kann ihm eine Pferdenummer ersetzen, Pferde müssen sein, und wenn es die langweiligste Hohe Schule wäre, die des jeweiligen Unternehmens strickende Großmutter eben mal zwischen zwei Nadeln absolviert. Scarlettos Italienischer Zigeunerzirkus hat auch sein Pferd, aber, wie man sieht, das machts nicht allein: Scarletto muß auch noch eigentümlich gehen, ein Glück, daß er es kann.

Was hopsen Sie da so, fragt Krolikowski.

Darauf wird man wohl nicht antworten.

Antonja ergreift die Zipfel ihres Schultertuchs und steigt langsam die Stufen hinunter und geht langsam durch das Gras auf das Pferdchen zu, das zwischen den drei Bäumen steht, an denen das Zelttuch befestigt ist, ausgespannt als ein Dach. Die vierte Ecke, also das halbe Tuch, hängt herab und ist mit einem Stein beschwert, daß sich das Tuch spannt und den Wind abhält. Da steht das Pferdchen, neben dem zahmen Huhn Francesca, und es heißt Emilio und näselt ein bißchen statt zu wiehern. Krolikowskis Wallach heißt Max, er sieht sich das Pferdchen nur einmal kurz an, nämlich vorhin schon und ohne Wiehern und Näseln.

Antonja aber lehnt sich an Emilio, der dasteht wie auf einem Kinderkarussell, wie aus Holz, und sagt: Wir sind Künstler, mein Herr. Und Scarletto sagt: Wir spielen Sonntag in Neumühl. Wenn Sie sich vielleicht dorthin bemühen möchten.

Da haben sie, na ja, recht, diese Wenktiner. Man wird ihnen den Gewerbeschein abfordern müssen, wenn sie eben ihr Gewerbe treiben, auf frischer Tat und also jetzt nicht, aber das weiß Krolikowski selber, gerade erst, vor der unpassenden Frage an Scarletto, hat er ja auch wissen wollen, was sie hier tun, hier im Wald, Antonja und Scarletto. Also das ist alles nichts, die Antworten nicht und die Papiere auch nicht. Amtsgesicht, rechten Zeigefinger an die Blechhaube, langsame Wendung, bei der Max das Gebiß entblößt.

Krolikowski reitet los. Richtung Drewenz, Ablage Plaskirog, schöne Gegend: nachts Vieh, am Tag Holz, schöne Gegend für Schmuggler.

Erst Probe, fragt Scarletto zu Antonja hinüber. Erst Probe, antwortet Antonja. Und Emilio nickt dazu. Aber wir wissen ja nicht, ob Emilio nicht wirklich aus den südlichen Gegenden her ist, wo ein Kopfschütteln Ja und dieses Nicken jetzt also Nein bedeutet, wie man sagt, also wir wissen das nicht. Emilio jedenfalls hat genickt, mehrmals, da denken wir uns einfach: er hat sich gewöhnt an die hiesigen Zustände, weil er freundlich ist, und wir denken uns vielleicht auch: er ist womöglich von gar nicht so weit her, vielleicht nur aus Kobylka pod Warszawa oder nur aus Ostrolenka oder vom Vorwerk Neuhaus, also Landsmann oder Landspferd, und nehmen es so, wie es uns jetzt paßt und sagen: Emilio hat zugestimmt. Also erst Probe, Frühstück danach. Und ein bißchen hat Emilio übrigens auch schon gefrühstückt. Na dann Probe. Scarletto klatscht in die Hände. Da sehen wir uns schnell die Manege an.

Hier steht der Wagen, ein weißer Kasten mit schwarzem Dach, ein Fenster mit Laden an jeder Seite, in der Rückwand Tür mit eingehängter Treppe. Da kommen jetzt, auf Scarlettos Signal, Antonella und Antonio hervor, Antonio mit einem Sprung über die ganze Treppe, Antonella mit zwei Schrittchen auf jeder Stufe, also mit sechs Schrittchen insgesamt auf der Treppe, die weiteren schon auf dem Probenplatz.

So ist das mit den Artistenkindern: sie wissen, was zu tun ist. Antonella hat das rote Deckchen mit den grünen Fransen unter dem Arm, und Antonio läuft auf den Verschlag unter dem Wagen zu und faßt Casimiro an die Nase.

Also: von uns aus links ist der Wagen, rechts, zwischen den drei Bäumen, unter dem Plandach, haben wir Antonja und Emilio als eine Gruppe, in der Mitte steht Scarletto in Spitzhut und Trikot, und nun tritt Antonella vor und sieht aus wie ein Blümchen und sagt: Der Zirkus beginnt! und breitet die Arme aus und fällt in einen tiefen Knicks und sagt noch: Schönen Gruß aus dem fernen Lande Italien, wir fangen an mit Nummer eins.

Du mußt schon bei den letzten Worten wieder hochkommen, merk dir das, Kind, sagt Antonja, nicht immer erst hinterher.

Antonella tritt zurück, sechs Schritte rückwärts, kleinerer Knicks, dann seitwärts ab, da steht sie wieder am Wagen.

So fängt das immer an. Auch heute, Montag, im Malkener Wald, auf der Lichtung. Und jetzt geht es weiter.

Du mußt auch mal wieder üben, Scarletto, sagt Antonja, und Scarletto sagt: Lassen wir jetzt aus, und du solltest auch mal. Antonja aber will nicht, außerdem kann sie sich das noch überlegen, die Pferdenummer kommt sowieso zum Schluß, nur eben: da kommen wir leider um den italienischen Jongleur Scarletto, er will jetzt nicht, es hält bloß auf, dann ist eben Nummer zwei, Tosca, dran, die dressierte Ratte, dieses Wunder der Natur.

Antonella legt das rote Deckchen auf die untere Treppenstufe, hüpft hinein in den Wagen und kommt wieder mit einem kleinen Lattenverschlag, trägt ihn vor sich her und setzt ihn ab ins Gras. Nun das Deckchen wieder unter den Arm, und nun bückt sich Scarletto, wobei er den Blick starr geradeaus gerichtet hält, und öffnet das Türchen und pfeift kurz, und Tosca kommt heraus, die Nase an der Erde.

Wirkt nicht ohne Musik, sagt Antonio, der schon mitreden kann, als Zehnjähriger, anders als Antonella, die das noch nicht darf. Also die Musik fehlt, und nun wissen wir gleich, weshalb dieser Habedank gestern, Sonntag, im Italienischen Zigeunerzirkus war, im Malkener Wäldchen, zwischen vormittags zehn Uhr und nachmittags Glock fünf. Also kurz, mit Habedanks Worten: Wird sein Musik. Nämlich bei der nächsten Vorstellung, nämlich in Neumühl, nächsten Sonntag.

Nun aber, und leider ohne Musik, Auftritt der Ratte Tosca.

Tosca richtet sich auf und hält die Nase spitz in die Luft, dieses italienische Wunder der polnischen Natur, und ist im Kostüm, trägt also ein rotes Höschen mit silbernen Borten dran und um den Leib eine ziemlich breite Schärpe in drei Farben. Da sucht sie erst ein bißchen herum, bewegt sich rückwärts und jetzt ein wenig seitwärts und kratzt ein paarmaal auf dem Boden und schnüffelt. Aber jetzt pfeift Scarletto zweimal kurz, da macht sie ein paar Schritte zurück, hält und läuft plötzlich los und, siehst du, springt in die Luft und überschlägt sich in der Luft, und eben jetzt schwebt das rote Tuch mit den grünen Fransen daher und liegt gleich ausgebreitet da, das kann Antonella nun wieder sehr schön und genau rechtzeitig, und auf diesem roten Tuch mit grünen Fransen also kommt Tosca auf und hat allerdings eine halbe Drehung zuviel, landet also auf dem Rücken und dazu noch schräg zum Ziel. Im ganzen ist es aber doch sehr eindrucksvoll.

Nun steht sie und putzt sich Nase und Bart und will also belohnt werden, und wir wollen ganz zufrieden sein. Nichts geht doch über fliegende Ratten, möchte man sagen, eben das, was die Zuschauer bei den Vorstellungen des Italienischen Zigeunerzirkus gewöhnlich auch sagen.

Tosca hat mit den Hinterbeinchen gestrampelt, sagt Antonio, in Phase drei. Er kann also wirklich mitreden, dieser Zirkusmensch. Aber das sind ja dann schon zwei Fehler für Tosca.

Toscas Nummer steht also auch nicht. Das ganze Programm wackelt, denn aus Casimiros Verschlag unter dem Wagen ertönt schon die ganze Zeit und ohne die geringste Unterbrechung das Gegacker Francescas.

Dieses wunderbare Huhn kann seinen Auftritt nicht erwarten. Es reckt den Hals, schlägt mit den Flügeln, duckt sich auf den Bretterboden und macht diesen beliebten Eierlärm, der einem erfreulich in die Ohren geht, wenn man nicht weiß, daß eben dieses gerade, dieser überwältigend daherfahrende Lärm, Francescas Nummer ist und keineswegs bedeutet, daß sie ein Ei gelegt hat. Gut für siebzehn Eier könnte Francescas Gegacker ausreichen, aber bei Francesca hat das miteinander keinen Zusammenhang mehr, keinen äußeren, keinen inneren, ihr Ei verliert sie achtlos irgendwann am Tag, übergeht es mit Schweigen, wenn sie es überhaupt bemerkt, dafür eben gackert sie: ausführlich und abwechslungsreich, kurze gestoßene Tonreihen, langgezogene Klagetöne, schnell bis in die höchsten Lagen hinaufgeschmierte Glissandos, alles da und vor allem pausenlos und enorm. Meistens auf Kommando, manchmal, wie jetzt, vor Langeweile, oder, vielleicht, infolge von Lampenfieber, manchmal, glaub ich, einfach aus Lebenslust.

Jedenfalls, das ganze Programm wackelt.

Ich denke, wir brechen ab, sagt Antonja.

Na gut, sagt Scarletto, dann Frühstück.

Da geht er los mit seinem eigentümlichen Gang, da bekommen die sieben Schritte eine eigentümliche Betonung. Ich werde üben müssen, heißt das,und die andern auch, wir alle.

Casimiro, der den grauen Kopf erhoben hat, läßt ihn, weil Francesca jetzt mitten in einem hohen Ton abbricht, wieder auf die Pfoten sinken, nur die Augen bleiben noch geöffnet, das verrückte Huhn könnte ja wieder anfangen, da wird man mit der Zeit mißtrauisch.

Aber Casimiro soll ruhig dösen, denn Antonio kommt jetzt an den Verschlag und läßt Francesca hinaus, soll sie frühstücken gehn, diese wilde Sängerin, und wir kommen also jetzt auch noch um Casimiros Auftritt.

Casimiro, damit es wenigstens gesagt ist, zählt zu den Großen Dressuren, denn er ist ein unbestreitbarer Wolf, canis lupus, unbezweifelbar, er kommt jedem gleich bekannt vor, man kennt ja Wölfe, er sieht also aus wie ein Hund, ein bißchen heller im Fell, er kann eigentlich nur ein Wolf sein. Und jetzt, wo Francesca hinaus ist und schweigend um Emilio herumsucht, kann Casimiro die Lichter zumachen, Frühstück kriegt er nachher.

## 5. KAPITEL

Habedank ist schon vor Neumühl. Er ist bald zu Hause. Er hat ein Lied gelernt.

Großes Wunder hat gegeben,
Moses wollt am Wasser leben.

Nun sagt dieser Habedank Aufwiedersehn, und der alte Mann, mit dem er den Feldweg heraufgekommen ist, von den Drewenzwiesen her, dreht ab und nimmt den Fußpfad unter die kurzen Beine. Der Fußpfad führt rechter Hand auf die Chaussee zu, der Alte will nach Neumühl ins Dorf.

Habedank sieht ihm nach. Da geht er, Weiszmantel heißt er, jeder kennt ihn, er gehört nirgends hin, er redet Deutsch und Polnisch durcheinander, da geht er, die Beine mit Lappen umwikkelt und beschnürt, über Kreuz, wie ein Litauer. Weiszmantel, der die Lieder weiß.

Kommst beim Rosinke, Sonntag, ruft Habedank hinterher.

Da geht der Weiszmantel und schwenkt ein bißchen den linken Arm und brummt sich eins.

Sie haben sich in Trzianek getroffen, der Wiechmann hat sie mitgenommen bis Gronowo, dann sind sie zu Fuß losgezogen durch die Wiesen, den Feldweg, der kürzer ist als die Chaussee, er schneidet den Bogen hinter Neuhof ab, der Habedank hat ein bißchen erzählt, vom letzten Pferdemarkt in Strasburg, dann von der Malkener Taufe. Da hat der Weiszmantel aufgehorcht und mit dem Lied angefangen.

Großes Wasser ist gekommen,
hat ihn gleich davongeschwommen.

Dort hinten läuft er, der Weiszmantel. Und dort drüben steht Pilchs Häuschen. Jetzt geht es auf den Abend zu.

Aufwiedersehn sagt dieser Habedank ganz für sich. Und jetzt werden die Schritte immer schneller, das hat er vielleicht von den Pferden.

Alle seine Siebensachen,
hat er aber nichts zu lachen.

Aufwiedersehn sagt auch Glinski, wir werden das kurz erzählen: daß er da herumsitzt in seinem geistlichen Amtszimmer in Malken. Aber er sagt es anders, das heißt: er schreibt es hin, aufs Papier, da steht es: Habe die Ehre. Und ist der Schluß eines Briefes, der Satz davor hat es mit einer hochverehrten Frau Gemahlin zu tun, der ganze Brief fängt an: Lieber Spezi.

So schreibt der deutsche Gottesmann oder Rehabeam, auf Österreichisch also. Und jetzt dreht er an der Petroleumlampe, weil sie rußt, weil der Zylinder oben schwarz anläuft. Und jetzt steht er auf und stellt sich ans Fenster.

Er ist aus dem Galizischen, aus Lemberg, wo er zur Schule gegangen ist, was nicht viele hier wissen, bei den Österreichern also, mit dem Herrn Landrat zusammen, der bei den Eltern der Frau Pfarrer aufgewachsen ist. Wie das Leben so spielt. Jetzt sitzen sie hier, im Culmischen, gar nicht weit voneinander, aber man sieht sich selten, und sind deutsch.

Der Brief ist fertig: An den Herrn Königlichen Landrat zu Briesen. Natalie, ruft Glinski und öffnet die Tür. Aber da antwortet niemand. So geht er hinaus, die Fensterladen zu schließen.

Das macht der Habedank nicht, das macht an Pilchs Häuschen diese Marie. Sie steht vor dem Haus, zwischen zwei Malvenstöcken, und sagt, als der Habedank herankommt: Der Deiwel ist los.

Wo wird er nicht, sagt Habedank. Dann gehn sie ins Haus. Da sitzt der Levin am Tisch und stützt den Kopf in die Hände, der Levin, der sonst immer aufspringt, wenn einer hereinkommt.

Habedank schiebt den Geigenkasten aufs Spind, hängt die

Mütze an die Wand, neben die Petroleumlampe, sagt: Der Docht ist nicht gereinigt, dreht ihn höher, dann wieder etwas tiefer und setzt sich dem Levin gegenüber: Der Deiwel ist los.

Wo denn noch, fragt Levin.

In Malken, sagt Habedank. Und diese Marie stellt den Milchtopf auf den Tisch und sagt: Die Hunde.

Ja, sagt dieser Habedank, der Glinski da, der wird ihm helfen.

Aber wieso, fragt Levin und blickt auf, wieso der Glinski?

Das werde ich dir erzählen, sagt Habedank, ganz genau, damit du das ganz genau weißt. Das sind nämlich Deutsche, das ist schlimmer als fromm. Nun fährt also der Levin von der Union von Malken 1874, abgeschlossen an einem Sonntag, anläßlich einer Kindertaufe oder Besprengung, zwischen Leuten, die sich sonst nicht einig sind, zwischen verschiedenen Krähen sozusagen, Saatkrähe und Nebelkrähe, aber unter Krähen jedenfalls.

Was machen wir nun, fragt diese Marie. Aber dieser Habedank sagt: Na na, und: Man nicht so eilig, und fängt vom Italienischen Zigeunerzirkus an. Nächsten Sonntag beim Rosinke.

Ach beim Rosinke, sagt Levin und winkt ab und hat schon wieder das Gesicht in den Händen. Da hab ich gefragt, ob er mich mitnehmen wird, nächste Woche nach Briesen, weil er hinfährt nach Ware. Da hat er gesagt: Herr Levin, mit Ihrem Termin das kenn ich, da fahren Sie man woanders mit.

Ach was, sagt Habedank, Geschäft ist Geschäft. Wo ihm die Scheune jetzt leersteht. Laß man, für heut ist genug, geh man schlafen.

Da steht Levin auf und sucht seine Mütze und wird der Marie Gutenacht sagen, da sagt der Habedank: Bist du vorgestern und gestern hiergeblieben, kannst du heute und morgen auch.

Und übermorgen, sagt diese Marie.

Und übermorgen, wiederholt dieser Habedank.

Von Weiszmantels Lied sagt er nichts.

Wo kam her das Wasser, großes,
keiner weiß, auch nicht der Moses.

Aber der Moses weiß es ja, da stimmt das Lied also nicht. Aber es wird doch stimmen, nächsten Sonntag.

Marie nimmt die Lampe von der Wand und stellt sie dem Habedank vors Bett und geht hinaus, und der Levin auch.

In Maries Stube ist es dunkel. Das Summen einer letzten Fliege. Geh du man auch schlafen, sagt Marie zu ihr. Nebenan hört man den Habedank singen. Hei hei hei hei. Und noch einmal: Hei hei hei hei. Weiter nicht. Dann hört man, wie er ins Bett kriecht, und danach, wie er einmal stöhnt.

So liegt man und hört, es gibt viel zu hören in der Nacht, wenn man der Levin ist. Die Vögel unter dem Dach, den Ast vom Kirschbaum, der immer wieder an der Wand entlangstreicht, gegen Morgen den Wind. Und den ruhigen Schlaf dieser Marie. Weil Mitternacht vorüber ist. Manchmal fliegen die Träume darüber, man weiß nicht wohin, ohne Ruder und Segel.

Was der Levin träumen kann, ist zuviel für den Schlaf.

Da liegt der Mensch und hat die Augen offen, und es geht alles vorbei: Rożan, das Städtchen drüben hinter dem Narew. Hier auf dem hohen Ufer das Posthaus, auf der anderen Seite die Gerbereien, für die das Städtchen bekannt ist. Die eiserne Brücke. Die Synagoge weiß, dahinter fangen die Obstgärten an, Apfelbäume, auch sie im Frühjahr weiß. Das unaufhörliche Brausen der Bienen hinter Onkel Dowids Kinderschule. Onkel Dowid mit dem weißen Haupthaar unter dem Käppchen und dem schwarzen Bart. Er kommt aus der Tür, er sagt: Geh, laß dich nicht halten, der Himmel ist hoch. Damals war ich sechzehn und habe gearbeitet beim Vater und durfte schon an die Otterfelle.

Der Narew, ein bißchen mehr Wasser als die Drewenz. Dort hätte man eine Bootsmühle haben müssen.

Wärst nicht gekrochen, wärst nicht versoffen, hat der Tate geschrieben. Alles solche Reden. Wärst nicht.

Das erste Licht kommt durch den Spalt im Fensterladen.

Levin schließt die Augen. Er lernt das Schlafen nicht.

Jetzt hört er, wie sich der Habedank nebenan im Bett aufrichtet, nun noch Habedanks Morgenhusten, der viel zu schwer ist für die Jahreszeit, jetzt das Klopfen gegen die Bretterwand und, freundlich gerufen: Marie, aufstehn. Das andere hört er nicht mehr, jetzt ist der Levin eingeschlafen.

Der zittert ja, sagt diese Marie. Sie steht vor dem Bett. Nein, der Kopf ist kalt, aber der Schweiß steht ihm an den Schläfen.

Du mußt ihn wecken, Marie. Einfach zuviel für den Schlaf: Levins Träume.

Da fährt der letzte davon.

Finsternis. Kalt. Der Wind schlägt gegen die Wand. Ein Stöhnen in den Balken, zerbrechende Bretter, es knirscht über dem Sand. Da schießt das Wasser durch das Schott herauf, treibt es auseinander, Levin springt von der Bretterbank, zur Tür, jetzt stellt sich das Rad schräg und drückt die Wand ein, langsam, das sieht er noch und wie die Stützbalken weggeschoben werden, wie die Steine durch den Boden schlagen, das Dach fällt, der Laufsteg zerreißt, da schwimmt Holz auf dem Fluß.

Weck den Levin, Marie.

Wie der Deiwel heißt, der hier los ist, das weiß der Weiszmantel schon, jetzt bekommt er ihn zu sehen. Er wundert sich nicht, aber er denkt doch: Immer war der nicht so.

Aber wie war er denn? Du hast ihn lange nicht gesehen, du hast nie etwas zu mahlen gehabt. Und wenn, dann wärst du zum Levin gegangen. Du weißt das alles nicht richtig, Weiszmantel: nicht, wie man sich anstellt, wenn man etwas hat und es behalten will, noch weniger, wie es einem zusetzt, wenn man mehr haben will als man hat, schon gar nicht, wie einem zu Mute ist, der hier sitzt, in diesem Land, und weiß: er ist deutsch wie der Kaiser in Berlin, aber rundherum gibt es nur diese Polen und anderes Volk, Zigeuner und Juden, und nun, Weiszmantel, stell dir mal einen vor, bei dem das alles zusammenkommt: behalten wollen, mehr haben wollen, besser sein wollen als alle andern.

Mein Großvater kommt in die Küche, da sitzt Weiszmantel auf der Fensterbank und Tante Frau nimmt ihm den Milchtopf ab und füllt ihn nocheinmal.

Na was treibst du dich hier herum, sagt mein Großvater. Lebst ja noch immer.

Mein Gott, Mann, sagt Christina, und Weiszmantel sagt: Ja, ich lebe noch immer, ich bin psiakrew ein Wunder Gottes und geh noch zu Fuß wie der Habedank.

Wieso, was hast du mit dem Zigahn, fragt mein Großvater.

Wir sind gekommen von Trzianek, sagt Weiszmantel, von Gronowo zu Fuß, und der Habedank ist zehn Jahre jünger.

Von Trzianek?

Also ich sage dir, verschwind jetzt zu deinem Habedank, sagt mein Großvater und denkt, er weiß schon, was er da sagt, und denkt ganz richtig: Alles eine Sorte.

Wird nicht Platz haben, der Habedank, sagt Weiszmantel friedlich. Wo jetzt der Levin da wohnt.

Levin?

Das ist aber zuviel, Weiszmantel. Für meinen Großvater zuviel. Da fängt ihm der Unterkiefer an zu zittern, da schreit er los: Du verschwindest jetzt, sag ich dir. Und nennt den Weiszmantel latawiec, also Herumtreiber oder Landstreicher.

Da sagt Christina: Geh man rein, Alter, reg dich nicht auf, der Herr Weiszmantel wollte sowieso nicht bleiben.

Der Herr Weiszmantel, wiederholt mein Großvater und dehnt jedes Wort, jede Silbe auf eine ganz häßliche Weise und geht dann in die Stube und schmeißt die Tür hinter sich zu.

Und bleibt in der Stube an der Tür stehen und wartet, bis der Weiszmantel seinen Topf ausgetrunken hat und gegangen ist.

Dann macht er die Tür wieder auf und steckt den Kopf durch den Spalt und sagt: Du merkst auch rein gar nichts, der kommt doch direkt von dem Jud.

Weiszmantel hat sich natürlich nicht sofort in Christinas Küche niedergelassen. Erst ist er beim Rocholl gewesen, schönen Gruß von der Tante, und sie kommt zum Sommerfest, dann beim Feyerabend auf dem Abbau, hat mit Korrinth und Nieswandt beim Rosinke gesessen, hat also allerhand gehört und allerhand geredet in den drei Tagen, die er schon im Dorf ist, und eigentlich mehr gewußt als alle zusammen: was in Malken besprochen worden ist, nicht alles natürlich, nur das meiste, und daß der Zirkus kommt und der evangelische Glinski mit von der baptistischen Partie ist.

Da hat ihn Prediger Feller, der drei, vier mal vorbeigekommen ist, für heute eingeladen ins Predigerhaus. Und da geht der Weiszmantel jetzt auch hin, und mein Großvater also denkt sich etwas Verkehrtes. Wenn erst hundert Hasen trommeln, wird der Hund verrückt, da wischt er hierhin und dorthin, da wird es ihm schwarz vor Augen, da blafft er und weiß nicht mehr was, da kommt der Jäger und sagt: Du taugst verdammt auch zu gar nichts.

Das ist nun auch wieder einer von diesen Sätzen. Aber ob der siebente oder der neunte, soviel müßten es inzwischen schon sein, oder sogar schon der zehnte oder elfte, das weiß ich nicht. Es könnte aber genauso gut der allererste sein oder eine Art Motto oder der Schlußsatz, der einfache Schlußsatz: Du taugst verdammt auch zu gar nichts.

Bringt ja was ein! Ja, Predigen bringt was ein.

Weiszmantel staunt, als er auf Fellers Hof kommt. Das Haus ja, das war schon da, aber jetzt hat es eine große Veranda, verglast, an der Straßenseite. Statt des offenen Brunnens gibt es eine holzverkleidete Pumpe, frisch gestrichen mit grüner Farbe, eine weiße Kugel oben drauf. Im Winkel zwischen Scheune und Stall, der auch einen Anbau bekommen hat, steht ein Taubenhaus, auf einer Säule, mit Türen und Türmchen und Abflugbrettern – also das reinste Schloß! Nicht einmal die üblichen dickärschigen Hühner rennen hier herum, pikfeine Perlhühner hat der Feller, die rennen übrigens nicht so gerne, die sitzen tagsüber auf dem Zaun, die gackern auch nicht, die schreien jämmerlich – auch solch ein Dreck, sieht aber gut aus. Die Treppe ist mit weißem Sand gestreut, heut am Alltag, der mit Ziegeln ausgelegte Flur auch, also nein, der Feller! Und alles in den sechs, sieben Jahren, die er hier ist. Was hat er schon mitgebracht aus Konojad, wo er her ist! Die werden ihm schon was mitgegeben haben, die bestimmt!

Die kenne ich nämlich: den Gronowski, den Felmer, diesen Worgitzki.

Ja, die kennt der Weiszmantel, die sind nicht anders umgegangen mit ihm als vorhin mein Großvater. Die haben da allerdings, was mein Großvater nicht hat, das Lied schon gekannt, das ihnen der Weiszmantel zugesungen hat. Nun gut, heute staunt der Weiszmantel, mein Großvater staunt nächsten Sonntag.

Weiszmantel also klopft und kommt in die Küche.

Eine angenehme Frau, die Predigersgattin, eine geborene Plehwe, mit Vornamen Josepha, da weiß gleich jeder: katholische Familie. Sie hat also den Bruder Feller genommen, der gar nicht ihr Bruder war, aber sie hat auch schon zweiunddreißig gezählt damals, da hat es also gehen müssen. Jetzt ist sie nicht mehr katholisch, sondern deutsch, und sie stellt eben die Schnapsflasche ins Küchenregal, da tritt der Weiszmantel herein. Er sagt: Zum Wohlbefinden. Das ist ganz korrekt.

Also nimmt Josepha die Flasche wieder an sich und singt, das soll der Feller lieber nicht hören, er hört es auch nicht: Komm zu dem Wasser des Lebens.

Es ist ein bißchen befremdlich, wenn auch nicht für Weiszmantel, er sagt Guten Tag und: Der Feller hat gesagt.

Na gewiß doch, sagt Josepha, er ist nicht da.

Dann holt sie ein Glas, der Weiszmantel bekommt etwas ab, sie bleibt bei der Flasche.

Am besten trinkt es sich in der Küche. Für Josepha. Auch die Küche hat nämlich einen Ziegelfußboden, da schiebt man die Schlorren von den nackten Füßen und kühlt sich die Sohlen. Das gibt dem Gespräch einen wechselhaften Verlauf: Wenn die Sohlen heiß sind, redet man viel und ziemlich hoch hinaus und bringt keinen Satz zuende, weil immer schon der nächste da ist, zu früh, man merkt es plötzlich selber, dann kühlt man sich also die Füße und redet gleich in lauter Hauptsätzen und langsam und besonnen, da nimmt der Tag ab und die Flasche auch und der Eifer nicht, der hält sich.

Da kann auch der Feller noch lange unterwegs sein.

Das ist ein Kummer für Alwin Feller, bei seiner Stellung: die Frau trinkt. Eigentlich schon eine Säuferin. Tüchtig aber, das hat der Weiszmantel gesehen. Sie reden ja auch nur von der Wirtschaft, wovon der Weiszmantel am meisten versteht: er kommt herum in den vielen Gegenden und hat nichts als Hemd und Hosen und Hut.

Ja, da haben Sie keine Sorgen, Herr Weiszmantel, sagt Josepha.

Sie setzt die Flasche auf den Tisch und holt Sakuska. Gurken, und wenn keine Gurken, dann Sauerkohl, und wenn keinen Sauerkohl, dann saure Pilze, und wenn keine Pilze, dann Fisch, Quappen in Gelee, wenn man hat, sonst geräucherten Speck oder Wurst im Glas, irgend soetwas.

Josepha hat eigentlich von allem, dann also Gurken. Und immer zwischen einem Biß in die Gurke und einem Schluck das Gespräch mit Höhen und Tiefen, Prost oder Zum Wohlbefinden, schnell oder langsam.

Herr Weiszmantel, sagt Josepha, was meinen Sie wegen Perlhühner?

Ach was, abschlachten, sagt Weiszmantel.

Legen aber, sagt Josepha.

Bloß nicht gut, sagt Weiszmantel, er weiß es besser. Solche Eier wie geforben, solche Ostereier.

Alles richtig, was der Weiszmantel sagt. Also Prost.

Und Zum Wohlbefinden.

Jetzt also kommt der Feller, wir kennen das schon: Glaubensstimme und Evangeliumssänger, diesmal beides in einer Hand, der linken, die rechte hat die Tür geöffnet und macht sie wieder zu. Also Feller.

Der Mann hat Haltung, sagt nichts. Geistliche Haltung: er läßt den Kopf auf die Brust sinken, männliche Haltung: er hebt ihn wieder, er sagt: Frau. Mit mildem Verweis.

Vielleicht willst du aber doch einen, sagt Josepha einladend, einen kleinen. Der Feller wird ja doch nicht wollen, es ist auch gar nichts mehr in der Flasche, leider. Da sagt der Weiszmantel: Ich bin also da.

Ja, seh ich, guten Tag, Herr Weiszmantel, und ich möchte Ihnen sagen, Herr Weiszmantel, kümmern Sie sich nicht um diese Geschichten, Sie wissen schon.

Weiß ich, weiß ich, sagt Weiszmantel, geht mich, do stu piorunów, nichts an, zum Donnerwetter.

Sehen Sie, sagt Prediger Feller, die Gesangbücher vor dem Leib.

Da muß der Weiszmantel aber fragen: Wie kommen Sie eigentlich jetzt darauf?

Wie kommt Feller darauf? Jedenfalls, er kommt von meinem Großvater. Und jetzt, wo alles eingeleitet ist und alles läuft, wie es mein Großvater haben will, unter Bundesbrüdern und Klassenkameraden und beinah Halbvettern, da hat mein Großvater keinen Grund mehr zur Vorsicht, jetzt soll der Feller sogar Bescheid wissen, dann kommt es herum in der Gemeinde, dann zerreißt sich kein Frommer mehr das Maul, dann ist nichts mehr zu löten, und der Feller weiß also nun, aus meines Großvaters Mund, was los ist.

Der Deiwel ist los, so hieß der Satz vorhin. Und mein Großvater also hat gute Laune.

Sie haben da mit diesem Habedank geredet, sagt Feller.

Sogar gesungen, sagt Weiszmantel.

Wie, gesungen, fragt Feller.

Gesungen, bestätigt Weiszmantel, einfach so gesungen.

Ganz einfach, sagt Josepha, jetzt ist nichts mehr drin.

Ja, was heißt das, fragt Feller, du hast auch gesungen?

Nein, sagt Josepha. Sie redet von der Flasche.

Also, Herr Weiszmantel, vielleicht kommen Sie doch mal herein. Feller macht die Stubentür auf und geht voran. Und Weiszmantel erhebt sich und folgt ihm.

Dann ist die Tür zu und Josepha allein, wieder einmal, ein bißchen rot im Gesicht, zu hoher Blutdruck, lieber ein Weilchen sitzen bleiben. Und in der Stube drin sagt Weiszmantel: Mich geht das nichts an.

Sehr richtig, sagt Prediger Feller.

Rozumien, sagt Weiszmantel, hat also verstanden, wie er sagt. Aber er sieht die Angelegenheit anders als der Feller, nämlich umgekehrt. Ihn geht der Levin an und der Habedank, diese Marie und der Zirkus, und den Feller geht mein Großvater an und die Gemeinde, das fehlende Taufbad und der nächste Anbau, nämlich an der Scheune. Da können sie also lange reden miteinander, solange sie sich nicht deutlich erklären, da werden sie sich sogar einig, da wundern sie sich höchstens, was sie überhaupt zu reden hatten. Der Feller denkt, der Weiszmantel mischt sich nicht hinein, und der Weiszmantel denkt, wir werden aber schön singen, nächsten Sonntag, das geht den Feller nichts an, der Habedank kommt mit der Geige.

Also nichts zu reden. Da geht der Weiszmantel wieder.

Josepha sitzt nicht mehr in der Küche, wo ist sie bloß? Feller muß zu meinem Großvater, er kann sich nicht aufhalten, er muß Bescheid geben. Sei du man fleißig, hat mein Großvater gesagt, wird sich lohnen für dich. Also läuft der Feller herum, und wir wissen nun, zusammengepredigt ist das alles nicht: Veranda, Stallanbau, Taubenhaus, vielleicht der weiße Sand, die Gurken auch noch, der Speck schon nicht mehr. Wie steht es mit dem Schnaps?

Josepha singt, in der Scheune, nicht im alten Heu sondern im alten Stroh, da liegt sie und singt, leise, leiser als es der Feller hören kann, das ist auch sehr angebracht, da beeilt er sich wenigstens zurück, wo ist die Frau bloß?

Na gut, sagt mein Großvater, aber was kann der Lumpsack auch schon machen.

Er meint den Weiszmantel.

Doch dann sagt mein Großvater: Den Habedank jag ich raus.

Das ist ein dunkles Wort. Wo raus? Und wohin?

Aber ich denke, wir werden jetzt einmal die bisherigen Sätze nachzählen, die Hauptsätze. Was die Nebensätze anlangt, da erinnere ich mich nur an einen einzigen, der hieß: Richtige Zigeuner sind richtig schön.

Die Hauptsätze also der Reihe nach. Weil wir mit der Zählung ein bißchen durcheinander sind und es noch weiter gehen soll mit der Geschichte und ohne Ordnung nicht weiter geht: Die Drewenz ist ein Nebenfluß in Polen.

Das war der erste Satz, aber er war mißverständlich. Dafür gab es dann einen neuen ersten Satz. Wir erinnern uns: er war nicht ganz genau, denn der Mühlbach, mit dem wir es zu tun haben, ist zwar ein Nebenfluß, aber nicht der Weichsel, sondern der Drewenz und also noch kleiner als sie, und er besagte noch, daß die Geschichte auf dem Dorf vor sich geht oder ging, einem überwiegend von Deutschen bewohnten Dorf, wie es da hieß.

Der zweite Satz. Er handelte von dem Prediger der Baptistengemeinde. Da bekamen wir also den Glauben in die Finger: diese Christenheit, polnische Katholiken und deutsche Protestanten, obwohl es natürlich auch protestantische Polen, aber sehr wenige, und deutsche Katholiken, davon schon mehr, gab, wenn auch nicht gerade im Culmerland, sondern mehr südlich oder nördlich davon, aber dann eben auch Baptisten, Adventisten, Sabbatarier, Methodisten, Mennoniten, mehr brauchen wir nicht.

Der dritte Satz lautet Ja ja und gesagt hat ihn diese Marie, Habedanks Marie oder Levins Marie, diese Zigeunerin, und hinzugefügt hat sie: Bleib man lieber da.

Der Levin sollte also bleiben und nicht weggehen, denn so geht es weiter mit der Geschichte.

Und den vierten Satz, den hat mein Großvater: Na also! Er bezeichnet den Abschluß der Malkener Union von 1874. Na also! Das heißt: Die Deutschen stehen zusammen, so geht die Reihenfolge: mein Großvater, der Pfarrer Glinski, der Herr Landrat, der Kreisrichter in Briesen, zu ergänzen noch: der alte Fagin aus Brudzaw, die Frau Pfarrer in Malken, Krugwirt Rosinke, natürlich letzten Endes auch Prediger Feller. Und Gendarm Krolikowski, nicht zu vergessen.

Der nächste Satz heißt: Du taugst verdammt auch zu gar nichts. Es ist als der siebente oder neunte bezeichnet, und könnte auch durchaus der siebente oder neunte sein, denn es gibt zwischendurch einige, allerdings unnumerierte Sätze: Der Deiwel ist los; deutsch ist schlimmer als fromm; wir spielen sonntag in Neumühl; wirkt nicht ohne Musik. Und jetzt also, den zehnten Satz: Den Habedank jag ich raus.

Es ist Sonnabend geworden inzwischen, der Sonnabend vor diesem Sonntag, für den Rosinkes leere Scheune aufgeräumt und ausgefegt bereit steht, dieser Sonnabend, an dem gegen Mittag Scarlettos Italienischer Zirkus Neumühler Gebiet erreicht hat, ein Sonnabendnachmittag in Pilchs Häuschen, wo es etwas voll geworden ist, acht Leute fürs erste, der Willuhn ist nämlich mitgekommen, nachher kommt noch Levin dazu, also neun Leute. Und die Tiere. Voll, aber lustig, Gottes Segen bei Cohn, sagt Habedank. Und Marie füttert alle ab, da können sie sitzen und bereden, was zu bereden ist, Scarletto kann nochmals schnell üben, auf dem Hof in der Feierabendluft, und Antonella auch, in Maries Stube vor dem Spiegel, auf Maries blank gescheuerten und mit Sand bestreuten Dielen, in dem schönen Sonnabendduft, den diese Marie vom Mühlbach hergeholt hat mit einem kleinen Bund Kalmus.

Kalmus, diesen Duft, kann man nicht beschreiben: das riecht nach klarem Wasser, von der Sonne gewärmtem Wasser, das aber keinen Kalkgrund haben darf und auch keinen Moorgrund, so einen hellen, ein bißchen rötlichen Sand, auf den langsam die vom letzten Regen aufgerührten Erdteilchen herabsinken, auch ein faulendes Blättchen und ein Halm, und auf dessen Fläche Käfer laufen, solch ein Wasser jedenfalls. Aber da ist noch eine ganz feine Süße, von weiter her, und dann auch, daruntergelegt, ein wenig Bitteres, von dem man schon gar nicht weiß, wo es herstammt. Aus der Erde, dem Uferboden, in dem der Kalmus wurzelt, in dem er seine weißen, gelben und rosafarbenen Wurzeln umherschiebt, wird man sagen, aus der Erde am Ufer, wo es eben doch ein bißchen schlammig ist, als ob damit etwas gesagt wäre.

Hinter dem Bild in Habedanks Stube und in Maries Stube hinter dem Spiegel steckt Kalmus, fingerlange Stücke, ein bißchen fleischiger als Schilf, schön grün, am unteren Rand heller, rötlich, weil dicht über der Wurzel abgeschnitten. Und ganz klein geschnipselt ist er auch über den Sand auf den Dielen verstreut. Man kann viel reden, wie gut das riecht, Antonellas gespitztes Näschen sagt es schöner.

Es ist Sonnabend.

Also der Willuhn ist mitgekommen, mit Scarletto und Antonja versteht sich, da freut sich der Habedank, da stellt er seine Flasche auf den Tisch, genau vor Willuhns Nase: Wird sein Musik. Und richtig und kräftig. Da wird Weiszmantels Lied zur Stelle sein, da wird er, Habedank, vorangehn mit der Geige und immer mal den Bogen schwenken zwischendurch, und hinterher gleich Willuhn, aber der kann auch sitzen bleiben, wenn er will, er muß bloß spielen, mit vielen Baßknöpfen, denn wie gesagt: es wirkt nicht ohne Musik. Dann aber Weiszmantel mit heller Stimme, Antonja zur Rechten, Marie zur Linken, beide mit schwerem Zigeuneralt, Antonio und Antonella dahinter, die beiden vor allem für das Hei hei hei hei, zum Abschluß Scarletto.

Schade, daß Francesca es nicht lernt, dieses Weiszmantelsche Lied, nicht einmal dieses Hei hei hei hei. Antonella singt es ihr vor, sie jedenfalls hat es sofort begriffen. Soll sie noch ein bißchen probieren, die Erwachsenen haben genug zu reden und etwas zu trinken auch, wenigstens der Willuhn.

Da sitzt der Levin jetzt und nimmt die Mütze ab und ist ein bißchen bedenklich und dreht die Mütze in den Händen und wundert sich, was diese Zigeuner alles anstellen, und weiß nicht recht warum, er sagt: Was wollt ihr eigentlich damit?

Aber wer beantwortet eine solche Frage! Diese Marie jedenfalls sagt: Ich seh ihn schon dasitzen, rot bis am Hintern und Augen wie der Konopka.

Da meint sie meinen Großvater und mit dem Konopka einen masowischen Bergteufel von früher.

Es ist also noch nicht ganz Sonntag.

Mein Großvater müßte eigentlich sofort ins Bett gehn und sich ausschlafen, aber da soll Christina lieber noch fragen: Wir gehn, mein ich, auch beim Rosinke, morgen?

Mein Großvater sagt bloß Ho ho, was soll er auch sagen, als Ältester, wenn die eigene Frau den Heiligen Sonntag vergißt. Ho ho! Und: Kannst ja gehn, meinetwegen, wird schön klingern in der Gemeinde, wirst ja sehn, was davon hast.

Fellers gehen auch, sagt Christina einfach.

Glaubst du doch selber nicht, sagt mein Großvater. Zu dem Zigeunervolk!

Wirst ja sehn, sagt Tante Frau, die Josepha hat ja gesagt.

Die Josepha, na die womöglich schon, aber doch der Bruder Feller nicht.

Damit soll, für meinen Großvater, das Thema abgeschlossen sein, aber keine Rede davon, Christina hat sich etwas in den Kopf gesetzt, sie sagt: Du komm man mit.

Da sagt mein Großvater: Jetzt geh ich schlafen.

Na dann schlaf man schön aus.

Und nun also ist Sonntag.

Rosinke steht am Scheunentor.

Da muß er auch stehen.

Damit er weiß, wer alles gekommen ist und noch kommt, wer seine gute Scheune füllt, wieviele Leute, die Kinder eingerechnet, wenn einer da ist, wohlgemerkt, der für sie etwas herausrücken wird, die andern Kinder schickt er zurück. Er wird Scarletto natürlich die Saalmiete nach der Kopfzahl abfordern. Nicht nach dem, was dieser italienische Zigeuner und seine Antonja und die beiden Kinder auf ihre hingehaltenen Teller bekommen, wenn sie nach Francescas Auftritt, weil da alle Zuschauer lachen, und nach der Pferdedressur, weil das der Höhepunkt ist – also vor Weiszmantels großem Schlußgesang –, durch die Zuschauerreihen gehn und ihre Kollekte halten, denn nach dem Schlußlied, das weiß Scarletto, aber der Rosinke nicht, ist es auf jeden Fall zu spät.

Rosinke steht also am Scheunentor und paßt auf, und da kommen sie, diese Zuschauer und Zuhörer, Deutsche und Polen, Bauern und Kossäten und Halbkossäten, Häusler und Altenteiler.

Rosinke sagt Mahlzeit oder Guten Tag und mehrfach Gott zum Gruß und meistens: Na kommst du auch? und einige Male sogar: Was willst du überhaupt hier? oder: Ihr haut man ab!

Aber Nieswandt und Korrinth stört das gar nicht. Nieswandt sagt: Halt bloß dein Maul. Und als Rosinke zischt: Du beträgst dich anständig hier!, spuckt er nur aus und geht hinein und ruft gleich zu Christina hinüber, die ganz vorn sitzt, neben meinem Großvater links: Na Madamchen, auch mal auf Spickaus?

Da kommen sie.

Kaminskis Vier und Tomaschewskis Sieben und Kossakowski allein, Barkowskis Drei und Rocholls beide. Und drin sitzen bereits Olga Wendehold mit dem griesen Fenske aus Sadlinken – wie kommen die eigentlich zusammen? der ist doch nicht Gott behüte Adventist geworden? – und der alte Feyerabend vom Abbau, auch die katholischen Polen Lebrecht und Germann mit ihren Familien und, wie schon gesagt, mein Großvater mit Tante Frau und, aber etwas nach hinten, Nieswandt und Korrinth. Und Christina sagt jetzt: Na siehst du, hab ich nicht gesagt! Denn jetzt drückt sich Prediger Feller hinter seiner Josepha, die sich schön gemacht hat, herein und kommt mit seiner Josepha und sagt meinem Großvater Guten Tag oder richtiger: Gott zum Gruß, und der Christina auch und ebenfalls den Rocholls, und seine Josepha tut das auch, und dann setzen sie sich beide, nicht ganz vorn, aber auch nicht so sehr nach hinten, dort sitzen andere Leute, Polen und Halbkossäten und Nieswandt und Korrinth.

Rosinke behält seinen Posten an der Tür. Scarletto geht hinein.

Manege ist natürlich Rosinkes Tenne. Gesessen wird rechts und links im Fach, auf Brettern, die über Bierfäßchen und Sägeböcke gelegt sind, ab und zu mit einem Hauklotz gestützt. Bierfäßchen. Wie schön! Also kann Rosinke noch ein paar mal etwas zur Stärkung hereintragen lassen, die meisten haben schon vorher in der Gaststube ein Gläschen oder drei eingenommen. In der Gaststube, wo jetzt, allein, Gendarm Krolikowski steht und überlegt, wann er eingreifen wird.

Scarletto steht mitten auf der Tenne, im Trikot, zwei italienische Zigeunerorden an der Brust, den Spitzhut auf dem Kopf. Er sieht sich seine Gäste an, oder Rosinkes Gäste, wenn man will, aber doch wohl mehr Scarlettos Gäste, denke ich, schon weil da einige zu sehen sind, für Scarletto, die der Rosinke nicht hat sehen können. Weil sie nicht durch das Scheunentor gekommen sind: Kinder, für die keiner etwas herausrücken wird, solche, die Rosinke vorn zurückgewiesen hat, solche, die es erst gar nicht bei ihm probiert haben und gleich durch die Häckselkammer eingeschlichen sind.

Jetzt tritt Scarletto auf das hintere Scheunentor zu, drückt die Flügel auseinander, hebt den Querbalken heraus. Da stehn schon rechts und links Antonella und Antonio und stemmen sich gegen die Torflügel, und nun ist die Scheune ganz offen, vorn und hinten, die Manege liegt im vollen Licht. Jetzt erblickt man den Zirkuswagen, der hinter der Scheune aufgefahren ist, Casimiros und Francescas Verschlag davor, und Toscas kleiner Verschlag auch, und daneben hat sich Emilio aufgestellt und sieht nun, rotes Sattelzeug und geflochtene Mähne, ganz und gar wie ein Karussellpferdchen aus. Und jetzt kommen Habedank und Willuhn, und Willuhn setzt sich mit seiner Ziehharmonika, und Habedank stellt sich ihm gegenüber auf und hebt die Geige, sticht einmal mit dem Bogen über sich in die Luft, läßt ihn auf einem Ton stehen, hängt einen kurzen Schnörkel daran und fällt, jetzt gleich, in Weiszmantels Lied, und Willuhn hat schon alle Finger an seiner Kiste: eine rauschende Musik, rein zum Mitsingen, für einen Menschen wie Weiszmantel. Marie hält ihm den Mund zu. Aber doch jetzt noch nicht.

Die Musik hat ihren Platz an der Seite, die Manege ist frei, mit dem letzten Ton trippelt Antonella herein, sagt: Der Zirkus beginnt! und breitet die Arme aus, sinkt in ihren großen Knicks, fängt ihr Begrüßungssätzchen rechtzeitig an und steht nun da und lächelt nach beiden Seiten, auch einmal zum Vordertor hinüber, zum Rosinke, der noch immer dort steht. Könnte ja noch einer kommen.

Der Zirkus hat angefangen. Die erste Nummer ist dran, der berühmte Jongleur Scarletto, der Alleskönner.

Er ist erst einmal Künstler, ein großer Artist, Direktor des derzeit einzigen Zirkus im Culmerland, eines italienischen zudem, dann aber natürlich Antonjas Mann und also Familienvater, zweifach, und Tierbändiger oder Dresseur und gleichzeitig Impresario in eigener Sache wie in Sachen der Familie und der familieneigenen Naturwunder Francesca, Tosca, Casimiro und Emilio und vor allem Zigeuner, wenn auch, als solcher, ein bißchen unkenntlich mittlerweile: eben zu künstlerisch in den Farben, grün, weiß und, allerdings zu wenig, rot, also, nicht wahr, zu wenig zigeunerisch von außen betrachtet. Da ist er. Stolz und ein bißchen berauscht von der Menge seines Publikums. Er steht aufgerichtet, führt die Rechte langsam vor die Mitte der Stirn, nimmt seinen Spitzhut ab und schwenkt ihn in einem Bogen zur Seite, verneigt sich dabei, ja, und so fängt die große Nummer an.

Da hat er sieben Flaschen und Töpfe und ein böhmisches Glas, eine Art Pokal ohne Deckel, bunte Kugeln aus Spiegelglas und drei Reifen in Grün, Weiß, Rot.

Alles hat Antonio in zwei Körben hereingetragen und ausgepackt und aufgestellt. Nun mach etwas damit, Scarletto! Antonio reicht dir zu, was du brauchst. Und Krolikowski?

Der Krummstiebel steht noch am Schanktisch, Rosinkes Frau schiebt ihm einen Schnaps hinüber, den zweiten, man muß das ungefähr überschlagen: noch vier oder fünf kann er bekommen, umsonst, aber immer hübsch in Abständen, damit er hierbleibt und nicht die Vorstellung stören geht, das wäre teurer, aber zu teuer darf er auch nicht werden, also immer hübsch in Abständen.

Den krieg ich noch, den Hopser, denkt Krolikowski und reibt sich die Nase mit den dicken Pfoten und schiebt das geleerte Glas zurück.

Also schon wieder einen? Da fängt Rosinkes Frau doch lieber eine Unterhaltung an, und wenn schon etwas anderes nicht zieht, dann meinetwegen auch über diesen Levin, diese Mühlengeschichte mit meinem Großvater, über die man bis jetzt nicht spricht, aber nun vielleicht doch: Der Levin wollte mitfahren, mit meinem Mann nach Briesen, denken Sie bloß.

Na und?

Aber Herr Gendarm, da steckt sich mein Mann doch nicht, in solche Sachen.

Na ja, warum soll er auch? Krolikowski tippt nachdenklich an sein Glas, das wird diese Rosine doch wohl endlich bemerken.

Na sicher. Also noch einmal einschenken. Drei Schnäpschen bis jetzt. Wissen Sie, Herr Gendarm, ich weiß nicht, das kommt doch nun vors Gericht. Was sich so ein Jud alles traut! Wer hat denn was gesehen?

Wird sich schon so einer finden, sagt Krolikowski, wenn es erst mal aufs Kreisgerichte liegt.

Sie meinen wirklich? sagt Rosinkes Frau.

Ja, Krolikowski meint das wirklich. Wozu sind denn Gerichte da, die müssen doch etwas tun, wenn sie etwas zu tun kriegen, ist doch egal was. So ungefähr überlegt er, und er sagt: Wenn man einer Angelegenheit auffindet, geht man sie hintennach, als Beamter.

Aber da denkt sich diese Gastwirtsgattin auch etwas: Du red nur so forsch, hier im Laden, du nimmst auch nicht jeden gleich in die Zähne, du nicht!

Aber in Anbetrachtung dessen, sagt Krolikowski, daß es sich hiermit um einen Israeliten handelt, von mosaischen Glaubensbekenntnisses.

Und nach einer Schluckpause, beruhigend: Was aber gegebenermaßen keine Rolle spielt im Deutschen Reiche.

Dieser Krolikowski sollte lieber bei seiner üblichen Redeweise bleiben: Na und? oder Wieso? oder Papiere, Gewerbeerlaubnis.

Gewerbeerlaubnis.

Mal da rübergehn, sagt Krolikowski und rückt das Koppel gerade, doch da kommt diese Rosine gleich und hebt die Flasche: Na noch einen, Herr Gendarm.

Also den vierten. Und das kann ja nicht schaden. Krolikowski, der gehen wollte, legt den Helm ab, lockert mit zwei Fingern den Kragen und sagt, auf die Tonbank gestützt: Passiert doch immer wieder was in diese Gegend, vorigten Sommer der Brand.

Die Vorstellung ist, denke ich, gesichert. Jetzt wird erzählt.

In der Scheune hat es einen hochverdienten Jubel gegeben, um Ratte Toscas Luftsprung und Überschlag. Nichts geht über fliegende Ratten! Und: Nein, so ein kleines Tier!

Prediger Feller hat es für alle ausgesprochen: Daß es ein großer Herr sein müsse, der solche Wunder in der niederen Kreatur wirkt. Und Weiszmantel hat es gehört, er weiß das längst, er ruft zu Feller hinüber und weist also dabei auf Scarletto: Na, sag ich doch immer, der kann was, hat er ihr alles beigebracht!

Und wir haben Scarletto wieder nicht gesehen bei seiner großen Nummer, aber er muß sehr gut gewesen sein, denn Feller verzichtet darauf, Weiszmantel über den hohen Sinn seiner Worte von vorher zu belehren, er nickt anerkennend in Scarlettos Richtung: Gewiß, er ist schon ein Künstler.

Nun also wird, von Antonja, dieses Freudenhuhn Francesca hereingetragen, unterm Arm. Es zeigt sich wieder ein bißchen nervös, also kraut ihm Antonja beruhigend Brust und Hals und sagt ihm auch etwas Italienisches oder Polnisches. Und das weitere brauchen wir nicht zu beschreiben, genug, wenn wir sagen: Meinem Großvater laufen die Tränen über beide Backen, Tante Frau ruft vor Entzücken Aber nein, aber nein!

Francesca übertrifft sich heute selber. Da ist Scarletto ein bißchen besorgt, er beschwichtigt das Publikum mit beiden Händen und ruft die hinteren Reihen besonders noch zur Ruhe, denn eben der Lärm von dort hinten ist es, der Francesca zu immer neuen Ausbrüchen veranlaßt, sie findet gar keine Zeit, noch mit den Flügeln zu schlagen. Da kann ich noch eine ganze Ecke mehr als ihr, sagt sich dieses Tier und schreit gleich wieder auf und hat ganz sicher im Sinn, die Ehre seines Instituts zu wahren, kein Zweifel, daß es ihr gelingt.

Und nun also Kollekte. Und dann aber Casimiro, vorgeführt von Antonio.

Da steht nun, seht ihr, ein leibhaftiger Wolf in der Manege. Der erste Wolf in Rosinkes Scheune. Weil Rosinkes Gehöft mitten im Dorf liegt, bis dahin geht kein richtiger Wolf, höchstens ein elender Fuchs.

Casimiro steht auf der Tenne, mit geschlossenen Augen, es ist zu hell hier. Antonio hüpft ihm von rechts und dann von links über den Rücken, dreimal hintereinander, nun läßt er sich vor ihm auf den Boden nieder. Da setzt Casimiro langsam, behutsam beide Vorderbeine auf Antonios Schultern und richtet die Schnauze steil in die Luft und heult einmal, und gibt sich jetzt einen Ruck und springt, einfach aus dem Stand, über Antonios Kopf weg. Ein schöner, ruhiger, genau bemessener Sprung, es gruselt einen, wenn man das sieht. Ein Mensch wie Krolikowski greift da unwillkürlich nach dem Seitengewehr, ein Glück, daß er nicht da ist. Korrinth kann nicht anders: er kommt sich vor wie mitten im Wald, und im Schnee, als gehe der Mond auf, jetzt am hellichten Tag; er legt dem vor ihm sitzenden Feyerabend die Hände auf die Schultern, als habe er Lust, selber einen Sprung von Casimiros Art zu tun, aber er sagt nur: Oh Mutter Polen! Und das kommt ihm wie ein Seufzer heraus.

Nun aber wieder Musik.

Erst ein paar Takte ganz laut. Und jetzt, plötzlich, leise weiter, ein paar Töne noch aus Willuhns Kasten, dann der Habedank allein, eine Melodie, die keiner kennt, ohne Schleifen und Kringelchen, ganz einfach, zum Mitsingen, wenn einer den Text wüßte.

Und zu dieser Musik reitet Antonja herein, schwarz, diese ägyptische Nacht, einen weißen Schleier um das Haar geschlungen. Da stehen die Kinder hinten auf. Der alte Fenske sagt: Aber nun sieh doch! Abdecker Froese faßt sich erschrocken ins Gesicht und fängt an, mit seinem Schnauz herumzuwirbeln. Daß auch Feller verstohlen nach seinem Bindfadenbart greift, erwähnen wir nur. Josepha sagt sofort: Na die Brust ist ein bißchen schwach. Habedank setzt die Geige ab, er verneigt sich, er ist einfach stolz, dieser Zigeuner.

Krolikowski hat sich mittlerweile gesetzt, nach dem siebenten Schnaps, und er redet so schnell und so lange, wie man ihn sonst nie hört. Kein Gedanke mehr an Zirkus und Gewerbeschein, eine Geschichte hat er da vor, die ist geradezu gefährlich.

Red du man, sagt sich diese Rosine, du brauchst nicht mehr viel.

Doch was der Herr Gendarm da so feuereifrig berichtet, das ist vielleicht noch mehr als zwei weitere Schnäpse wert, das muß der Rosinke wissen, das kann man gebrauchen, wenn sich dieser Herr Gendarm womöglich mal aufspielen sollte.

Da kommt es also heraus, und aus Krolikowskis eigenem Mund, daß dieser Gendarm mitmacht beim Holzgeschäft über die Grenze, seit Jahren offenbar, denn er erzählt Sachen, die liegen schon eine Weile zurück, ganz dreist und gottesfürchtig: Ach wie gut, daß keiner weiß!

Mein lieber Herr Krolikowski, sagt da Rosinkes Gattin, da hätte ich doch aber Angst.

Da kann Krolikowski nur lachen, aus völligem Mangel an Angst offensichtlich. Er, Fußgendarm, und zu Pferde, er Angst!

Meine liebe Frau Rosinke, schreit er und knallt den Helm auf den Tisch.

Na du kannst mir imponieren, denkt die Frau und stellt die Flasche endgültig weg und tritt ans Fenster und öffnet, und da hört man es also: Hei hei hei hei. Es macht sich, obwohl es doch gerade erst angefangen haben kann, schon unerwartet vielstimmig: Weiszmantels Lied.

Krolikowski erhebt sich wie angestochen und nimmt Haltung an und führt die rechte Hand zur Ehrenbezeigung in Schläfenhöhe, kriegt einen Schreck, weil er den Helmrand nicht findet, steht da mit aufgerissenen Augen, etwas schwach in den Knien nur, weiß aber doch gleich, das ist nicht Kaisers Geburtstag, das kann nur draußen sein, und jetzt kommt ihm also die Scheune wieder ins Gedächtnis: dieser Zigeunerzirkus, um dessentwegen – Krolikowskisch gesprochen – er ja überhaupt nur hier ist, am Sonntag, in Neumühl. Hinaus also, und hinüber also, und da bleibt er doch stehen, dieser Herr Gendarm, Donner und Doria!

Antonja und diese Marie, Weiszmantel, die Kinder, Scarletto, vorneweg Habedank und Willuhn.

Wo kam her das Wasser, großes,
keiner weiß, auch nicht der Moses.

Und dann:

Hei hei hei hei
macht das Juddchen ein Geschrei.

Da ziehen sie über die Tenne, einmal hin und wieder zurück, ein richtiger Schreittanz, ganz etwas Altes und Polnisches und mit einem Gesang dazu, daß es einen von den Sitzen jagt. Die Kinder hinten singen schon mit. Und jetzt wieder die Solostrophe von der Tenne her, Weiszmantels Tenor, und die beiden Frauen im Zigeuneralt:

Aber hat man nicht gesehen
einen nachts am Wasser gehen?

Und wieder:

Hei hei hei hei!

Also da hört sich doch verschiedenes auf, mir scheint, sagt mein Großvater schön langsam, also die werden ja direkt persönlich. Er legt die Hände fest vor dem Leib zusammen und neigt einmal kurz den Kopf und richtet sich auf, und Prediger Feller drängt sich von hinten an ihn und flüstert und könnte getrost lauter reden, keiner würde ihn verstehen, bei diesem wunderbaren Zirkus.

Schluß! sagt mein Großvater, und das hört man eigentlich bis auf die Tenne, nicht nur, weil mein Großvater in der ersten Reihe sitzt. Aber wir wissen schon, es hilft nichts.

Jetzt kommen, von den hinteren Bänken, nämlich Korrinth und Nieswandt, kommen die Kinder, kommt Lebrecht, sogar Abdekker Froese, ein ganzer Heerzug bewegt sich da mit einmal über die Tenne, und Weiszmantels großer Gesang ist auf seinem Höhepunkt angelangt:

Nachts, wo alle Menschen schlafen,
bloß die Frommen nicht und Braven.

Willuhn drückt seinen Jammerkasten gewaltig und reißt ihn, gewaltig, wieder auseinander, und Habedanks Geige hat eine schwindelnde Höhe erreicht, da kann sie, scheint's, nicht mehr herunter.

Hei hei hei hei
macht das Judchen ein Geschrei.

Mein Großvater ist aufgesprungen, Tomaschewski und Kossakowski auch, Feller ist neben ihm, da stehen sie auf der Tenne. Mein Großvater ungewöhnlich stattlich, schwarzen Blick, rote Ohren.

Rosinke redet auf Krolikowski ein, aber der ist ja wohl stockbesoffen: Fängt dieser Kerl plötzlich zu singen an, hei hei hei hei! und kommt nun auch noch mit seinen Beinen durcheinander, so sieht es aus, aber nein, der Krolikowski macht ein paar Schrittchen, zur Probe, und jetzt, es ist unerhört, der deutsche Gendarm Krolikowski tanzt diesen Zigeunern entgegen, er breitet die Arme aus: Hei hei hei hei! Und mein Großvater, mit einem Gesicht wie eine Beete, knallrot, federt ein bißchen, als wollte er einen Kniefall tun, und schnellt plötzlich vor und ist – und Kossakowski und Tomaschewski und Kaminski, Barkowski, Ragolski, Koschorrek, alles, was deutsch ist, mit ihm – schon drin im Rhythmus dieses Tanzes, der sich nun in zwei Gruppen über die Tenne bewegt, mit gleichmäßigen Schritten und plötzlichem Ausscheren nach beiden Seiten, wenn dieses Hei hei wieder dran ist.

Nicht zu sagen, was Francesca da, in ihrem Verschlag, für eine Sondervorstellung bietet. Sie steckt den Kopf, den Hals, so weit es geht, zwischen den Stäben hervor und schreit und kräht, jammert und jubelt.

Sollen wir nun noch Casimiro heulen und Emilio wiehern lassen, ein bißchen näselnd natürlich? Es ist, denke ich, nicht nötig, aber aufzuhalten, denke ich, wäre es, wenn es erfolgte, jetzt auch nicht mehr.

Es ist überhaupt nichts mehr aufzuhalten. Auch nicht mit diesem Gegentanz meines Großvaters, der sich da noch immer abmüht mit seinem Anhang und, wenn er nichts anderes mehr weiß, die Zunge ausstreckt gegen den Zigeunerhaufen, ihnen einen Vogel zeigt oder den Hintern, ungehörige Wörter schreit. Nichts mehr aufzuhalten.

Da stehen, das heißt: tanzen sie zusammen: die Deutschen, die Braven, die Frommen, die Baptisten, die etwas aufzuweisen haben: Acker, Vieh und alle Güter. Und in der anderen Gruppe nur Zigeuner, Polen, Halbkossäten, Häusler, ein weggejagter Lehrer, ein paar Altsitzer, Liederfreund Weiszmantel. Mal da, mal dort herumtorkelnd: Fußgendarm Krolikowski.

Levin lehnt am Scheunentor. Seit wann ist er eigentlich da? Er winkt einmal zu Marie hinüber. Komm doch her, ruft Weiszmantel, aber Habedank sagt: Laß ihn. Er sieht, daß sich Levin abwendet und, von den anderen unbemerkt, davongeht.

Die singen noch oder tanzen oder sitzen angenagelt wie Olga Wendehold. Was hat sich da aufgeführt? Was man überall einmal, da und dort und dort auch, geredet hat, aber nicht laut; daß man einen gesehen hat, nachts, im Frühjahr, und daß das Stauwasser abgelassen war eines Morgens und von Levins Mühle nur noch der halbe Steg übrig, und daß es welche gibt, die davon reden werden, überall, und nicht aufhören damit.

Was ist noch zu sagen? Daß sich dieser ganze Zirkus auflöst, in Rosinkes Gaststube hinein oder ins Dorf, auf den Abbau hinaus oder zu Pilchs Häuschen hinüber.

Wie mein Großvater nach Hause kommt, davon reden wir nicht. Sogar Feller geht ihm aus dem Weg.

Krolikowski liegt irgendwo in der Scheune.

# 6. KAPITEL

Dieser Herr, der mein Großvater ist, liegt jedenfalls im Bett.

Eine einsame Wanze kriecht die Wand hinab, auf das Bett zu.

Das sieht Tante Frau nicht. Aber sie ist wach. Was wird bloß werden?

Mein Großvater liegt auf dem Kreuz.

Die Straße von Klein Zaroslo, das bei Strasburg liegt, nach Tillitz-Zaroslo, das später Rosenhain heißen wird, hat Bäume. Zu beiden Seiten Bäume, Kopfweiden, viele darunter, die der Blitz getroffen hat. Da stehen sie, gespalten, manche ausgebrannt. Wenn die Luft feucht ist, werden die schon bräunlich verwitternden Brandstellen lackschwarz. Jetzt, im Frost, haben sie den matten blauen Schimmer der Holzkohle, mit der man die Plätteisen beheizt.

Es ist Januar, der 15. Januar 1853. Nicht weit von der niedergebrochenen, über den Graben gestürzten Weide liegt ein toter Mann. In Höhe der Siedlung Zgnilloblott, auf der Straße nach Tillitz-Zaroslo.

Dieser Mann, Ackerwirt, dort in Tillitz, in dem späteren Rosenhain, liegt auf der Straße, in diesem schneelosen Januar, tot, mit gänzlich verbrannter Kleidung.

Da fliegen die Dohlen vorüber. Da läßt sich keine hinab. Starräugig, mit grauen Nacken fliegen sie vorüber. Noch einmal zurück. Wieder vorüber.

Am 20. Januar wird der Mann begraben, in Tillitz-Zaroslo. An diesem Tag schneit es. Im Schnee stehen die zehn Kinder des Mannes, steht deren Mutter, die geborene Berg. Der Mann ist einundsechzig Jahre alt geworden. Er ging etwas gebückt.

Michael, sagt die Frau, als sie gefrorene Erdbrocken auf die Schneedecke über dem Sarg fallen läßt.

Diesem Mann, mit verbrannter Kleidung gefunden, auf der Straße, nun aber lange unter der Erde, geht der Ruf nach, er sei ein Opfer der Geister. Niemand hat ein Gewitter gehört an jenem 15. Januar 1853. Es war nur ganz windstill, sagt man, übrigens abnehmender Mond. Mein Großvater, als ihm dieser Mann im Traum entgegentritt, nennt ihn Vater.

Er kommt gegangen in diesem Traum, etwas gebückt, wie er immer gegangen ist. Er steht vor einer Holzwand. Dieser Traum ist die

3. Geistererscheinung.

Mein Großvater wird nicht verstehen, warum die Geister auf ihn losgehen. Er wird, am Ende, sagen: Mit mir nicht.

Dort also steht dieser Geist Michael. Vor der Scheunenwand.

Und hier rennen die Zigeunergeister und schreien herum, fiedeln und dudeln, eine helle Stimme hüpft immer darüber: Hei hei hei hei. Schwarze und weiße Gesichter, sonst keine Farben, nur ein bißchen Grün und einmal ein kleiner Kopf mit einer roten Nase, die jetzt in einer Hand mit dicken Wurstfingern verschwindet. Ein schwarzes Weib mit einer weißen Binde über einem Auge reitet aus dem wilden Haufen hervor, der sich, jetzt mit einem knirschenden Geräusch, über die Tenne schiebt, reitet auf einem Huhn, das den Schnabel aufsperrt und keinen Ton herausbringt. Und nun dieser Kerl mit den Lumpen um die Beine, der umherhüpft und kräht und kräht. Und auf einmal mit einem Wolfskopf in den erhobenen Händen auf meinen Großvater zuläuft. Und hinter ihm und ihm nach: Hände, lauter Hände, ausgestreckt, mit weißen Nägeln, ausgestreckt gegen meinen Großvater, und ganz nahe jetzt, und jetzt schon sich verkrallend in meines Großvaters Kleider, zerrend und reißend. Und dieses Gesicht jetzt, mit den langsamen Augen, dieses Gesicht, weiß, hinter dem ein Wasser aufsteht, grau und finster, und ein Regen herabkommt, dieses schmale Gesicht mit den bewachsenen Schläfen, Levin, dieses Gesicht, dicht vor dem Gesicht meines Großvaters. Es tut den Mund auf und sagt, mit einer Stimme, die die Stimme eines Toten ist, eines auf der Landstraße gefundenen Toten: Johann!

Christina fährt auf in ihrem Bett. Aus einem kurzen Schlaf. Sie tastet nach meinem Großvater hinüber, aber der Arm, den sie zu fassen bekommen hat, macht sich sofort wieder frei, schlägt mit einer Faust, die Christina gegen den Ellbogen trifft.

Christinas Schrei fegt das Dach von meines Großvaters Traum. Mit mir nicht! sagt mein Großvater zwischen den Zähnen hervor.

Da liegt er und reißt die Augen auf. Keine Geister. Er faßt sich an die Brust. Keine Kleider. Blankes Hemd. Und er steht nicht, er liegt. So kommt er aus diesem Traum, aus dieser 3. Geistergeschichte, ungebrochen: mein Großvater. Mit mir nicht.

Die Wanze an der Wand, über dem Bett, hat wohl geschlafen. Jetzt setzt sie sich wieder in Bewegung, langsam, vielleicht noch ein bißchen festgehalten von einem Traum. Aber nun hat sie den Traum hinter sich gelassen, nun geht es schneller die Wand hinab. Auf meines Großvaters Bett zu.

Und wenn ich die Bude kaufen muß, sagt mein Großvater und kriegt die Zähne auseinander. Und setzt nach einer Weile hinzu: Den Habedank schmeiß ich raus.

Jetzt wechselt die Wanze, ohne jede überflüssige Bewegung, auf dem kürzesten Weg, hinüber in meines Großvaters Bett.

## 7. KAPITEL

Den Habedank schmeiß ich raus.

Das hat mein Großvater gesagt. Es ist schon eine Weile her, nämlich zwei Tage. Und zwei Nächte.

Da läßt man also diesen Zigeuner da wohnen und kümmert sich nicht, und das ist dann der Dank!

Dank wofür?

Daß der Habedank dort gewohnt hat in Pilchs Häuschen, bis jetzt, in Pilchs Häuschen, das keinem gehört?

Und: Läßt man wohnen?

Wer hat denn da zu lassen?

Was mein Großvater sich denkt, das versteht man nicht. Da muß man schon so einer sein wie er, oder wie Kossakowski und Tomaschewski. Kossakowski und Tomaschewski, als Deutsche, verstehn es jedenfalls.

Der Kossakowski also sagt zum Tomaschewski: Du weißt ja, Ludwig, von mir aus kann jeder leben, wie er will. Und Tomaschewski antwortet: Von mir aus auch. Immer meine Rede.

Das hört sich ganz gut an. Und jetzt sagt also der Kossakowski: Aber was kriecht der denn herum und reißt das Maul auf! Und Tomaschewski sagt: Könnte ja jeder kommen.

Da soll also wohl doch nicht jeder so leben, wie er will, sondern wie mein Großvater oder der Kossakowski oder der Tomaschewski das wollen. Es ist für den Betreffenden besser. Wenn er die Absicht hat, in Frieden zu leben.

Dieser Habedank will das wohl nicht? Hängt sich da in diese Geschichte mit dem Juden! Über die gleich Gras wachsen sollte, aber nicht gleich gewachsen ist. Wer hat ihn eigentlich gefragt? Könnte ja jeder kommen!

Die haben da, wie man sieht, zu reden, die beiden. Und sitzen in Rosinkes Gaststube. Rosinke ist nach Briesen gefahren, mit dem Fuhrwerk. Es gibt auch eine Eisenbahnlinie, die erreicht man aber von Neumühl aus erst sieben Kilometer vor Briesen, wenn man also schon zwei Drittel des Weges hinter sich hat, sie kommt von Thorn und geht hinter Briesen in nordöstlicher Richtung, die nützt einem also gar nichts.

Rosinkes Frau steht in der Tür, sie sagt: Eine Unverschämtheit sondergleichen, das können Sie sich gar nicht vorstellen, dieser Levin da, der wollte doch mitfahren mit meinem Mann, was sagen Sie dazu!

Ja, was sagt man dazu? Früher ist der Levin freilich mit Rosinke mitgefahren, nach Briesen oder nach Schönsee oder nach Strasburg, drei oder viermal in dem Jahr, das er in Neumühl verbracht hat.

Was geht euch das eigentlich an? Schade, daß der Weiszmantel nicht hier ist, der hätte so gefragt.

Die hier, die Drei, kommen gar nicht darauf, die sind sich einig. Kossakowski und Tomaschewski stehen auf und ziehen los. Die Rosine geht hinter ihre Tonbank.

Haut bloß ab!

Draußen ist es kalt in diesem Juni. Dabei wäre es Zeit für die Heuernte. Bloß: was soll man da hauen? Nicht einmal richtig grün ist das Zeug und muß trotzdem runter. Kurz wie Schweinscheiß, sagt Tomaschewski. Aber von dem wollen wir nicht mehr reden.

Von Weiszmantel?

Der sitzt in Pilchs Häuschen und will gar nicht mehr fort, wie es aussieht. Soll er bleiben, solange er will. Sitzt da auf der Bank am Fenster und erzählt seine Geschichten, mit bloßen Füßen, und sagt immer Mariechen zu dieser Marie, die seine Jacke auf dem Schoß hat und die Ärmel zurechtflickt. Die Fußlappen hängen draußen auf der Leine, auch die Bänder. Hier sitzt der Weiszmantel und erzählt.

Vom Schikowski, was ein frommer Mensch ist von siebzig Morgen

Sand und Bruch und viel geredet hat, früher, jetzt aber nicht mehr viel, aber nicht, Gott behüte, womöglich wegen Frömmigkeit.

Weiszmantel seufzt. Kennst du Harmonium, Mariechen?

Aber na ja doch, sagt Marie, hab ich gesehen in Kowalewo, wie ich in Stellung war. Oben drücken und unten drücken, solche Dinger rausziehen, kommt Musik.

Also von Musik verstehst du nicht viel, gut, daß es Habedank nicht hört. Auch Weiszmantel hört da lieber weg, er sagt: Ist großer Kasten von braune Farbe, Fichte, und viel Musik drin, alle Töne.

Und jetzt weiter: Oben sind diese Register, was man zieht, hoch und dünn und tief und dick und sehr lieblich schön und ganz grauenvoll wie Bartholomä, alles drin, und geht mit Luft, weswegen man trampeln muß unten, wenn einer versteht. Der Willuhn kann.

Und der Schikowski, was in Groß Schönau ist, ausgebaut, der hat ihn zerballert, einfach mit dem Beil.

Herrjeh, sagt Marie und beißt den Faden ab. Die Ärmel sind fertig. Aber wieso bloß?

Also: Dem frommen Menschen haben seine Adventisten eingeheizt wegen Teufelszeug und Stricken der Hölle, weil die Lenchen, die damals heiraten sollte, Schikowskis Dritte, vom Onkel in Graudenz ein Harmonium bekommen hatte, und das stand nun im Haus, und der Lehrer kam und fingerte dran herum, und der Krugwirt hätte es gekauft, und Lene Schikowski hatte schon raus: Wo soll ich hin, wo aus und an, hier ist ein Scheideweg.

Und nun kamen die Adventisten und redeten, da konnte sie lange singen: Sie kommen, sie umringen mich! Die kannten das Lied auch und klappten den Deckel zu und sangen, unbegleitet: Flieh und rette dich, du gehst der Hölle zu.

Zur Ruhe gebracht, wie es weiter in diesem Lied heißt, hat es, das Harmonium und überhaupt dieses ganze Elend, der Schikowski, mit dem Beil, kurz und klein, zur Ruhe.

Aber jetzt redet er nicht mehr. Jetzt sagen alle, auch die Adventisten, daß er ein Narr gewesen ist und die Lene nicht zu heiraten gekriegt hat deswegen: Schlechte Partie und dann nicht mal Harmonium.

Solche Geschichten.

Die sind, wer weiß, schon bald da, sagt Marie. Es ist nämlich Nachmittag.

Und da hat diese Marie recht. Sie stehn auf der Straße, die eine Kreischaussee ist, also schnurgerade, man sieht die ersten Häuser der Vorstadt, die Zäune mit dem Flieder darüber. Einen ganz schönen Weg haben sie hinter sich.

Gefahren oder gegangen, Eisenbahn, Kreischaussee, Landstraße, Feldweg, alle Wege führen nach Briesen: von Strasburg über Malken und Tillitz, von Schönsee an der Bahnstrecke entlang, von Lissewo immer geradeaus nach Osten, von Brudzaw aber vielleicht besser über Bobrau oder über Goßlershausen als über Malken und Linde, von Neumühl jedenfalls nimmt man die Kreischaussee, immer in nördlicher Richtung und immer auf der Chaussee geblieben, nicht querfeld oder querbeet, wie Weiszmantel das gern macht und Habedank eigentlich auch, also nicht als ob man von Piontken oder Lopatken kommt: immer Tälägraphstang lang.

Alle Wege führen nach Briesen.

Diesen, gewissermaßen elften Satz schreiben wir voller Zufriedenheit auf. Wir haben die beiden hingeschafft, sie stehen auf der Straße, und vor ihnen liegt Briesen, 3800 Seelen, das Städtchen zwischen zwei Seen, Post, Bahnhof, am Bahnhof gleich Hotel Thulewitz, zweimal jährlich Pferdemarkt, hier entspringt die Struga, jetzt nicht viel mehr als ein Graben, später ein kleines Flüßchen, aber tief. Sie kommt nahe an Falkenau vorbei, drückt sich dann unter dem Bahndamm durch, schlägt zwei größere Bogen westwärts in die Wiesen, kehrt aber immer zurück, quert bei Polkau die Kreischaussee, die auch hier ganz gerade verläuft, und schiebt sich schließlich näher und näher an die Drewenz heran. Fünfzehn Kilometer nordöstlich von Gollub ist sie dann zuende, verliert sich ganz unauffällig in das größere und grünere Wasser. Also sie kommt an Falkenau vorbei.

Wo die beiden eben durch sind. Man sieht sie noch, da stehn sie, auf der linken Straßenseite: Habedank ohne Geige und Levin mit Hut. Einen ganz schönen Weg haben sie hinter sich.

Man steht, wenn man nach Briesen will, in aller Frühe auf, um Vier, wenn es geht, und frühstückt gut, wenn man etwas Gutes hat, und nimmt noch etwas mit. Werden wir nehmen und gehen, sagt man, dann ist man aus dem Haus, es weht einem frisch um die Nase, man fühlt sich munter, das ist schon nötig, schließlich geht es ja aufs Gericht, da spricht man sich Mut zu.

Der Habedank tut es mit einer Kinderweisheit: Im Sommer blitzt, im Winter mußt inne Schul, kommst ausse Angst nicht raus.

Der Levin sagt die erste Stunde wenig, Ja und Nein und Werdensehen. So kommen sie am Schilfsee vorbei, wo die Kiebitze eben aufwachen und die Frösche noch schlafen. Ein Storch streicht langsam das Ufer ab, dann haben sie Garczewo erreicht.

Garczewo hat sieben Häuser, aber in Garczewo haben sie einen gefunden, der sie mitnimmt, jetzt geht es mit Fuhrwerk weiter, auf Linde zu, wo sich die Kreischausseen kreuzen, links geht es nach Schönsee, rechts nach Strasburg.

Es gibt viele Straßen, aber Straße ist Straße, da kann sie aussehen, wie sie will, alle Straßen führen nach Briesen, man betritt sie und setzt ein Bein vor das andere, gottseidank, endlich hat man mitzufahren bekommen. Bis Polkau wenigstens.

Polkau hat acht Häuser. Linkerhand sind die Wiesen, aus denen die Struga auf die Straße zukommt, genau auf das enge Rohr zu, das in den Damm eingelassen ist, ein sehr stilles Flüßchen, mit Vergißmeinnichtbüscheln, rechterhand der Höhenrücken, der sich bis nach Malken hin erstreckt.

Polkau hat acht Häuser, in das achte gehen sie hinein. Im achten Haus wohnt Tante Huse.

In diesem Holzhaus, aus runden Stämmen, das drei Räume hat mit fünf Fenstern insgesamt, zwei Zimmer und einen Vorraum, die Zimmer liegen etwas höher, sie haben den Kartoffelkeller unter sich, man steigt durch eine Luke hinunter. Ein Holzhaus, wie es ein alter Mann und zwei Zehnjährige in ein paar Tagen aufstellen können, wobei sie noch die Dachbalken und die Dielenbretter selber zurechtsägen, ein Haus, das nachts mitsingt mit den Lüften, die es umstehen und manchmal über das Strohdach springen, ein Haus, das warmhält, das kein Unwetter auseinanderkriegt, der Sturm könnte es aufheben und mitnehmen und ein Stück weiter wieder auf den Boden setzen, es hielte noch immer zusammen, nur eben, der Keller, der wäre nicht mitgeflogen. Was ist aber der Mensch ohne Kartoffel?

Vom Vorraum zur linken Stube führen zwei Stufen hinauf. Jetzt öffnet sich die Tür über den Stufen, nach innen, da steht Tante Huse und sagt: Wen bringst du da an? Was hat er?

Und Habedank ruft ihr entgegen: Nein, denk man nicht, daß der Tee braucht!

Na was braucht er denn? Kommt mal erst rein.

Da gehen sie also hinein, und Tante Huse wundert sich über Habedank: Nanu, ohne Geige? und nimmt Levin den Hut ab: Junger Mann, wie heißt du?

Da sagt Levin nicht wie üblich: Levin, sondern setzt sich gleich und sagt: Leo heiß ich.

Na, und was hast du, fragt Tante Huse geduldig.

Weißt du, sagt Habedank, es ist wegen der Mühle in Neumühl.

Ach, der Christina Ihren, den meinst du, was ist mit dem?

Also mit dem ist schon auch etwas, aber dieser hier, sagt Habedank, der Levin hier, der hatte da auch seine Mühle in Neumühl.

Weiß ich gar nicht, sagt Tante Huse.

Habedank sitzt schon, sie steht noch immer, eine stattliche Person, groß, mit mächtigem Hinterteil, nach den Schultern hinauf immer schmäler werdend, spitz zulaufend sozusagen, auf dem schmalen Kopf thront ein kleiner weißer Haarknoten.

Jetzt erzählt der Habedank.

Tante Huse sieht sich dabei den jungen Menschen, diesen Leo, genau an, da guckt der Levin doch lieber in der Stube umher. Ihm fallen die Sprüche auf, an jeder Wand zwei oder drei, Brandmalerei, Perlstickerei – Silberperlen auf schwarzem Grund –, bunte Seidenstickerei: Sprich was wahr ist, trink was klar ist!

Oder: Rede wenig aber wahr, trinke wenig zahle bar! Und über dem Lehnstuhl in der Ecke zwischen den Fenstern: Wir haben hier keine bleibende Statt.

Tante Huse hat sich in ihren Lehnstuhl gesetzt, also sieht Levin in die andere Ecke, da steht zu lesen: Getrost allezeit!

Sie sitzt in ihrem Lehnstuhl, und das ist auch nötig. Aber was der Habedank da erzählt, das ist vielleicht nicht einmal im Sitzen auszuhalten.

Also der Christina Ihrer hat ein Stauwehr gemacht, im Fluß, und die Teiche auch gestaut.

Das kann er ja, im Frühjahr, da denkt sich jeder, er will das Hochwasser abfangen, nachher braucht er ja noch Wasser, wenn es sich schon verlaufen hat, ist ja um die Zeit auch noch immer mal etwas zu mahlen.

Aber dann nichts gesagt, bei Nacht und Dusternis Schleusen auf und alles Wasser losgelassen.

Der Hund, sagt Tante Huse, die keine Polin ist, sondern aus Gremboczin, aus dem Forsthaus, eine Deutsche also und früher bei den Baptisten gewesen.

Der Hund, sagt Tante Huse und steht auf.

Soll ich mitkommen nach Briesen?

Aber Tante, was willst du da, sagt Habedank.

Reden, für den Jung, sagt Tante Huse, der sagt doch nichts.

Aber jetzt sagt der Levin etwas: Es ist, weil er Lohnmühle hat, und ich habe Verkaufsmühle. Und dann ganz laut hinterher: Gehabt.

Ach was, sagt Tante Huse, wenn du auf eigene Rechnung mahlst, dann hast du auch das Risiko. Ihr braucht man nichts zu erzählen. Also ich komme mit, sagt sie und setzt sich wieder.

Aber du hast doch nichts gesehen, sagt Levin.

Aber ich kann reden, sagt Tante Huse. Morgen mittag ist Termin, ich bin da.

Nun weiß der Habedank, es ist beschlossen und verkündet, da hilft nichts mehr, morgen mittag steht Tante Huse im Kreisgericht, in diesem roten Ziegelkasten mit den grünglasierten Ziertürmchen. Sie weiß genau, was sie sagen wird, man sieht es ihr an, es wird eine Szene wie seinerzeit ihr Auszug aus der Baptistengemeinde, ordentlich und erhaben in einem. Damals war es wegen dem Prediger Lasch, dem früheren Laschinski, der die ledigen Mütter nicht in die Kapelle ließ, das ging Tante Huse ja eigentlich gar nichts an, es hat auch keiner verstanden, damals, und jetzt ist es wegen dem Ältesten, dem Frommen, auf dem der Segen des Herrn ruht und der sich die Konkurrenz vom Hals schafft, auf daß der sichtbare Segen noch herrlicher auf ihn herabregne.

Die Welt ist voller Unrecht, das sieht man auch von Tante Huses Fenster aus, aber nun liegt das Unrecht vor der Tür, da soll man wohl vorübergehn: hinauf in den Tempel, um zu beten, wie es heißt, Lukas am Achtzehnten.

Nein, sagt dieser Habedank und stößt auf in Gedanken. Wunderbares Weib, diese Tante, über die Siebzig hinaus, aber wie die dasitzt! Blaue Schürze, rot eingefaßt, straff und glatt vorgebunden.

Jetzt erzählt der Levin. Wie der Habedank und der Weiszmantel im Italienischen Zigeunerzirkus aufgetreten sind.

Da sagt Tante Huse Donnerschlag! und schlägt sich aber gleich vor den Mund, und Habedank fängt an mit Weiszmantels Lied, da singt Tante Huse mit, im Sitzen, und tritt, im Sitzen, den Takt mit, und erfindet eine ungewöhnliche Oberstimme dazu und kommt dabei, weil ihre Stimme eben doch etwas tiefer liegt, ein bißchen aus der Puste. Hei hei hei hei.

Der Levin wird ein wenig blaß darüber. Habedank sieht es und die Tante auch. Was soll man tun? Lauter singen, noch lustiger werden, nicht wahr? Oder was sonst?

Sollen sie singen.

Bis Tante Huse Herrjieses! ruft, sich aber gleich wieder auf den Mund schlägt, während sie aufspringt. Ich muß euch doch was machen, ihr seid doch von morgens an unterwegens.

Nun kommt also der Tee, von dem Habedank schon gesprochen hat. Der nicht nötig sein sollte. Der aber doch für neunerlei

Krankheiten gut ist, ganz gewiß, Husten und schwache Brust, Ohrenschmerzen, Galle, Stuhl und eingewachsene Nägel. Und fürs Gemüt.

Daß die Tante mit ihm sogar Knochenbrüche heilt und böse Geschwüre wegkriegt, indem sie heiße Packungen auflegt, ohne schneiden also und also ohne spätere Narben, das weiß man in der ganzen Gegend. Nur nicht, wessen Tante sie eigentlich richtig ist. Sie kann alles, diese Tante. Morgen ist sie in Briesen.

So also war das bei Tante Huse gewesen. Jetzt stehen Habedank und Levin auf der Straße, und vor ihnen liegt das Städtchen.

Häuser und Häuser, wie kreuz und quer gebaut, mit Kopfsteinen gepflasterte Straßen, zwei Kirchtürme, glatte Stallmauern, Holzzäune, schwarz geteert. Weiter hinten der Schornstein vom Dampfsägewerk König, Spezialität Kisten.

Dann wollen wir mal, sagt Habedank.

Nun gehn sie also durch die Straßen. Da und dort lehnt ein alter Mann am Zaun, seinen roten Kater neben sich. Es sieht schon ganz nach Abend aus. Am Markt kommen sie vorbei, Bäkker Pehlke schließt seinen Laden, in Wiezorreks Kneipe steht die Tür auf, Deutsches Haus ist darüber angeschrieben. An der katholischen Kirche biegen sie ein, nach links, die Schloßstraße lang, auf den Schanzenweg zu, wo Onkel Sally wohnt. Ein niedriges Steinhäuschen, das Cheder, die jüdische Kinderschule.

Onkel Sally, der in Rożan Schlomo gerufen wurde, der schon lange hier in Briesen Schammes und Schulklopfer und eben Kinderlehrer ist, breitet die Arme aus und legt sie dem langen Levin um die Schulter, so von unten her, er weiß, was ihn herführt, er sagt: Laß aufgehn dein Antlitz über deinem Knecht, er sagt: Wie Rauch verfliegt, wie Wachs vor dem Feuer zerfließt, schwinden die Frevler. Sagt es langsam und ruhig. Dann stößt er mit einem kräftigen Schubs Levin zurück und lacht, dreht sich, stemmt die Arme in die Seiten, biegt sich geradezu vor Lachen. Nu, Reb Jid, sagt er, weißt du das nicht: wir sind zu arm für die Trübsal!

Habedank ist über den Hof gegangen, er sitzt bei Tante Glickle in der Küche, er streckt die müden Beine unter dem Tisch aus. Sollen die dort reden, wir reden hier. Und Glickle sagt bedauernd: Hast die Violine nicht mit.

Am anderen Tag, gegen Mittag, stehen Levin und Habedank vor dem Gerichtsgebäude, da kommt der Wysotzki gefahren mit seinem Einspänner, ihm gehört das zweite Haus in Polkau, und lädt Tante Huse aus. Nachmittag, sagt er im Weiterfahren, ich komm vorbei beim Wiezorrek.

Da stehn die Drei vor dem Portal, Levin, den die Geschichte angeht, Habedank, der sich in sie hineinbegeben hat, Tante Huse, die da mitreden wird.

Onkel Sally hat sie begleiten wollen, aber da hat Levin gemeint: Gleich zwei von den Unsrigen, macht Ärger. Und Onkel Sally hat bloß genickt und ist zurückgegangen ins Cheder, den Kindern erzählen, wie Ahaschverosch auf seinem Thron sitzt und lacht und befiehlt, Esther zu holen, aber da kommt Mordechai und hat ganz große Augen und ganz schwarze Haare.

Jetzt gehen sie hinein in den roten Ziegelkasten. Levin hält die Tür auf, Tante Huse schreitet voran, auf die erste Tür zu, klopft, räuspert sich kurz, öffnet. Da sitzt Justizsekretär Bonikowski, alt und grau und endlos lang wie ein dörflicher Erbstreit. Er nimmt den Finger aus dem Gesicht, er sagt: Wird aufgerufen!

Wieso? sagt Tante Huse und tritt ein.

Draußen bleiben, warten, sagt Bonikowski.

Das wollen wir doch mal sehn. Tante Huse dreht sich um und sagt zu den beiden, die in der Tür stehen geblieben sind: Kommt rein, macht die Tür zu.

Jetzt ist es aus mit dir, Bonikowski, jetzt steh nur schon auf und frage, worum es hier geht, und hör dir an, wovon diese Tante erzählt, und sag nur nicht: Was geht dieser Fall denn Sie an?

Doch dieser alte Bonikowski fragt.

Hoho, schreit da Tante Huse, angehn! Ihnen kluckert ja der Marks! Und nun kommt alles so herausgeschossen, wie es ihr auf die Seele gefallen ist, gestern in ihrer Stube in Polkau, alles, ganz genau so, und alles bekommt dabei seinen Namen: der Deutsche wird Deutscher genannt, der Fromme Frommer, der Unmensch beides zusammen und Unmensch außerdem und Parobbek.

Da wirft Bonikowski beide Arme hoch und sagt den zwölften Satz: Aber ist doch vertagt, der Termin.

Vertagt? Ja wieso? Levin tritt vor, denn Tante Huse faßt sich nicht gleich. Herr Obersekretär, sagt er, ich mache Sie aufmerksam, daß Sie mir hätten geben müssen eine Mitteilung, diesbezüglich.

Na eben, sagt Tante Huse, meine ich auch, also was ist?

Gar nichts ist. Bonikowski sitzt da, alt und lang, Benachrichtigung ist erfolgt, sagt er.

Tante Huse wendet sich an Levin: Du hast doch aber nichts bekommen, Leo? Und also weiter los auf Bonikowski, der sich eben überlegt, was diese Frau mit so einem Juden zu tun hat: Wann haben Sie geschrieben, was haben Sie geschrieben, und überhaupt: was ist das für eine Art! Und weiter so: Schauderhaft! und: Unerhört! und zuletzt: Aktenhengst!

Ich mache Sie darauf aufmerksam, schreit Bonikowski.

Das machen Sie man, hätten Sie aber früher tun sollen und wo es angebracht ist.

Halten Sie den Mund, sagt Tante Huse eben, als die Tür zum Nebenraum aufgerissen wird und Richter Nebenzahl dasteht und Ruhe! sagt.

Tante Huse antwortet da einfach: Sie sind mir ganz still, ich rede mit diesem Herrn hier.

Das höre ich, sagt Nebenzahl würdig.

Bonikowski ist aufgesprungen, er legt die Hände an die Hosennaht und schnarrt: Gestatte mir, Herrn Kreisrichter nachfolgenden Tatbestand zu unterbreiten.

Mal Ruhe, sagt Nebenzahl. Es machandelt sich wohl, sagt dieser Säufer, um die Angelegenheit Neumühl, war ja im ganzen Haus zu hören.

Herr Kreisrichter, sagt Tante Huse, das sind womöglich neue Moden, aber nicht mit uns! Und nun also gleich einen Vortrag über die Pflichten der Gerichte, speziell des Kreisgerichts zu Briesen – untersteht ja wohl Ihrer Leitung, nicht wahr? –, und überhaupt alle nötigen Darlegungen über Menschen und Christen und Unmenschen und Unchristen.

Da findet der Habedank nun wirklich kein Wort. Dieses Weib mit dem gewaltigen Arsch, und 74 Jahre! Hol der Deiwel! Und ausgespuckt.

Aber zu machen ist da jetzt nichts.

Wann, bitte, ist die Benachrichtigung erfolgt, fragt Levin.

Vorige Woche, antwortet Bonikowski. Der Beklagte ist auch, wie Sie sich überzeugen können, nicht erschienen.

Ja, tatsächlich, der ist nicht erschienen. Wo ist er denn? Also Schluß. Da können wir wieder gehen. Habedank dreht sich um und stampft zur Tür.

Aber für Tante Huse ist die Sache keineswegs zuende. Da sehen wir mal zur Post rein, erklärt Tante Huse.

Ja, die Benachrichtigung ist vom Gericht ausgefertigt worden, vorige Woche, das Schreiben liegt auf der Post, in Briesen. Gerichtspost alle vierzehn Tage, erklärt der Postsekretär. Anordnung der Postdirektion Marienwerder vom 17. Februar 1871, Ziffer 10, Absatz 4.

Zeile 2, sagt Tante Huse, reden Sie doch wie ein Mensch!

Weitere Benachrichtigungen liegen für Neumühl nicht vor, erfahren sie, und jetzt also können sie wirklich gehn.

Mein Großvater ist nicht nach Briesen gefahren. Er hat also einen Bescheid gehabt. Da hat es also geklappt: Des Herrn Pastors Briefchen, des Herrn Landrats Hinweis, des Herrn Kreisrichters Dreh mit dem Termin, so ist das gegangen, einfach, klar, als hätte der bekannte Geist von Potsdam persönlich darüber gewacht.

Da sagt Tante Huse schlicht: Dem Bengel steig ich aber aufs Dach!

Das ist der dreizehnte Satz: er gilt meinem Großvater.

Eine schöne Überraschung, als Tante Huse in Neumühl vom Wagen klettert, sich vor meines Großvaters Haus von Habedank und Levin verabschiedet, dann erst Christina in die Arme nimmt und abküßt und Kindchen zu ihr sagt und zuletzt sich zu meinem Großvater wendet, mit Grabesstimme: Wir haben zu reden, mein Junge.

Da gibt es nun keine Ausflüchte.

Allerdings auch keinen Erfolg.

Da können alle guten Menschen von Malken bis Briesen reden, wie sie wollen, Menschen- und Engelszungen und was weiß ich, er wird etwas tun, wissen wir, etwas im Geiste seiner Ahnen, etwas nach ihrem Vorbild, auf seine gewöhnliche Weise, also schäbig.

Nach einem Tag schon wechselt Tante Huse zu Oma Wendehold auf den Abbau hinüber. Das ist doch, mein' Zeit, ein ganz übler Patron. Ein paar Tage später macht sie sich wieder nach Polkau auf.

Und mein Großvater geht umher wie der Geist Konopka.

Er reibt sich die Hände: Weil es also geklappt hat.

Er kratzt sich im Nacken: Was mischt sich da bloß alles hinein?

Er fährt sich über die Kinnstoppeln, er fängt an, alleine vor sich hin zu reden: Habedank rausschmeißen, auch die Polacken raus aus der Mühle, ja, und wie geht es dann weiter? Als sie am Sonntag in der Kapelle sitzen und singen: Mach End, o Herr, mach Ende, da unterbricht sich mein Großvater, legt die Hände vor dem Bauch zusammen und sagt mit lauter Stimme, in den Gesang der andern hinein: Jawohl, mach jetzt ein Ende! Und knurrt hinterher: Sonst mach ich selber.

# 8. KAPITEL

Da hast du doch diese Vorladung da, und da gehst du hin, bis nach Briesen, zu denen da, und kommst zurück: und nichts gewesen!

Marja, sagt der Levin, diese Angelegenheit ist vertagt, wie ich gesehen habe, alles schriftlich aufgesetzt und mit Stempel.

Aber wieso bloß! Und wieso weiß der vorher Bescheid, der Deiwel, und braucht nicht hin, und du weißt nicht, wieso denn?

Marja, sagt Levin, das verstehst du nicht.

Ich auch nicht, sagt Habedank.

Der Levin, freilich, der hat seine Erfahrungen, von klein auf, der versteht das, in Rożan war es nicht viel anders. Man kann darüber reden, aber was kommt schon heraus?

Mein Großvater geht umher und redet für sich allein. Er nimmt sich den Feller vor, der soll mal ein bißchen fleißiger sein: hübsch überall herumhören, überall reden, dort ein bißchen Öl auf die Seele, dort ein bißchen Feuer unter den Hintern.

Wie komm ich auf Feuer? sagt mein Großvater.

Er hat den vierzehnten Satz gesagt, der hieß: Mach End, o Herr, sonst mach ich selber.

Die Sache mit diesem stillschweigend verschobenen Termin ist jedenfalls gleich herum, in der ganzen Gegend. Da sagt Oma Wendehold zu Ragolski: Ich brauch ja sowas nicht, aber dann kann man diese Gerichte doch lieber gleich abschaffen, wenn das so langgeht. Hat der Alte nun, oder hat er nicht?

Natürlich hat er, sagt Ragolski.

Na siehst du, sagt Olga Wendehold, dann soll er sich wenigstens vergleichen.

Vergleich kostet Geld, sagt Ragolski.

Na aber Ragolski, Geld hat er doch.

Haben ja, haben wie haben, aber geben, sagt der Ragolski, geben lieber nicht.

So jedenfalls wird geredet in Neumühl, auf dem Abbau, im Dorf, in Rosinkes Gaststube. Nieswandt und Korrinth reden noch ganz anders, da kommt mein Großvater dazu, sagt aber gar nichts, daß sie schon wieder einmal herumsitzen, sagt nur: Na ihr? Und setzt sich hin und sagt: Am Fünfzehnten gibt Lohn, und dann haut ihr ab.

Wieso? sagt Korrinth.

Und wohin? sagt Nieswandt.

Nach Rußland, sagt mein Großvater ruhig. Ich brauch euch nicht mehr.

Machen Sie jetzt alles alleine, sagt Korrinth.

Und wenn wir nicht gehn, was meinen Sie, fragt Nieswandt.

Am Fünfzehnten gibt Lohn, sagt mein Großvater, aber ihr müßt auch abhauen.

Also, das werden sich die beiden noch überlegen. Lohn am Fünfzehnten, gut, aber was dann ist, das steht noch nicht fest.

Du ziehst auch ab, sagt mein Großvater.

Da steht er in Pilchs Häuschen. Der Habedank ist ein höflicher Mensch, er erhebt sich. Er sagt: Wieso?

Überall Wieso! Meinem Großvater wird es diesmal schon ein bißchen schwarz vor Augen. Wo man hinkommt: Wieso?

Also du verschwindest, sagt mein Großvater. Mit Geige und Marie. Und Levin, müßte er eigentlich sagen, denn er weiß schon, daß der hier untergekommen ist, aber er sagt es nicht. Er sagt: Ist nicht dein Haus.

Deins auch nicht, sagt Habedank.

Gehört dem Pilch, sagt mein Großvater.

Dann hol den man her, sagt Marie, geh ihn man suchen.

Ganz egal, sagt da mein Großvater, ich krieg euch schon raus. Und dann geht er wieder.

Das muß man wohl in Briesen anteigen, überlegt er, paßt jetzt nicht, muß aber sein. Wenn die hierbleiben, ich weiß nicht. Also dann noch einmal den gleichen Weg: nach Malken!

Diese Christliche Union wird, findet mein Großvater, immer teurer. Er muß wieder mit der Brieftasche schwenken, aber natürlich, der gewünschte Brief wird geschrieben. Die Frau Pfarrer hat Auskünfte eingeholt. Die von der Kreiskasse Kowalewo-Schönsee besagen: es lohnt sich. Wir Deutsche, sagt daher die Frau Pfarrer versonnen.

Wie solch ein Brief von Malken nach Briesen aussieht, wissen wir schon: Oben Lieber Spezi und unten Habe die Ehre. Dazwischen dann: Möchte ich Deine Aufmerksamkeit darauf lenken, daß es sich um einen unserer deutschen Sache tief ergebenen, dazu höchst einflußreichen Mann handelt.

Der Herr von Drießler, dieser Spezi und Königliche Landrat, bekommt also einen solchen Brief.

Na dann einfach: Kleines Schreiben, an Katasteramt, betrifft Gemarkung Neumühl. Registernummer 42 Strich 2, Gesindehaus.

Dazu wird festgestellt, im Kreiskataster: Eigentümer Pilch alias Pilchowski, Austragung 1. Oktober 1868.

Weitere Nachforschung ergibt: Pilchowski, Stanislaus, geboren 14. 3. 1841 Neumühl, Namensänderung auf Pilch. Der nachstehend Aufgeführte, Ackerwirt zu Neumühl, verwitwet usw. Aktenzeichen 27 Strich 2 Strich 91. Mit Datum vom 21. 9. 1868.

Eigentümer vor sechs Jahren verzogen. Wohnsitz unbekannt. Schlamperei, stellt der Herr Landrat im Hinterzimmer von Wiezorreks Deutschem Hause fest.

Jedenfalls ist zuständig, aber nicht erst seit heute, der Fiskus. Der das bisher nicht gemerkt hat. Pilchs Häuschen steht also zum Verkauf. Öffentliche Ausbietung durch Aushang im Kreisgericht Briesen. Erübrigt sich außerdem, Formsache: Interessent vorhanden. Wieder etwas geregelt. Deutsches Ansehen nicht verletzt.

Der Herr von Drießler antwortet seinem Spezi und Bundesbruder unter dem 2. Juli: Dein wieder einmal hervorragend bewiesenes Eintreten für die Sache unseres stolzen Reiches hat mich veranlaßt, dem Konsistorium in Marienwerder entsprechenden Wink zukommen zu lassen. Ein Antrag auf Dekorierung, für dessen wohlwollende Behandlung ich mich verbürge, dürfte höchsten Ortes auf Zustimmung rechnen können.

Am Ende des Briefes steht ganz beiläufig: Superintendentur Schönsee ab 1. 1. 75 zur Wiederbesetzung.

Da wiederholt der Glinski die Worte seines Weibes von der Deutschen Treue, und wir wissen schon, es ist eine besondere Sache mit diesen Deutschen, zum Beispiel denen, die aus Lemberg her sind, und denen, die aus polnischem Adel stammen. Ihr Eifer für das Deutsche ist unverständlich groß, wie man sieht, und ihr Eifer für das Große ist deutsch, wie man sieht, kurz gesagt: groß-deutsch.

Diese Leute, denen, nach Tante Huse, der Marks kluckert, was ungefähr besagt, daß sich ihnen die Gehirnmasse verflüssigt.

Allerdings unfriedlich. Was sie zuwege bringen, ist nicht abgetan, wenn man Stänkriger Kerl sagt oder Hund.

Also: Mein Großvater kauft Pilchs Häuschen, vom Fiskus, das steht erst einmal fest.

Und Krolikowski wird diesen Habedank amtlich hinaussetzen. Mit unamtlichem Vergnügen.

Krolikowski erklärt es laut, in Rosinkes Gaststube, aber auch am Zaun von meines Großvaters Hühnerhof, er weiß schon genau, wo es sich lohnt, und auch genau, wie er es anstellen wird, völlig überraschend nämlich: Steh ich mit eins vor diese Bruchbude, hoch aufs Pferd, und sage man bloß Raus!

Eine große Szene, die er sich da vorstellt: Erst kommt dieser Habedank raus, die Mütze hat er vor Schreck vergessen, na ja, meinswegen: die Geige hat er mit, und hinterher diese langhaarige Marie, was sich den Rock anknöpfelt, na und womöglich noch der Jud dann, den spick ich im Hintern, ich sag bloß: Angetreten!, dann kommt er, dann sag ich: Abteilung kehrt!, dann dreht er sich um, dann tret ich ihm von oben, und dann sag ich: Ein Lied!, und dann können sie singen, Geige dazu: Lustig ist das Zigeunerleben.

Sehr lustig. Das kann er oft vorführen, das bringt immer wieder noch ein Schnäpschen ein, vom Kaminski oder vom Barkowski, aber für ewig nun auch wieder nicht. In der Nacht vom Freitag zum Sonnabend brennt Pilchs Häuschen ab, bis auf den Grund, sogar ein Stück vom Gartenzaun geht mit.

Und mein Großvater also geht umher. Und redet für sich allein.

Und Ragolski und Oma Wendehold, denen wir vorhin gerade ein bißchen zugehört hatten, das sind also auch Einzelgänger. Oder Einzelredner. Und Gastwirt Rosinke, der manchmal den Levin mitgenommen hat, nach Strasburg oder Schönsee, und jetzt nach Briesen nicht, der sich also herumschlängelt, so oder so, das ist auch ein Einzelgänger, oder -schlängler meinetwegen. Und die Predigersgattin? Und Christina? Und, daß wir wieder darauf kommen: Tante Huse?

Und Rocholls? Von Tomaschewski und Kossakowski wollten wir ja nicht mehr reden, aber wir sollten es vielleicht doch noch einmal: Sind das auch Einzelgänger?

Sortieren wir zum Beispiel danach: Wer hat etwas? oder: Wer hat viel? Und wer hat wenig? oder: Wer hat gar nichts? Das ist ein bißchen einfach, aber nützlich, es ergibt mehrere Gruppen, viele kleine, von denen sich einige untereinander ähnlich werden, je näher man hinsieht, obwohl sich dabei auch wieder zahlreiche neue Unterschiede zeigen: Also: Die Wohlhabenden oder Reichen, die hier in Neumühl Baptisten sind und außerdem deutsch, denen die etwas weniger Wohlhabenden sich anschließen und von denen Leute wie der Feller sich abhängig vorkommen oder der Gastwirt oder Leute wie Händler, Fußgendarmen zu Pferde oder zu Fuß. Oder Lehrer, solange sie nicht weggejagt sind, wie der Willuhn.

Und denen einiges zu Hilfe kommt, auf ganz einzelgängerische Weise, versteht sich: der evangelische Belialssohn Glinski, der galizische Landrat des preußischen Königs, dieser so frischgebackenen wie altertümlichen Majestät, die, nach einem Liede zu schließen, ein guter Mann ist, wohnhaft zu Berlin, dazu Kreisrichter Nebenzahl, Katasteramtsdirektor Labudde, Sekretär Bonikowski, Gastwirt Wiezorrek, aber da wird es schon wieder schwieriger.

Und die andere Gruppe: die also, die bisher aus katholischen Polen oder polnischen Katholiken bestehen sollte, zu der aber unversehens Halbkossäten und Häusler gekommen sind, also Adventisten auch und Baptisten auch und jedenfalls also auch Deutsche, Tante Huse, wie wir gesehen haben, womöglich schon Olga Wendehold, ganz gewiß aber der Vorsänger Weiszmantel, diese Zigeuner und überhaupt immer mehr Leute. Und wie stand das mit Palms und wie mit Tethmeyer? Schwierig oder einfach. Wie es gekommen ist in dieser Geschichte. Wie es weiter kommt in dieser Geschichte.

Der Habedank sitzt in Strasburg, im Krug von Moses Deutsch, wenn man auf ein Deutsches Haus einfach Krug sagen darf, er sitzt in der Ecke, wo der grüne Ofen mit den weißen und rosa Blumen steht, sitzt da und hat ein Pfundchen Käse vor sich und Kümmel und Salz und schneidet sich immer ein Stückchen nach dem anderen zu, betunkt es sorgfältig erst mit Salz und dann mit Kümmel, weil der Kümmel nicht so lange haftet wie das Salz, führt das Stückchen Käse dann mit dem Messer, aufgespießt natürlich, zum Mund. Habedank, was willst du in Strasburg?

Strasburg ist eine langweilige Stadt, sagen alle Leute, sogar die Zigeuner. Die Strasburger Pferdemärkte ziehen sich immer endlos hin. Woran liegt das?

Doch wohl daran, daß die Strasburger Gegend, dieser Winkel vor der umständlichen Schleife, die der Drewenzfluß um Hoheneck herum beschreibt, und südlich der Seenplatte zwischen Bobrau, Konajad, Ostrowitt und Pokrzidowo, nicht so einfach und sozusagen gemütlich ihre Bewohner nährt. Die Wälder um die Seen herum sind feucht, gehen nach Westen in ein Moorgebiet über, nach Osten zu ist Sand, auf dem Drewenzufer nördlich der Schleife kann man schon von Flugsand sprechen. Man sieht es den Dörfern von weitem an. Darum muß der Zigahn hier redlich sein und das bißchen Arsen, das er hat, langsam und wohldosiert gebrauchen, nicht nur auf zwei oder drei Stöße verteilt, sonst sieht das Pferdchen am ersten Markttag glänzend aus, aber am dritten nicht mehr: die Bauern, die zum Strasburger Pferdemarkt kommen, kaufen daher erst am vierten Tag.

Strasburg ist langweilig. Allerdings, und das haben wir bisher verschwiegen, ist es eigentlich die Kreisstadt. Also Briesen ist keineswegs der großmächtige Ort, zu dem wir ihn gemacht hatten. 3800 Seelen, ja das bleibt, zwei Kirchen und Wiezorreks Deutsches Haus auch, sogar Königs Dampfsägewerk, aber Kreisgericht, Katasteramt, Landratsamt, das alles ist eigentlich für Strasburg bezeugt. Aber wir können uns jetzt nicht daran kehren.

Briesen liegt, was die Straßenverhältnisse anlangt, erheblich günstiger für unsere Geschichte, wenn sie schon in Neumühl spielen soll. Und dann ist ja schon gesagt worden, daß die ganze Sache auch nördlich oder nordöstlich oder noch weiter hinauf genauso hätte vorfallen können: in der Gegend von Marggrabowa, also im Kreis Oletzko, oder am Wysztyter See, also im Kreis Goldap, oder noch weiter nördlich, wo ein Mann wie der Glinski gerechterweise Adomeit heißt, aber ebenso deutsch ist. Immerhin, es war vielleicht nötig, das hier zu sagen: Kreisstadt ist eigentlich Strasburg, nicht Briesen. Es war nötig, aber es ist unerheblich. Strasburg, wie gesagt, ist langweilig.

Zwei Kirchen, also nicht mehr als in Briesen, ein Sägewerk, ein Deutsches Haus, wie üblich, zusätzlich allerdings die Honigkuchenfabrik Garczynski & Hecht und die Großmolkerei Dembowski, aber was ist das schon.

Im Deutschen Hause in Strasburg, also in der Wirtschaft von Moses Deutsch, sitzt Habedank und ißt Käse. Und wartet auf unsern lieben Weiszmantel, diesen Herrn über die Lieder, mit den Parezkes um die Füße.

Es ist vielleicht nicht mehr nötig, Weiszmantel zu loben. Der Weiszmantel ist ein alter Mann. Lobt man alte Leute? Altenteiler zum Beispiel, wenn sie lange leben und also unbequem werden, sterben immer ganz plötzlich. Weiszmantel hat glücklicherweise nichts, er lebt also.

Moses Deutsch tritt aus dem Laden, wo die Kuhketten neben dem Seifenfaß und der Tonne mit Heringen, neben den Holzpantinen, Tragen, Seilen, Rührhölzern herabhängen, er kommt in seine Gaststube, das Käppchen auf dem grauen Kopf, aber keineswegs im Kaftan, sondern im hellen Anzug, ein Kaufmann, drei Häuser hat er am Markt. Er redet auch nicht erst lange mit dem Habedank.

Da sitzt der Herr Kaplan, der noch neu ist in der Stadt. Diese Herren wechseln ja oft und haben eigentlich nichts. Wenn man sieht, wie sie ankommen oder Abschied nehmen: einen Holzkoffer, weiter nichts. Aber eigentümlich: sie kommen an mit nichts, und es ist alles gleich da, was der Mensch oder der Kaplan braucht. Da sitzt also der neue Herr Kaplan hier und trinkt Rotwein.

Moses Deutsch kennt sich mit den Dienstgraden und Rangabzeichen aus, auch mit denen, die nicht sichtbar getragen werden, er sagt: Herr Geistlicher Rat. Säße da ein Geistlicher Rat, sagte er Monsignore. Also er weiß Bescheid. Und wenn der Herr Kaplan ein landläufiger Kaplan wäre, würde er zunächst berichtigen, sich aber, da das keinen Eindruck auf Moses Deutsch macht, schließlich zufrieden geben. Dieser Kaplan jedenfalls tut es nicht, er sagt: Herr Deutsch, ich werde bei Ihnen meinen Rotwein trinken, solange ich Kaplan bin, als Kuratus kann ich es vielleicht nicht mehr, also Kaplan – das genügt.

Nun gut, also Kaplan. Aber warum hier noch diesen Kaplan einführen, wo doch schon genügend Personnage da ist für diese übliche Geschichte, die überall passieren kann?

Ein weites Feld, fürchten wir also nichts. Das weiteste Feld freilich ist der Begräbnisplatz. Da gehe man nur einmal eine Gräberreihe ab, hier in Strasburg meinetwegen. Wie das alles durcheinanderliegt! Wenig von dem Gruppierungsversuch vorhin. Und alle haben sie gesungen: Freu dich sehr, o meine Seele. Und, wie es weiter heißt in diesem Lied: Gib daß ich mit Fried und Freud möge von hinnen fahren heut.

Mit Fried und Freud.

Wie geht das eigentlich zu, daß man das alles so einfach dahersingen kann? Nehmen sie den Leib, Gut, Ehr, Kind und Weib. Laß fahren dahin?

Der Weiszmantel ist da. Und sitzt neben unserem Habedank. Wo hast die Geige?

Vorne, sagt Habedank.

Also Glock elfe, sagt Weiszmantel.

Also noch zwei Wässerchen!

Und nachher stehn sie auf dem Friedhof.

Da steht auch der Herr Kaplan. Er begrüßt Habedank und Weiszmantel wie alte Bekannte.

Nun sieh doch, der Herr Kaplan, mit diese Zigeuner! Sagt die trauernde Witwe, die immer ganz vorn stehen muß, wie es sich gehört, und jetzt also, weil sich erst alles zusammenfinden soll und noch nicht findet, wie ein aufgestörtes Huhn herumstreicht, von Häuflein zu Häuflein, von Gruppe zu Gruppe, sich überall ansehnlich hinzustellen versucht, weil sie ja auf jeden Fall vorn stehen muß.

Zum Schluß beten sie gemeinsam für den nächsten Toten. Da weint der Weiszmantel vor sich hin.

Und nachher wird geteilt und beerbt und das Fell versoffen. Mit den trauernden Hinterbliebenen. Die nichts anderes mehr zu reden haben als: Du kriegst die drei Anzüge und Wäsche, die überzählige, wird dir doch wohl reichen, ich nehm bloß die Lokomobile, ist ja sowieso kaputt, was denkst du.

Ja, lieber Himmel, da braucht der Mensch doch noch bares Geld außerdem, wegen der Reparaturkosten!

So geht es zu auf den Trauerfeiern.

Und Weiszmantel singt sein neuestes Lied.

Eine Viervierteltaktweise, die tief anfängt und mit jeder Zeile um eine Tonstufe höher steigt, innerhalb der Zeile allerdings mit regelmäßigen Quartsprüngen nach unten, aber eben immer um eine Tonstufe höher kommt, ein Lied also, das keiner mitsingt, nur Habedanks Geige, für das man dem Weiszmantel keinen Dank weiß:

Letztes Boot darin ich fahr
keinen Hut mehr auf dem Haar
in vier Eichenbrettern weiß
mit der Handvoll Rautenreis
meine Freunde gehn umher
  einer bläst auf der Trompete
  einer bläst auf der Posaune
Boot werd mir nicht überschwer
hör die andern reden laut:
dieser hat auf Sand gebaut

Ruft vom Brunnenbaum die Krähe
von dem ästelosen: wehe
von dem kahlen ohne Rinde:
nehmt ihm ab das Angebinde
nehmt ihm fort den Rautenast
  doch es schallet die Trompete
  doch es schallet die Posaune
keiner hat mich angefaßt
alle sagen: aus der Zeit
fährt er und er hats nicht weit

Also weiß ichs und ich fahr
keinen Hut mehr auf dem Haar
Mondenlicht um Brau und Bart
abgelebt zuendgenarrt
lausch auch einmal in die Höhe
  denn es tönet die Trompete
  denn es tönet die Posaune
und von weitem ruft die Krähe
ich bin wo ich bin: im Sand
mit der Raute in der Hand

Habedank macht immer sonderbare Nachspiele, hinter jeder Strophe. Für Weiszmantel sind sie so wunderlich nicht, aber für uns: wir brauchen Text, wenn wir Töne hören. Die alten Frauen in der Kirche, wenn der Organist nach dem Lied noch ein oder zwei Takte lang ein paar sanfte Akkorde drückt, bis die Luft alle ist, singen wenigstens Paul Gerhardt dazu, schließlich steht es ja da unter dem Lied im Gesangbuch, man braucht eben Text zum Singen.

Machen wir uns keine Gedanken darüber, der Weiszmantel geht wieder. Der Habedank auch.

Begraben worden ist Samuel Zabel, Ackerbürger zu Strasburg.

Der wenigstens geht uns nichts an, er ist schon tot, als wir an ihn geraten. Seine Frau allerdings lebt noch, sie sagt zu Habedank: Hier haben Sie Ihren Taler. Sie deutet auf Weiszmantel: Geben Sie dem was ab. Habedank hat nämlich noch Heidegrab gespielt und Ich weiß nicht was soll es bedeuten und zum Abschluß Ich kenn ein' hellen Edelstein.

Das also ist Strasburg.

Die Stimme Levins. Eine ziemlich hohe Stimme. Ich habe genug, sagt diese Stimme. Aber es ist ganz dunkel, wir erkennen gar nicht, ob dieser Levin sich dabei mit der Hand über die Stirn fährt. Ganz dunkel.

Marie sagt: Du bleibst hier.

Der Levin will also schon wieder weglaufen.

Marja, sagt er und nimmt diese Marie wieder in die Arme und führt die Hände an ihrer Hüfte hinauf und drückt die Finger ihr in den Rücken und läßt den Kopf über Maries linke Schulter hinabsinken. Und preßt sich an diesen Leib, der fest ist und sanft, so als wollte er untergehen in diesem starken, pochenden Atem, in diesen langen und plötzlich schnell hervorgestoßenen Seufzern, in diesem unvermuteten, kleinen, gleich wieder erstickten Lachen, in dieser harten Umarmung, in der steigenden Süße, hinter der das Salz heraufkommt: wie das Licht, das sich auf einmal in die Dunkelheit drängt, daß man es sieht: Bretter, in deren Fugen es hell ist, noch nicht taghell, aber: das Licht, Frühlicht, Vieruhrlicht.

Um diese Zeit liegt mein Großvater in seinem Unschuldsleinen.

Christina ist wach. Sie hört den Regulator gehn. Hin und her. Eben hat er geschlagen. Ich frag nicht mehr, sagt Christina und schließt die Augen. Aber einschlafen kann sie nicht.

Pilchs Häuschen. Vier Stuben. Strohdach. Wohnten früher Pilchowskis Leute drin.

Habedank ist fort. Diese Marie auch. Und es geht einer ums Haus. Einer, den man nicht sieht.

Er keucht ein bißchen. Obwohl er seine Schritte ganz langsam, ganz vorsichtig setzt. Er faßt an die Fensterläden. Sie geben nach, aber er geht weiter, um das Haus herum. Jetzt bleibt er stehen.

Ein sonderbarer Wind. Er kommt ziemlich kräftig und gleichmäßig. Aber auf einmal beginnt er zu hüpfen. Als ob ihm da Bäume in den Weg geraten sind. Dabei gibt es in den Wiesen gar keinen Baum. Nicht einmal solche krummen Weiden, wie sie an manchen Roßgärten stehen.

Vielleicht will er nicht hier herüber, der Wind vom Fluß. Aber er kommt nun doch, wenn auch mit Hüpfern und Sprüngen.

Und fährt in das Feuerchen an der Hausecke und jagt die Flämmchen die Wand hinauf und höher und bis ans Dach. Und jetzt brennt dieses alte Holz, dieses mürbe Stroh fliegt nicht, es glimmt erst, schwelt, brennt heller und heller, erst der eine Giebel, dann Dach und Dachbalken, schließlich das ganze Haus.

Mit einem singenden Ton, der immer in der gleichen Höhe bleibt, nur manchmal lauter, manchmal leiser wird. Brennt herab. Am Zaun schließlich verflackert das Feuer. Ein paar Pfähle und Stecken hat es verkohlt, es zuckt noch ein paarmal an den nächsten hinauf.

Mein Gott, sagt Christina, als mein Großvater sich ins Bett wälzt. Uhre drei.

Tante Frau, fragt mein Großvater.

Aber Christina schweigt.

Mein Großvater schläft gleich.

Wir werden müssen abhauen, sagt Marie und rüttelt Levin an der Schulter. Ja ja, sagt Levin und ist schon wieder halb im Schlaf.

Also bleibt Marie noch liegen. Es wird hell in Rocholls Feldscheune, die an der Chaussee steht, ein Stück vor Gronowo. Man ist ein bißchen benommen in diesem frischen Heu, das so stark duftet. Beinahe wie im Gärfaß.

Man drückt sich so herum, denkt diese Marie. Vielleicht sollte ich doch mitgehn, ins Russische hinüber, nach Rożan. Wie der Levin sagt.

Aber ich weiß ja, denkt diese Marie. Wie läuft das schon aus! Der Levin hört auch mit einmal auf, wenn er davon zu reden angefangen hat. Ich weiß ja, da sind seine Leute, da gehör ich nicht hin.

Ich weiß, wie sie dastehn. Die alten Männer mit ihren eisengrauen Bärten, die Frauen mit den weißen, teigigen Gesichtern, in denen die schwarzen Augen brennen. Sie sagen: Wo kommst du jetzt her, Levin? Und mit wem? Sie wenden sich ab. Ich gehör nicht dorthin.

Aber der Levin soll mir hier bleiben, sagt diese Marie. Er soll bleiben, hier bei uns.

Zwischen Gronowo und Trzianek, einen halben Kilometer nördlich von der Chaussee, liegt ein Wäldchen.

Ein Buchenwäldchen, wie es viele in der Gegend gibt, Rotbuche, fagus silvatica. Es ist überhaupt kein richtiges Waldgebiet hier. Durchschnittliche Niederschlagsmenge jährlich unter 500 Millimeter. Die größeren Waldbestände, Fichte, picea, vorwiegend picea excelsa, Rotfichte, stehen bei Dombrowken und nach Schönsee zu und dann im Norden, um Goßlershausen.

Hier auf dieses Buchenwäldchen einen halben Kilometer nördlich von der Chaussee führt ein Feldweg zu und führt hinein in das Wäldchen und ist dann ein Waldweg. Und wenn man schon ein ganzes Stück gegangen ist auf diesem Waldweg und bald das Licht von den Feldern her einem entgegenkommt, unter den breiten Buchen und also langsam und ruhig, steht da ein Haus. In diesem Haus lebt Jan Marcin. Seit es das Haus gibt.

Er soll Scarlettos Vater sein, man weiß es nicht, man sagt es aber, und er hat ein paar Ziegen mit braungestreiften Rücken und schwarze Hühner und einen bunten Hahn. Er wohnt immer hier, und die anderen, die man bei ihm vorfindet, sind nur zu Besuch gekommen.

Es sind immer welche dort. Finstere Elementen, sagt Gendarm Krolikowski, der sich das einbildet und nicht abläßt von seiner Meinung, also immer mal vorbeikommt, per Wallach Max, und noch nie gefunden hat, was er sucht, entlaufene Gutsarbeiter von Ciborz oder Wilddiebe oder Schmuggler auf eigene Rechnung. Hier sind andere Leute, aber es ist kaum zu verstehen, warum immer nur andere: Dauerbesucher, Durchreisende, solche, die nur die Nase ins Haus stecken, die der Krolikowski aber nicht sucht, solche, die sich mit dem ganzen Hintern darin breitmachen, auf die er aber auch nicht scharf ist, solche ganz Unüblichen außerdem, wie sie Jan Marcin seit zwei Tagen zu Gast hat.

Sie kommen gerade mal für ein paar Nachtstunden ins Haus, und erst wenn es auf den Morgen zugeht und kalt wird. Sonst treiben sie sich herum, liegen am Waldrand, laufen bis an die Struga und hängen die Beine hinein und kommen mit zwei Sträußchen Vergißmeinnicht wieder und haben ihren Mund zu allem, bloß nicht zum Reden. Das ist übrigens Jan Marcin auch egal, er sagt sowieso nichts, höchstens: Die können sich mal was anziehn. Er legt die Kleider, Rock und Bluse, Hose und Jacke und zwei Leinenhemden, die er einfach über das Bett geworfen vorfindet, hübsch zusammen, auf die Bank am Fußende. Und pfeift dabei. Unübliche Leute.

Diese Marie melkt die Ziegen, und der Levin trinkt die halbe Milch gleich aus, und dann sind sie wieder weg, man hört sie manchmal irgendwo, aber da sind sie nie. Jetzt sitzen sie auf der Wiese, und es regnet. Es ist die Zeit, wo man den Pirol hört, besonders dort, wo die Rotbuchen zuende sind und die Weißbuchen anfangen, carpinus betulus. Er läutet einem die Augen leer mit seiner Glockenstimme, man hört und hört und sieht nichts mehr, und wenn man schon alt ist, wie Jan Marcin, lehnt man sich an einen Baum und bewegt die Lippen, aber man sagt kein Wort, höchstens: Meine Zeit.

Bis auf die Wiese hinaus hört man den Pirol. Aber jetzt regnet es, da hört er auf. Und der Levin und diese Marie sitzen auf der Wiese, im Regen, und haben nichts an und schreien bloß herum. Da, da, da, und wieder: Da, da. Sie zählen die Regentropfen, jeder die, die der andere abbekommt.

Noch regnet es langsam. Noch ist es, als versprühten die Tropfen einfach auf der durchglühten Haut. Kaum sieht man sie auftreffen, da sind sie zerplatzt und schon vergangen, einfach weg. Aber jetzt fällt der Regen schneller, noch immer freilich tropfenweise. Da wird die Zählerei ebenfalls schneller und immer lauter, ein richtiges Geschrei, und jetzt hängt schon Maries Haar in schwarzen, durchnäßten Strähnen ihr ins Gesicht. Sie richtet sich auf, kniet vor dem Levin, der noch immer daliegt, auf der Seite, und mit dem Arm fuchtelt. Sie fährt sich mit beiden Händen durchs Haar, nimmt es zusammen, hebt es sich über die Schläfen, führt es nach rückwärts, hält es im Nacken mit beiden Händen fest, drückt es, daß ihr das Wasser zwischen den Schulterblättern den Rücken hinunterläuft. Dabei biegen sich die Schultern zurück, unter den Brüsten der Leib drängt sich vor. Was hast du, sagt Marie.

Ja, was hat der Levin?

Da liegt er auf der Seite und hebt sich mit der Rechten ein bißchen aus dem Gras. Da gibt es etwas zu sehen an Maries Schoß, etwas zu sehen für diesen Levin. Da fallen nämlich die Regentropfen, einer, noch einer, noch einer, ganz schnell, dieser Marie ins Schamhaar, bleiben hängen, drehen sich, laufen an den Härchen hinab und ziehen sie mit ihrem Gewicht nach unten, das Haar legt sich an. Aber hier und dort auch richtet sich eins und noch eins, jetzt noch eins auf, fügt sich einfach nicht. Das ist lustig. Der Levin lacht. Und Marie sagt: Was hast du da bloß? Sie hält sich noch immer das Haar.

Was soll der Levin sagen? Es ist schön hier auf der Wiese. Es ist schön hier im Regen. Wann war es schon so schön?

Es ist noch vor diesem Regen, gegen Mittag. Der alte Jan Marcin geht in seinem Häuschen umher, über die ausgewetzten

Dielen, schiebt die Flickendecken gerade, kneift dem Talglicht den verkohlten Docht ab und macht ein verächtliches Gesicht. Erst eins, dann ein anderes, dann noch eins. Mit diesem dritten bleibt er am Fenster stehen.

Von der Chaussee her über den Waldweg reitet Fußgendarm Krolikowski heran. Jan Marcin zieht ein viertes Gesicht. Und jetzt hält Krolikowski vor dem Haus und ruft von seinem Gaul hinunter: Komm raus! Gerade eben, als sich Jan Marcin in die Tür stellt.

Krolikowski wundert sich wie jedesmal und diesmal noch mehr: der Alte ist allein. Er steigt ab, macht die drei Schritte auf die Tür zu, der Alte tritt zur Seite, Krolikowski geht durch die zwei Stuben, er bemerkt nicht einmal die Kleider auf der Bank, er geht hinaus, er sieht gar nichts, steigt wieder auf und reitet eilig davon. Jan Marcin bleibt in der Tür stehen und blickt ihm nach. Und als die beiden ins Haus kommen, lange nach dem Regen, sagt er nichts. Der Krolikowski war eben losgezogen, da hatte der Regen angefangen. Vielleicht nur, denkt Jan Marcin, um die Spuren dieses Reiters fortzuwaschen. Was werd ich reden!

Ich leb, sagt dieser Leo Levin, zum ersten Mal.

Sie sitzen in der Stube, die Drei, Jan Marcin erzählt ein bißchen. Solche kurzen Endchen. Von Lea Goldkron, die umhergelaufen ist im Land mit bloßen Füßen, und wo sie durchgekommen war mit ihrem roten Haarschopf, brannten die Herrenhäuser. Die der alte Fürst, da in der Rypiner Gegend, da war ein Sommerschloß, da wohnte er, hat einfangen lassen wegen der Schönheit. Und die in den See gegangen ist, lange Jahre danach, in Kleidern und Schmuck bis ans Ufer, und dann alles abgelegt auf den Sand und hinein, wie sie gekommen war, nackt. Aber alt jetzt und mit müden Beinen.

Wenn er zuende ist, hört man wieder die Grillen. Hier in der Stube. Sie sitzen im Moos, mit dem die Wände abgedichtet sind. Levin hat einmal geraten, das alte Moos herauszunehmen und neu zu dichten. Da hat Jan Marcin den Kopf geschüttelt.

Jetzt versteht der Levin, daß das so sein muß. Er steht auf

und stellt sich in die Mitte des Raumes. Er sagt: Ich will hier nicht fort.

Marie hat das Gesicht in die Hände gelegt, sie sagt unter den Händen hervor: Morgen gehn wir nach Hause.

## 9. KAPITEL

Der fünfzehnte Satz gehört nicht zur Handlung. Wenn auch zu uns, er heißt, nicht ganz genau: Die Sünden der Väter werden heimgesucht an den Kindern bis ins dritte und vierte Glied.

Da reden wir also über die Väter oder Großväter und müßten doch wissen, daß diese Väter oder Großväter ihrerseits ebenfalls Kinder sind, im dritten oder vierten oder siebenundzwanzigsten Glied. Da gibt es kein Ende, wenn wir erst anfangen herumzusuchen. Da finden wir Schuldige über Schuldige und halten uns über sie auf und nehmen uns unterdessen vielleicht stillschweigend aus.

Obwohl doch z. B. die ganze Geschichte hier unsertwegen erzählt wird.

Lieber Mensch, gehab dich wohl, heißt es in Alberti Musikalischer Kürbishütte von 1641, welche, wie es im Titel gleich steht, uns erinnert menschlicher Hinfälligkeit, woran wir uns aber nicht erinnern lassen. Weiszmantel kennt diese Königsbergische Hütte nicht, obwohl sie sich gut singen läßt, zu drei Stimmen, vocaliter oder auch mit Instrumenten, und auf schöne Texte. Aber er sagt es ganz genau so wie dieser Herr Albert: Lieber Mensch, gehab dich wohl.

Und Habedank sagt: Na ja, dann geh man.

Doch der Weiszmantel kommt lieber noch ein paar Schritte mit, bis auf die kleine Höhe hinauf, vor Neumühl.

Sie kommen wieder von den Drewenzwiesen her, die beiden, wie neulich. Das Strasburger Begräbnis ist vergessen, der neue Kaplan auch, sie reden da etwas von Pferden, von einer Schimmelstute aus Kladrub, aus dem Böhmischen. Was so ein Tier herumkommt! Da hat sie ein Weilchen in Cielenta gelebt und im

Jahr darauf in Rosenhain gefohlt, jetzt steht sie in Brudzaw und ist schon verkauft nach Linde.

Und die beiden sind auf der kleinen Anhöhe angelangt.

Und der Weiszmantel sagt nicht noch einmal: Gehab dich wohl. Er steht da, er sagt gar nichts. Wie der Habedank.

Dort drüben, an der Stelle, wo Pilchs Häuschen gestanden hat, dreißig oder vierzig Jahre lang, steht Gendarm Krolikowski, sonst nichts, nur ein Stück Zaun. Die rechte Hand hat Krolikowski in die Uniformjacke gesteckt, zwei Handbreit unter dem Kragen. Da steht er, und nun geht Habedank auf diesen Gendarm zu. Und der Weiszmantel bleibt stehen. Herr Gendarm, sagt Habedank.

Schnauze, sagt Krolikowski. Und verbessert sich, als Amtsperson: Schweigen Sie Ihren Mund.

Hier also, auf den verkohlten Resten von Pilchs Häuschen, wird Habedank verhaftet, im Namen des Gesetzes und von diesem Krolikowski. Und wird verbracht nach Briesen. Und die Aussage dieses Weiszmantel, ohne festen Wohnsitz, wird jedenfalls zurückgewiesen. Gleich von Krolikowski.

Brandstiftung, sagt Sekretär Bonikowski, und Richter Nebenzahl sagt: Hinreichender Verdacht.

Also Vereinnahmung durch das Kreisgefängnis zu Briesen. Unvermeidbar allerdings: Anfrage, gerichtet an Polizeimeister in Strasburg, folgenden Inhalts: Ob der Inhaftierte, wie ausgesagt, dortselbst an der Beerdigung (katholisch) des Samuel Zabel, Akkerbürgers zu Strasburg, teilgenommen. Gemeinschaftlich mit einem Individuum, genannt Weiszmantel. Ob, wann, wie lange in Strasburg gesichtet?

Wir wissen, daß denen, die Gott lieben, alle Dinge zum Besten dienen. Das sagt Prediger Feller in Neumühl, in meines Großvaters Guter Stube. Mein Großvater sagt darauf: Wissen wir, sieht man immer wieder.

Amen, sagt Prediger Feller, das heißt: es werde wahr.

Ist schon, beendet mein Großvater.

Das kann gut für einen sechzehnten Satz stehen.

Ja, sagt der Feller still für sich. Was hab ich mich bloß damals so aufgeregt? Ist doch alles gut gegangen. Da war er in Malken, aber na wenn schon! Der Jud ist weg, von Prozeß keine Rede, dieser Zigeuner eingesperrt.

Mehr weiß er nicht, aber es reicht ja auch.

Und mein Großvater schickt Tante Frau nach dem Selbstgebrannten. Da steht man auf und hebt das Glas gegen das Fenster und sieht das schöne Nachmittagslicht durch das klare Wässerchen scheinen. Das ist ein Tag, wie er im Leben zählt. Alles wie bestellt, sagt mein Großvater, jetzt brauch ich die Kabise nicht zu kaufen.

Wird wohl der Blitz eingeschlagen haben, sagt Feller und läßt sich den zweiten Schnaps einschenken und fährt fort: Diesen Blitz hat ja der Krolikowski denn auch mitgenommen, jetzt ist er eingesperrt.

Nach dem dritten Schnaps heißt es dann: Des Gerechten Gebet vermag viel. Und mit dem vierten Schnaps ist das Urteil über die ganze Angelegenheit gesprochen: es war ein Gottesurteil, einwandfrei, und: die Rechte des Herrn behält den Sieg.

Darüber kannst du nächsten Sonntag predigen, sagt mein Großvater.

Werde ich auch, sagt Alwin Feller. Und damit geht er nach Hause.

Und findet sein Haus leer. Und geht durch Scheune und Stall und ruft in jede Ecke hinein, gedämpft: Josepha, und weiß schon: die Josepha ist unterwegs.

Ich werde hier warten, sagt er in der Küche, aber er wartet doch nicht lange. Geht dahin und dorthin, und da ist Josepha überall gewesen, aber schon eine ganze Weile fort. Ich kann das gar nicht wiederholen, was sie hier geredet hat, sagt Barkowski, und Rocholl fragt geradezu: Hat sie das von dir? Rosinke sieht ihn aus ganz schrägen Augen an: Sie kommen doch sonst nicht, haben Sie etwas Bestimmtes? Und Tomaschewski sagt: Da würde ich doch vorsichtig sein, Bruder Feller.

Also, die Josepha Feller rennt im Dorf herum. Jetzt ist sie

schon auf dem Abbau. Da sitzen sie bei Abdecker Froese: Oma Wendehold und der Feyerabend, der griese Fenske aus Sadlinken und der Pole Germann, und Josepha Feller sagt es, wie es ist: Das hat der Alte gemacht.

Selbst wenn, sagt Fenske, wer kann ihm was beweisen?

Wie damals, mit Levins Mühle, sagt Olga Wendehold. Und hat die Karten wieder vor und runzelt die Stirn und kratzt sich mit der Ecke der Kreuzdame am Haarknoten.

Na zum Kuckuck, sagt Feyerabend und schmeißt die Mütze auf den Tisch, das geht wohl immer so weiter? Und Deiner macht da mit, wie?

Josepha, das muß man sagen, ist so betrunken nicht, daß sie darüber hinwegkäme. Sie läßt die Flasche auf dem Tisch stehen und stürzt nach Hause. Und kommt auf ihren schönen Hof. Und trifft auf den Feller, der in der Tür steht. Und den zum ersten Mal die Fassung verläßt.

Den Schrei, der ihm herausfahren will, bekommt er noch mit den Zähnen zu fassen. Hebt die Glaubensstimme und schlägt sie Josepha ins Gesicht. Und jetzt kommt der zweite Schrei, den hält der Feller nicht mehr, der fährt hinauf bis über das neugedeckte Dach und über die Zäune.

Der dritte allerdings fällt ihm in die Kehle zurück. Er wirft das Buch von sich, er greift sich ins Gesicht, er sieht: Josepha hat sich gewendet und geht langsam aus dem Tor, langsam die Dorfstraße hinunter, langsam auf die Dämmerung zu.

Nachlaufen, an den Haaren zurückschleppen?

Doch vielleicht hat es keiner gesehen?

Damit geht er ins Haus: Der Gerechte muß viel leiden. Er meint sich selber.

Habedank aber sitzt in Briesen. Auf einer Holzpritsche. Ohne Geige. Die hat er dem Weiszmantel mitgegeben, der wird schon für sie sorgen. Diese Marie und dieser Levin sind schon auf dem Weg, schon über Garczewo hinaus, vor Dunkelheit noch werden sie Polkau erreicht haben.

Von den Strugawiesen treibt der Nebel bis an die Straße heran.

Das ist gut nach diesem Tag. Noch kann man den Höhenzug erkennen, der von Osten her gegen die Struga vorstößt. Noch sieht er ein bißchen heller aus als die Wiesen um ihn herum, noch hat er ein bißchen Licht. Aber der eine Stern ist schon da. Und die Unkenrufe auch, von den nach Westen gelegenen Schilfteichen herüber.

Dein Vater graut sich nicht so leicht, sagt Levin.

So leicht nicht, sagt Marie, aber mein' Zeit, nun womöglich doch.

Vielleicht doch? Weil der Habedank müde ist, nicht so sehr gut mehr auf den Beinen, nicht besser als der Weiszmantel, und der ist ja schon alt. Vielleicht doch wieder nicht? Als ein Zigeuner. Sogar hier nicht, in der Kaluse, wie man sagt, in der Briesener, die ein behördlicher Kasten, also ein ziegelrotes, eckiges, mit Eisenstäben zugestecktes Gebäude ist, wo man, von drinnen her, gar nicht sieht, daß der księżyc oder la lune herauffährt, eben jetzt, kurz: der Mond oder die Mondin, und womöglich sagt eben jetzt einer, der es noch weiß: Zigeunersonne: wie der księżyc oder la lune über den Wäldern zog, weiß und rund und fremd wie Wasser, wenn die Feuer sanken und ausgingen auf der Erde, wenn die schön angezogenen Räuber von ihren Bergen kamen, vor ihren brokatenen Mädchen her, die sie mit silberbeschlagenen Gürteln, Tüchern, bestickten oder bunt gewebten Bändern eingefangen hatten. Da kamen die Mädchen geschritten und sangen laut, und die Räuber hörten es und fürchteten sich niemals mehr.

Auch hier, wo man den księżyc oder la lune nicht sieht, wo es nur dunkel wird, noch viel dunkler als draußen, daß dieses Gitterfenster oben, diese Luke, kreuz und quer geteilt, allein noch ein bißchen hell bleibt, auch hier graut sich der Habedank nicht, der richtige Zigeuner, der eine Geige hat und eben mehr versteht als andere von Abend und Nacht.

Er sitzt da und läßt die Beine hängen und hat einen Mund zum Reden, zum Schweigen auch, er ist nicht allein in dieser Kaluse, nicht einmal allein in dieser Zelle, da sitzen noch drei, der eine ist jung und die anderen um die Vierzig, da erzählen sie sich, das ist Habedank ganz recht.

Jetzt hat er schon ein Vierteljahr immer nur von dem zu reden gehabt, was jeder weiß, und die drei hier wissen nichts. Von der Mühle nichts, weder von Levins noch von meines Großvaters Mühle, nichts von Krolikowski und von Pilchs Häuschen. Eben gar nichts. Der Junge da weiß wenigstens etwas von Neumühl: wo es liegt. Er ist einmal in Gollub gewesen. Also auf der Drewenz eine Bootsmühle, sagt er.

Aber es war eben keine Bootsmühle, weder die eine noch die andere, und überhaupt nicht auf dem Drewenzfluß. Doch das muß man nun genau erzählen.

Es ist ein Nebenflüßchen der Drewenz, ziemlich schnell, das hat auf dem rechten Ufer zwei Stauteiche, die gehören zu der großen Wassermühle. Die fest auf vierundzwanzig Pfählen steht, oder ruht, die mit Stützen und Streben gestützt und verstrebt sind und mit Blech beschlagen gegen das Eis. Die Mühle hat ein großes unterschlächtiges Rad und ein prima Mahlwerk, und zwei Mann haben da gut dran zu tun. Und jetzt hat der Alte die beiden, wie ich hör, weggejagt. Bloß sie sind noch nicht gegangen. Und die andere Mühle aber, die ist klein, voriges Jahr schnell aufgestellt. Der Levin ist aus Rożan und hat sich was angelernt mit Müllerei und gleich diese Mühle angefangen, ein Stückchen flußab. Vier Pfähle bloß und Balken und Bretter und ein leichtes Rad, weil das Wasser ein bißchen flach ist, und die Bude hat ziemlich gewackelt, da hat er zwei Ketten angeschafft und sie gegen die Strömung verankert, die Mühle, da ist sie über den Winter und bis ins Frühjahr gekommen, kann man nur staunen. Und er hat hübsch Geschäft gemacht.

So ein Jud, sagt der Junge, kommt an mit dem blanken Arsch und macht Geschäft.

Aber wieso! Gar nichts mit blanker Arsch. Mit Geld ist er gekommen. Jedes Brett gekauft, mit Fuhrwerk von Gollub angefahren. Ich hab Dübel gemacht und nachher die Verschalung, zwei Tage – war alles fertig.

Und erst kam keiner.

Warum auch? sagt der eine von Habedanks Zuhörern, der mit dem Knebelbart, der diesen Rittmeister verdroschen hat in Wiezorreks Deutschem Haus, diesen Herrn von Lojewski, den alten Saufaus. Da hat er wieder mal dagesessen, dieser Rittmeister von früher, und groß geredet, daß sie das deutsche Bier wegschmeißen an die Polacken, daß es keine Ehre mehr ist, wenn sie das deutsche Bier für das gleiche Geld bekommen wie anständige Menschen, daß es überhaupt nicht wahr sein kann, daß sie hier überall herumlungern dürfen, diese Polacken wie Sand am Meer.

Also der mit dem Knebelbart hat ihn verdroschen, nicht so sehr, und hat ihm einen Orden abgedreht und ihm mit dem Klimperding ein Muster in den Kahlkopf gedrückt, weil der ein bißchen angelaufen war, vielleicht hat es gekühlt. Deshalb jedenfalls sitzt er hier.

Aber was du da redest wegen einem Itzig, sagt der Knebelbart, also na hör mal! Und der andere, der noch nichts gesagt hat bisher, sagt jetzt auch etwas. Einer von denen, die überhaupt wenig sagen, dafür aber auch lauter Mist.

Diese Juden, sagt er, haben Jesum ans Kreuz geschlagen, mit Nägeln, Achtzöller. Er weiß das. Jetzt laufen sie rum auf der ganzen Welt, sagt er, das Kainszeichen der Jesusmörder auf ihrer Stirn.

Das ist alles schon so alt, daß es aussieht wie eine leibhaftige Wahrheit.

Er hat das so gesagt, der, der sonst nicht viel redet, ganz still übrigens, ohne jeden Eifer. Er weiß es genau, er wird ja keinem dieser Juden etwas tun wollen deswegen, er wird Gott nicht vorgreifen, der getreu ist und es auch tun wird, wie es heißt, ersten Thessalonicher, und wenn er es tun wird, wird er, der nicht viel sagt, dastehn und sich nicht verwundern, das mußte ja so kommen, höchstens vielleicht stellt er sich näher dazu, und vielleicht hilft er noch ein bißchen nach.

Der Junge hat es auch schon mal gehört, natürlich, da wird es schon stimmen, aber es stimmt doch wieder nicht. Wie ich in Gollub war, sagt er, ist da ein Jud gewesen, so ein ganz altes Mannchen, den haben sie auf einem Stuhl getragen, da sind von morgens bis abends Leute herumgestanden, wo er hingekommen ist, da hat es keine Prozesse mehr gegeben in Gollub, das halbe Jahr, wie er dagewesen ist in Gollub, mit allem sind sie gekommen. Wer weiß, wo er jetzt ist?

Die drei Männer sagen nichts. Und der Junge denkt, mir hätte der aber wohl nichts genützt. Der Junge ist nämlich Viehtreiber gewesen und hat eine Kuh verkauft, die ihm nicht gehört hat, in Lissewo, und es ist gleich herausgekommen. Da hätte es schon einer mit Geld sein müssen.

Dieser Levin, sagst du, ist mit Geld gekommen?

Und mit Fuhrwerk, sagt Habedank.

Und wie weiter?

Nu, wie weiter, sagt Habedank. Er hat Korn gekauft und ausgemahlen und Mehl verkauft.

Und der Alte, der gemahlen hat gegen Lohn, wie überall, der hat gesehen, wie jetzt auf einmal manche ihr Getreide verkauft haben an den Levin, weil Bargeld knapp gewesen ist, weil es schon so gewesen ist, daß sie die Steuer mit Ferkeln bezahlt haben, weil kein Geld dagewesen ist. Große Augen hat der Alte gekriegt, wie er das gesehen hat, und ist herumgegangen, ewig im Fluchens, und hat auch mal gesagt, daß er dem Jud schon zeigen wird – was, hat er aber nicht gesagt.

Und im Frühjahr, morgens, auf einmal, ist die Mühle von diesem Levin weg. Nur noch der Steg da und die beiden Pfähle, wo die Ketten dran waren.

Na sag bloß! Der Knebelbärtige hat sich von der Pritsche geschoben und stellt sich an die Wand. Und der andere, der Schweigsame, denkt vielleicht auch nicht, daß sich da ein Wunder ereignet haben wird, er fragt nämlich, wie das gekommen ist.

Dieser Schweigsame ist übrigens nur hier, weil ein anderer Holz gestohlen hat, im Sägewerk König, er nicht, bei dem König schon gar nicht.

Na ja, das Wasser ist gekommen, sagt Habedank. Das hat man

ja sehen können, wie es gewesen sein muß. Die Teiche waren abgelassen, und vor der großen Mühle hatte der Alte einen Staudamm gemacht, da war das Wasser schon bis an den Rand gestiegen, und davor, flußab, trat schon der Sand heraus, so flach war es. Da hatten sich schon alle gewundert, was das soll. Und dieser Staudamm also war aufgerissen. Bloß nicht von selber. Hat man ja sehen können.

Aber wer macht denn sowas, sagt der Junge.

Na wer denn? Der Knebelbart grinst. Und was hat der Jud nun gesagt?

Geklagt. In Briesen.

Und jetzt?

Nun erzählt Habedank alles: Vom Termin in Briesen. Vom Italienischen Zirkus in Neumühl. Von Pilchs Häuschen.

Da wird es Nacht darüber. Um Uhr elf kommt der Wärter an die Tür und sagt: Ihr könntet schon mal anhalten. Und bleibt stehen an der Tür und hört sich alles an. Bis dieser Zigahn mit seiner Geschichte schließlich das zweite Mal in Briesen angelangt ist. So, und nun Schluß, morgen ist die Nacht zuende.

Als ob das etwas bedeutet!

In dieser Nacht schläft Tante Huse nicht. Sie hat sich hingelegt, aber sie schläft nicht. Der Levin hat ihr alles erzählen müssen, wo er her ist und wie er ausgerechnet nach Neumühl gekommen ist und meinem Großvater vor die Nase. Und die Marie: wie das gewesen ist mit Pilchs Häuschen, wie sie gekommen sind auf der Chaussee, und wo das Haus hätte auftauchen müssen, bloß der blaue Himmel gestanden ist wie ein Brett.

Ich werde nicht mitkommen, Kinder, sagt Tante Huse am anderen Morgen, geht ihr man allein. Das lohnt doch gar nicht, das klärt sich doch gleich auf. Muß ja.

Der Habedank ist doch in Strasburg gewesen, erst am Vortag des Brandes morgens abgewandert. Eine alte Frau wird es wissen, in einem Dörfchen südlich vom Malkener Wald, ein Bauer auch, ein jüngerer Mann, der einen Leiterwagen in die Strugawiesen fuhr und zwei Männer, von denen der eine eine Geige mit sich trug und der andere immerfort vor sich hin sang, mitgenommen hat. Ein ganzes Stück. Aber wer wird sie danach fragen?

Man weiß ja auch, wie weit es von Strasburg bis Neumühl ist. Doch deswegen bleibt der Habedank eben noch immer ein Zigahn und wird nichts besseres. Nein, es muß sich nicht gleich aufklären. Die Nacht ist zuende. Der Wärter hat den Eichelkaffee hereingestellt. Da sitzen sie zu viert.

Der Junge hat wieder angefangen von Habedanks gestriger Geschichte. Mit wem bist du in Strasburg gewesen? Weiszmantel? Und der singt immer? Was singt er denn? Sing doch mal!

Habedank will nicht singen. Dafür singt der Stille, nur so nebenher. Der Wärter hat ihn vorhin mit einem Extragruß beehrt, er ist, wie es herauskommt, schon mehrfach hier gewesen, beinahe ein Dauergast.

In die Briesensche Kabise
kommt man durch die Türe rein,
kriegt man Laus und kalte Füße,
na was wird schon weiter sein.

Und hinterher: Wum-ta wum-ta wum-ta wum-ta. Ganz einfach. Gleich zum Mitsingen.

Habedank ist bessere Lieder gewöhnt. Ja, wenn er die Geige hier hätte, dem langweiligen Gesinge den gewissen Pfiff anzuzaubern! So ist das nichts. Was kann denn da noch kommen?

Aus der Briesenschen Kabise,
geht man durch die Türe raus,
nimmt man Laus und kalte Füße
bis zum nächsten Mal nach Haus.
Wumta wum-ta wum-ta wum-ta.

Mehr nicht. Die Wiederholungen helfen einem gar nichts. Wumta wum-ta wum-ta. Gar nichts.

Habedank lernt mittlerweile etwas neues.

Der Knebelbärtige hat gestern gegen Abend damit angefangen. Als die Fliegen ihre Tänze unter der niedrigen Decke aufgaben, nur noch ein paar brummige Kreuz- und Querflüge unternahmen, schließlich, eine nach der andern, sich an die Zellenwand hängten, noch ein bißchen herumkrochen, stehen blieben, als auch der dicke Brummer zur Ruhe kam, der nur in Höhe des Fensterlochs oben agiert und ab und zu seinen harten Kopf gegen die Scheibe gestoßen hatte.

Er hat gesagt, der Knebelbart: Da, siehst du, Fliegen? Wieviel Fliegen untereinander, soviel Tage noch hier sitzen.

Versteht man sofort.

Also: Da sitzt eine Fliege. Etwas höher, genau über ihr, eine zweite. Jetzt kommt eine dritte und nimmt ein Stückchen unter der ersten Platz. Also schon drei. Aber jetzt fliegt die obere Fliege noch einmal weg. Kommt sie wieder? Zählt sie ebenfalls, wenn sie doch schon wieder fort ist? Wie ist das, müssen sie sitzen bleiben?

Jetzt kommt eine andere Fliege. Sie sitzt einen halben Meter über der Stelle, wo die obere war. Was ist das nun: drei oder vier? Gottseidank, da kommt wohl die Fliege von vorhin wieder! Jedenfalls setzt sie sich genau auf den eben verlassenen Platz. Also vier auf alle Fälle.

Soll man sie wegscheuchen? Wird man dann heute noch herausgelassen? Durch die Tür raus, wumta, wum-ta? Nein, das wird man nicht tun, es könnten ja auch sechzehn Fliegen kommen, vier ist hier nun mal besser als sechzehn.

Aber sollte man sie, die vier, vielleicht an die Wand klatschen? Dann sind es vier und nicht mehr. Man hat ein Ergebnis.

Da hast du keine Ahnung, sagt der Knebelbart. Was meinst du, wieviele zum Begräbnis kämen!

Wum-ta wum-ta wum-ta.

Und außerdem, Tote gelten nicht. Sonst könnte man ja welche fangen und ankleben.

Da hat er recht. Also geht das Orakel weiter. Aber es gibt natürlich Kniffe.

Wenn man Sirup hätte. Oder Zucker. Zur Not geht es auch mit Spucke. Einen feuchten Strich an die Wand gezogen, mit dem

Finger, da setzen sie sich drauf. Auch noch, wenn er trocken ist. Sieht keiner.

Aber nicht mit Priemke, sagt der Fachmann. Also: Wenn die Spucke nach Kautabak schmeckt, das wollen diese Fliegen nicht. Überhaupt keinen Tabak.

Jetzt kommt eine fünfte Fliege, aber sie kriecht noch einmal weiter nach rechts hinüber. Vielleicht kehrt sie um?

Man kriegt die Augen nicht weg davon. Auch jetzt nicht, morgens, wo es hell ist und die Fliegen lieber umherstreichen über den Köpfen der Männer und sich nur selten eine auf die Wand setzt. Man sitzt da und stiert auf den kahlen Putz: Setzt sie sich nun oder setzt sie sich nicht? Kommt noch eine?

Gegen Mittag werden die Fliegen für eine Weile ruhiger.

Vier Tage? Fünf Tage? Sechzehn?

Nein, es muß sich nicht gleich aufklären. Da hat Tante Huse nicht recht. Da hält sie die Welt für besser als sie ist. Natürlich müßte sie viel besser sein, auch nach Tante Huses Ansicht, aber sie ist eben noch schlechter als die Tante glaubt.

Besuch für Habedank? Wer? Die Tochter?

Und was wollen Sie, junger Mann, sind Sie auch verwandt?

Ganz neue Moden, Besuch!

Also da gehen Sie mal zum Kreisgericht, dort um die Ecke. Zimmer eins. Da sitzt einer mit roter Nase. Und betragen Sie sich dort anständig. Immer fein und höflich. Und dankeschön.

Ganz neue Moden! Wärter Szczesny ist zwanzig Jahre im Dienst. Vorher Militär. Aber an Besuch kann er sich nicht erinnern. Hat es ja noch nie gegeben!

Auch Bonikowski muß sich da verwundern. Besuch?

Sagen Sie mal, Sie waren doch neulich schon hier? In dieser Angelegenheit Neumühl, ja, Wassermühle. Und jetzt sind Sie schon wieder da? Wieder mit einer Neumühler Sache. Also was wollen Sie?

Besuch machen, ja, verstehe.

In welchem Verhältnis stehen Sie zu dem Inhaftierten? Das heißt also: in gar keinem. Na sehen Sie. Was wollen Sie denn hier?

Ja, und Sie geben vor, die Tochter zu sein? Wissen Sie, es kommen so viele.

Es geht noch eine Weile hin und her. Zuletzt: Leider nicht möglich, da müssen Sie sich schon ausweisen können. Oder Zeugen beibringen. Unbefangene.

In kriminalistischen Angelegenheiten, doch das verstehn diese Leute ja nicht, Zigeuner, Juden –, also, wie heißt das: Beihilfe zur Flucht? Verdunkelungsgefahr? Irgendsoetwas. Jedenfalls: Übermittlung von Benachrichtigungen. Kassiber. Womöglich in Geheimschrift. Vielleicht durch Zeichen.

Nichts also mit Besuch.

Die beiden gehn zum Onkel. Zwei Straßen, der Platz, die schmale Gasse. Der Onkel hält Kinderschule. Die Tante ist nicht zu Hause. Vielleicht in der Nachbarschaft. Ich werde mal sehen, sagt Marie und läuft hinaus.

Leo Levin sitzt an der Wand und hört, durch die dünne Wand, den Stimmen nebenan zu. Den hellen, die manchmal durcheinanderhüpfen, schnelle und langsame, und dann der dunklen, die hinterhergeht und alle andern besorgt mitnimmt, wie um die Schulter gefaßt, aber den Schritt anpassend an die kürzere Schrittweite der eiligen Stimmen.

Viel hört man nicht, jedenfalls keine Worte oder Sätze.

Levin steht auf und geht an die Tür. Jetzt hört er schon mehr.

Wie ich gesagt habe: wenn Unglück ist, ihr lauft mir nicht dazu, ihr bleibt mir hübsch stehen und geht nicht ran. Aber schreit, schreit, was ihr könnt! Werden schon welche kommen, andere, die werden helfen.

Also, da ist der Levin enttäuscht. Hör dir das an, sagt er zu Marie, die hereinkommt, die Tante hat sie nicht gefunden. Vielleicht ist sie an ihr vorbeigelaufen, weil sie sie nicht kennt. Aber von denen, die sie gefragt hat, hat keiner die Tante gesehen. Also, hör dir das an!

Der Onkel erklärt nämlich alles nocheinmal.

Ihr geht nicht ran. Aber schreien, schreien! Andere werden helfen.

Wieso, Levin? Ist doch richtig! Da liegt einer unterm Pferd, denk mal, und die Kinderchen kommen, das Pferd schlägt noch mit drei gesunden Beinen, nur das vierte ist gebrochen. Oder beißt! Ja, siehst du.

Und jetzt kommt die Tante von selber. Steht in der Tür und sagt: Leochen. Und faßt Marie ins Auge und sagt: Leochen, wer ist das?

Dieses ist meine Braut Marie, sagt Levin.

Uij uij. Die Tante erschrickt ein bißchen.

Marie macht einen Schritt zurück, weiß bis an die Haarwurzeln. Und nun lacht sie aufeinmal, so ganz schnell.

Ist nicht wahr, er macht Spaß. Ich bin dem Habedank seine Tochter. Der mit der Geige.

Ah, der, ja, der war schon hier, kenn ich, sagt die Tante.

Nun noch: daß er hier einsitzt in Briesen, der bekannte Habedank.

Uij uij, Kind, sagt die Tante. Aber ganz beruhigt ist sie nicht. Leochens Braut? Wäre ja nicht gut.

Onkel Sally nebenan schickt seine Kinderchen nach Hause. Das Geschrei geht durchs ganze Haus, die Bodentreppe hinauf und wieder hinunter, in die Küche hinein. Onkel Sally steht vor der Tür und schwenkt die Arme. Wenn die Kinder auf die Straße treten, sind sie ganz still.

Nein, es muß sich nicht gleich aufklären.

In Strasburg der Polizeimeister heißt Birfacker. Man weiß nicht, wo er her ist, er war eines Tages da, er bleibt fremd hier, eines Tages vielleicht ist er wieder fort.

Jetzt hat er einen Brief bekommen. Ein Schreiben des Kreisrichters in Briesen: Brandstiftung, der Tatverdächtige hat das betreffende Anwesen widerrechtlich in Nutzung gehabt, Racheakt wahrscheinlich, da Exmittierung bevorstand.

Und dann steht noch über meinen Großvater geschrieben, er sei ein Deutscher, wohnhaft Neumühl. Und über den (dringend) tatverdächtigen Habedank, einsitzend zu Briesen, Kreisgefängnis, derselbe bestehe auf Befragung des dasigen neuen Kaplans namens Rogalla.

Werden wir den Herrn herbitten, sagt Birfacker.

Der geistliche Herr kommt also. Gelobt sei Jesus Christus. Birfacker, knurrend: Tach. Also setzt sich der Kaplan ohne jedes weitere Wort.

Ich habe Sie hergebeten, knurrt Birfacker.

Weiß ich ja, sagt Kaplan Rogalla.

Wie bitte?

Sie haben mich hergebeten, sagt Rogalla, hier bin ich.

Nicht so einfach, dieser Mensch. Da sagt Birfacker vorsorglich: Sie sind noch neu, wie ich höre, Sie werden sich nicht auskennen.

Doch doch, sagt Rogalla, bereits vier Leichenbegängnisse, drei Heilige Taufen, eine Eheschließung, man findet sich schnell hinein.

Ich bitte mich anzuhören, sagt Birfacker.

Also nun Birfacker. Diese Rede brauchen wir ganz.

Mein Herr.

Kaplan, ergänzt Rogalla.

Ja, sagt Birfacker.

Sie sind, wie ich übrigens auch, nicht von hier.

Doch doch, sagt Rogalla, Rogowken, 22 Kilometer von hier. Und Sie?

Na ich nicht. Ja auch egal.

Eine kleine Pause. Nach einem Knurrlaut weiter: Sie sind sich, Herr Kaplan, der Aufgaben Ihrer Stellung zweifellos bewußt.

Unsere Heilige Kirche, sagt Rogalla.

Unser Deutsches Reich, berichtigt Birfacker. Für uns alle verkörpert in der ehrwürdigen Person unseres kaiserlichen Helden.

Und was haben Sie denn nun Schönes, fragt Kaplan Rogalla.

Komme sofort dazu, knurrt Birfacker. Also: Das Anwesen No. 42/2, Neumühl, zuständig der Fiskus, Eigentümer bis 1. Oktober 68 Pilch, lassen Sie mich ausreden, ist infolge Brandstiftung als Totalverlust anzusehen, bitte, Herr Kaplan, der dringend Tatverdächtige, ein Zigeuner namens Habedank – kennen Sie den Mann zufällig?

Habedank, überlegt Rogalla.

Kennen Sie also nicht, stellt Birfacker sofort fest.

Ich überlege noch, sagt Rogalla.

Eigentlich sind wir zuende, denkt Birfacker.

Was ist das für ein Habedank, fragt Rogalla.

Herumziehender Musikant. Will hier in Strasburg auf einem Begräbnis gespielt haben.

Ja, ich erinnere mich, sagt Rogalla, Leichenbegängnis Zabel, Samuel, Geige, älterer Mann. Es war noch einer dabei, der hat gesungen. Ordentliche Leute.

Herr Kaplan, sagt Birfacker, es ist doch vielleicht ganz egal, wer oder ob überhaupt jemand musiziert hat. Das ist ortsüblich, da fragt man nicht erst nach Namen undsoweiter.

Sie fragten aber doch, sagt Rogalla.

Formsache, antwortet Polizeimeister Birfacker. Warum wollen Sie ausgerechnet einen hergelaufenen Zigeuner kennen?

Ich verstehe Sie nicht, sagt Rogalla.

Sie werden gleich verstehen, Herr Kaplan. Dieser hergelaufene Zigeuner hat ein ihm nicht gehöriges Anwesen in Neumühl bewohnt. Der Käufer dieses Anwesens hat ihn aufgefordert, dasselbe zu räumen. Daraufhin hat dieser Zigeuner, rachsüchtig wie alle Zigeuner, das Anwesen in Brand gesteckt.

Das wissen Sie also alles, sagt Rogalla.

Nun ja, das ist bekannt. Aber dieser Zigeuner behauptet, zur Zeit des Brandes nicht in Neumühl gewesen zu sein, sondern in Strasburg. Nach dem Begräbnisdatum stimmt das sogar, das heißt: der Brand wurde in der Nacht des nächstfolgenden Tages gelegt.

Von Strasburg bis Neumühl braucht man drei Tage.

Möchte ich nicht sagen, Herr Kaplan. Gute Pferde, Wechsel in Malken: eine Nacht und einen Tag. Unwahrscheinlich zunächst, gebe ich zu, aber doch gut möglich.

Herr Polizeimeister, sagt Kaplan Rogalla, das dürfte wohl ausgeschlossen sein. Der Mann, vielmehr: die beiden alten Männer.

Herr Kaplan, sagt Birfacker und richtet sich auf, Sie haben doch nicht die Absicht, dieses Gesindel, mit dem unsere Verwaltung ihre schwere Not hat, zu decken? Was hätten Sie davon?

Ist das eine Frage?

Ja, Herr Kaplan, ich bitte sogar, sich dazu äußern zu wollen.

Es ist ziemlich dunkel in diesem Amtslokal. Eng außerdem. Auf dem Fensterbrett stehen vier Teller mit Fliegengift, aber es ist wohl zu unfreundlich hier für die Fliegen.

Auf dem Aktenbock neben dem Schreibtisch thront eine Flasche. Rotwein, sagt Birfacker auf des Kaplans Blick. Ihnen ja wohl in mehrfacher Hinsicht vertraut.

Unsere Heilige Kirche, beginnt Rogalla.

Lassen Sie das jetzt, fährt Birfacker dazwischen, es handelt sich um einen Fall von nationaler Bedeutung.

Dann kann ich wohl gehen, sagt Rogalla.

Ich bitte zu bleiben.

Herr Polizeimeister, sagt Rogalla, ich habe den Eindruck, Sie stellen hier ein Verhör an.

Unsinn, sagt Birfacker und ist auf einmal gemütlich. Er wischt mit der Hand über den Tisch und hat auch wirklich eine Fliege zwischen den Fingern, sieht sie sich kurze Zeit an, ehe er wieder zu sprechen beginnt.

Reden wir nicht herum, sagt er, wobei er die Fliege zwischen Daumen und Zeigefinger zerdrückt. Es handelt sich um einen klaren Fall: Racheakt, gerichtet gegen einen deutschen Mann von allgemeiner Wertschätzung und damit gegen das Deutschtum überhaupt, Sie verstehen mich doch, nicht wahr?

Nein, sagt Kaplan Rogalla.

Birfacker hebt eine Hand und stellt sie flach zwischen sich und diesem Priester auf. Also hören Sie mal zu! Wenn wir hier als Deutsche eine Aufgabe haben –

Haben wir das? Der Kaplan blickt Birfacker unter hochgezogenen Augenbrauen an. Ich bin da nicht sicher.

Zum Donnerwetter! Birfacker hat zum Briefbeschwerer gegriffen und schmeißt das Ding, einen Granatenrest von anno 70, auf den Fußboden.

Rogalla hat sich erhoben. Ich bin hier wohl entbehrlich.

So weit waren wir doch schon einmal, was soll das Hin und Her! Aber nun steht auch Birfacker. Er sagt: Sie sollten sich das überlegen, Herr Kaplan. Wir stehen hier als Deutsche. Das müßten Sie verstehen, denke ich.

Ich bin Priester.

Weiß ich, Herr Kaplan, deutscher Priester. Ihre Kirchenbehörde wird wenig Verständnis haben für Ihre unentschiedene Haltung.

Herr Polizeimeister, sagt Kaplan Rogalla, eröffnen Sie mir, wenn ich bitten darf, klar und deutlich, was Sie wünschen. Ich werde es prüfen.

Prüfen, knurrt Birfacker. Er hat sich wieder gefangen. War vielleicht unnötig, vorhin.

Also, Herr Kaplan, wir brauchen Ihre Aussage. Sie ist angefordert vom Kreisrichter in Briesen und wird dort benötigt. Werden Sie beeiden können, daß dieser Zigeuner –

Diese Frage steht Ihnen, denke ich, nicht zu, wie war doch Ihr Name?

Birfacker, Polizeimeister, und Sie haben mich mißverstanden. Natürlich bin ich nicht befugt, Sie zur Eidesleistung aufzufordern, das werden andere tun. Ich frage, ob Ihnen dieser herumziehende Zigeuner namens Habedank zu der fraglichen Zeit hier in Strasburg unter die Augen gekommen ist. Keine Ausflüchte bitte, wir brauchen eine verwendbare Aussage.

Jetzt muß Rogalla wieder überlegen. Er bleibt stehen. Nach einer Weile sagt er: Am Tage vor dem Brand, wenn das Datum des Brandes stimmt, war er hier. In Strasburg. Abends gegen acht Uhr habe ich ihn noch gesehen. Ein älterer Mann, sein Begleiter war offensichtlich noch älter. Ich erinnere mich außerdem, beide schon vor dem Leichenbegängnis hier im Deutschen Hause –

Vorher interessiert nicht, fällt Birfacker ein.

Die gewünschte Aussage ist also in der gewünschten Form nicht zu erwarten. Wir werden diesen geistlichen Herrn ein bißchen unter den Augen behalten, nimmt sich Birfacker vor.

Gut, am Tage des Brandes ist dieser Habedank nach Ihrer Aussage nicht mehr hier gewesen.

Das kann ich nicht behaupten, sagt Rogalla, ich habe ihn nicht mehr gesehen, aber es ist doch Unsinn, zu denken, die beiden alten Leutchen könnten sich noch in der Nacht aufgemacht haben, nur um eine Kabise anzustecken.

Er sagt Kabise, dieser Priester, er ist also wirklich aus der Gegend. Aber Birfacker muß doch wieder dazwischenfahren: Bagatellisieren Sie die Angelegenheit nicht, ich habe meine Erfahrungen, und ich habe mir erlaubt, Ihnen darzustellen, wie der Fall gesehen werden muß.

Nach einer kurzen Pause: Ich lasse jetzt Ihre Aussage schriftlich fixieren. Sie werden die Güte haben, dieselbe durch Unterschrift zu bestätigen. Schimanski!

Und da steht es nun, unterschrieben von Kaplan Rogalla, der eine Belehrung über deutsches Verhalten hat annehmen müssen, der sich künftig vorsehen soll, der des Beifalls seiner Oberen nicht sehr sicher ist: Habedank ist hier gewesen bis zum Tag vor dem Brand, bis abends acht Uhr. Mehr nicht.

Ob er in einem Tag, sagt Birfacker, und einer Nacht oder umgekehrt bis nach Neumühl gekommen ist, darüber weiß ich nichts, und darüber wissen Sie nichts, darüber entscheiden nicht wir. Knappe Verbeugung. Birfacker öffnet die Tür und ruft in den finsteren Gang hinein: Schimanski! und übersieht völlig das kurze Nicken, mit dem Kaplan Rogalla dieses Amtslokal hier verläßt. Schimanski!

Da kommt Schimanski.

Hier, mit Anschreiben nach Briesen, Kreisgericht.

Die Aussage also geht ab. Und braucht ihre Zeit. Von Strasburg nach Briesen. Polizeipost geht ein bißchen schneller als Gerichtspost, Anordnung Postdirektion Marienwerder.

Unser Habedank hat immerhin zehn Tage Einsitzen hinter sich, als er Nebenzahl vorgeführt wird.

Na sieh mal an, sagt Nebenzahl freundlich, da bist du ja! Kannst dich ruhig hinsetzen.

Ich weiß gar nicht, sagt Habedank.

Na ja, du weißt nicht, aber wir wissen, sagt Nebenzahl. Ist ja auch nicht so schlimm, die alte Bude ist eben abgebrannt, was regt man sich da groß auf!

Aber wieso komm ich dann in die Kaluse, fragt Habedank.

Weißt du, sagt Nebenzahl, du mußt schon die Wahrheit sagen, du hast sie doch angepesert.

Und weil der Habedank gleich die Hände hochhebt und Aber iiwoh! ruft, setzt er ruhig wie bisher hinzu: Vielleicht hast du dir Igel gebacken, da ist die Bude mitgegangen? Kann doch sein?

Igel backt man, für den gesagt, der es nicht weiß, eingerollt in Lehm. Wenn die Lehmkugel, die man einfach ins Feuer tut, hart ist und Risse bekommt, wird sie herausgeholt und aufgeschlagen, da hängt die Haut mit den Stacheln im Lehm fest, und der Igel ist fein geschmort im eigenen Saft. Aber vorher ausnehmen. Wenn man will, mit Kartoffeln füllen.

Ich hab nicht Igel gebacken, sagt Habedank. Ich bin gekommen von Strasburg, mit dem Weiszmantel, da war Pilchs Häuschen weg, da war der Krolikowski da.

Von Strasburg bist du also gekommen, fragt Nebenzahl, mit Fuhrwerk, nicht wahr?

Ein Endchen mit Fuhrwerk, aber nicht viel, ist keiner gefahren.

Nebenzahl fragt noch geduldig weiter, aber es kommt nichts dabei heraus. Sie sind gegangen, die beiden Alten, mit alten Beinen. So und nicht anders.

Rede ich mal morgen mit dem Herrn Landrat, denkt Nebenzahl und steckt Habedank wieder zurück in seine Zelle.

Das Gespräch mit dem Landrat ist kurz. Herr von Drießler hat andere Sorgen, der Kegelabend ist vorzubereiten.

Sie kommen doch auch, Nebenzahl? Diesmal ohne Damen, habe ich gedacht, zwanglos. Und diese Brandstiftung, meinen Sie nicht auch, es kräht doch kein Hahn danach! Austragung im Kataster, fertig.

Beim Gericht ist das anders, bemerkt Nebenzahl. Der Polizeimeister in Strasburg hält die Geschichte für eine antideutsche Aktion.

Aber mein Lieber, sagt Herr von Drießler, wo kämen wir denn da hin? Und Nebenzahl kann jetzt den Verdacht doch nicht ganz abweisen, es handle sich hier wieder einmal um eine typisch österreichische Schlamperei.

Mein Großvater erhält also aus Briesen die Benachrichtigung: Verkauf des Anwesens Neumühl No. 42/2, Gesindehaus, nicht angängig, da dieses abgebrannt.

Und wie steht das mit diesem Habedank?

Habedank kehrt vier Tage später nach Neumühl zurück. Mit ihm diese Marie und dieser Levin.

Lieber Großvater, es hat diesmal nicht ausgereicht. Verdacht allein hat diesmal nicht genügt. Beweise waren nicht zu erbringen. Nirgends Beweise in dieser ganzen Geschichte.

Keine Beweise.

# 10. KAPITEL

Dieser Habedank läuft wieder herum, sogar in Neumühl.

Das ist nun vielleicht einer jener sogenannten Nebensätze, auf deren Zählung verzichtet wurde; Nebensatz deshalb, weil ihm zum Haupt- und Kapitalsatz zwei Charakterzüge fehlen: schlagende Kürze und, vor allem, Gefühl.

Obwohl das, was dieser Nebensatz besagt, durchaus die Mäuler beschäftigt und Herz und Galle auch.

Aufs Herz schlägt es dem Weiszmantel und, natürlich, Marie und Levin. Nicht zu vergessen Tante Huse, sie hat ihn aufgenommen auf dem Rückweg von Briesen und hat ihm beim Abschied einen Blumenstrauß mitgegeben, Roten Fuchsschwanz, der gut ist gegen Durchfall. Olga Wendehold und Feyerabend sind gekommen, den Habedank zu begrüßen, und Weiszmantel hat seinem Freund die Geige wiedergebracht, das ist das Beste.

Habedank sitzt vor Abdecker Froeses Haustür auf der grünen Bank ohne Lehne und zupft eine Saite nach der anderen an und hört dem Verklingen nach. Wie die Töne, einzeln, sich zu dem hellen Geschrei stellen, das vom Dach herabklingt, wie sie zurücktreten davor und sich doch ein bißchen, aber ganz freundlich, behaupten, gerade im Verklingen.

Die Schwalben schießen mit ihrem Schrei daher, pfeilgerade gegen das Dach, wo an der Hauswand ganz oben ihre Nester kleben, diese Halbkugeln aus schnabelweis angeschlepptem Lehm. Und weil der Dachrand an Froeses Haus stark überhängt, gibt es also immer kurz vor dem Nest, bei unverminderter Fluggeschwindigkeit natürlich, den kleinen Bogen nach unten, den Ausweicher, so eine Art Taucher, und gleich wieder den Steilflug aufwärts, auf den Nestrand zu, auf die halbrunde Öffnung, wo die breiten Schnäbel der Jungen offenstehn vor lauter Geschrei.

Das ist etwas für Habedanks Geige: Zum Geschrei der kleinen Schwalben rührt sich die hohe E-Saite, zum begütigenden Zwitschern der Eltern die andern, die A- und die D-Saite, und manchmal gegen Abend dann auch die tiefere vierte. Und wenn der Habedank die Finger über das Griffbrett wandern läßt, ganz schnell plötzlich und gleich wieder langsamer, wird da ein sonderbarer Zwiegesang vernehmlich: solche Lieder aus wenigen Tönen, wie sie die Herden verstehen auf den Wiesen und alle Hirten der Welt, eine kleine hüpfende Girlande dazwischen, dann aber erneut die klaren Töne, noch im Verschwimmen klar. Man macht die Augen zu und spürt auf den Lidern den Luftzug, den die Schwalben mitbringen, lauscht, weil das Geschrei einen Augenblick ausgesetzt hat, aber jetzt ist es wieder da, unvermindert laut, nur das eine Schwalbenjunge ist einen Augenblick länger still geblieben, es hat eine grüne Fliege bekommen, und jetzt schreit es schon wieder.

Habedank bohrt die Zehen in den Sand. Auch er hat die Augen geschlossen. Er läßt die Geige sinken und lehnt sich gegen die warme Hauswand. Vor ihm, in Froeses verwachsenem Garten, blüht noch immer der Weißdorn, man spürt das bis ans Herz. Wie einen anderen Atem, aber einen, auf den man gewartet hat.

Ihr habt es mit dem Herzen. Mein Großvater hat es mit der Galle.

Herausgelassen, den Zigahn, sagt er und zieht den Mund schief. Mehr sagt er eigentlich nicht. Und Tante Frau geht auf dieses Thema nicht ein. Die Predigerin Feller hat sich bei ihr niedergelassen, schon ein paar Tage, sieht nach den Hühnern, fängt mit dem Einwecken der Stachelbeeren an. Sicher werden sie manches zu bereden haben. Den Feller jedenfalls weist Tante Frau an der Tür ab.

Mein Großvater ist meistens in der Mühle, wo es Zeit wird für die Reparaturen, wo der Mahlgang durchgesehen werden muß. Wenn die Letzten gedroschen und das Korn auf die Speicher gebracht haben, muß die Mühle bereitstehn. Es wird einiges mehr anfallen, dieses Jahr, an Korn und an Arbeit.

Die Polacken sind noch im Dorf, soll ich die womöglich wieder holen? Bis dahin, wer weiß, bis dahin – Hauptsache, der Jud ist weg. So schnell wird meinem Großvater keiner mehr eine Mühle vor die Nase setzen. Aber mein Großvater, wie gesagt, spürt es an der Galle. Und dieser Prozeß, das ist doch noch nicht vorbei, es wird einen zweiten Termin geben, noch nicht gleich, denk ich, aber doch gewiß noch in diesem Monat Juli.

Was hat der Glinski eigentlich noch zu kriegen? Mein Großvater hat alles säuberlich eingetragen, hinten in seiner Bibel, mit Blaustift. Eine hübsch lange Liste.

Na ja, erledigen wir das noch. Das sagt mein Großvater. Das ist vielleicht ein siebzehnter Satz gewesen.

Der Herr Nolte, Friedrich Nolte, Amtsvorsteher in Neumühl, ist ein alter Mann. Wir haben ihn noch nicht erwähnt, weil er die ganze Zeit, von der wir hier geredet haben, bettlägerig war, aber wir bemühen ihn jetzt doch, wir lassen ihn aufstehn, mit sieben tiefen Seufzern und einem langen Stöhnen. Mit dem er sich in Unterhosen vor seinen Schreibtisch setzt, wo der Staub nicht gewischt ist und die Tinte eingetrocknet. Er holt sein Schreibheft vor und schlägt es auf. Und überlegt lange und klappt es wieder zu. Wie soll man das aufschreiben? Selbst wenn man Tinte hätte. Wozu man die eingetrocknete Masse nur mit ein wenig Wasser aufzulösen brauchte. Wie soll man das aufschreiben?

Amtsvorsteher Nolte seufzt und reibt sich das rechte Bein und seufzt wieder und sagt unvermittelt den achtzehnten Satz: Unruhige Zeiten!

Was meint der Herr Nolte damit? Ist es vielleicht wegen Pilchs Häuschen?

Unruhige Zeiten, hat Nolte gesagt, da meint er schlimmeres. Abbrennen wird immer etwas, meistens Scheunen. Gegen den Blitz oder solche Polen ist keiner sicher. Und natürlich brennen die vollen Scheunen leichter als die leeren. Und die versicherten besser als die unversicherten. Das weiß man bei der Feuersozietät in Marienwerder genau so gut wie hier. Und schert sich nicht darum. Und wenn einer schon so abgewirtschaftet hat, daß ihm auch der Viehstall wegbrennen muß, ehe er sich wieder erholt und einen größeren Viehstall hinstellt und dahinein zwei Rinder mehr als er bisher gehabt hat, dann sagt man vielleicht, in Marienwerder auch: Da hat, mir scheint, der liebe Gott nicht alleine Feuerchen gemacht. Aber man schert sich nicht. Kleiner Bericht von Amtsvorsteher Nolte, mehr wird nicht benötigt. Keine Rede also von Pilchs Häuschen!

Natürlich, ein anderer als dieser Habedank, wenn nun schon er nicht, hätte ruhig in Briesen sitzen können, anderthalb Jahre wenigstens, bis er schwarz geworden wäre, irgend so ein Pole oder Zigeuner, einer, der keinen Kaplan gefunden hat oder jedenfalls nicht einen, der sich erinnert.

Unruhige Zeiten, hat Amtsvorsteher Nolte gesagt. Und da meint er zunächst, daß es unruhig geworden ist im Dorf Neumühl und noch unruhiger auf dem Abbau. So unruhig, daß es bis an sein Krankenbett geklungen hat.

Prediger Feller ist dagewesen. Nolte hat schon gewußt, daß ihm die Josepha vom Hof gegangen ist. Und hat nichts davon gesagt, der Feller auch nicht, es ist nur von der Unruhe geredet worden: daß Nieswandt und Korrinth neuerdings herumsitzen in Rosinkes Krug, weil sie mein Großvater ausgezahlt hat. Aber andere auch, Feyerabend, Lebrecht, sonst wer.

Die sollen doch bloß abhauen, die beiden, hat Feller gesagt. Also: Nieswandt und Korrinth sollen verschwinden.

Da hat er übrigens recht. Wer kein Arbeitsverhältnis nachweisen kann, wer dazu nicht in der Lage ist, wie es heißt, als Pole oder sonstwas, hat auch kein Aufenthaltsrecht, Verordnung betreffend Zuzug und Aufenthalt von Personen fremder Nationalität, aber beiderlei Geschlechts, vom 1. Oktober 1863. Zusatzverfügung vom vorigen Jahr. Obwohl auch das nicht ausreicht: fremde Nationalität. Da sind ja noch andere dabei, wie gesagt.

Und dann ist Abdecker Froese dagewesen. Weil der Albert Kaminski den Froese übergangen und die gefallene Sterke einfach vergraben hat. Nun ja, das ist gesetzlich alles noch nicht so genau geregelt, und dem Froese geht es auch um etwas anderes, nämlich ebenfalls um die Unruhe. Nur eben, er redet nicht von Nieswandt und Korrinth, sondern von Levins Mühle und Pilchs Häuschen. Nicht sehr genau übrigens, wie das Froeses Art ist, der es so völlig mit niemand verderben kann, bei seinem Metier.

Und dann schließlich ist Nolte ja auch zu Ohren gekommen, brühwarm, was sich in Rosinkes Scheune abgespielt hat: dieser Zirkus da.

Unruhige Zeiten.

Amtsvorsteher Nolte also sagt und seufzt dabei noch einmal laut: Wenn der Krolikowski durchkommt, ich muß ihn mal sprechen.

Aber Fußgendarm Krolikowski kommt nicht durch, vorgestern nicht, gestern nicht, heute nicht. Wo ist sich Krolikowski, fragt Noltes alte Wirtin jeden Tag im Dorf herum und kommt wieder – vorgestern, gestern, heute – und sagt: Ist sich nicht da.

Heilige Mutter Gottes, sagt Korrinth, den die alte Frau auf der Straße zum Abbau trifft, was wollt ihr von dem?

Er soll kommen beim Herrn Nolte.

Da spuckt der Korrinth nicht aus, da pfeift er durch die Zähne. Und dreht sich gleich um, sagt: Ich hab nicht gesehen, und hat es ziemlich eilig, zum Abbau hinaus.

Wenn ihm siehst, denn sag! schreit Noltes Wirtin hinterher.

Na gewiß doch.

Mein' Zeit, mein' Zeit! Noltes Wirtin steht da, die Arme vor dem Leib gekreuzt: Soll er kommen, der Krolikowski, und kommt sich immer nicht.

Wo ist sich Krolikowski? Das ist auch solch ein Nebensatz, aber wir halten uns mit ihm nicht auf. Wir gehen einfach hinüber über die Drewenz, bei Ablage Plaskirog, ein Stückchen weiter flußaufwärts, dort ist die Furt.

Diesen Weg hat auch der Krolikowski genommen, mit Dienstpferd Max, aber ohne Uniform, also ohne Seitengewehr und

Dienstmütze, in Ziviljenklamotten, Krolikowskisch zu reden, und vor vier Tagen schon, nachts.

Durch die Furt. Durch das Waldstück. Um das Sumpfgebiet herum. Das nächste Dorf heißt Walka. Vor Walka rechterhand in den Wiesen steht eine Feldscheune. Bis dorthin ist er gekommen, zu Pferde, ungesehen, er weiß schon, wann die Grenzposten ihre Strecke abgehn. Aber dort sind nicht die richtigen Leute gewesen, nicht die, die Krolikowski erwartet hatte, sie hätten freilich da sein müssen, sondern genau die andern.

Da hat der Krolikowski viel geredet, auf Polnisch, viel schneller als sonst, mit den Armen geschlagen, gerufen und ist auf die Knie gefallen, schließlich, mit erhobenen Händen. Aber an den Händen haben sie ihn hochgezogen und über einen Baumstamm gelegt und mit Knüppeln geschlagen. Weil es die falschen Schmuggler waren, nicht deren Rivalen, nicht Krolikowskis Schmuggler. Mit heruntergelassenen Hosen haben sie ihn davongejagt über die Wiesen, auf den Wald zu, geradeaus in den Sumpf. Sieh zu, wie du durchkommst! Das Pferd Max haben sie behalten.

Was denkt jetzt der Krolikowski? Er steckt im Sumpf bis zu den Knien. Mit jeder Bewegung, die er versucht, rutscht er ein Stück tiefer in den feuchten Brei.

O finstre Nacht, wann wirst du doch vergehen?

Das könnte er singen, der Krolikowski, aber er ist nicht fromm gewesen, er hat es nicht gelernt. Und wer weiß auch, ob er überhaupt singen würde. Dann könnte er ja jetzt auch schreien. Und er schreit nicht.

Er wird wohl Angst haben vor den russischen Grenzern. Er hört den einen Vogel, der immer in Abständen schreit. Er hört ein Tier, das am Moor entlang schleicht. Auf der Suche nach Moorhühnern. Die es hier nicht gibt.

Der Mond steht und steht auf der gleichen Stelle. Ob er gelber wird oder blasser, man sieht es nicht. Er steht und geht nicht weiter.

Manchmal das Glucksen im Moor. Weiter nichts.

Nun fängt er doch zu schreien an, aber wer wird hier herumlaufen! Außer den Schmugglern.

Am Morgen, als er die Birken drüben schon erkennt, kommen seine Schmuggler, auf dem Rückweg von der Grenze, vorbei. Und hören ihn schreien. Und holen ihn heraus, ganz einfach, mit umgehauenem Strauchwerk.

Bis zur Brust hat er im Moor gesteckt, ist wohl auf einen alten Stubben geraten, jedenfalls auf etwas festes, da ist er nicht mehr weiter gesunken.

Er schlottert, obwohl das Moor warm ist, sie müssen ihn stützen. Und so dumm ist er von alldem geworden, daß er gleich von Innokentij zu reden anfängt, dem Russen, dem Anführer der anderen Schmuggler, der Feinde.

Also da bist du gewesen, Bürschchen. Deshalb haben Signale gefehlt. Deshalb haben wir die Waren ins Wasser schmeißen müssen.

Der wilde Stany, der sonst so kulant war, macht eine Kopfbewegung nach rechts. Zu den drei Eichen hinüber.

Stanys Leute haben es eilig, es ist schon hell. Als sie weiterziehen, bleibt einer zurück. Einer, der am Baum hängt, am äußersten Ast des linken Eichbaums. Die verdreckten Kleider sind ausgebreitet im Gras, zum Trocknen. Krolikowski ist es egal, wer sie morgen mitnimmt.

Der Krolikowski soll kommen, hat Amtsvorsteher Nolte gesagt.

Ist sich nicht da, antwortet Noltes alte Wirtin noch ein paar Tage lang.

Keiner wird erfahren, warum er nicht kam, als er gerufen wurde. Er bleibt verschwunden. Nach Jahren erzählt ein Weißbart, der einen Handel angefangen hat in Strasburg, von einem deutschen Gendarm, er sagt da plötzlich eines Abends: Er hing bei Walka am Baum, hab ich mit eigenen Augen gesehen, an einer Eiche.

Daß er ihn angeknüpft hat, mit eigenen Händen, sagt dieser Alte nicht. Warum auch?

Nolte klappt sein Heft wieder auf. Er trägt ein, was er melden wird, aber er trägt nicht alles ein. Morgen, dann kann er vielleicht schon besser laufen. Zum Rosinke.

Der Rosinke nämlich muß seine Meldung zurücknehmen. Was soll das jetzt noch: Krolikowskis Schmuggeleien? Welchen Deiwel wird das scheren! Heft zugeklappt. Fertig.

Der neue Gendarm heißt Adam.

Nun kommen die richtigen, sagt mein Großvater. Adam? Das ist ja wohl ein richtiggehender Polacke.

Eine Geschichte ohne Beweise. Eine Geschichte ohne Gründe. Warum hat zum Beispiel der Rosinke eine Meldung gemacht?

Also, das wissen wir nicht.

Vielleicht, weil der Krolikowski sich angewöhnt hatte, in Rosinkes Gaststube herumzustehen. Und mit dunklen Andeutungen Schnäpse zu verlangen, unbezahlte versteht sich.

Was für Andeutungen denn?

Das wissen wir auch nicht.

Was wird mein Großvater tun: Wenn der Habedank weiter in Neumühl und um Neumühl herum seine Geige singen läßt: Hei hei hei hei. Wenn der Weiszmantel, der Wandersmann mit den Lappen um die Beine, seine Wanderungen endgültig auf ein Hinundher zwischen Abbau Neumühl und Jan Marcins Waldhäuschen einschränkt. Wenn Nieswandt und Korrinth weiterhin, alle Tage gegen Abend, bei Rosinkes Tonbank herumstehn oder -sitzen und einen trinken, von meines Großvaters Geld, aber nicht auf sein Wohl. Wenn Josepha Feller immer weiter als der lebendige Vorwurf oder die strenggesichtige Mahnung in seinem eigenen Hause steht und geht und hantiert, nicht trinkt, schweigt, wenn mein Großvater im Hause ist, aber doch sicher redet, sobald er zur Tür hinaus ist.

Ach laßt ihr mich doch in Frieden, ihr Arschlöcher, sagt mein Großvater, greift sich ein Stück Papier und geht aufs Scheißhaus. Das letzte Mal für heute. Es ist auch schon dunkel.

Man gelangt zu dem ansehnlichen Holzbauwerk auf einem mit weißen Ziegeln eingefaßten, heute sogar geharkten Weg, zwischen Holunderbüschen und Faulbaum. Wo die Allee endet, stehen zwei Wachholder und flankieren die Tür und die hölzerne Stufe davor.

Das Gebäude ist eine solide Leistung und eigenständig deutsch, erbaut von dem durchreisenden polnischen Zimmermann, der auch Fellers Taubenhaus mit den vielen Flugbrettchen und dem Spitzdach aufgestellt hat.

Leider hat ihm mein Großvater damals dazwischengeredet, auf polnisch, aber in deutschem Geist, also in Bezug auf Schlichtheit und Größe, und so ist, leider, die ganze Schönheit des Plans nicht zur Ausführung gekommen: es fehlt das von zwei Säulen getragene Vordach mit Zackenfries und die beiden Seitengeländer. Es hätte schöner sein können, aber es ist noch schön genug.

Übrigens ist es zweisitzig, ohne Trennwand, man kann also zu zweit Platz nehmen und sich unterhalten, ohne durch ein Brett reden zu müssen.

Mein Großvater allerdings ist allein.

Er bleibt stehen vor der Tür und blickt erst rechts und links und zurück auch und geht sogar hinter diese Retirade, wie man das Häuschen auch nennen kann, und besieht es sich genau, er hat seine Erfahrungen, und lauscht auch noch ein Weilchen, ehe er den Riegel dreht, die Tür öffnet und sich hineinbegibt und umständlich Platz nimmt, der Sitte gemäß rechts.

Seine Vorsicht ist schon begründet.

Die ausfahrbare Kiste nämlich, unterhalb der Sitze, ist zwar mit einer an zwei Lederlaschen aufgehängten Klappe verdeckt, aber diese Klappe aus Querbrettern hat Ritzen, durch die man bequem ein Brett stecken kann, schräg abwärts hinein in die Materie, den Dung oder sogenannten Menschenkuhdreck, sodaß das längere Ende des Bretts heraussteht, nach draußen, man kann es also bequem, im Vorbeigehen, heruntertreten, dann schlägt das kurze Ende drin gegen den Benutzer hinauf. Man erschreckt sich da sehr leicht, landesüblicher Brauch ist es keineswegs, mehr eine Überraschung. Sie hat sich, vor zwei Wochen erst, mit meinem Großvater ereignet.

Allerdings hat ihm sein Stolz verboten, darüber zu reden, außer zu Christina natürlich, die Freud und Leid zu teilen hat, als Frau und Gattin und Tante Frau.

Also er sitzt jetzt. Und ganz geheuer ist es ihm nicht. Und außerdem ist es dunkel. Da kommen leicht Geister und sowas alles.

Deshalb hat mein Großvater auch die Tür aufgelassen.

Am kleinen Mühlenfließ hinter dem Dorf singen die hiesigen Nachtigallen, die Sprosser. Es tönt bis hier herüber, und mein Großvater könnte es sich ruhig mal anhören. Aber wer weiß, auch das schlüge ihm vielleicht auf die Galle, jetzt, wo er schon überall Feinde sieht: katholische Polen und polnische Juden und jüdische Zigeuner – da meint er diese Marie – und zigeunerische Italiener und, wer weiß, wen noch alles.

Also hört er nichts. Höchstens das Rascheln, wenn irgendwo ein trockener Zweig zu Boden fällt, weil vielleicht die Krähen drüben in den Kiefern hinter dem Kuhstall erst einmal gründlich ausfegen, ehe sie auf ihren Schlafbäumen zur Ruhe kommen.

Also ein Rascheln, sonst Stille.

Alle Lichter im Haus gelöscht.

Sterne vielleicht.

Mein Großvater, indem er sich löst, überlegt zwischen Fall und Wiederfall: Was jetzt zu tun ist.

Und dann nimmt er das mitgebrachte Papier zur Hand, das übrigens der Briesener Bescheid über die Unverkäuflichkeit einer abgebrannten Bude, genannt Pilchs Häuschen, ist. Mit einem leisen Grunzen, weil er sich vorbeugt dabei.

Nun könnte er eigentlich aufstehen, aber er bleibt noch sitzen.

Jetzt hört er, denke ich, sogar die Nachtigallen. Jedenfalls schließt er die Augen und lehnt sich langsam zurück.

Welcher Frieden!

Meines Großvaters Seele wandert hinaus. Auf den Abbau. Und er sagt, vor sich hin: Wenn ihr nicht Ruhe halten werdet. Ich krieg euch noch alle.

Soll man ihm jetzt schon, mitten in diesem kurzen Frieden, sagen, daß er sich überschätzt?

# 11. KAPITEL

Komm komm komm.

Das ist wenig. Das Gurren eines Täuberichs. Der Kehllaut einer Katze. Das heisere, helle Schnauben des Junghengsts: wie er den schmalen Kopf von der Raufe zurückwendet, weil eine Bewegung hinter ihm ist, an der Stalltür, die sich nicht öffnet.

Der Plonek, denkt Ofka, erschauernd im halben Schlaf, er streunt mit roten Augen über die Dächer, im Fell eines roten Katers, den Feuerschwanz aus Sterbeschreien hinter sich.

Hühnchen, sagt Jastrzemb, Hühnchen, komm.

Wütende Tage. Ein Glanz wie Feuer. Die Nacht kommt mit Lichtern herauf, deren breite, tief fallende Schleppen den Himmel fegen.

Jescha, der Heidengott, und die andern, Pomian, Swist Powist, haben lange geredet, über die Balkenwand herüber, auf dem Erdwall gesessen, geredet mit dem alten Hausgeist Chowaniec, der nun hereinkommt, an der Seite zwischen den beiden Türangeln, und hinaufspringt unter den Dachbalken.

Sie sind gegangen, die Nacht ist vorüber, eine Nacht wie eine Eibe, an der die kleinen Blitze der ersten Frühe, die scharfen Beile, wie Flämmchen zerstoben, immer neue und immer neue, bis der Baum Finsternis aufflog, rauschend, ein Schattenschwan.

Der Morgen ist hell. Niemand weiß, wie es Morgen werden kann nach einer Nacht, in der man nicht gewesen ist: immer aufgestanden, ans Fenster getreten, an die Luke, von der man die schweren Läden zurückstieß, immer wieder.

Der Mond hat einen weißen Strich, einen dünnen Halbbogen gegen den Himmel gestellt. Lelum und Polelum sind vor ihm hergelaufen, die Brudersterne, wie die Lateiner aus Byzanz sagen: die Dioskuren.

Da lag die Schläferin, einen Arm unter dem Haupt, unter dem Haar, das um die Schultern war, ruhig, eine Woge, erstarrt. Noch zu hören, wie der Atem einherging, in der Stille, wie eine Regung war in der Schläfe, zurückflog lautlos, die Ader über der Brust erhob, verging und wiederkam.

Komm, Hühnchen, komm.

Ofka wirft einen Arm hoch, fährt auf mit einem Schrei. Der Mann beugt sich über sie, bettet sie wieder auf die Kissen zurück. Und hält noch im Ohr den Hornruf, der von weither herüberkam, gerade noch vernehmbar hinter Ofkas Schrei.

Der alte Strzegonia. Kehrt früher zurück. Gestern hätten wir davonreiten müssen.

Das Mädchen kommt aus dem Schlaf.

Dein Vater, sagt Jastrzemb.

Aber der Gedanke wieder: Vier Tage für uns, die sind zuende, und sie gehen nicht fort.

Jetzt die Signale in der Nähe, drei Hörner. Jetzt der Schlag ans Tor, Schwerter.

Sonderbare Geister, die meinen Großvater hier aufgefunden haben, durch die offene Tür.

Er ist auf die Seite gesunken, er bewegt sich, er sagt: O Lelum.

Ergänzen wir schnell, ohne zu wissen, wie mein Großvater auf diesen Jastrzemb kommt, diesen ältesten seiner Vorväter, der in der Gunst Boleslaws, dieses Chrobry, gestanden hat, man sagt: der Hufeisen wegen, die er eingeführt hat im Krieg gegen die Polanen, ohne zu wissen auch, wie diese Ofka Strzegonia daherkommt, mit der es schon gewiß eine Geschichte gibt, aber dreihundert Jahre später; in einem schlesischen Kloster hat sie gelebt, nachher, jahrzehntelang, in ein unbezeichnetes Grab hinunter.

Der Mann, der ganz anders geheißen hat als Jastrzemb, vielleicht Zbylut, ist dem alten Strzegonia entgegengegangen, er hat das Tor geöffnet, mit dem Schwert.

Weil einer dazwischentritt, einer von den Olawa, Imko wahrscheinlich, wird der Zerhauene gerettet, bewußtlos auf seine Pfahlburg gebracht. Er überlebt, er nimmt 1295 in Gnesen an der Krönung König Przemislaws teil, einarmig, ein Graukopf, der nicht mehr spricht.

In die Tür, durch die er eingetreten war in Strzegonias Haus, sticht der Alte zwei Messer. Er trägt fortan, an einer eisernen Halskette, die misericordia dieses Jastrzemb oder Zbylut, den kurzen Dolch.

Wir sagen jetzt einfach: Dies ist die

4. Geistererscheinung.

Sehr alte Geister diesmal. Und sehr verwirrte, die sich nicht auskennen zwischen den Namen, den Familien, den Stämmen: Strzegonia, Jastrzembiec, Awdaniec, Olawa, Zawora, Starykon, zwischen den bösen und guten Göttern und Gespenstern: Pomian, Swist Powist, Plon und Plonek und Jescha und Chowaniec. Namen, nur Namen. Finsternis, heller Tag, der Schattenschwan und die Hörner. Sehr alte Geister.

Christina kommt mit einer Stallaterne eilig vom Haus her und ruft. Da liegt mein Großvater auf die Seite gesunken, auf dem Sitzbrett. Sie rüttelt ihn und richtet ihn auf, und erwachend sagt mein Großvater: Was ist? und zieht, beim Aufrichten, den Arm aus dem anderen Sitzloch, und soviel ist er schon Landwirt, daß er den Schmutz an seinen Fingern herumkrümelt und bedauernd feststellt, im Hinblick auf dessen Verwendbarkeit: Bißchen dünn geraten.

Manchmal denkt man schon, diese Geister, ältere und neuere und sogar ganz alte, sollten sich um ihn nicht mehr bemühen: wenn er so gar nichts anderes darauf zu sagen hat. Nein, es ist keine Freude mit solchen Großvätern. Die ganze Nacht könnte man darüber räsonieren, eine ganze Nacht, die mein Großvater, wie üblich nach solchen Gemütsbewegungen, in völligem Frieden verschläft.

Was ist da zu tun?[1]

[1] Neunzehnter Satz

Also zum dritten Mal Briesen. Und diesmal muß mein Großvater auftreten. Da hat man diesem Glinski den Schlund gefüllt, und nichts ist!

Meinem Großvater ist es also leid um das schöne Geld. Wenn ich doch nach Briesen muß. Wozu bloß? Der reinste Unsinn.

Immerhin, es wird eine schöne Verhandlung.

Nebenzahl, den kennen wir schon. Er eröffnet und tritt hinein in die Angelegenheit, mit ihm

1.) Levin, als Kläger,

2.) mein Großvater, als Beklagter.

Die beiden sitzen, drei Meter Abstand zwischen sich, jeder auf einer braungestrichenen Holzbank. Nebenzahl thront gegenüber, erhöht. Der ganze Raum ist braun gestrichen, das heißt: die vielen Holzteile: Tische, Podium, Schranke, Bänke, Fensterrahmen und -bretter (vier), Türen (zwei, eine an der Seitenwand, eine hinter dem Richtertisch). Ganz braun gestrichen, gegen Fliegendreck, und jährlich renoviert, wegen harter Hinteren die Bänke, wegen harter Hände die Schranke. Auch die Wände bis zu beinahe halber Höhe braun.

Auf der Bank hinter meinem Großvater Prediger Feller und Bruder Rocholl. Auf der Bank hinter Levin diese Marie, Tante Huse, dieser Habedank. Und auf der Bank dahinter Abdecker Froese. Er steht während der Verhandlung mehrfach auf, setzt sich mal auf die eine, mal auf die andere Seite, Nebenzahl muß ihn zur Ruhe ermahnen.

Also tut mir was, ich weiß nicht, was das soll!

Nebenzahl blickt auf sein Papier. Er sagt: Klage. Er sagt: Wassermühle. Er sagt: Levin. Schließlich sagt er: Der Beklagte.

Er sieht meinen Großvater an, der sein bestes Gesicht macht. Ehrsam, verträglich, würdig. Der schwarze Blick verdeckt unter einer bläulich-trüben, milchigen Schicht. Die Uhrkette hat er vor den Leib gehängt. Jetzt, wo mein Großvater sitzt, spannt sie ein bißchen über dem Bauch.

Vernehmung der Zeugen.

Da stellt sich gleich heraus, daß es hier keinen Zeugen gibt, wie ihn Kreisrichter Nebenzahl sich wünscht: einen, der alles gesehen hat, der dabeigestanden hat, als die Schleuse – meinetwegen auch das oder der Stau, meinetwegen – geöffnet wurde.

Wurde nicht geöffnet, ist entzwei gegangen, kann passieren, bei mir zum ersten Mal. Das gibt, auf Befragen, mein Großvater zu Protokoll. Sekretär Bonikowski schreibt es hin.

Erzählen Sie mal, sagt Nebenzahl zu Leo Levin. Er sagt sogar: Herr Levin.

Jetzt muß Levin sagen, daß mein Großvater schon immer gesagt hat, daß noch einmal etwas passieren wird.

Wann hat der Angeschuldigte diese Äußerungen gemacht? Zu Ihnen? Zu wem?

Tante Huse ziert diese schöne Verhandlung mit Zwischenrufen, diesmal: Das haben doch alle gehört, sagt Ihnen doch jeder!

Wer hat gehört? Sie?

Nein, ich nicht.

Also Ruhe.

Habedank, sagt Tante Huse, nun red du doch!

Herr Habedank? sagt Richter Nebenzahl. Wir kennen uns ja.

Ganz auf meiner Seite, sagt Habedank. Was soll er jetzt erzählen? Das, was der Levin schon gesagt hat. Und am andern Morgen, sagt Habedank, standen wir am Ufer mit der Marie und sahen genau, das war nicht von selber aufgegangen, der Nieswandt sagt auch. Wieso überhaupt ein Stauwehr? Gab es doch noch nie.

Das ist ja wohl meine Sache, sagt mein Großvater.

Woran sah man eigentlich, Herr Habedank, daß das nicht von selber passiert war? Nebenzahl ist freundlich, er hört sich Habedanks Erläuterungen an. Aber Tatortbesichtigung ist doch wohl zuviel.

Das sagt er denn auch, und Tante Huse ruft gleich dazwischen: Blödsinn, ist ja alles längst weggeräumt.

Sie haben doch nichts gesehen, sagt Nebenzahl.

Doch, hab ich.

Wann, bitte?

Hinterher.

Also hinterher. Nebenzahl lächelt.

Das war übrigens – wir haben nicht alle Äußerungen Tante Huses erwähnt – ihr vierter Zwischenruf. Dieser Blödsinn jedenfalls kostet drei halbe Taler, ein älterer Tarif.

Unerhört, sagt Tante Huse, bezahl ich nicht.

Nebenzahl lächelt. Er hätte beim dritten Zwischenruf, nach zweimaliger Vermahnung, bereits einschreiten können. Das sagt er auch, und zu diesem fünften Zwischenruf sagt er nur: Das, meine Dame, habe ich nicht gehört.

Tante Huse erhebt sich. Wertes Gericht, so fängt sie an, ich muß Ihnen da ein kleines bißchen was erzählen.

Ach Tante, sagt Levin bloß.

Red nicht, muß sein, siehst ja.

Also: Wertes Gericht! Hier haben Sie einen jungen Menschen, da steht er, arbeitsam, willig, geschickt, nicht teuer – Leo, sieh den Herrn Kreisrichter an! – hat sich mit seiner Hände Arbeit – Leo, zeig deine Hände! – mit dieser Hände Arbeit, dafür braucht sich keiner zu schämen, hat sich da diese Mühle da hingebaut, und führt sich herum mit dem Mädchen, welches wie ein Engelchen singt, – Marie, sing mal was!

Aber das ist doch vielleicht zuviel, Tante Huse. Marie hat gleich einen roten Kopf. Habedank sagt: Weiter, Tante, was anderes!

Obwohl der Levin ganz lustig geworden ist, als er Marie so schamhaft sieht.

Also weiter: Er führt sich herum mit ihr, wie ich gesagt habe, in allen Ehren, nächste Ostern ist Hochzeit, sollte sein, und jetzt: was wird werden ohne Mühle?

Tante Huse schneidet, wie wir sehen, ein bißchen auf. Hochzeit. Aber es schadet ja jetzt nichts, es geht aufs Gemüt.

Ja, sagt die Tante und erhebt die Stimme: und dort steht er, der ungezogene Kerl, dieser alte, so fromm und so schlecht, steht und gnurrt und möcht mich vielleicht womöglich zu Kleinmittag aufschlucken. Sag du nichts, ich kenn dich, wie du so klein warst, so klein ist er gewesen, ewig volle Hosen, red nicht, mein Jungchen, was soll denn bloß aus dir werden, du alter Sadrach!

Also, jetzt geht es ein bißchen durcheinander. Aber red nur, Tante Huse, es ist ja schon egal. Herrliches Weib, sagt Habedank und flüstert ergriffen noch dreimal hintereinander: Herrliches Weib.

Ich werd Ihnen mal was sagen.

Tante Huse hat sich schon wieder in der Hand. Sie macht einen Schritt vorwärts, hebt die Faust gegen den Richtertisch und ruft mit ganz heller Stimme, so laut, daß der Froese hinten aufspringt und auf dem Mittelgang zwischen den beiden Bankreihen stehen bleibt, mit aufgerissenem Mund, daß der rotnasige Bonikowski Aber nanu! sagt und den Federhalter ins Faß schmeißt:

Müssen denn erst die Menschen selber mit diesem Neumühler Dreck aufräumen, ja? Ohne Kreisgericht?

Zeugin! Kreisrichter Nebenzahl hat seine Glocke in der Hand und schwenkt sie herum. Zeugin Huse, was sollen diese Reden! Ich ersuche, die Würde des Gerichtes zu achten.

Na eben, sagt Tante Huse schlicht und wahr, sollten Sie tun, würde sich lohnen.

Sie nehmen, sagt Nebenzahl mit betonter Ruhe, Sie nehmen wieder Ihren Platz ein. Und verhalten sich still. Ihre Darlegungen, stelle ich fest, sind für das Gericht ohne Wert.

Na ja. Tut mir was, ich weiß nicht, was das ganze soll!

Also hin und her und, schließlich: Beigebrachte Zeugen abgelehnt. Kosten? Ist ja wohl klar. Neuer Termin nach Beibringung der Zeugen Nieswandt und Korrinth. Polen? Und Sie bestehen darauf, Herr Levin?

Levin tritt von einem Fuß auf den andern. Er dreht sich um und sieht Tante Huse an.

Aber nun sag doch Ja, schreit Tante Huse, aber Leo, ich sag dir, wir kommen auch alle mit.

Ja, sagt Levin.

Es erfolgt Vorladung, verkündet Bonikowski.

Aber diesmal rechtzeitig, ruft Tante Huse.

Nebenzahl hat schon geschlossen.

Froese, sagt mein Großvater im Hinausgehen, Sie haben die ganze Blase hergefahren.

Ergab sich so, sagt Froese, paßte gerade.

Reden wir nicht hier, sagt mein Großvater.

Stadt ist doch Stadt. Briesen ist doch Briesen. Alle Wege führen hierher, genau gesagt: auf den Marktplatz, noch genauer: in Wiezorreks Deutsches Haus.

Stadt ist doch Stadt, sagt Feller versonnen und blickt zum Fenster hinaus. Diese Häuser, die Vorgärten in Ordnung, so ein großes Gebäude, das Landratsamt, und dieses wunderbare Kreisgericht! Grüne Ziegel und Türmchen.

Versteht sich, Stadt ist Stadt, schon die Frauen, sagt Rittmeister von Lojewski, da sitzt er wieder. Frauen, sage ich Ihnen, wie Sand am Meer.

Hoho, sagt mein Großvater. Und zur Theke hinüber: Bringen Sie dem Herrn Rittmeister noch ein Bier.

Feller kichert ein bißchen, ihm wird ganz lustig, vielleicht weil er sein Glas in ganz kleinen Schlückchen geleert hat. Er droht dem Herrn da mit dem Zeigefinger und macht Tss tss.

Sagen Sie mal, Froese, fängt mein Großvater an.

Nun soll also der Froese erklären, wie er dazu kommt, meines Großvaters Feinde auf seinem deutschen Fuhrwerk zu kutschieren.

Froese trinkt das Bier, das ihm mein Großvater spendiert hat, mit einem Zug herunter, er verlangt noch ein Bier. Bezahl ich selber, sagt er, fummelt auch gleich das Geld aus der rechten unteren Westentasche, trinkt dieses Glas ebenfalls auf einen Zug und sagt zu meinem Großvater hinüber, während er sich mit dem linken kleinen Finger im Augenwinkel herumbohrt: Dir werd ich mal was flüstern.

Das hört sich ziemlich frech an. Lojewski lehnt sich zurück. Für einen Offizier ist das ja wohl keine Gesellschaft. Leute – Sind, wie ich höre, Abdecker, wie?

Abdecker Froese erhebt sich, er sagt zu Feller, der gleichfalls aufstehen will: Du bleib man ruhig sitzen, und zu meinem Großvater sagt er: Du bist ein ganz großer Verbrecher.

Mit diesem zwanzigsten unserer Sätze geht Froese aus diesem Deutschen Haus hinaus.

Und holt gleich seine Gäste bei Onkel Sally ab. Da kommen sie schon heraus.

Tante Glickle zuerst, die aber nicht mitfährt. Mit munteren Reden: Kinderchen, und: Brotchen hab ich euch eingepackt.

Auch Flasche Kaffee, sagt Habedank und reicht die in einen Filzlappen gewickelte Flasche zu Froese hinauf.

Nun steigen sie ein, Tante Huse zuerst, Habedank und Levin müssen ein bißchen nachhelfen, Marie springt auf, Levin danach, zuletzt Habedank, neben Froese auf den Kutscherbock.

Da fahren sie los und reden hinunter und rufen zurück, und Onkel Sally läuft noch ein Stückchen nebenher. Und sie sind noch gar nicht weit draußen aus der Stadt, noch vor Falkenau, noch vor der Eisenbahnkreuzung, da fängt Tante Huse schon zu singen an. Weil es später Nachmittag geworden ist.

Wie lieblich schallt
durch Busch und Wald
des Waldhorns süßer Klang.

Das ist ein Lied! Nach jeder Zeile eine ausgedehnte Pause und dieses Schallt und dieses Wald sowieso schon lang ausgehalten.

Hallt's nach so lang, so lang.

Maries Zigeuneralt. Und Tante Huses scharfer Sopran. Habedank hat einen Tenor wie eine alte Oboe, manchmal allerdings fügt er unversehen solche Klarinettengickser ein. Dann lacht der Levin, und Froese setzt jedesmal einen pechschwarzen Tubaton dagegen, schon beinahe ein Gebrüll. Manchmal antwortet, von den nahen Weidegärten, eine alte Kuh darauf. Dann kann Marie nicht mehr weitersingen. Dann steht für einen Augenblick nur Tante Huses Sopran in der staubweichen Sommerluft, die nach geschnittenen Wiesen riecht, die sich nur von den Stimmen bewegt, oder einer Pferdebremse, oder den kleinen schwarzen Fliegen, die den Tieren um die Augen sitzen und sich in einem Schwarm erheben, wenn die Pferde den Kopf aufwerfen.

So kommen sie nach Polkau.

In Polkau ist es schon dunkel.

So dunkel, wie es in einer hellen Nacht sein kann.

Steh auf, nachts, und geh ans Fenster.

Ganz in der Ferne ist ein Gewässer, ein Flüßchen, das hörst du jetzt schon: Diesen kaum vernehmbaren Ton, mit dem ein ruhiges Wasser sich bewegt, ein gleichmäßiges Fließen, aus dem nur die Nachträuber unter den Fischen und weiter hinunter, ein kleines Stück, bevor das Flüßchen an die Drewenz herankommt, der eilige Fischotter sich hervortun. Und den scharfen Ton, wenn sie den Kopf aus dem Wasser hinaufstoßen.

Der Fisch hat ein Insekt geschnappt, und der Otter schnauft nur einmal in die Luft.

Wer hier geht, muß denken, daß es noch nie so still gewesen sein kann auf der Welt. Das nachgewachsene Gras, nach dem ersten Schnitt, ist härter im Halm, es biegt sich nur unwillig vor dem Bodenwind und richtet sich schon wieder auf, wenn er nur schwächer wird. Ein rieselndes Geräusch. Nur die Grillen sind laut, aber ihre Stimmen gehören zu dieser Stille, sie schwingt nur ein wenig davon.

Auch die Schritte, die durch das Gras kommen, gehören dazu. Langsame Schritte. Ein bißchen unsicher. Und jetzt Worte.

Wo war ich eine lange Zeit?

Du stehst am Fenster. Du siehst sie dort gehen, ganz klein: Josepha. Du kannst nicht rufen: Josepha! Sie hört dich nicht. Zu weit fort.

Wo war ich eine lange Zeit?

Immer in der Fremde, Josepha, ich weiß. Aber was willst du am Wasser? Geh zurück, du bist betrunken.

Wo war ich eine lange Zeit?

In der Fremde, Josepha. Nur immer, wenn du betrunken warst, schien es anders zu werden. Es kam dir nur so vor.

Du siehst, sie geht auf das Wasser zu, schwankend, sie wirft den Kopf zurück, steht, die Hände auf der Brust. Mit heller Stirn.

Schrei nur, sie wird dich nicht hören.

Tritt zurück vom Fenster, gehorch schon.

Josepha ist weitergegangen. In das langsame Wasser hinein. In dieses Flüßchen, das sie fortträgt.

## 12. KAPITEL

Der Windstoß war vorüber. Auf dem Boden lag eine herabgeschlagene Motte und bewegte einen Flügel.

Wir erzählen hier eine Geschichte. Es vergißt sich leicht. Wir haben zwanzig Sätze eingebracht, vierzehn stehen noch aus.

Habedank hielt auf dem Feldweg. Der Windstoß, der, wie über einen steilen Hang ein Stein, herniedergestürzt war, dicht vor Habedank, zog irgendwo jetzt über den Feldern, aueinandergesprungen in sechs oder sieben verschiedentönige Luftbewegungen, die in verschiedener Höhe Bögen beschrieben, Schwünge ausführten, kleine Stürze erlitten, manchmal nur ein Gestolper.

So war das gewesen, ein paar Tage vor der Fahrt mit Froeses Wagen. Dieser Fahrt nach Briesen.

Habedank stand auf dem Feldweg, der von Norden, von dem Höhenzug hinter der Struga, auf das Wäldchen zwischen Gronowo und Trzianek zuläuft, und vom Wäldchen her kam ein anderer Mann. Er trug einen langen Mantel, im Sommer, und einen schwarzen Hut.

Sie hatten sich also getroffen: Violinist Habedank, dieser Zigeuner, und Dorfflötist Geethe, Johann Vladimir, früher aus Böhmen und jetzt auch Hoheneck, aber nicht mehr lange.

Man redet, wie man sich kennt, und man kennt sich unter Kollegen. Do stu piorunów!

Flötist Geethe kehrte um, kam mit Habedank mit, zurück zu Jan Marcin, wo er gewesen war, wo aber Habedank hinwollte. Da saßen sie dann, hinter dem Haus, auf dem gefliehenen Kleinholz, und Geethe pfiff: Wenn ich den Wandrer frage, wo kommst du her. Aus der Kaluse, hatte Habedank gesagt. Nicht direkt, aber ziemlich. Do stu piorunów!

Weshalb sind die bloß so, sagt Flötist Geethe. Er meint diese deutschen Behörden und diesen deutschen Großvater und diesen deutschen Fußgendarm, der verschwunden ist. Aber was soll Habedank antworten?

Alles keine Musikanten.

Flötist Geethe spricht also weiter. Einer muß schon, Violinist Habedank hat ja nichts gesagt.

Da weiß dieser Geethe wohl nicht, daß der Herr Landrat ganz schön Klavier spielen kann und Nebenzahl auch. Aber sind sie deswegen Musikanten?

Nein nein. Geethe, alles keine Musikanten.

Wenn sie hier so zusammensäßen, alle vier, Weiszmantel, Habedank, Geethe, Willuhn, und zu bestimmen hätten, wie es weitergehen soll in Neumühl, in Malken, in Briesen – wie schnell kämen wir mit dieser ganzen Geschichte voran und gewiß ins Reine.

Habedank, bei diesem Gespräch auf dem Holzstapel hinter Jan Marcins Häuschen, hatte noch eine Weile hin und her überlegt und aufeinmal, in Geethes, der sein Konzertchen mit einem Fantasiewalzerchen wieder aufgenommen hatte, schneidige Coda hineingeredet: Fromme Menschen diese Deutschen.

Da hatte Vladimir Geethe abgesetzt und ernsten Gesichts und mit volltönender Stimme Haha! gerufen, nichts weiter, und dann nur noch die Schlußkadenz geblasen.

Und als er fertig war, hatte Habedank gesagt: Es ist alles nicht wegen Frömmigkeit. Tante Huse, wenn du kennst, ist auch frommer Mensch. Und ist auch nicht wegen Deutschigkeit. Tante Huse ist auch deutsch, wenn du kennst.

Und Flötist Geethe war es dabei aufgegangen: Der Mangel an Musik ist auch nicht der Grund.

Aber na einfach, hatte Geethe schließlich gesagt, es ist wegen Geld.

Meinetwegen. Mein Großvater, der hat also Geld. Die Briesener Herrschaften auch. Und der Krolikowski? Nein, der nicht. Der Feller auch nicht so viel. Nicht einmal der Glinski, wenn auch schon mehr.

Na ganz einfach, hatte Geethe erklärt, die einen, weil sie haben und es sich zusammenhalten soll, und die andern, weil sie haben wollen und was kriegen für Rumrennen.

Wirst schon recht haben. Damit war Habedank aufgestanden. Jetzt geh ich rein. Morgen fahren wir mit dem Levin nach Briesen, der Froese, was da abdeckert, nimmt uns mit. Termin, verstehst du.

Da war er also losgezogen, am anderen Morgen. Und jetzt ist er also wiedergekommen.

Immer noch duftet der Jasmin, der sich in unzähligen Büschen vom Wäldchen bis an die Chaussee zieht und von der Chaussee, in größeren Abständen nun, mit einem weiten Bogen durch die Wiesen bis Neumühl und von dort zum Mühlenfließ hinunter, eine Kette aus Weiß und Grün.

Wie lange hatten Weißdorn und Faulbaum dieses Jahr geblüht! Und der Flieder. Alles blüht diesmal länger als in den früheren Jahren.

Blüht immer so, wenn das Unglück groß ist, sagt Habedank.

Aber was sind das für traurige Reden. Jan Marcin geht in seinem Häuschen umher und klatscht in die Hände und greift sich den Strauchbesen und tanzt eine Polka mit ihm, zum eigenen Gesang, und dreht sich um die Stühle und setzt sich, außer Atem, zuletzt auf den Tisch und schreit.

Aber nun hört doch bloß, sagt Marie laut, und jetzt hören alle auf zu reden, alle, wie sie dasitzen: Habedank und Geethe, Weiszmantel, Willuhn, Antonja und Scarletto und Leo Levin.

Musik, schreit Jan Marcin.

Keine Schwierigkeit, Willuhn hat den Kasten schon die ganze Zeit auf den Knien. Ein neues Flick ist dazugekommen, ein helles, von einem alten Ledertuch, das schon mürb war, aber nun noch ein bißchen halten wird. Jetzt ist der Kasten beinahe dicht.

Da sitzt er also und spielt, zwei Viertel, mit kurzem Auftakt, linkslinks rechts links rechts links rechts, wie einem die Beine von selber gehen.

Weißt du, sagt Geethe leise, vor zehn Jahren, weißt du.

Und Habedank weiß es gut, sie wissen es alle, die Polen wie die Deutschen, es ist ein bißchen mehr als zehn Jahre her, nämlich elf Jahre, es ist ihnen allen in die Knochen gefahren: Da sind sie lebendig geworden in Kongreß-Polen, im Herzogtum Posen, in Galizien, wo also die Soldaten des Zaren gelegen haben und die Preußen und die Österreicher.

Weißt du, schreit Weiszmantel, da kann er nicht still bleiben, und Habedank weiß es schon: Diese Sensenmänner.

Und darüber kommt der Weiszmantel ins Singen, zu Willuhns Melodie.

Da steht Jan Marcin und braucht seinen Besen nicht mehr, und Antonja stemmt die Arme in die Hüften, und Antonio und Antonella kommen herein, sie stehn in der Tür, der Weiszmantel singt:

Diese Zeit war gekommen, diese Zeit,
meine Seele war zertreten.
Wie hab ich gerufen lang und breit,
kommen kam: den hab ich nicht gebeten.

Kaiser sagt und König sagt, streicht den Bart:
Diese Seele sollt ihr jäten,
diese Polenseele, alt und hart,
in den Dörfern und den Höfen und den Städten.

Auf dem Pferde reitet an des Zaren Knecht,
viele Knechte, uns zu töten.
Wer wird sagen, was ist Unrecht, was ist Recht?
Starost sind und Priester nicht vonnöten.

Aber Sensen, Sensen, Sensen, in den Stiel
eingequollen, und in Händen.
Kommen werden auf den schönen Pferden viel
Feinde, Feinde, und es wird sich enden.

Abends sieht der Mensch, sieht der Mond
Reiter, Reiter, schwarz im Blute.
Wir sind fortgezogen. Wo wir einst gewohnt,
steht ein Rauch. Wie ist dir, Bruderherz, zu Mute?

Ja, wie wird es da mit uns? Wir haben jetzt die Tränen, die wir immer zu weinen vergessen hatten, Jan Marcins Tränen und Geethes und Maries Tränen, Levins Tränen, und was sagen wir jetzt?

Willuhn, der Säufer, legt den grauen Kopf in die Hände, und Jan Marcin, der niemals getrunken hat, schluckt und zieht die Luft durch die Zahnlücken, wie ein Ertrinkender.

Wir sagen: 1863, im Januar, kamen die Polen aus ihren Häusern und traten aus ihren Dörfern, im Herzogtum Posen, in Galizien, im Königreich Warschau oder Königreich Polen oder in Kongreß-Polen, was einfach dasselbe ist, und standen auf den Feldern, in einem Winter, der nicht so hart war, aber Winter genug, in siebenhundert Gefechten und in der Schlacht der Sensenmänner, und Großrussen und Weißrussen mit ihnen und Ukrainer, Ungarn, Tschechen, Deutsche dabei, Franzosen, Italiener – viele oder ein paar, aber das ist es ja nicht –, die polnischen Söhne und die polnischen Väter hoben ihre Sensen auf und schwangen sie gegen die Kavallerie, die der Markgraf, der Warschauer Statthalter, der Zarenhund Wielopolski, losgejagt hatte, die durch das Land flogen. Überall in diesem Jahr traten ihnen die Bauern entgegen, vor ihren Dörfern und vor ihren Wäldern, und in den Städten die anderen Polen, in den Straßen, die auf die großen Plätze zuführen, wo die polnische Freiheit ausgerufen wurde.

Es ist ausgegangen, wie Weiszmantel gesungen hat. Wo wir einst gewohnt, steht ein Rauch. Tränen. Aber im Zorn. Und über den Zorn hinauf erhebt sich der Stolz. Der nicht mehr verloren gegangen ist, in den zehn oder elf Jahren seither, der also bleibt.

Weiszmantel schweigt. Er steht da mit weißen Haaren, wie neben ihm Jan Marcin. Willuhn fingert weiter an seiner Melodie, links rechts links rechts, eins zwei eins zwei, leiser jetzt und ein bißchen langsamer. Wo sind wir hier?

Auf den Feldern in Russisch-Polen, in Krakau, in Kielce, in einem Wald südlich der Lysa Gora. Irgendwo, aber immer dort, wo sie sich nicht zufrieden geben.

So ist es Abend geworden. Noch liegt das Licht in den Fenstern. Abend ist schön.

Vor dem Haus steht Scarlettos Italienischer Zirkus, mit Roß und Wagen und allen Tieren. Sie werden euch zur Nacht versorgen: dich, Emilio, dich, Francesca, dich, Casimiro, und, Tosca, dich natürlich auch. Komm, Antonio, hilf, laß reden, wer reden will, du weißt, was zu tun ist.

Jetzt kommt auch die Nacht. Es gibt keine Berge hier, von denen sie herabschreiten könnte, zur Musik der Finsternis, die hinter ihr auftönt, also kommt sie über die Ebene, langsam über die Wiesen her, von der Struga und herauf von der Drewenz und vielleicht bis von den Schilfteichen von Garczewo. Froschgeschrei geht ihr nach und das endlose Grillenlied, das keiner beschreibt.

In Jan Marcins Haus ist es dunkel. Nur die Gespräche noch, eine kleine Rede Weiszmantels, ein paar Flüsterworte Antonjas zu den Kindern herüber, die nicht gleich in den Schlaf finden, weil morgen Sonntag sein wird.

Wie kleine Flämmchen huscht das durch die Finsternis, über den Tisch und gegen die Decke hinauf. Jan Marcins schwarzer Kater richtet sich auf, als wollte er danach schnappen, aber er reckt nur eine Pfote vor und nimmt sie wieder zurück. Er schläft nicht, mit grünen Augenblitzen folgt er den Reden, die leiser, und den Bewegungen, die seltener werden. Schließlich ist er nur noch allein mit Jan Marcin, der ihm seine alte Hand auf den Kopf legt.

Kotek, sagt er und: Późno juz. Es wird spät, Katerchen.

Da sitzen die beiden noch immer.

Morgen sind wir wieder allein, sagt Jan Marcin. Die Nacht ist auf der Chaussee angekommen, jetzt geht es an Gronowo vorüber, an Neumühl vorbei, auf Gollub zu und die Drewenz hinab, irgendwohin. Kühle Luft steht über dem breiten Tal, in dem die Weichsel daherkommt mit ihrem dröhnenden Schweigen.

Jan Marcin fährt dem Kater durch das Fall. Und der Kater läßt sich auf die Seite rollen und streckt die Beine von sich. So wird es hell. Mit grauen Farben kommt dieser Sonntag. Den uns kein Regen stören soll.

# 13. KAPITEL

Ob es Tag wird oder nicht, darüber befinden die Hähne.

Jan Marcins Italienerhahn steht vor Francescas Verschlag und schickt aus bebendem Hals einen Weckruf nach dem andern über die Baumkronen hinauf. Francesca aber hebt nur einmal den Kopf mit dem krausen Kamm, öffnet ein Auge, blinzelt und schließt es wieder. Was schreist du so, Goldköpfchen?

Jetzt, in der Morgenstille, kann man fern die Hähne von Trzianek hören, die alten und die jungen, und, wenn der Wind sich dreht, die von Gronowo und Neuhof. Und die Gronowoer Hähne wiederum hören die von Neumühl und schreien zurück. Und jetzt erhebt sich der Tag über der Wiese, auf die Knie erst und, während ein Zittern ihm über das Fell jagt, in einem wütenden Ruck auf die Beine, dehnt sich und wirft mit einem Schnauben den Kopf zurück.

In der Mitte seiner Schlafstube, im Hemd, steht Alwin Feller. Mit den tiefsten Empfindungen der Einsamkeit.

Wir wollen das ruhig zugeben. Es ist ihm leid um die Frau, diese Genossin der Befürchtungen und Streitigkeiten, diese nahegewesene Fremdgebliebene. Warum nur, fragt Feller noch immer, warum nur? Wenn er das lange genug gefragt hat, steigt ihm der Zorn auf. Gewiß, die Brüder und Schwestern, hat man ja gesehen beim Begräbnis, tragen mit ihm an dieser ganzen traurigen Geschichte, davon wird es einfacher, aber leichter nicht.

Was war ihr da bloß eingefallen? Ging doch schon wieder hier im Haus herum. Christina hatte sie zurückgebracht und ihr zugeredet und war auch am nächsten Tag wiedergekommen. Wieder zum Zureden. Aber nein, kein Wort, immer nur herumgegangen, stehen geblieben, ein Gesicht – weiß wie Sichtmehl.

Der Schlag mit dem Buch, damals? Aber das war doch nicht der erste in ihrem Leben, nicht einmal der erste in dieser Ehe.

Feller errät es nicht. Daß einer an der Miserabilität der andern stirbt. Ist auch schwer zu verstehen. Er geht herum, sagt nichts, auf einmal ist er fort.

Du, Feller, errätst das nicht, dir kommt der Zorn hoch. Hatte sie denn nicht alles hier? Und dann nocheinmal und noch gerechter: der Zorn.

Willst du nicht dein Morgengebet sagen, Alwin Feller, Prediger, Hirte deiner Gemeinde? Soll dich die Amsel und soll dich die Lerche beschämen, wie es im Liede heißt?

Ach nein, er sagt sein Morgengebet nicht, er sagt: Das Wort, das aus meinem Mund geht, soll nicht leer zurückkommen. Spricht der Herr.

Das sagt er, uns kommt es ein bißchen gewohnheitsmäßig vor, und kniet im Nachthemd mitten im Zimmer.

In meines Großvaters großem Hause sind nicht viele Wohnungen, bei meinem Großvater bestimmt nicht, aber viele Leute. Lauter Fromme und Deutsche, stellen wir fest, obwohl fromm und deutsch nicht dasselbe ist. Manchmal trifft es zusammen. Bei Tante Huse, hat Habedank gesagt. Auch sonst hier und dort, fügen wir hinzu, und erheben diese Feststellung zum Rang eines einundzwanzigsten Satzes, und geben den zweiundzwanzigsten noch gleich dazu: Es gibt sone und solche.

Bei meinem Großvater versammeln sich solche. Eine sone ist vielleicht Christina ganz allein. Oder noch Bruder Gustav mit seiner Frau, diese Malkener Evangelischen also, die Kinder besprengen. Die gehören vielleicht noch dazu. Und Olga Wendehold, diese Adventistin. Die sind nämlich auch da. Es mischt sich ein bißchen, hier beim Sommerfest der Baptisten, das doch Gott behüte nicht womöglich die Malkener Union fortsetzen wird. Nein, gewiß nicht.

Christina läuft im Haus herum, rein in die Küche, raus auf den Hof, wo die abgespannten Fuhrwerke stehn, es ist ein schöner Tag, Christina hat vor Freude ihr schwärzestes Kleid angezogen, das ganz schwarze, das für alle richtigen Begebenheiten, das ganz teure, das ein Leben lang nichts von seinem Seidenglanz verliert und immer das beste bleibt, dieses ganz schöne Kleid. Zu dem nur ein schwarzes durchbrochenes Kopftuch paßt. Und schwarze Schuhe und schwarze Strümpfe. Alles andere schneeweiß.

Und das Haus also ist schon voll, alles Fromme, wie gesagt. Pusch und Kuch und Puschke und Kuchel und Puschinski und Kucharski, die Ältesten aus den Gemeinden Gollub und Linde. Alle mit Frauen und erwachsenen Kindern, und die Malkener Angehörigen und Schwiegervater Fagin aus Klein Brudzaw und Christinas Bruder Heinrich aus Lissewo mit seiner Frau Emilie Amalie. Die Alten sitzen, und die Jungen stehen.

Jemiljejemalje, ruft Mutter Puschke vom Sofa herunter, geh mal bei der Christina wegen Kaffee.

Kommt ja schon, sagt Tante Frau freundlich, kommt ja schon. Die Tassen stehen da, der Kuchen auch.

Milemale, die Sahne ist in der Küche.

Mutter Puschke und Schwester Kucharski haben das große Wort. Heu und Kartoffelhäufeln und Wind und Wetter.

Kommt, mir scheint, Gewitter, sagt Mutter Puschke. Aber was da so donnert, ist kein Donner, sondern, wie wir wissen, meines Großvaters Schafbock hinter der Scheune, der aufgeregt ist und gegen die Bretter rennt, der sogenannte Mahlke, so genannt, weil vom Händler Mahlke gekauft. Da antwortet Schwester Kucharski: Aber iiwoh. Und sagt: Vorigtes Jahr hatten wir immer einen genommen in der Ecke, mit der Josepha. Und seufzt.

Da sagt Kucharski: Du alte Ziege, sei bloß still.

Na hör mal, Kucharski!

Aber, wie gesagt, Kaffee. Und Blechfladen. Und Mohnkuchen.

Mein Großvater kommt herein und hat eine Krawatte um. Na ihr, sagt er.

Und jetzt kommt Feller und kriegt auch Kaffee, und dann gehen sie alle hinaus aus meines Großvaters Haus, stehen noch eine Weile auf dem Hof und am Hoftor, und gehen, schwarz gekleidet und mit Gesangbüchern, zu beiden Seiten des ausgefahrenen Sandweges zur Kapelle hinüber, und gehen hinein, Feller voran, und knieen sich in die Bänke hinab, legen den Kopf auf die Holzleiste vor sich und die Glaubensstimme rechts neben sich, und erheben sich wieder umständlich, Kuch klopft sich die Knie ab, gewohnheitsmäßig, obwohl die Fußleisten wie die Dielenbretter gescheuert sind, und nehmen Platz. Und jetzt tritt Prediger Feller an das Pult und sagt: Brüder und Schwestern, im Herrn Geliebte.

Nun hat also das Sommerfest der Baptistengemeinde Neumühl seinen Anfang genommen. Feller stimmt an: O Seele, komm eilend zum Kreuze.

Das beginnt einstimmig und geht dann ruhig und stetig fort, vom Räuspern meines Großvaters zweimal kurz unterbrochen, aber dann:

O kommet doch alle zum Kreuze,
zum Kreuze nur eilet hinzu!

Jetzt nämlich vierstimmig. Und wo die Frauenstimmen zu verweilen haben, auf der ersten Silbe von Kreuze und auf der zweiten von Hinzu, rufen Tenor und Baß noch einmal zusätzlich: Kommet zum Kreuze! und: Eilet hinzu!

So gibt euch der Heiland noch heute,
noch heute die selige Ruh.

Beim ersten Heute hat der Sopran eine schöne Schleife: erst eine Terz hinunter und dann eine Quinte hinauf, während die andern Stimmen gleichmäßig weitergehn, bis zur plötzlichen Pause für alle: nach dem zweiten Heute. Danach dann die selige Ruh, leis und leiser, und die Ruh zuletzt von Sopran und Baß über und unter dem Organistenschnörkel der Mittelstimmen gehalten, bis zum Verklingen.

Das kennt vielleicht nicht jeder, aber es ist doch sehr gut.

Mein Großvater freilich hat andere Sorgen, darüber reden wir jetzt nicht. Wozu überhaupt Sommerfest, denkt er und hat Gründe dafür, Erntedankfest reicht doch völlig, aber darüber reden wir auch nicht. Sommerfest, und damit fertig.

Was hat Feller zu erzählen?

Er steht, schwarz, die Arme seitwärts ausgestreckt, und redet langsam und laut. Mit dem letzten Wort in jedem Satz klappt ihm der Mund so endgültig zu, daß die Enden seines Kalmückenbartes noch ein bißchen nachzittern. Man weiß gar nicht, ob er weiterreden wird oder schon zuende ist. Aber es erfolgt kein Amen, mit langem e, also geht es noch weiter. Da fliegt der Adler des Glaubens, die Taube der Sanftmut, der Pelikan der aufopfernden Liebe, noch mehr gefiedertes Volk, wie es der himmlische Vater ernährt, alles fliegt unter der Saaldecke hin, auf die strahlend hellen Fenster hinter dem Pult zu.

Rocholl steht auf und geht an Feller vorbei auf die Fenster zu, öffnet sie weit, und Feller wendet sich ihm zu, als er wieder zurückgeht, er sagt: Laßt den Sonnenschein herein!

Und das ist das Lied, auf das alle warten. Christina beginnt sofort und zu hoch, aber für ihre Stimme kann es nicht hoch genug sein.

Rocholl geht erst bis zu seinem Platz, dann fällt er, noch im Stehen, ein und setzt sich singend. Seine Tante stößt ihn in die Seite und nickt ihm zu, den ganzen Mund voll Lied, und hört plötzlich zu singen auf und biegt sich zu ihm hinüber und sagt: Der Alwin, lieber Himmel, wie sieht der bloß schlecht aus.

Das ist schon wahr.

Und dann stehn alle auf und sprechen gemeinsam: ... erfahre mein Herz, erfahre, wie ich's meine, siehe, ob ich auf bösem Wege bin –

Hier bricht mein Großvater ab, hier spricht er nicht weiter. Er blickt zu Feller hinüber, aber Feller steht wie erstarrt, mit gesträubtem Haar, die Tränen laufen ihm das Gesicht herab. Mein Großvater erschrickt, sammelt sich, erwischt noch die letzten Worte: Auf ewigem Wege.

Um ihn her, überall, links und rechts und hinter ihm, hat das Weinen begonnen, ein ganzer Regen, dazwischen wird das Rauschen der schwarzseidenen Kleider vernehmbar, weil die Taschentücher hervorgeholt werden, dann noch das Schnauben und darunter hin das begütigende Gerede der Männer: Aber na ja, aber ist ja schon gut. Und mein Großvater zu Christina: Wisch dir man erst die Nase.

Als ob nocheinmal Begräbnis wäre.

Aus den göffneten Fenstern, die bis über die Ränder voll Licht stehn, sieht man auf den Friedhof hinaus, auf Josephas Grab. Das unter schwärzlich-grünen Kränzen und weißen Blumen liegt. Sieht das helle Holzkreuz, über das ein dünnes Kränzchen aus Weißklee gehängt ist. Weiszmantels Kränzchen.

Weiber, möchte mein Großvater sagen, sollte man gar nicht in die Kapelle lassen.

Er sagt es nicht. Er setzt sich geräuschvoll zurecht und blättert seine Glaubensstimme auf, für das nächste Lied: Ich blicke voll Beugung und Staunen. Ja, wird denn hier immerfort gesungen?

In Rosinkes Gastwirtschaft jedenfalls wird gespielt, Ziehharmonika, Geige und Flöte, jetzt am Sonntagvormittag, mitten in einem frommen Dorf.

Der Rosinke kommt herein, dick, in Hemd und Hosen, am Sonntagvormittag, und stellt sich vor den Schanktisch.

Heute gibt nichts, die Tür bleibt mir zu, der Neue rennt sowieso überall rum.

Da meint er Gendarm Adam, der aber jetzt gar nicht herumrennt, sondern noch in der Kapelle sitzt, man muß sich überall sehen lassen.

Wie so Hundchen rennt er, sagt Frau Gastwirtin Rosinke und: Geht ihr man raus.

Sie gehn zur Hintertür hinaus, Geethe, Willuhn, Weiszmantel, Habedank und diese Marie und Antonella, die beiden können sich, wer weiß, auch gar nicht trennen.

Da sagt aber die Rosine, weil es doch ganz hübsch ist: morgens Musik, und aus anderen Gründen auch und dreht sich ihnen nach: Setzt ihr euch vielleicht hinter die Scheune, und Fläschchen könnt ihr kriegen.

Sie setzen sich hinter die Scheune, im Kreis um Weiszmantel, der etwas erzählen wird, vom Helden Stephan.

War so ein Jungchen, sagt Weiszmantel, von zwanzig Jahr und schwarze Haar, so ein weißes und rotes, so Milch und Blut. Hat sich was studiert. Und mit eins, Anno 62 gleich hinter Weihnachten, steht er an der Tür bei seinem Bruder in Warszawa, steht an der Tür und sagt: Geht gleich los, nächste Woche.

Was denkst du, sagt der Bruder, der Herr Markgraf, was dieser Wielopolski war, der wird euch schon zeigen. Geh du man wieder lernen auf deine Schule.

Aber da sagt der Kleine: Du bist vielleicht schöner Pole, dreht sich um, ist weg, vierzehn Tage, drei Wochen später geht es los. Hei hei hei hei! Und der kleine Stephan, das Adlerchen, immer voran und hat eine gute Stimme und schreit schön laut: Haut ab, Herr Markgraf, und, Kosaken, ihr hinterher!

Habt ihr aber hübsch gehauen, immer gib ihm, sagt Willuhn träumerisch, sing mal das mit den Sensen.

Diese Zeit war gekommen, diese Zeit,
meine Seele war zertreten.

Hier ist kein Sommerfest. Weiszmantels helle Greisenstimme zittert und bricht auf dem höchsten Ton: Seele. Dann kommt die Melodie wieder von ganz unten her: War zertreten.

Habedank hält seine Geige waagrecht gegen die Brust gestemmt und streicht gleichmäßig, in genau zueinander abgesetztem Wechsel, immer die drei gleichen Töne, Willuhn macht nach jeder Zeile zwei Takte Zwischenspiel, volle Akkorde, und Vladimir Geethes Flötchen über Weiszmantels Tenor, der sich aufeinmal fast wie eine Jungensstimme anhört, geistert da mit dünnen Pfiffen und ganz flachen unvermittelten Trillern umher und steigt plötzlich mit einer Gegenstimme von ganz oben herunter, bis dicht heran an Weiszmantels Melodie.

Wie hab ich gerufen lang und breit.

Sie singen: Marie, Antonella. Willuhn immer erst bei der letzten Verszeile.

Durch das Kartoffelfeld kommt Nieswandt gegangen und schreit schon herüber, von weitem: Na, Sommerfest, was?

Nichts von Sommerfest. Nur Musik. Aber die schallt hinüber bis auf Germanns Hof, wo Korrinth sitzt und Hoho sagt, zu Levin hin, der immer antwortet: Werden sehen.

Sie schallt herüber, sieben Strophen lang, nur die Worte versteht man nicht. Was singt der Weiszmantel da, diese Strophe jetzt, die kennen wir doch gar nicht?

> Ich geh fort, du gehst fort, alle gehen,
> über Berg und Wasser gehen wir,
> einer sagt zum andern: Wirst noch sehen
> Adler fliegen, rote Adler hier.

Aber, Weiszmantel, das ist doch nicht so: roter oder schwarzer Adler, der rote also kommt von Süden, unter seinen Flügeln rauscht es herauf, das sind die Wasser der Weichsel, und, von Norden kommend, in der Luft steht der schwarze mit ausgestreckten Krallen, – das ist doch nicht so. Es gibt sone und solche, hieß unser zweiundzwanzigster Satz. Jetzt sammeln wir die Sonen um uns. Die Solchen machen Sommerfest.

Gendarm Adam läßt sich noch ein bißchen sehen, vor der Kapellentür. Mit Helm oder Haube, wie das heißt. Amtsgesicht, mit ein wenig Sommerfest garniert. Dann: rechte Hand an die Kopfbedeckung und ab.

Er kommt um die Scheunenecke, bleibt stehen, sagt: Singen und Musizieren, öffentlich, nach vorheriger Anmeldung.

Treten Sie näher, sagt Habedank.

Ich werd euch gleich eins treten, hätte der gewesene Krolikowski jetzt geantwortet, Adam ist da feiner, er macht drei Schritte vor. Tut mir leid, sagt er, Vorschrift.

Da steht Korrinth, der dem Adam hinterhergegangen ist, steht da und redet los und läßt sich nicht unterbrechen.

Wie heißt: Vorschrift?

Kommt das nun aus die fromme Kapelle, hat gesungen: Immer fröhlich, immer fröhlich, alle Tage Sonnenschein, kommt das hier angeschissen mit kalte Nase und Augen wie Sprindwasser, bemach dir bloß nicht.

Und hinterher ausgespuckt.

Der solcherart angeredete Adam winkt ab. Ruhe, und Dienst ist Dienst.

Gehn wir beim Germann, sagt Korrinth.

Bitteschön, sagt Adam. Drei Finger an die Kopfbedeckung. Kehrt ab, hinein zu Rosinke. Und drin im Haus: Herr Rosinke, Sie kennen die Verordnung. Heute kein Ausschank.

Aber wo werd ich nicht kennen, Herr Gendarm, ich kenn alles.

Adam streift die bereitgestellten Flaschen mit einem kurzen Blick.

Wenn Sie vielleicht Appetit hätten, sagt Rosinkes Frau aufmerksam, so ein Schluckchen bloß.

Jetzt nicht, bin im Dienst.

Na denn nehmen Sie ein Fläschchen mit, wie?

Das Fläschchen hat gerade Platz in Adams Brusttasche.

Flotter Kerl, sagt Frau Rosinke, als der Gendarm hinaus ist.

Den hätten wir also, sagt Rosinke. Werden wir man noch was raufholen.

Es gibt, wie gesagt, sone und solche, aber der Schnaps ist der gleiche: so sieht das für Rosinke aus.

Nieswandt und Willuhn voran, ziehen sie durchs Dorf. Weiszmantel, dann Marie und Antonella, Geethe mit Korrinth, hinterher Habedank. Begrüßung auf Germanns Hof!

Mein Großvater setzt sich gerade zum Mittagessen, Feller neben sich, hat also Glück und sieht den Trubel nicht, aber wenn er sich Mühe gäbe, könnte er ihn wenigstens hören. Da sind sie nämlich: seine anderen Sorgen, die von heute früh in der Kapelle. Wozu bloß dieses Sommerfest? Es paßt meinem Großvater nicht, vorne nicht und hinten nicht. Das ist ein, zugegeben, dunkles Wort.

Aber dunkele Worte sind dunkele Worte. Manchmal sehen wir da wie in einen Spiegel, aber manchmal auch nicht. Bei diesem dunkelen Wort jedenfalls nicht.

Sie sind nun auf Gregor Germanns Hof. Der ein Besitzer ist von sechsunddreißig Morgen Acker und Wiesen und Mädchen und Knecht hat und Vieh. Der also ein katholischer Pole ist, wie sein Nachbar Lebrecht. Bei dem meines Großvaters abgelohnte Mühlenarbeiter, der Korrinth und der Nieswandt, fürs erste untergekommen sind. Alles nun auf dem Hof, um den Brunnen, wo das Gras hoch ist: die Musik und die Polen und Zigeuner und Willuhn mit der Flasche und Leo Levin auf einem alten Ziegel. Und die Zirkusleute kommen jetzt herüber, durch Lebrechts Garten, der eine Tür hat zu Germanns Hof. Und wieviel Sonne, soviel Vergnügen und wieviel Vergnügen, soviel Geschrei.

Da geht der Germann ins Haus und sagt zu seiner Frau, auf Polnisch: Mensch, mir wird diese Lumpensammlung auf dem Hof, Mensch, langsam zuviel. Und Germanns Gattin hebt die Nase, was schwierig ist, weil die flache Knolle nur wenig aus der breiten Fläche des Gesichts hervorsteht, und sagt: Bettelvolk. Und als die draußen zu singen anfangen, weil es gar nicht anders geht: bei dem Wetter und sovielen Bekannten, Freunden, Wohlgesinnten, und dieses Lied da ist, nach dem einem die Ohren klingen, die ganze Nacht, wenn man es erst einmal gehört hat: Noch ist Polen nicht verloren – mit dem ganzen Aufgebot der Instrumente außerdem –, als Weiszmantel draußen aufspringt und Korrinth auch und die Frau hier im Haus sich ihr Schultertuch greift, es umwirft, schon mitsingt und durch die Tür will, bei diesem Lied, da sagt Germann: Ich schaff mir keinen Streit an, das ist mein Hof. Und rennt hinaus, an der Frau vorbei.

Und steht auf seinem Hof, vor diesem Lumpenpack: vor den beiden Kindern, die sich rechts und links an Antonja lehnen, diese leuchtende Flamme aus Finsternis, vor Habedank, der Wort für Wort über seine Geige hin mehr spricht als singt, vor Weiszmantel, der den weißen Kopf zurückgelegt hat und an den Himmel hinaufruft, mit vorgehaltenen Händen, vor dieser schönen

Marie, vor Scarletto, der seinen Hut erhoben hält. Was wollte er sagen, der Germann?

Er sagt ja auch nichts. Er geht herum um den Haufen, bleibt hier stehen und da stehen, dann ist das Lied zuende. Jetzt sagt er: Der czart, der alte, singt wie der bąk im Schilf, und zeigt dabei auf Weiszmantel und sagt: Geht zum Teufel. Das kommt ein bißchen vergnüglich heraus, soll jedenfalls verbindlich klingen, tuts aber nicht. Und dann hat er einen gefunden, den Habedank, der ist ja vernünftig, nicht wahr. Da sagt er: Cygan, du weißt, es gibt Ärger. Geht ihr doch woanders, aber nein, nicht gleich, nicht gleich, so langsam.

So langsam. Gregor hat, das wollen wir gleich mal sagen, ein bißchen zuviel, Acker, Vieh und nicht alle, aber doch: Güter, Hochzeit ist kein Pferdekauf, sagt man und: Wer nichts erheiratet, – er hat etwas erheiratet, zehn Jahre ist das her, damals kam er aus Kielce mit reinweg nichts. Rührt mir nicht daran, denkt Germann. Und denkt: Es geht immer alles so hin, unbemerkt, hier nicht verderben und da nicht verderben, Ruhe.

Habedank kennt diesen Germann schon, er weiß, was das für einer ist. Kinderchen, sagt Habedank, mir hängt der Magen in die Kniekehlen, und nimmt Marie mit und Weiszmantel und Willuhn.

Sommerfest, wo ist sich Sommerfest, fragt Flötist Geethe, er wird es verschönern, er ruft dem Willuhn nach: Wir gehn auf Sommerfest.

Und Willuhn schreit zurück und schwenkt die Flasche. Immer gib ihm.

In Briesen ist alles ganz anders, sagt mein Großvater, hättest du mal gesehen: Sommerfest in Briesen!

Und Tomaschewski sagt: Wo wird nicht.

Und Kaminski: Na hier, unter die Plawuchten!

Da sitzen sie am Erlenwäldchen, am Mühlenfließ, ein Stückchen oberhalb der Mühle, auf den schnell zusammengeschlagenen Bänken, auf ungehobelten Brettern, und rund herum liegen, auf Pferdedecken, die anderen Baptistenmänner, und die Baptistenkinder schmeißen Kuhfladen ins Wasser, für die Fische, aber keine Steine, die die Fische verjagen. Und die Baptistenfrauen sitzen in zwei großen Gruppen: die jüngeren in der Sonne, um Alwin Feller, der pechschwarz angezogen ist und hochgeschlossen, und reden über die Schönheiten der Welt, und die älteren um einen Baum, im Schatten, und ihre Reden haben es mit anderen Dingen, Kreuz und Elend, also mit verschiedenen Leiden zu tun: Gliederreißen, Überbeine, Rose, schlimme Brust und jetzt eben Krampfadern.

Das ist so: Von Anfang denkt man, es geht vorbei, aber nein, sieh dir bloß an, geht nicht, denkt nicht daran.

In Briesen ist alles ganz anders, sagt mein Großvater und richtet sich auf und blickt um sich: Sogar Posaunenchor!

Ach was, sagt Fenske, diese Posaunchens. Haben wir nicht feine Musik?

Was weißt du, sagt mein Großvater, für Sadlinken möchte ja reichen.

Wenn die Hunde mitsingen, fügt Kossakowski wegwerfend hinzu.

Ihr ja, immer feinen Mann markieren, sagt Fenske. Ist denn nicht schön? Hört doch zu!

Aber wer wird zuhören! Die Frauen nicht, die haben zu reden, wenn der Mund aufgeht, fallen die Ohren zu, da bleibt das Gespräch lebhaft, jeder muß es selber erzählen, alles, was der andere schon weiß. Und die Männer haben auch ihren Gesprächsstoff: Bloß Dreck heutzutage, jetzt stellen die schon Ansprüche.

Ja früher, sagt Kossakowski. Zu Michaelis, wenn sie losgingen: einen Taler, das war reichlich, und Schluß.

Da meinen sie die polnischen Knechte.

Goldene Zeiten damals, sagt mein Großvater, und es liegt an der Gottesfurcht, welche nämlich nachläßt.

Nein, die hören nicht zu. Und dabei spielt Geethe einen ganzen böhmischen Jahrmarkt zusammen, Lieder zum Tanzen und Tänze zum Singen, luftige Zelte mit spitzen Dächern und bunten Flatterfähnchen, Pferdekarussells und Schaukeln. Aber nein, wer wird zuhören!

Dann also Kaffee, hier im Grünen, ganz flachen Pflaumenkuchen. Na Musikantchen, sagt Christina, laßt euch man nicht nötigen.

Vor dem Kaffee aber Ansprache und ein schönes Lied, Christinas Lied: Herz, mein Herz, sage an, wann wirst du frei.

Mit dem sie sich ihren Kummer auch nicht heruntersingt, es wird Christina nichts erspart, es geht nicht anders.

Und noch die alten Späße: Adam hatte sieben Söhne.

Rein zum Die-Röcke-Vollmachen, sagt die alte Frau Kuch und hat ein todernstes Gesicht dabei.

Zuletzt der Barkowski mit seinem schönen Lied:

> Wenn die Blitzen zucken und der Donner kracht
> und der Regen der hat alles naßgemacht.

Und er singt nicht nur, er nimmt meinen Großvater um die Hüfte, tanzt mit ihm los und schreit dabei aus vollem Hals:

> Dann ist auf den Alpen so herrlich, so schön.

Nein, sagt die alte Frau Kuch zu Christina: Recken den frommen Menschen da rum, rein zum Die-Röcke-Vollmachen.

Immer der Bruder Barkowski, auf jedem Sommerfest: zuletzt dieses Lied.

Und dann, in kleinen und größeren Haufen, zurück ins Dorf. Die Frauen mit Gesang, bis auf die ganz alten, die mit Gutzureden: Werden wir müssen das Arschchen besehen.

Weil die Kinder noch nicht ins Bett wollen.

Na was heißt: kein Ausschank, sagt Rosinke, der soll mir man kommen!

Aber Adam kommt nicht. Jedenfalls nicht gleich.

Dafür kommen andere.

Barkowski steht in der Tür und fuchtelt mit den Armen und ruft nach rückwärts, die Treppe hinunter: Wir sind doch womöglich nicht bei den Blaukreuzlern.

Na das nicht, sagt Kucharski von draußen, mit einer ganz finsteren Stimme.

Zu Rosinkes Ladentür hinauf führt eine gemauerte Treppe. Fünf Stufen. Und ein hölzernes Geländer, an dem sich dieser düstere Redner aus Gollub hinaufzieht. Er sagt: Nein, Blaukreuzler nicht, pfui Deiwel.

In Gollub nämlich gibt es diese Blaukreuzler, die nicht trinken, nicht einmal an Feiertagen, ja an Feiertagen ganz besonders nicht, pfui Deiwel.

Und denkt nur nicht, Barkowski und Kucharski und weiter nichts. Da kommen sie alle hinterher, Pusch und Puschinski, die von Linde, und die Golluber, Kuch und Puschke, und Kuchel und mein Großvater mit Bruder Gustav und Schwager Heinrich und Vater Fagin, Rocholl, Tomaschewski, Kossakowski, von denen wir nicht mehr reden wollten, und Kaminski. Der Sadlinker Fenske auch.

Feller kommt sogar noch später. Als letzter, wie wir sehen werden, Gendarm Adam. Dabei hat sich Feller schon ganz hübsch Zeit gelassen.

Sie sind trotzdem nicht die letzten, Feller nicht und Adam nicht. Aber die ersten, Barkowski und Kucharski, waren auch nicht die ersten. Da saßen schon in der Gaststube, am offenen Fenster, Zigeuner und Kossäten und Herumtreiber und Willuhn. Und Geethe pfiff zu einer entsetzlichen Ballade auf, die Weiszmantel mit vielen Ta ta ta und La la la und mit Unterbrechungen vortrug, weil das manchmal zu gräßlich hergeht in einem solchen Lied: Von dem großen Herrn Wiskowati, der am Pfahl herabhängt, den Kopf nach unten, und der Zar Basilowitsch, einen großen Stock in der Hand, schreit wie mit ausgerissener Zunge. Da treten nur die Bojaren vor, und haben also verstanden, was er will, und jeder mit dem Messer. Der eine haut ein Ohr ab, der nächste das andre Ohr, der die Nase, der schneidet die Lippen weg, das Haar nimmt ihm keiner, das trieft von Blut.

Mein Gott, am Sonntag! sagt Rosinkes Frau und beugt sich über die Tonbank, um vielleicht auch die Lalas und Tatas zu verstehen und womöglich sogar Weiszmantels Schweigen noch richtig zu deuten. Na weiter!

Nun der Bojar also, der ihm das Geschlecht abtrennt.

Da fliegt der Zar aber heran, die Augen rot, die Zarenmütze schmeißt er auf die Erde und stampft den Boden und röchelt hervor, durch den Schaum, der ihm den Mund füllt: Hund, friß es auf. Und hält seinen Zarendolch mit den Rubinen gegen diesen Bojaren, der ein mittlerer Mann ist von ruhigem Eifer und dasteht, verwundert: ihm soll das gleiche geschehen, wenn er jetzt nicht gehorcht?

Dazu Geethes Pfeifen.

Ich muß schon sagen! Willuhn streckt sich ein bißchen und kratzt sich im Kreuz, auf seiner Bank. So sieht Geschichte aus! Und wir erinnern uns: Willuhn ist ein Schulmeister, zwar ein fortgejagter, aber er wird es nicht los. Zum Glück ist er sonst manierlich.

Weiszmantel ja sowieso.

Da sind die Baptisten gekommen, also: Rosen blühen auf dem Heidegrab. Etwas Wehmütiges. Und hinterher:

Opalinski kam gekrochen,
lag im Modder sieben Wochen.

Also etwas Deutsches.

Als ob das etwas nützen könnte.

Was drückt ihr euch hier herum, sagt Rocholl.

Mein Großvater wird nicht so fragen, er sagt: Rosinke, wie war das, ich dachte Geschlossene Gesellschaft?

Nanu, sagt Rosinke, ist doch Platz genug, ihr setzt euch drüben, hab ich gedacht.

Also der Rosinke denkt auch, allerdings als Gastwirt.

Red mir nicht, sagt mein Großvater, und den Schwiegervater Fagin schiebt er mit einem Arm zurück, der sagt nämlich gerade: Machen doch hübsche Musik, die Zigahnchen.

Jetzt eben kommt Feller zur Tür herein und weiß gleich, was

hier vorgeht, und läuft auf Willuhn zu. Herr Willuhn, sagt er, wir begehen hier unser alljährliches Sommerfest.

In der Kneipe, fragt Willuhn. Wird ja immer netter.

Willuhn hat da falsche Vorstellungen. Weil es in Malken, bei den Evangelischen, Sommerfeste nicht gibt.

Herr Willuhn, sagt Feller noch einmal nachdrücklich.

Aber da mischt sich Frau Rosinke ein: Was meinten Sie da mit Kneipe, Herr Willuhn? Wir sind ein anständiges Haus.

Tatsächlich, es steht ja draußen zu lesen, über der Tür: Gastwirtschaft und Hotel von Hermann Rosinke. Und darunter, kleiner: Erstes Haus am Platze.

Na wie ist, setzen wir uns drüben, fragt Fenske und geht schon auf die Ofenecke zu.

Mein Großvater aber sieht nicht nur diesen Willuhn und diesen Flötisten aus Hoheneck, sondern diese Landstreicher und Zigeuner auch, und da sitzen außerdem Nieswandt und Korrinth, seine – freilich gewesenen – Arbeiter. Da sagt mein Großvater, und läßt seinen stolzen Blick über die ganze Menge der Versammelten schweifen: Ich setz mich nicht mit Polen.

Das ist ein Großvaterwort, das zählen wir auch, obwohl es so neu nicht ist: Nummer dreiundzwanzig.

Darauf antwortet Flötist Geethe. Er sagt: Sie könnten sich mal etwas benehmen, so als besserer Mensch, mein ich, wie ist doch ihr Name?

Mein Großvater faßt sich nicht sofort. Das ist ja wohl einfach die Höhe! Aber Feller steht schon vor ihm, sagt: Johann, laß mich mal, und fängt wieder an von Sommerfest, ist aber gleich beim Sonntagsfrieden, der dem frommen Gemüt wie ein Kornfeld sein muß und wie lauter Abendlicht darüber. Sehen Sie bloß hinaus, meine Lieben, Sie sitzen ja da am Fenster.

Da sitzen wir und da bleiben wir, sagt Lehrer a. D. Willuhn.

Aber na ja, bleibt doch, sagt Fenske verdrießlich. Es dauert ja so lange, bis man zu seinem Schnaps kommt. Der hat also gar nichts begriffen.

Herr Fenske, sagt Habedank und steht auf. Aber Rosinke

schiebt sich jetzt auf den Schauplatz, das wird hier womöglich ernst. Er steht zwischen meinem Großvater und seinem Feller und diesen Musikanten und Polen und sagt: Keinen Streit bitte. Und da Adam gerade eben eintritt, sagt er, und sagt es gerade und fest, um allen eventuellen Absichten Adams zuvorzukommen: Herr Gendarm, kommen Sie doch mal her.

Adam legt zwei Finger an den Helm. Herr Rosinke, was gibts denn?

Wir brauchen hier keinen Gendarm, gehn Sie man zu Hause, sagt Rocholl und will, nach Fenskes Vorbild, hinüber in die Ofenecke.

So weit sind wir also schon, sagt mein Großvater bitter, man kann sich nicht mehr ungestört wo hinsetzen.

Stören dich die Zigeunerchen, ruft Fagin zu Bruder Gustav hinüber, von der Ofenseite her, ganzen Nachmittag haben sie doch gespielt?

Ruhe, sagt mein Großvater. Entweder die oder wir, Herr Rosinke!

Das verstehen nicht einmal alle Baptisten so ganz, nicht einmal alle Neumühler. Die Gäste schon gar nicht.

Na dann haut doch ab, sagt Korrinth und rüttelt Willuhn am Arm. Los, dreh einen auf!

Ruhe, sagt mein Großvater, aber das hört niemand mehr, Willuhn hat einen aufgedreht. Alte Kameraden. Habedank setzt gleich mit einem Doppelgriff ein, der sich wie ein dreidoppelter anhört, Geethe trillert kunstvoll obendrüber.

Und mit dieser schönen Marschmusik kommen die Deutschen von Neumühl, Linde und Gollub hinüber auf die Ofenseite. Einzig meinen Großvater muß Gendarm Adam ein wenig schieben, muß ihm zureden, wobei er ihm die Hand auf die Schulter legt, bis mein Großvater diese Hand wegwischt. Begrabschen Sie einen nicht so, Herr Gendarm, müssen Sie sich mal merken.

Dieser Kerl war mir gleich verdächtig, denkt mein Großvater, während er langsam auf den Ofen zugeht. Wenn einer schon so heißt. Der wird hier nicht alt.

Denkt er vielleicht, er wird hier alt? Das ist der vierundzwanzigste Satz. Und jetzt Schnaps.

Die Rosine bekommt zu tun. Hierhin und dorthin. Gastwirt Rosinke möchte an seiner Theke bleiben, aber die Frau schafft es nicht, da geht er also mit der Flasche hinüber, da muß er aber gut aufpassen, daß er nicht zu wenig Striche auf seine Tafel macht.

Die Damen kommen doch wohl noch, fragt die Rosine.

Aber gewiß doch, sagt Kucharski.

Die kommen uns holen, lacht Fagin, aber wir gehen nicht.

Stell man schon Limonadchen hin, sagt die Rosine zu ihrem Mann.

Doch so weit kommt das gar nicht. Erstens reden sich die Damen fest, bei Rocholls, wo noch die Tante zu Besuch ist, bei Christina, wo die letzten Tränen für Josepha geweint werden, man weiß gar nicht, wo überall. Und zweitens geht meinem Großvater diese Zigeunermusik auf die Nerven.

Da geht es ihm anders als dem Fenske, der schon eine Unterhaltung quer durch die Gaststube angefangen hat, anders als dem Puschinski und dem Kuchel, die Glas für Glas herunterkippen nach diesem ganzen trockenen Tag und flauen Gesinge, und anders auch als Schwager Heinrich aus Lisewo, der schon einen Vorsprung gewonnen hat, dasitzt, sein Glas gegen die Musikanten drüben erhebt und ruft: Herr Wirt, eine Lage für die Herren.

Da meint er also diese Zigeuner undsoweiter, da kann mein Großvater bloß knurren. Und auf einmal losschreien, zu Rosinke hin: Aber nicht für Polacken!

Für mich dann auch nicht, sagt Geethe.

Schwager Heinrich versteht noch nichts, aber es ist schon alles passiert. Hörst du, die lehnen deinen Schnaps ab, sagt Tomaschewski und springt auf. Und Kossakowski schreit, im Sitzen: Nun aber raus mit das Gesocks! Und steht ebenfalls auf und marschiert auf die Musik los und hält seine Ansprache im Gehen: Werden wir doch mal sehen, wer hier zu sagen hat.

Da marschiert auch schon mein Großvater und zieht den alten Fagin mit, der sich an seinen Rock gehängt hat.

Und Adam? Der hat sich verdrückt. Mit dem Malkener Gustav übrigens. Sie haben da etwas zu reden gehabt. Und sind plötzlich verschwunden.

Da kann nun also der in der deutschen Geschichte bekannte Nationale Abwehrkampf beginnen, oder schöner gesagt: aufflammen.

Immer gib ihm. Das sind Willuhns Worte.

Korrinth und Nieswandt erheben sich bedachtsam und schätzen kurz die Entfernungen ab und beziehen gleich die strategisch wichtigsten Positionen: einer vor der Musik, der andere im Mittelpunkt des Dreiecks Ofen – Tonbank – Tür.

Amen, sagt Feller, jetzt weiß er nichts mehr. Er wendet sich ab. Obwohl das nichts hilft. Was man nicht sieht, bekommt man zu hören.

Immer gib ihm hohohoho werden wir doch mal sehen aber du nicht verfluchtiger Hund.

Und jetzt Schritte von zwei oder drei Seiten.

Und ein Ächzen jetzt.

Ein Stampfen, wie vor einem Sprung.

Hohohoho.

Da geht die Tür auf. Na ganz schön lustig!

Das sind Feyerabend und Abdecker Froese, nach den Stimmen zu urteilen.

Sommerfest, was?

Und da, durch den Lärm, ein dünner Tenor: Großes Wunder hat gegeben. Und drei, vier laute Stimmen: Hei hei hei hei.

Und eine ganz erstaunte: Na aber, aber nanu.

Da wieder, und noch einmal: Immer gib ihm, hohohoho.

Das Knirschen da kommt von meines Großvaters Gebiß.

Und was da jetzt so klatscht, ist eine Fußbekleidung.

Das eine flache Hand.

Das aber wohl eher Fäuste.

Hohohoho.

Da wird wieder die Tür aufgestoßen, diesmal von innen.

Da ist Korrinths gleichmütige Rede: Reich mal rüber.

Da fliegt einer die Treppe hinunter.

Uij uij

Weiszmantel ruft freundlich zum Fenster hinaus: Sammel dir man wieder beisammen.

Da fliegt der zweite hinterher.

Uij uij uij

Noch einer. Noch einer. Nach dem Geschrei wohl Barkowski und Koschorrek. Oder Ragolski.

Aber so geht das doch nicht.

Und gleich darauf: Verzieh dich, Weib.

Das war also Rosinke.

Und jetzt fliegt einer aus Linde, der strampelt mit den Beinen.

Weiter, sagt Korrinth.

Den, der jetzt eben mit schrecklichen Flüchen hinaussegelt, kennen wir genau. Und wissen also Bescheid:

Er kommt drunten auf, er stützt sich links, stemmt sich in Sitzhaltung, schreit, als er den vor ihm Stehenden erkennt: Was stehst du da so dusselig herum, Mensch!

Gendarm Adam legt zwei Finger an den Helm. Ich kenne meine Instruktionen.

Drin, am Ofen, sitzen noch Fenske und Fagin. Die haben wohl gar nicht viel bemerkt.

Ihr, sagt Nieswandt, holt euch man Karre, zum Abfahren. Aber deutsche Karre.

Unter der Tonbank hervor kriecht Feller, kommt auch unbemerkt an Korrinth vorbei, dreht sich aber schnell unter der Tür herum, sagt: Das gibt noch ein Nachspiel.

Dir tret ich im Arsch, sagt Korrinth, bleibt aber stehen. Lohnt nicht, wäre auch sowieso zu spät, Feller ist verschwunden.

Was der Rosinke jetzt brummt von Beste-Kundschaft-verjagen, das stimmt nicht, er weiß es selber. Wenn die mal Geld ausgeben, diese besten Kunden, dann lieber gleich im Deutschen Haus in Briesen, wohin alle Wege führen, oder wenigstens in Gollub.

Da sagt auch die Rosine: Geben Sie mal her. Willuhns Ärmel

hängt nämlich nur noch lose in der Jacke. Ist aber nur die Naht, das macht diese Rosine gleich.

Da steht Habedank, von dem wir nicht gesprochen haben, der aber, und ganz unauffällig, denken wir uns, die Operationen geleitet hat.

Willuhn muß es wissen, er zeigt mit ausgestrecktem Arm auf unseren Habedank und sagt: Scipio auf den Trümmern Karthagos.

Trümmer? Schauen wir uns um! Die Tische stehen, kein Stuhl entzwei, nicht einmal ein Glas. Saubere Arbeit, alles was recht ist.

Und etwas ganz neues in Neumühl.

Weiszmantel steht am Fenster und weiß es. Er blickt Johann Vladimir Geethe an, und dieser Flötist aus Hoheneck spricht es aus, feierlich, versteht sich:

Etwas ganz Neues. Und wir verfluchtige Hundezucht können verdammtnochmal sagen, wir sind zum Deiwel noch eins dabeigewesen Donnerschlag.

Do stu piorunów!

# 14. KAPITEL

Was wissen wir eigentlich?

Daß die Leute spazieren gehen, in den Wald und an den Fluß, gegen Abend, daß sie beieinander sind und sich Wände drum herum bauen, und ein Dach über den Kopf setzen, fruchtbar sind, sich mehren, drüber alt werden.

Das wissen wir. Und daß vieles dazukommt, das wissen wir auch: einiges, das man erwartete, vieles, worauf man nicht gefaßt war, solche Dinge beispielsweise, von denen hier erzählt wird. Und dieses wenige wenigstens, das zu erwarten ist, könnte doch vielleicht gleich sein: dort und dort, im Posenschen oder im Löbauer Kreis, in Lautenburg und Ciborz und Neumühl und hinunter auf Rożan zu. Aber ist das denn so? Levin, der da Bescheid gewußt hat, hat es vielleicht vergessen, in dem einen Jahr hier im Culmischen. Da ist diese Marie, die hat das auch alles gewußt und vergißt es immer wieder. Da kommt der Levin und sagt: Marja.

Keiner fragt, wo Levin gewesen ist, gestern, vorgestern. Man fragt nicht soviel. Marie sagt: Komm, wir gehn.

Da gehn sie hinaus aus Feyerabends Abbauhäuschen, stehen noch ein bißchen am Steckenzäunchen, sagen Aufwiedersehn, wem eigentlich?

Da ruft der Feyerabend zur Tür hinaus: Wo willst hin? Und der Levin antwortet: Immer Nase nach.

Kommst wieder?

Gar nicht.

Da gehen sie los, Leo Levin und Marie Habedank. Der Feyerabend schreit hinterher: Und die Steine, die läßt hier?

Ja, die Steine lassen sie hier. Auch den Rest vom Mühlensteg. Mehr ist es ja nicht. Werden sie vielleicht Steine mitnehmen? Mühlsteine?

Maimon erzählt in seiner Lebensgeschichte von einem Großvater, der Dorfpächter war, unter dem Fürsten Radziwill, und, in seinem Bereich, für einen Flußübergang und ein paar Wege und eine Straße zu sorgen hatte. Wenn des Fürsten Leute kamen, Verwalter und Herren, vielleicht der Fürst selber, und im Morast stecken blieben, Pferde einsanken, Wagen stürzten und Räder zerbrachen, dann wurde der Pächter mit den Seinigen geholt, neben die Brücke oder an die Straße gelegt und bis zum Liegenbleiben karbatscht. Da hat sein Großvater an die Brücke einen Posten gestellt, immer mußte einer dastehen, und Alarm schlagen, wenn die Radziwillschen kamen. Dann sind sie alle davongerannt in die Wälder.

Jetzt kommt kein Radziwill so dahergefahren, obwohl es die Radziwills gibt wie früher, und Herren und Verwalter, und wenn er käme, na wenn schon, der Pächter bleibt in seinem Haus, nur vor des Zaren Kosaken läuft er allerdings fort, wenn er kann, und später baut er sich wieder ein Haus, denn das ist danach immer weggesengt. Aber die Straßen und die Bohlenbrücke, die sind so wie damals. Jede dieser Brücken, jede Straße ist dem Levin einen Zorn wert.

Da gehn sie auf der Straße nach Grudusk, hier sind die zwei, drei Brücken etwas besser, die Straße auch, aber was hat er schon hinter sich, der Levin! Wie lange sind sie schon unterwegs?

Sie kommen nach Tschernize Borowe, nach Choynowo, nach Obrembiec. Man hat Verwandtschaft, als ein Levin. Sie bieten einem mit der einen Hand den Gruß, mit der andern das Glas Branntwein. Sie fragen, am Anfang, dann erzählen sie bis in die Nacht, wenn sie erst die Läden vor die Fenster gebracht haben. Schlimme Zeiten.

Der Graf in Ciborz, sagen sie, hat sieben Pferde erschlagen, weil sie zurückgeschickt worden sind von der Remontierungskommission. Geschickter Mann, der Graf, der verfluchte Goj, immer einen Schlag zwischen die Augen, fertig.

Als wenn das etwas wäre.

Sie sagen, der Gronacher will sich scheiden lassen, und keiner gibt ihm Pferde zum Rabbi nach Czerniatyn, und sie lachen dabei.

Was ist das schon?

Dein Onkel Schachne hat sich eine Schaukel gebaut, so ein Ding, ein ganzes Gestell aus Balken, und vor sein Haus gesetzt, einen Pelzkragen umgebunden und sich den Bart in lauter Zöpfe geflochten. Sitzt alle Tage in dieser Schaukel und singt Liederchen. Und Tante Henje geht um das Ding herum und redet mit ihm wie ein Ukrainer.

Das ist schlimm, er hat Geld gemacht, früher, jetzt soll er also verdreht sein?

Und dem Berkowitz ist alles verbrannt, voriges Jahr.

Und du? Du willst zu deinen Leuten. Und mit wem ziehst du dich da herum?

Das letzte fragen sie hinter der Tür.

So kommen Marie und Levin bis Rożan.

Ein langer Weg. Was passiert nicht alles in dieser Zeit?

Herr Präsident bitten Herrn Regierungsrat zum Vortrag, Vorfall Neumühl.

Komme sofort, sagt Herr von Tittlack. Und wiederholt: Vorfall Neumühl.

Genug, Tittlack, sagt Regierungspräsident von Bahr-Uckley, einfach gesagt: wieder mal Ordnung nötig in Briesen.

Befehlen Exzellenz eine Kommission?

Mensch, Tittlack! Exzellenz grunzt. Gendarmerie!

Also dieser Landrat von Drießler, dieser Österreicher, hätte das ja von sich aus machen können, aber natürlich: läßt die Geschichte anstehen, gibt Bericht nach Marienwerder, erwartet Weisungen. In Anbetracht der Bedeutung des Vorfalles.

Erlaube mir, Euer Exzellenz –

Schon gut, Tittlack, finden Sie übrigens, Tittlack, daß unser Grenzland hier das richtige Terrain für unfähige Staatsdiener sein dürfte, Tittlack, gewissermaßen Verschickungsgebiet?

Da antwortet Tittlack natürlich mit Ganz und gar nicht! und Exzellenz! Und fragt auch bezüglich Zusatzverfügung bezüglich Verordnung vom 1. Oktober 1863 betreffend Fremde Nationalitäten.

Ach was, sagt Exzellenz, Verordnung, Verfügung – Ansiedlungsgesetz brauchen wir. Aber dalli!

Ja, das Ansiedlungsgesetz. Es wird in Berlin zubereitet und kann ja auf keinen Fall so geschwind kommen, wie es gebraucht wird. Obwohl hervorragende Kenner der Materie damit befaßt sind: von Dragulski-Borchert, von Wojciechowski-Mehne, von Wnuk-Kostka, von Kuhlke-Kulesza und von Szwab.

Aber da wird es dann drinstehen, soviel ist schon bekannt geworden: Schluß, keine Polacken mehr in deutschen Dörfern, einfach Schluß mit diesen durcheinanderen Zuständen.

Sage ich Ihnen, Tittlack, das kommt, Tittlack, wie's Amen in der Kirche.

Da sagt Tittlack: Exzellenz, auf diesen Tag warten wir.

Da sagt von Bahr-Uckley: Und danach nehmen wir uns die alte Gewerbeordnung mal vor.

Und von Tittlack: Dann werden sich diese Liberalen aber wundern, dann kommen sie ran: Künstler und Zigeuner und Professoren, wird spaßig.

Na Zigeuner nicht, Tittlack, aber vielleicht?

Zukunftsmusik.

Zurückgelehnt also, ein bißchen mit den Fußspitzen getrommelt. Hätten wir wieder mal geregelt.

Regierungsrat von Tittlack geht zur Tür.

Moment, Tittlack, sagt Exzellenz, Ordensverleihung, hier, nehmen Sie mit.

Glinski bekommt also seinen Orden, wie wissen wofür: Hervorragende Treue. Steht nur noch die Superintendentur Schönsee aus. Kriegt er auch noch: als Dekorierter.

Und Neumühl kriegt auch etwas: sozusagen eine Garnison.

Genau eine Woche nach dem Neumühler Sommerfest, Montag früh, rückt Oberwachtmeister Plontke mit vier Gendarmen ein, nimmt direkt am Tatort Quartier, in Rosinkes Gastwirtschaft und Hotel.

Und was weiter?

Die sitzen da herum, reden, stecken die Beine unter den Tisch. Anfangs kommen noch Leute, die sich das ansehen möchten. Aber die Holzköpfe sitzen da, reden und tun nichts, haben große Schnauzbärte. Keine Frau, denken sie, kann soetwas übersehen.

Da gehen die Leute wieder. Und sagen es überall herum: Nichts los mit denen.

Als ob das nun gar nichts wäre: Am Dienstag gehen sie zu dritt, zwei bleiben in Rosinkes Gaststube mit Adam, den sie erst herangeholt haben, durch das Dorf und zu Germann hinein und halten sich ein paar Stunden dort auf.

Bei meinem Großvater sind sie schon gewesen.

Mein Großvater kennt die Welt, Thorn, Graudenz, Marienwerder, und er weiß sofort, als da die Kerle auf seinem Hof stehen: Das ist das Deutsche Reich, in schimmernder Wehr, aufgeboten zur Wahrung der Deutschen Ehre, die – das wissen wir ja – die Ehre meines Großvaters ist.

Mein Großvater bringt die Rede also ohne Umstände sogleich auf polnische Arbeiter und überhaupt polnische Elemente. Aber die Deutsche Ehre hat es mit höheren Gesichtspunkten, die Instruktion für Plontke lautet: Jede Unruhe in Neumühl unterbinden, inclusive nähere Umgebung, Unterstützung durch Fußgendarm Adam.

Nicht, daß mein Großvater nun Zweifel bekäme an der Deutschen Ehre, das gar nicht, er weiß schon, es handelt sich einfach darum, daß es sich hier bei diesen Gendarmen um untergeordnete Instanzen handelt, um niedere Ränge, einfach darum handelt es sich.

Was regen Sie sich so auf, fragt Plontke.

Na das wird ja wohl höheren Orts entschieden, sagt mein Großvater bedeutungsvoll, gibt auch nur zwei Glas Schnaps pro Person und erhebt sich und sagt: Ich habe noch zu tun, meine Herren, und Sie werden ja vielleicht auch irgendwelche Aufgaben haben, könnte ich mir denken.

Bei Germann also bleiben sie länger, geschlagene vier Stunden, wie im Dorf bemerkt und von Feller meinem Großvater berichtet wird, und kommen sogar am nächsten Tag wieder. Bei Germanns ist es lustig.

Ja, sagt mein Großvater, aber er glaubt nicht, was er jetzt sagt, es ist für ihn mehr ein Akt der Selbstachtung. Die Burschen, sagt mein Großvater, sind ganz schön gerieben, die horchen jetzt die Polacken aus.

Seid klug wie die Schlangen, sagt Feller.

Jawohl, sagt mein Großvater.

Und ohne Falsch wie die Tauben.

Na gewiß doch.

Diese uniformierten Schlangen und Tauben horchen also jetzt den polnischen Ackerwirt Germann und seine Gemahlin und den gleichfalls polnischen Ackerwirt Lebrecht nebst Frau, die durch die Gartentür ein bißchen herübergekommen sind, aus.

Oberwachtmeister Plontke hat früher in Guttstadt gestanden, später in Stuhm, seit drei Jahren Standort Briesen. Er erzählt kurz und deutlich von diesen drei Städten und hat also jedesmal aufzuführen: Garnison, Schießstände, Truppenübungsplatz, Strafanstalt, beziehungsweise Militärarrestanstalt und Deutsches Haus.

Mit den Schnäpschen später differenziert sich dieses grundsätzlich richtige Bild.

Da hat der gewisse Napoleon Anno Kruck, genauer gesagt 1807, was aber nicht so wichtig ist, die letzte Kuh von ganz Guttstadt aufgefressen. Das ist also Geschichte.

In Stuhm, wenn man da mit einer Dame spazierengeht, am Teich im Dustern, sind solche großen Mücken, die stechen einen in den blanken Hintern. Das betrifft also das Verhältnis zur Zivilbevölkerung.

In Briesen endlich liegen jeden Tag dieselben Besoffenen im

Rinnstein, jeder hat seine bestimmte Zeit, dieser gewesene Rittmeister um neun, Sekretär Bonikowski um zehn, Notar Willutzki um elf, kannst die Uhr danach stellen. Das sind also die dienstlichen Obliegenheiten.

Ich kenn' ein' edlen Höllenstein, singen die Gendarmen, und meinen damit das deutsche Herz, den bekannten hellen Edelstein, wie es im Dichterwort mit Noten heißt, taghell und edel sowieso.

Es sind aber verflucht fröhliche Menschen, diese Polacken. Und so deutsch.

Da gehn wir bald wieder hin, und ihr seid ganz schön besoffen, sagt Plontke zu seinem Kommando, nehmt euch zusammen, ihr habt dem Kaiser seinen Rock an.

Sie sind angekommen. Da hält Levin über dem Narew, auf dem grünen Abhang. Auf dem niedrigen Ufer drüben ist die Stadt. Hier auf der Höhe steht nur das Posthaus, unter den vier Bäumen, wie damals, nicht einmal größer sind sie geworden. In diesen anderthalb Jahren, in dieser ganzen langen Zeit.

Drüben die Stadt. Die zwei Türme. Die Steingebäude um sie herum. Die die vielen Holzhäuser gegen den Fluß vor sich her schieben, daß sich die Schilfdächer zusammendrücken und die Häuschen ihrerseits kleine hölzerne Buden und überdachte Stege bis in das trübe Wasser des Narew hinein vorschicken.

Das Wasser kommt und läßt sich aufhalten und zur Seite leiten, mit langsamen Drehbewegungen geht es vorbei und nimmt dünne Schaumstreifen mit, die aussehen, von hier oben, wie Weiszmantelsche Kränze aus Weißklee, zieht sie auseinander und zerpflückt sie und trübt sie ein, dann sind sie verschwunden.

Das sind die Gerbereien, sagt Levin, dort leben meine Leute.

Soll ich da mitkommen, fragt Marie.

Aber das muß schon sein.

Komm, sagt Levin.

Das Haus, das Levins Leute bewohnen, ist ganz alt. Die Tür wird von zwei steinernen Pfeilern eingefaßt, die einen Rundbogen tragen. Der Bogen ist älter als das Haus, er soll aus dem

Morgenland stammen, einer soll ihn mitgebracht haben, man sagt es, aber es wird nicht wahr sein. Die Tür ist schwer und bewegt sich knirschend in den eisernen Angeln.

In dem dunkelen Raum, in den das jetzt einfallende Tageslicht einen breiten Streifen Helle legt, hat sich auf einem Sack ein altes graues Hündchen zur Ruhe gelegt, das hebt nur den Kopf, als Levin hereintritt und stehen bleibt auf dem Lichtstreifen, eine dunkle Gestalt.

Schlaf du man, sagt Levin, und das Hündchen steckt die Schnauze wieder ins Fell.

Erst losrennen und dann wiederkommen, sagen Levins Leute, aber freundlich und ohne zu fragen, der Leo wird schon ins Reden kommen. Sie müßten ja auch sonst nach diesem Mädchen fragen. Der Leo wird schon erzählen.

Levin hilft ein paar Tage in der Gerberei, Marie auch.

Am Tag nach dem Schabbes sagt Levin: Ihr habt nicht gefragt, und ich hab nicht geredet, so sag ich, wir gehen jetzt weiter, es ist hier nicht zu bleiben, für uns.

Tante Perel sagt: Aber Kindchen, ihr könnt doch.

Was können sie, bleiben oder gehen, was denn nun?

Levin verneigt sich vor dem Tate. Der Tate legt ihm die Hände auf, er sagt: Geh.

Levin tritt aus dem Türbogen. Marja. Und Marie sagt: Komm.

Dort gehen sie. Onkel Dowid, der Kinderlehrer, schreibt mit seinem Stock Zeichen auf die Dielenbretter. Die wird niemand lesen. Er sitzt im Haus, alt, und erhebt das Gesicht. In dieser Welt, sagt er, gehen die Gesetze umher und stehen in unseren Stuben und haben große Augen und lange Ohren und sagen: Es ist Trennung und ist keine Gemeinschaft.

Tante Perel sitzt auf der Bank, die Hände vor dem Gesicht, und wiegt den Oberkörper hin und her. Und Onkel Dowid fährt fort: In der anderen Welt werden wir sehen die Getrennten, sie stehen beisammen und haben die Arme umeinandergelegt.

In der anderen Welt, sagt Onkel Dowid.

Dort wo wir nicht sind. Leb wohl, Marie. Leb wohl, Levin.

Morgen wird Marie reden wie Jan Marcin immer geredet hat, über Dinge von gestern und vorgestern: Das war doch aber früher, mein Herzblatt, das geht alles weg wie die Zähne.

Aber halt deinen Levin dabei an der Hand.

Neumühl, das war früher. Sag ihm das.

Jetzt blühen die Linden vor Rosinkes Krug. Wo diese Gendarmen immer noch herumsitzen. Plontke schreibt seinen zweiten Bericht.

Im ersten stand: Angekommen, Quartier gemacht, alles gesund.

In diesem zweiten befaßt sich Oberwachtmeister Plontke mit der Lage.

Da bekommen die Briesener also zu lesen: Die Stimmung ist sehr gut, die Zivilbevölkerung geht ihrer Tätigkeit nach, die Polen denken, Gott bewahre, an keinen Krawall nicht.

Einzig mein Großvater, dem Bericht zufolge, nimmt eine renitente Haltung ein und führt obstinate Reden gegen die angeordneten Anordnungen.

Obsternatsches Gerede, hat Oberwachtmeister Plontke geschrieben, und was er da mit diesen angeblichen Anordnungen meint, das verstehen wir auch nicht. Aber wie drückt man sich denn aus, um der Polizeibehörde in Briesen ein Bild zu verschaffen, das ihr behagt? Wissen wir das besser als Plontke? Der seine Erfahrungen hat, aus Guttstadt schon und aus Stuhm. Lassen wir ihn also etwas hinschreiben, was sich gut macht, auf dem Papier.

Plontke, von Briesen aus aufgefordert, sich deutlicher über diese Renitenz meines Großvaters zu erklären, antwortet: der besagte Mühlenbesitzer wiegele, unter Mißachtung von des Kaisers Rock, die friedliche Bevölkerung auf.

Na na, sagen da die Herren. Es erfolgt Anfrage bei Amtsvorsteher Nolte, die der kranke Mann, so wie sie dasteht auf dem Stempelpapier, hinübertragen läßt zu meinem Großvater. Schönen Gruß, soll sich der Johann man ankucken.

Soll ich, wer weiß, was bestellen, fragt Noltes alte Wirtin. Sie hat das Zettelchen abgeliefert.

Nein, sagt mein Großvater, nicht nötig.

Da kann sie wieder gehen, sitzt aber doch lieber noch eine Weile bei Tante Frau herum.

Christinachen, Kindchen, die wollen doch, mein' Zeit, nicht was von euch?

Aber nein, sagt Christina, was denn schon?

Mein Großvater kommt in die Küche. Er sagt zu der alten Frau: Du geh man nach Hause. Und zu Christina: Du komm man rein.

Ich fahr morgen nach Briesen.

Da sitzt er und macht sich sein finsterstes Gesicht zurecht.

Mal bißchen Ordnung beibringen. Was denken die sich?

Nein, eine Stimme wie nachts um zwölf der Konopka!

Aber damit wir wieder einen Satz in unsere Liste bekommen: Nummer fünfundzwanzig.

Meinst du, das muß, fragt Tante Frau.

Muß ist vielleicht zuviel. Sagen wir mal: Kann nicht schaden.

Na mach Abendbrot, sagt mein Großvater gerade, da kommt der Feller zur Tür herein.

Eine Nase hat der, wie Deiwelinskis Schießhund!

Christinchen, sagt Feller.

So freundlich zeigen sich die Leute, wenn sie neugierig sind.

Da sagen wir dem Feller aber: Du sei still und warte ab. Was für dich gut ist, wird dir mein Großvater schon erzählen.

Setz dich hin, sagt er.

Da sitzen sie. Mein Großvater, mit grämlicher Miene, säbelt am Speck herum und salzt sich das ohnehin salzige Zeug noch einmal vor lauter trüben Gedanken.

Du bist ganz schön schlau für einen Prediger, denkt er, aber ich werd dir was scheißen. Er ist, als mein Großvater, ein Mann einsamer Entschlüsse. Er sagt also dem Bruder Feller nur, was er Tante Frau schon eröffnet hat: Morgen fahr ich nach Briesen.

Da denkt der Feller: Noch immer die Mühlengeschichte. Und sagt: Der Levin, der Jud, ist abgehauen, der Feyerabend meint: für immer. Soll er ihm selber gesagt haben.

Na ja, sagt mein Großvater, kann aber nicht verhindern, daß

ihm der Mund plötzlich ein bißchen eiliger geht, na ja, ist er eben abgehauen, der Labommel, huckte hier ewig herum, was wollte der noch, war ja nun nichts mehr zu gewinnen für ihn.

Und Feller denkt: Red du man so geschwollen, wenn die Richtigen ausgesagt hätten, wär schon genug zu gewinnen gewesen: für den Jud.

Na dann sag denen mal Bescheid in Briesen, sagt Feller mit starkem Ton und packt sich den Teller voll, dann ist die Geschichte aus und vergessen. Und denkt: Eigentlich dumm von dem Levin, mit mir hätte der Alte das nicht machen dürfen.

Briesen, sagt mein Großvater, ist das richtige, wenn ich alt bin, zieh ich nach Briesen.

Was sagt Christina erschrocken, was willst du, nach Briesen?

Da sagt mein Großvater gut gelaunt und wischt sich den Mund: Du denkst vielleicht, ich bin alt, das gewöhn dir bloß ab.

Aber na, sagt Feller, Mann in den besten Jahren. Und zu Tante Frau gewendet: Wo er recht hat, hat er recht, Briesen ist eine vortreffliche Stadt, wenn ich alt bin, ich weiß nicht.

Nun hört ihr beiden schon auf, sagt Christina, wenn ich das schon hör: Briesen, Briesen.

Der Alte, na ja, der redet manchmal solche Sachen, aber der Feller, der fromme Bruder, der sollte doch still sein: Briesen! Dabei weißt du, Christina, nicht einmal, was der Feller weiß: was ihm dieser versoffene Rittmeister eröffnet hat: Weiber wie Sand am Meer.

Wie oft seid ihr denn schon in Briesen gewesen, fragt Christina.

Früher viel, sagt mein Großvater. Wie die Mühle gebaut wurde. Hat damals alles der König geliefert, feine Firma, als alles da war und ausgeladen, gab er Freibier.

Weißt du, sagt Feller, es sieht hübsch aus in Briesen. Wie auf Bildern. Du sitzt am Fenster, da ist der Markt, große Häuser, der Kirchturm von diesen Evangelischen. Kapelle haben sie auch, aber auf dem anderen Ende, aber auch nicht zu weit weg, aber mit Taufbad, wie es sein soll, zu beiden Seiten gehen Treppen hinunter.

Hast du schon mal erzählt, sagt Christina.

Über Briesen, natürlich, kann man endlos reden. Wo doch alle Wege dorthin führen.

Morgen jedenfalls fährt mein Großvater nach Briesen.

Werden wir schlafen gehen, wird ein langer Tag morgen.

In dieser Nacht träumt mein Großvater, er gehe durch ein wildfremdes Haus.

Schwarze Balken, unbehauen, eiserne Haken in den Wänden, von denen sich Kienlichter schräg in die finsteren Räume strekken, eine beißende Luft. Da gehen Leute umher, ohne Gesichter, keiner redet, lautlos ist das alles, wenn er auf einen zutritt, ist der verschwunden. Da bleibt er stehen und sagt: Morgen. Und hört seine eigene Stimme, als hätte er sie nie vernommen, eine helle Stimme. Auf der Liegebank an der Wand, aus den Tierfellen richtet sich einer auf, das ganze Gesicht zugewachsen wie mit langem weißem Fell, mit großen Augen, in denen der Widerschein eines Feuers steht. Jastrzemb. Er redet da etwas von Habichten. Er erhebt ein silbernes Hufeisen, er nestelt ein Kreuz von der Brust, ein bläuliches Licht breitet sich hinter ihm über die Wand aus und fliegt auf und überzieht wie ein Himmel die Decke, und jetzt erhebt sich draußen Geschrei, hundert Stimmen, in der aufschlagenden Tür steht das Feuer.

Heute. Das ist wieder die helle Stimme.

Er sieht sich über die Schwelle treten, er hört dieses Heute, wie es hinauffährt über die hundert Stimmen, er hebt die Hand, es ist still, das Feuer erstarrt.

Ein grauer Haufen, Reiter und Wagen. Das zieht alles vorüber an ihm.

Am Tor Weiber und Kinder. Der Hof bleibt zurück. Eine Straße, die er nicht kennt. Jetzt tun sich die Wälder auf. Über der Schwärze das erste Licht. Noch stehen die Sterne, und zittern, im Eis.

Kalt, sagt mein Großvater.

Mit diesem Wort beginnt er den Tag.

Er steht auf, Christina hantiert schon in der Küche. Wie

abwesend steht er in der Tür. Mann, was ist? Er winkt ab. Drei, vier Worte heute morgen. Aufwiedersehn. So fährt er los. Nach Briesen.

Christina hat ihm alles unter dem Sitz verstaut, Kaffee, selbstgemachtes Bier, Holundersaft. Was hat der bloß schon wieder? Damit geht sie ins Haus zurück.

Was wird schon sein? Da hat einer sein Haus verlassen, vor langer Zeit, einer, der nicht mehr wiedergekehrt ist. Mein Großvater hat ihn gleich erkannt, den Poleske.

Da sitzt er auf seinem Wagen, mein Großvater. So war das, ganz gewiß, der kam nicht mehr. Dann erhebt er die Peitsche, zieht sie einmal links einmal rechts über die Pferderücken, setzt sich noch einmal zurecht, sagt: Schluß. Und ist so mir nichts, dir nichts über diesen Traum weggekommen, über diese

5. Geistererscheinung.

In Briesen geht alles höchst einfach. Mein Großvater sagt nichts von dem Stempelpapierchen, das ihm der Nolte zugesteckt hat, erwähnt nur eben, aber an der richtigen Adresse, daß er hier sei, zufällig, in Geschäften, daß dieser gewisse Levin aber abgezogen, neulich, bei Nacht und Nebel, nach Kongreß-Polen.

Wo er auch hingehört, sagen diese Briesener Herren dazu.

Nebenzahl läßt die Akte schließen. Oberwachtmeister Plontkes dritter Bericht ist ebenfalls eingetroffen. In dem freilich wieder zu lesen steht, daß diese Polen doch äußerst deutsch sind. Aber eben auch: Der gewisse Levin ist fort, gemeinschaftlich mit der gewissen Marie, des hiesigen Pferdezigeuners und Musikanten Habedank Tochter. Über die grüne Grenze, wie man sagt, obwohl es sich um einen Fluß handelt. Aber, wie man weiß, die Drewenz ist ebenso grün, wenn nicht, jetzt gerade, grüner als die Wiesen, die sie begleiten.

Und dann hat mein Großvater, dieser Mann einsamer Beschlüsse, noch ein paar andere Dinge. Deretwegen er anderen Tags bei der Firma König, Sägewerk und Kistenfabrik, mal ins Kontor schaut. Der damalige Junior ist ein schwerer Mann geworden, Backenbart und runde Bewegungen, kaum wiederzuerkennen.

Am Nachmittag sitzt mein Großvater dann mit Makler Schwill in Wiezorreks Deutschem Haus. Schwill holt einen Zettel aus der Westentasche, aber es ist alles so einfach, daß er nichts zu notieren braucht.

Ja, und am dritten Tag ist mein Großvater wieder in Neumühl. Abends.

Er steht noch im Mondschein auf dem Hof. Schließt selber alle Türen, legt den Riegel vor das Tor.

Er kommt ins Haus. Wir ziehen nach Briesen.

Tante Frau läßt die Schüssel mit den zubereiteten Blaubeeren fallen, auf den Steinboden. Da liegen die Scherben. Da liegen die Beeren. Da fließt die rötlich-blau-gefärbte Milch.

## 15. KAPITEL

Hui, ruft Maler Philippi und rennt mit ausgebreiteten Armen über den ganzen Platz, springt in einem Satz über den Rinnstein, steht vor meinem Großvater, sagt: Ja, wer bist du denn, dich kenn ich noch gar nicht?

Da tritt mein Großvater einen halben, eher einen Viertelschritt hinter sich, sozusagen, gerade solch eine Bewegung, nach rückwärts oder sonst wohin, man kann es nicht richtig erkennen, unter gleichzeitigem Strecken des Oberkörpers, eine Art Schreckstellung, wie sie bestimmte Käfer und andere Insekten einnehmen, bei unliebsamen Überraschungen, oder überhaupt bei unvermuteten Begegnungen, genau soetwas, gar nichts anderes.

Das hat er also getan, mein Großvater, abgefangen die Überraschung, wiedergewonnen die Würde, jetzt kann nichts passieren, jetzt kann er sagen, mein Großvater, leicht auf den Spazierstock gestützt, mit halb geschlossenem Mund: Sie wünschen, mein Herr?

Also ein vollendeter Städter, mein Großvater, eine Zierde für dieses Nest Briesen. Muß man schon sagen.

Ach red doch nicht, sagt Maler Philippi. Er hat die ganze hübsche Vorführung durchaus genossen, jetzt ärgert ihn nur, aber wirklich nur ein klein wenig, der schnöde Ton, mit dem mein Großvater ihn mit Herr tituliert.

Komm, mach keinen Unsinn, sagt Philippi. Da stehen sie genau vor Wiezorreks Deutschem Haus, genau vor der Tür. Komm, du kriegst erst mal zwei Bierchen.

Grauenhafte Kneipe, ganz grauenhaft. Maler Philippi schüttelt sich. Er streckt beide Arme in halber Höhe von sich, die Hände mit gespreizten Fingern, macht ein so angewidertes Gesicht, wie es mein Großvater vielleicht noch nie gesehen hat, in seinem ganzen Leben nicht, ein Gesicht, wie es höchstens noch mein Großvater selber ziehen könnte: also ein ganz ungeheuer angewidertes Gesicht. In eine solche Dreckbude muß man sich setzen. Deutsches Haus. Einfach zum Lachen!

Herr Philippi, sagt Wiezorrek, der herbeieilt, noch das Geschirrtuch in den Fingern, Herr Philippi, Sie werden mir doch keine Ungelegenheiten bereiten.

Er sagt es mit gedämpftem Ton, beinahe ein bißchen beschwörend, legt zwei Finger vor den Mund, aber Philippi faßt ihn bei den Westenknöpfchen, zieht ihn näher zu sich heran. Ach du lieber Mensch, sagt Philippi, was flüsterst du da so?

Wiezorrek entschließt sich zu lächeln, zuckt entschuldigend, man weiß nicht: für sich oder für Maler Philippi, die Achseln, sagt, zu meinem Großvater gewendet, doch auch zu den vier oder fünf anderen Gästen, die das aber wohl schon alles wissen und gar nicht hinhören: Ja, Künstlerblut. Die Herren kennen sich?

Nicht die Spur, sagt Philippi. Dieser arme Mensch kommt eben vom Friedhof.

Aber iiwoh nein doch, sagt mein Großvater, wie kommen Sie darauf?

Halt den Mund, sagt Philippi und angelt sich jetzt noch meinen Großvater dazu, da hält er also zwei bei den Knöpfen. Ja, warum hast du denn solch ein Samt-und-Seidegesicht aufgesetzt?

Was soll man da sagen?

Bier, ruft Philippi aufseufzend, läßt die beiden los, wirft sich in den nächsten Lehnstuhl, pfeift auf zwei Fingern, winkt meinen Großvater heran, der dasteht, als habe er eine Erscheinung.

Gehn Sie man schon, sagt Wiezorrek. Wie sind Sie an den geraten?

Aber wer ist denn das, fragt mein Großvater.

Akademischer Maler Herwig Philippi, noch nie gehört?

Aha, Künstler also. Und hier in Briesen. Nicht zu glauben. Etwas ganz Neues für meinen Großvater.

Wiezorrek hat ihn stehen lassen. Jetzt kommen die Biere, diese sogenannten Bierchen. Was drückst du dich da noch herum, schreit Maler Philippi, komm, dein Bier.

Unsere Geschichte befindet sich, gewissermaßen, in Liquidation. Einer nach dem anderen verschwindet aus ihr, wir lassen ihn einfach gehen, oder auch wieder nicht so einfach, ja, es fällt uns bei manchem, offen gesagt, schwer: jetzt sollen sie fortgehn, wer weiß wohin?

Aber gerade jetzt, in diesem leidigen Geschäft jetzt, führen wir eine neue Person daher: diesen Künstler, und das muß einen Grund haben, der Grund heißt: Es ist nämlich Herbst.

Herbst. Keine Rede mehr von den fünf oder sechs oder sieben Sommerwochen, in denen sich unsere Geschichte bisher abgespielt hat. Es ist Herbst, mein Großvater hat seinen Besitz in Neumühl verkauft, sehr günstig, Hof und Land, alles Vieh, und die Mühle auch, jetzt die Mühle! jetzt vor dem großen Mahlgeschäft! Übrigens an Rosinke. Der nun zu seinem Hotel noch eine Wassermühle hat, die einzige in Neumühl, wie wir wissen. Nieswandt und Korrinth stellt er sofort wieder ein.

Er hat also verkauft, mein Großvater. Warum eigentlich? Ist er geschlagen? Und gibt er das zu? Oder ist er nur müde geworden? Aber fragen hat, scheint mir, keinen Sinn.

Fragen hat keinen Sinn.

Das könnte eigentlich wieder einer dieser bewußten Sätze sein. Könnte, und könnte auch wieder nicht. Meinetwegen also: sechsundzwanzigster Satz.

Und warum wir die lustige Person daherführen?

Wir brauchen immer lustige Personen.[1] Sehr nötig sogar. Diese hier, dieser akademische Maler Philippi, hat gut seine zwei Zentner Gewicht, doch er trägt sie wie nichts, wie gar nichts, auf kleinen Füßen, er tanzt die Straße herab, erzählt: Meine Mutter sagte immer zu mir, dann folgt da noch etwas, jedesmal etwas anderes, dreht ein Stöckchen mit Elfenbeingriff und ebensolcher Spitze zwischen drei Fingern oder schwenkt ein weißes Schild *Kinder*

[1] Siebenundzwanzigster Satz

*und Militär zahlen die Hälfte,* irgend soetwas, aber mit Streublümchen verziert und einem dicken buntgemalten Dahlienkranz drum herum. Und jetzt eben sitzt er meinem Großvater gegenüber. Und wir brauchen ihn.

Mein Großvater hat verkauft. Er ist nun Bürger zu Briesen, Rentier. Wie ist das aber mit dem ganzen Geld?

Eines Tages kommt Feller angereist. Mit Abdecker Froese. Mein Großvater sitzt in seiner Guten Stube und liest seine Gartenlaube. Das ist ein gutes Blatt, in Berlin gedruckt, unter den Augen Seiner Majestät. Er liest, und es wird ihm sonderbar. Da ist ein Artikel, wie heißt der Mann, der ihn geschrieben hat, der Verfasser? Glagau, Otto Glagau, so heißt er, und das ist ein höchst wichtiger Artikel, mein Großvater hat schon rote Ohren, als Christina mit dem Bruder Feller hereinkommt. Sieh bloß, Johann, was wir da für feinen Besuch kriegen.

Sie freut sich wirklich, Christina, soll sie sich freuen, hat bisher nur mit Umziehen und Einrichten, Zurechtfinden und neuen Gardinen zu tun gehabt, alle Tage, und mein Großvater freut sich ja auch. Na du, sagt er. Und: Setz dich hin.

Schönen Gruß aus Neumühl, sagt Feller. Setzt sich. Hat sein bedeutendstes Gesicht.

Na schieß los, sagt mein Großvater.

Und jetzt geht es also schön der Reihe nach, so wie es sich Feller auf der langen Wagenfahrt überlegt hat, erstens, zweitens, drittens.

Johann, sagt Feller, da ist die Sache mit der Gemeinde. Du bist doch Ältester gewesen bei uns.

Bin ich eigentlich noch.

Naja, ging eben alles zu schnell, und gerade in der Ernte.

Wir dachten, sagt Feller, die Verabschiedung könnte nachgeholt werden, Weihnachten vielleicht.

Sieh mal an, sagt mein Großvater, deswegen fahr ich, Gott behüte, womöglich nach Neumühl, wie? Ich bleibe eben Ältester, fertig.

Das geht doch nicht, Johann, weißt du doch selber.

Na dann, sagt mein Großvater strahlend, werdet ihr mich zum Ehrenältesten machen, das gibt es, dem Rocholl sein Vater, wenn du das weißt, war auch sowas.

Das weiß ich, antwortet Feller und faßt sich in den Kragen. Doch dann sagt er tapfer: Aber der hat damals, wie ich weiß, auch das ganze Dach für die Kapelle bezahlt.

Na und? Wie meinst du das?

Vielleicht, wenn du das Taufbad, Tauchbad oder Taufbad, ist ja dasselbe, wenn du das also übernehmen würdest.

Also Geld.

Immer dieselben Geschichten bei dir, sagt mein Großvater. Komm mir bloß nicht von der Seite, sag ich dir, das kann ich überhaupt nicht leiden, Taufbad oder Tauchbad, ist ja genau dasselbe, also auf dem Ohr hör ich nicht.

Johann, sagt Feller.

Red mir nicht, sagt mein Großvater, hab ich nicht genug getan für dich? Was willst du noch?

Aber Johann, ich sag doch nichts, ich nicht, bloß die Gemeinde, die muß doch zustimmen, und da muß doch was sein!

Ihr ja! sagt mein Großvater. Unersättlich! Und hat ein Gesicht, das dem angewiderten des Malers Philippi vorher sehr ähnlich ist, von außen gesehen: die Augenlider senken sich halb, die Brauen heben sich, besonders nach den Schläfen zu, die Mundwinkel ziehen sich tief hinab, auf der Stirn entsteht eine Steilfalte. Ihr ja!

Und da Feller schweigt: Weiter, was hast du noch?

Johann, sagt Feller, deine Tochter Lene hat mir geschrieben.

Mir auch, sagt mein Großvater.

Na dann weißt du ja. Feller ist erleichtert. Aber nicht lange. Mein Großvater erläßt ihm nichts: Nein nein, sag du man.

Also die Lene in Dortmund, verheiratet an einen Braumeister dortselbst, hat geschrieben: wie es denn mit dem Geld ist. Wo der Vater doch verkauft hat. Und wo doch ein Anteil für sie eingetragen worden ist, damals.

Die soll sich bloß nicht so haben, die Trine, große Aussteuer und noch was in bar, und ihr Alter verdient doch schönes Geld. Meinem Großvater wird es ungemütlich.

Und da steckt sie sich hinter dich, Alwin, und du läßt dich aufhetzen, natürlich. Ich denke, Alwin, du schreibst ihr da mal was vom vierten Gebot. Das ist das einzige Gebot, übrigens, das Verheißung hat: Auf daß es dir wohlergehe und du lange lebest auf Erden.

Johann, sagt Feller.

Aber na natürlich, ich weiß ja, ihr seid alle von einer Sorte, vom Stamme Nimm.

Meinem Großvater wird es heiß, er rennt ans Fenster und reißt beide Flügel auf. Da steht er und möchte es am liebsten auf den Markt hinunterschreien: Solche Kinder hat man, sowas hat man sich großgezogen!

Beruhige dich doch, Johann, sagt Feller.

Na weiter, sagt mein Großvater und macht das Fenster wieder zu.

Dein Sohn Gerhard hat mir geschrieben.

Natürlich, der natürlich auch, schreit mein Großvater. Wer denn noch alles?

Der Albert und die Frieda.

Tante Frau, Kaffee, sagt mein Großvater erschüttert. Und nachdem er sich gesetzt hat: Der Erwin fehlt noch.

Nein, der nicht, sagt Feller, der nimmt ja wohl nichts von dir.

Kaffee!

So geht es also zu, seit mein Großvater in Briesen sitzt. Er braucht eine lustige Person.

Na, du hast wohl Ärger, fragt die lustige Person. Ärger macht häßlich.

Trinken wir noch ein Bierchen, sagt mein Großvater.

Da sitzt er nun öfters, in Wiezorreks Deutschem Haus. Und einmal hat ihm die lustige Person, dieser akademische Künstler, auch schon in eine ganz andere Kneipe geschleppt, eine mit zwei Damen. Ganz hübsch dort, obwohl sich mein Großvater da etwas anderes vorgestellt hatte. Es gab auch bloß Bier.

Aber jetzt sitzt mein Großvater zu Hause, in seiner Guten Stube. Dieser Artikel, dieser Gartenlaubenartikel, von diesem Herrn oder Schriftsteller Glagau, Otto. Also da steht es:

Nicht länger dürfen Toleranz oder leidige Schwäche uns Christen abhalten, gegen die Auswüchse, Ausschreitungen und Anmaßungen der Judenschaft vorzugehen.

Tante Frau, komm mal rein, hör dir das an.

Vorzugehen. Nicht länger dürfen wir dulden, daß die Juden sich überall – allüberall – in den Vordergrund drängen. Sie schieben uns Christen – also da hörst du es – stets beiseite, sie drükken uns an die Wand, sie nehmen uns die Luft und den Atem.

Nun hör dir das an: in Berlin also auch!

Ja wieso? Christina ist verwirrt. Was meint der da?

Na aber, erklärt mein Großvater, doch genau wie hier. Wenn du an diesen Laban von Levin denkst.

Und jetzt kriegt mein Großvater einen geradezu glücklichen Ausdruck und sagt langsam, Wort für Wort: Die sind, mir scheint, in Berlin nicht Manns genug.

Und fügt nach einem langen, hörbaren Atemzug hinzu: Unter den Augen Seiner Majestät, und wissen nicht, was man da macht!

Mein Großvater also schreibt, als ein Mann und Deutscher, einen Brief. An den Herrn Schriftsteller, den gewissen Glagau, Otto Glagau, hochwohlgeboren, an der Gartenlaube zu Berlin.

Erst ein Langes und Breites, aber dann: Und fordere ich Sie hiermit auf, die ganze Frage nach meinem Beispiele unverzüglich zu lösen. Unterschrift. Darunter: Rentier zu Briesen, Mühlenbesitzer a. D., Ehrenältester der Gemeinde Neumühl.

Das bist du doch gar nicht, sagt Tante Frau.

Wirst schon sehen, sagt mein Großvater. (Achtundzwanzigster Satz.)

An diesem Abend, in Wiezorreks Gaststube, sagt Maler Philippi: Ich kenn dich schon, heut bist du guter Laune, da hast du was berissen.

Und als mein Großvater nun erzählt, was er heute nach Berlin geschrieben hat, an diese Gartenlaube nach Berlin, an diesen Schriftsteller, da springt Maler Philippi auf und spuckt auf den Tisch. Mit sowas hab ich Bier getrunken, hol dich der Teufel!

Weg ist er.

Komischer Mensch. Wurde auch schon lästig. Besser so.

Aber mein Großvater kann nicht verhindern, daß ihm dieser Maler noch öfters in Briesen begegnet. Das ist nicht so erfreulich.

Da tanzt dieser dicke Mensch einen weiten Bogen um meinen Großvater, tippt sich gegen die Stirn, greift eine Locke aus seinem ziemlich langen Haupthaar, zieht sie in die Höhe, faßt sich mit der andern Hand an den Hintern und pfeift eine alberne Melodie, und dreht sich dazu, streckt endlich die Zunge aus, steht aufeinmal mit hängenden Armen da und sieht ganz betrübt aus, macht plötzlich auf dem Absatz kehrt und läuft davon.

Soll das heißen, daß hier einer ist, der meinen Großvater noch nicht aufgibt? Er kennt ihn ja doch kaum.

Komischer Mensch! Na ja, Künstler. Was in solchen Köpfen nur vorgehen mag? In solchen Künstlerköpfen.

Das sind aber gewiß zwei Sätze, neunundzwanzig und dreißig. Es geht eigentlich ein bißchen zu flott jetzt. Wo wir doch zum Schluß kommen.

Maler Philippi sitzt vor dem Städtchen, draußen, gegen Abend, vor dem kleineren der beiden Seen, dahinter fangen die Falkenauer Wiesen an. Er hat ein Papier vor sich, und schreibt darauf, statt zu zeichnen:

Kraut, gelb, Wölbung,
der Lippen im Mittag,
trockne Gewässer
die Düfte, Nebel und einst
der Schnee,
ich sprech in den Wind.

Hübscher Mensch, der Philippi. Lebt so für sich, versteht mit niemand zu reden, jedenfalls nicht mit Leuten, obwohl er viel redet, dies und das, zum Bürgermeister Alter Kunde sagt und zum Polizeimeister: Nimm dir nicht zu wenig raus. Keiner versteht, was er sagen will, wenn er so daherredet.

Er schaut sich seine Hose an. Wie schön ist das, wenn man eine Hose hat, man geht nicht so mit nackten Beinen.

Guter Maler übrigens.

Da kommt er zurück in die Stadt, durch die Untere Schloßstraße, Calabreserchen auf, das ist solch ein Hütchen. Und trifft auf meinen Großvater. Aber es ist ihm jetzt nicht nach Tanzen.

Und mein Großvater sieht gar keine Möglichkeit, diesem Herrn Maler ohne unwürdige Eile auszuweichen, da faßt er sich also, sagt, etwas zu laut: Der Herr Künstler waren mir scheint ein bißchen auslüften.

Hast recht, sagt Philippi, tut gut, solltest du auch mal.

Wieso ich? Mein Großvater ist weniger entrüstet, dafür mehr verwundert. Wie meinen Sie das?

Ich erklär dir das mal.

Philippi ist müde. Als sich mein Großvater anschließen will, winkt er ab. Morgen.

Na dann zieh doch ab, denkt mein Großvater, ich dränge mich ja nicht auf.

Obwohl es vielleicht besser wäre, für meinen Großvater, wenn er sich aufdrängte, diesem Künstler regelrecht aufdrängte. Denn bei uns kann er das nicht mehr, wir haben ihn aufgegeben.

Dieser Maler, der hier immer herumläuft, sagt mein Großvater.

Er sitzt da mit Rittmeister von Lojewski, im Deutschen Haus.

Ach den meinen Sie, sagt dieser Rittmeister, gebildeter Mensch, in gewisser Weise. Hat die hiesigen Altarbilder, alle beide, das evangelische wie das katholische, seltener Fall, gemalt, vorzüglich sage ich Ihnen, sollten sich mal ansehen, erstaunlich, nach lebendem Modell, habe die Ehre, die Damen zu kennen.

Da sind also die beiden Marien gemeint und Maria und Martha, das heißt: deren Urbilder, die jetzige Frau Thulewitz und

Fräulein von Binkowski im Damenstift und die verwitwete Frau Schulz in Trutenau und die Forsträtin Myszkowski, jetzt in Marienwerder.

Der Lojewski soll ruhig reden, von Philippi hat er noch keine Ohrfeigen bezogen, der haut nicht. Bier allerdings kriegt er von ihm auch nicht, längst nicht mehr.

Lojewski geht es mit diesem Künstler ähnlich wie meinem Großvater, bei ihm ist es wegen der Polen. Gebildeter Mensch, der Philippi, aber ganz komische Ansichten, leider.

Wenn man hier in der Provinz sitzt, sagt Lojewski, ist jeder gebildete Mensch eine Erholung, in gewisser Weise.

Na Bier können Sie auch von mir kriegen, sagt mein Großvater grob. Was redet der Kerl da von Provinz. Briesen – und Provinz!

Aber das ist wohl zuviel für einen Edelmann.

Ersuche Sie, Ihren Ton zu ändern, sagt der Rittmeister, haben wohl nicht gedient?

Das kostet meinen Großvater nun mindestens sechs Biere, drei Machandel dazu. Mit solchem Volk gibst du dich ab, Großvater. Doch uns ist es nun schon gleich.

Wenn alle Wege nach Briesen führen, dann führen auch alle Wege von Briesen fort. Den, der nach Neumühl führt, über Falkenau, Polkau, Linde, Garczewo, über die Bahnstrecke weg, über das Flüßchen Struga, an den Schilfteichen entlang, den Weg sind wir schon gegangen und gefahren. Jetzt kommen wir zum letzten Mal hier vorbei. Im Herbst. Die Felder sind leer. Über den Gewässern ist es still. Um die Gehölze versammeln sich die Vögel. Die Luft ist feucht und riecht herb.

Da liegt Neumühl. Auch Neumühl ist still. Die Gendarmen, Plontke und die vier anderen Schnauzbärte, sind abgezogen. Rosinke lehnt in der Ladentür, Mühlenbesitzer jetzt, aber den Krug wird er nicht aufgeben. Er sagt zu Gendarm Adam, der hinter ihm steht: Sie können es gut haben, Sie können hier alt werden. Der Vorige stänkerte zuviel herum, das bekommt keinem.

Wir werden sehen, sagt Adam vorsichtig.

Was heißt: sehen? Da hat dieser Adam doch schon seine Erfahrungen gesammelt, in der kurzen Zeit: Immer schön heraushalten, überall heraushalten, einfach nicht da sein, besagen diese Erfahrungen. Es ist ja wirklich alles im Sande verlaufen, einfach so verlaufen und einfach so im Sande, was zuerst doch ganz gefährlich aussah. Diese Malkener Union wie diese Neumühler Geschichte, erst im Zirkus, dann in Rosinkes Krug. Jedenfalls sieht es so aus. Aber der Adam wird hier doch nicht alt werden, mit dieser Taktik jedenfalls nicht.

Jetzt freilich ist Neumühl still. Die Deutschen und Frommen hat der Abzug meines Großvaters durcheinander gebracht, am meisten wegen seiner offenbaren Grundlosigkeit. Und die andern?

Lebrecht und Germann sind, nach amtlichem Zeugnis, deutsch gesinnt, wenn auch vielleicht nicht gesonnen. Nieswandt und Korrinth können wieder ein Arbeitsverhältnis nachweisen, da kann ihnen keiner. Für Feyerabend, für Olga Wendehold, für den Sadlinker Fenske ist der personifizierte Unfriede, mein Großvater also, auf und davon, man redet nochmal darüber.

Tante Huse hört auch davon. Ihr ist er also nähergerückt. Doch das ficht sie nicht an. Sie wird ihn mal besuchen.

Und die andern, da waren doch noch mehr?

Habedank sagt: Wo mag die Marie jetzt sein?

Vorige Woche ist Geethe aus Hoheneck wiedergekommen, hat dort seine Wirtschaft aufgelöst, und hat gehört, die beiden sollen in Ciechanow sein. Einer hat es erzählt, der es wissen kann, ein Ratzkefaller, so ein Zigeuner, der Ratten- und Mäusefallen baut, aus Draht, und Töpfe flickt.

Wird schon stimmen, sagt Jan Marcin, fleißige Menschen. Man weiß nicht, ob er Levin und Marie meint oder diese Ratzkefaller, die es überall gibt.

Es hat sich alles versammelt in Jan Marcins Häuschen. Da ist es hübsch voll, der bunte Hahn begrüßt seine Freundin Francesca, und Jan Marcin ist ganz glücklich: die Kinderchen sind da.

Der Italienische Zirkus in voller Besetzung. Nächste Woche noch ein Gastspiel in Gollub, mit Gala-Schlußabend, dann geht es ins Winterquartier, hier bei Jan Marcin. Und in Gollub werden schon die neuen Zirkusleute dabei sein: Habedank, Geethe, Willuhn.

Eine große Musik.

Nur Weiszmantel nicht.

Nein, Kinderchen, sagt Weiszmantel, singt ihr man, singen könnt ihr doch viel schöner. Er hält Jan Marcins Kater auf dem Schoß, kraut ihm hinter den Ohren und auf der Stirn, da kann sich solch ein Tier ja nicht lecken. Nein, Kinderchen, ich geh weiter, wir treffen uns schon nochmal.

Da zieht er davon, der alte Weiszmantel. Er wird singen, dort und dort, überall, wo er Unrecht findet, davon gibt es übergenug, er wird also übergenug zu singen bekommen. Manchmal sieht man es nur nicht gleich, weil der Teufel seinen Schwanz drüberhält. Beim Kaplan in Strasburg wird er auch hereinschauen, der Weiszmantel, da werden sie einen kurzen Abend reden. Da wird der Kaplan Rogalla zum Schluß sagen: Welcher Deiwel hat mich geritten, daß ich in dieses Nest gekrochen bin?

Und Weiszmantel wird antworten: Deiwel oder nicht Deiwel, bleiben Sie man hier, besser als es kommt ein andrer.

Und Kaplan Rogalla wird schon wissen: Der Weiszmantel hat das so an sich: spricht aus, was die Leute denken. Da sagt der Kaplan zum Abschied: Gott wird Sie schützen, und: Kommen Sie wieder, Herr Weiszmantel.

Es ist Herbst. Und der Weiszmantel will nach Löbau hinauf. Nicht direkt nach Löbau, mehr über die Dörfer, also nicht über Neumark und Samplau, mehr östlich über Gwistzyn und Tinnewalde, in Zlottowo hat er einen Bruder, dort geht er hin, aber das hat noch Zeit, bis zum Winter.

Er singt noch. Jetzt im Herbst.

Wie kommt es, daß seine Lieder fröhlicher geworden sind?

Es ist doch da etwas gewesen, das hat es bisher nicht gegeben. Nicht dieses alte Hier-Polen-hier-Deutsche oder Hier-Christenhier-Unchristen, etwas ganz anderes, wir haben es doch gesehen, was reden wir da noch. Das ist dagewesen, also geht es nicht mehr fort. Davon wird der Weiszmantel wohl singen. Und Gott wird ihn schützen. Ihm wird es, denke ich, ganz recht sein, so, wie es der Weiszmantel macht.

Da geht er, die Lappen um die Beine sind über Kreuz mit Bändern beschnürt, Weiszmantel, der die Lieder weiß, und schwenkt ein bißchen den linken Arm. Da lehnen wir am Zaun und sehn ihm nach, bis es dunkel wird. Dort geht er noch, ganz in der Ferne.

Und nun überlege ich nur, ob es nicht doch besser gewesen wäre, die ganze Geschichte weiter nördlich oder noch besser viel weiter nordöstlich spielen zu lassen, schon im Litauischen, wo ich alles noch kenne, als hier in dieser Gegend, in der ich nie gewesen bin, an diesem Fluß Drewenz, am Neumühler Fließ, an dem Flüßchen Struga, von denen ich nur gehört habe.

Aber warum denn? Die Geschichte hätte an so vielen Orten und in so vielen Gegenden passieren können, und sie sollte hier nur erzählt werden. In vierunddreißig Sätzen. Da stehen also noch vier Sätze aus. Hier sind sie:

Komm, wir singen.

In Gollub spielen die Zigeuner.

Wenn wir nicht singen, singen andere.

Nun fehlt noch ein einziger Satz. Da springt Maler Philippi mit einem kleinen Hüpfer über den Rinnstein, steht da mit ausgebreiteten Armen: Na, muß ich dir noch etwas erklären?

Da sagt mein Großvater: Ich wüßte nicht. Und tritt einen Schritt zurück. Und sagt mit ganz unsicherem Blick: Lassen Sie mich doch in Ruhe.

Nein, ruft Maler Philippi, dreht sich wie ein Kreisel auf dem Absatz und klatscht, dicht vor meines Großvaters Nase, in die Hände. Als habe er eine Fliege gefangen.

Und dieses Philippische Nein, das soll gelten. Uns gilt es hier für einen letzten Satz.

Personen und Handlung sind frei erfunden.
Eventuell auftretende Ähnlichkeiten sind zufällig.

# LITAUISCHE CLAVIERE
Roman

# I. KAPITEL

Lang, dünn, hoch aufgerichtet, Stelzbeine, betont kurze Schritte jedoch, dabei ein auffällig schlenkernder Arm, der linke, zur Entspannung das Schlenkern, der Hut wiederum in der Rechten, langes Gesicht, obwohl niemand sagen könnte, was es ausdrücken soll, Abwesenheit, Gleichgültigkeit: Gawehn tritt aus dem geöffneten Seitenportal auf die Straße. Heller Vormittag. Hinter ihm in der Tür postiert sich Bühnenmeister Schwillus und hat, der langen Gestalt dieses Konzertmeisters hinterher, seine altgewohnten Feststellungen zu treffen: Das sieht und hört nichts, Fiddel in die Hand, Noten vor die Nase, Künstler, dahinter ist die Welt zuende, Probe aus, da zieht er ab.

Gawehn, Konzertmeister oder, wie er noch immer genannt wird, Primgeiger, als einstiges Haupt eines Streichquartetts von übrigens gutem Ruf, damals, hat die Querstraße erreicht. Sie heißt Philosophendamm und führt auf die Zellulosefabrik zu. Es wäre besser, schon wieder abzubiegen, jetzt wird es laut, da ist das Fabriktor, wie war es heute schon laut im Stadttheater. Der Schmied von Marienburg, eine Oper, man streicht seinen Part.

Professor Voigt hat die Schulhefte im Konferenzzimmer vergessen. Es fällt ihm ein, weil er bemerkt: ihm ist leicht. Kein Erschrecken darüber, Erleichterung, es ist einem leicht, und jetzt weiß man auch warum, so leicht also weiter, und mit den vielen Zetteln in allen Taschen, glücklicherweise, auf denen steht, was man zur Zeit alles benötigt, es ist nicht wenig, Notizen etymologischen Charakters, Namenslisten, ausgeschriebene Zitate. Man trägt seinen Anzug wie einen Schrank, ihn wechseln – eine Art Inventur: Durchsicht der ganzen Zettelei, Neuordnung eventuell, Ausgeschiedenes gesondert legen, zwecks Abschrift, so ähnlich.

Ja, es macht einen leicht: diese gefüllten Taschen, es trägt einen.

Herr Gawehn, sagt Voigt. Er hat den Herrn Primgeiger längst erblickt und ist auf ihn zugesteuert, mit geflügelten Schritten.

Herr Voigt, sagt Gawehn, den feinen Gelehrtenton aufnehmend, dem Ränge und Titel genierlich sein müssen, verständlicherweise. Sie belieben?

Die Oper, sagt Voigt und hat einen langen weißen Zettel in der Hand, zweimal angestückt, wie leicht zu erkennen. Aber so feine Schrift, kaum zu finden auf dem vielen Weiß.

Nun, die Oper, sagt Gawehn, den Kopf schräg, als hörte er Stimmen.

Dann also nebeneinander her, die Straße hinab. Eine breite Straße. Auf der sich der Töpfermarkt breit gemacht hat, heute am Sonnabend. Töpfe also, Steintöpfe, Kannen, Vasen, Blumentöpfe, Schalen, Schüsseln, grün oder braun glasiert, aber zerbrechlich freilich, anders zu behandeln als Pferde oder Kartoffeln, ein ruhiger Markt also, mit gemessenen, weil vorsichtigen Bewegungen, daher auch mit wenig Geschrei, ruhiger Rede, ruhig geführtem Wortwechsel.

Die Leute allerdings, die Mädchen und die Frauen der Töpfer, bemerkenswert. Sogar die Männer. Keine Händler, dörfliche Handwerker, die ihre Ware selber an den Mann bringen, die Rede ein wenig mit Fachtermini angesalzen, mit einem leichten Lächeln dabei, wie Maler ihre Bilder vorzeigen, wenn der Sammler dasteht und weniger die Bilder sieht als die Wandfläche zu Hause, die er noch frei hat. Das heißt, diese Ware hier wird an die Frau gebracht: Gurkentöpfe und Marmeladentöpfe und Schmalztöpfe vornehmlich. Für einen Preis, über den man reden kann, nach dem Grad eigener oder anderer Erfahrung, das Kopftuch vorgezogen – bei den Töpferfrauen, den Hut in die Stirn gerückt – bei den Käuferinnen, gegen das helle Licht, es geht auf Mittag zu.

An den Wänden der Töpfe hält es sich, das Licht, auf einer Vase mit grüner, blasiger Glasur, auf einem blauen Krug mit

Kugelmuster. Wie drüben an den Häusern, den gelblich verputzten Fassaden, den gleichmäßig eingeschnittenen Fenstern, die aussehen wie leer. Vormittagslicht, Elfuhrlicht, staubgelb, noch ohne die Müdigkeit des Nachmittags, aber sonnabendlich.

Herr Gawehn, sagt Professor Voigt, ich komme nicht davon los.

Bin überzeugt, sagt Primgeiger Gawehn. Und dieses Papier, denn Voigt schwenkt eben seinen Zettel, dieses lange und noch zweimal verlängerte Papier, durch die Luft, dieses Papier, sage ich, enthält Ihren Text? Das letzte doch ein wenig zweifelnd gesagt.

Nicht doch! Professor Voigt wehrt ab, mit der freien Linken und mit dem Zettel auch. Ein Konzept, erster bis dritter Akt, ganz laienhaft, wie Sie sich denken können, ein wenig geschult höchstens an der Kunstübung meines verehrten Kollegen Storost, immerhin –

Aber was denn nun wirklich?

Dilettanten sind wir und bleiben wir alle, sagt Gawehn mild. Und das ist vielleicht doch ein bißchen zu mild, denn Voigt sagt: Nun, nun. Hat aber seinen Zettel geglättet, ihn auf den linken Unterarm gelegt und darüberhin gestrichen.

Titel vorerst, referiert Voigt, vielleicht überhaupt, ganz schlicht: Der Sänger seines Volkes. Also ein Bariton, wirft Gawehn ein. Voigt hat zwar an einen Tenor gedacht, wegen der Jünglingsjahre des Helden, die doch zu zeigen wären, aber der reife Mann dann –, es leuchtet ihm ein. Etwa vierzehn Personen, Chor natürlich, durchgehende Handlung kaum möglich, worüber der erste Blick auf die Biographie belehrt: Lasdinehlen, also Dorf, Königsberg, also Stadt, Stallupönen, also Kleinstadt, Tolmingkehmen, also Dorf.

Man hat natürlich schon früher davon gesprochen, von Zeit zu Zeit. Gawehn hat schon an einer Art Ouvertüre herumgefingert, die Anklänge an volkstümliche Lieder verarbeitet, kreisläufige Melodien, Schlüsse auf der Terz oder der Oberdominante, dreisilbiger Auftakt, Takt- und Tonartwechsel, er hat eine Arie fertig, auf eine Briefstelle: Ach wenn ich noch Barometers machen könnte! Eine schöne Altersklage über zittrig gewordene Finger, zittrig geworden im bösen Schreibtisch- oder Predigtkrieg mit dem Amtmann Ruhig, wegen der kammeramtlichen Überprüfung des Pfarrlandes. Und jetzt fällt ihm ein Hungerduett zweier Studenten über Freitisch und Unterkunft in der Stiftung, Stube Littera C, ein, überfällt ihn richtig, hier in der Sonne und auf der Straße, gerade wo der Töpfermarkt zu Ende ist und der Buttermarkt beginnt, schon ein bißchen ausgekauftt jetzt, aber noch laut und immer noch gut bestückt mit dem landesüblichen, weitberühmten Käse, und es überfällt uns auch: Worum geht es hier eigentlich?

Um eine Oper, gewiß.

Es ist mir sehr merkwürdig damit ergangen, berichtet Voigt. Und wir könnten jetzt natürlich zuhören, aber zuhören hält auf, also sagen wir kurz, daß es um Christian Donalitius geht, in dieser Oper, einen litauischen Dichter, also besser um Kristijonas Donelaitis, Pfarrer zu Tolmingkehmen vor zweihundert Jahren, einen Mechanikus, Linsenschleifer, Thermometer- und Barometerbauer, Hersteller dreier Claviere (ein Fortepiano, zwei Flügel), der Idyllen geschrieben hat, litauische Hexameter, vor Klopstock, aber nach gleichem Prinzip: Hebung gleich betonte Silbe undsoweiter, aber doch anders, nämlich über die Leute, Kleinbauern und Mägde, und über die ländliche Arbeit, Idyllen ohne Schäfer und Schäferin, aus Liebe, es ist schon gesagt: zu wem. Und es könnte einen reißen, wieder davon zu lesen. Später, denn eben sagt Voigt: Sie gestatten einen Vorschlag, Herr Gawehn?

Er kann das vorschlagen, dieser Professor, das, was jetzt kommt, er ist Junggeselle, nach üblicher Ansicht also frei, und er kann seinen Vorschlag an diesen Herrn Primgeiger richten, denn Gawehn ist Witwer, seit Jahren, und bekocht sich selber, nur eine Waschfrau kommt ins Haus, wohingegen Voigt sich eine Haushälterin leistet, die aber außer Haus wohnt.

Wir essen bei mir, wenn Sie mögen. Das ist also der Vorschlag, und weiter geht er so: Um zwei fährt die Kleinbahn, ich hab Ihnen schon mal den Schullehrer Potschka erwähnt, – fahren wir zu ihm.

Kurze Abwehr von seiten Gawehns, nicht wegen des Ausflugs, heute abend ist Schauspiel, denn Voigt hat eben noch zugefügt: Er wird sowieso mit meinem Besuch rechnen, aber wegen des Essens, geschwinde Gegenrede Voigts und schnelle Einigung. Mittagessen also, nach kurzem Weg über den Gemüsemarkt, der allerdings nun wirklich schon leer wird, vom Fischmarkt zeugt nur noch zusammengekehrtes Papier, zwei oder drei Schilfbündel, ein paar liegen gebliebene Kistenbretter, an ein paar auffällig schönen Häusern vorbei, für die man so recht nicht das Auge hat, jetzt, nach einem Blick auf die Rathausuhr, zum Ende der Straße, zweitletztes Haus vor der Kirche, da ist man. Schmale Treppe, weiß, mit blauen Kanten abgesetzt. Wohnung Voigt, Bücher und Bücher.

Herr Voigt, sagt Gawehn, dieser Lehrer Potschka, ich habe gehört: Liedersammler, es gibt doch schon über tausend, die Juschkasche Sammlung –

Tausend oder zweitausend, ein Liedervolk, diese Litauer, Juschka hat in seinem Kirchspiel gesammelt, ein bißchen drum herum, Potschka sammelt hier, übrigens interessant: er sitzt da auf einer Mundartengrenze in seinem Dorf, zwischen Tilsiter und Ragniter Litauisch.

Ja, dahin wollte ich. Gawehn spricht langsam, überlegend, er kennt die Herren Professores und Doctores, Philologen, Ethnologen, Ethnographen, vergleichenden Märchenforscher, Etymologen und die Deutsch-Litauische Gesellschaft, kennt andrerseits diese litauischen Lieder, die Dainos, die wie jenseits aller Kriterien sind, so völlig entwaffnend mit ihren offenbaren Regellosigkeiten, und doch alle Kriterien vertragen, Gawehn sagt vorsichtig: Er ist ein Litauer, hab ich mir erzählen lassen, der Lehrer Potschka. Und fügt ordnungshalber noch hinzu: In Willkischken.

Gewiß, sagt Voigt, übrigens hier geboren, in der Grabenstraße, aber Sie kennen das ja doch: Gewaltige Geschichte bis zum Schwarzen Meer, Vytautas der Große, und wegen Jagiello: die polnische

Geschichte nur ein Ableger der litauischen, jedenfalls damals, Sie kennen das, und heiß geliebt und gepflegt, wie Versunkenes eben.

Diese Verbände, sagt Gawehn, Vytautasbund, Tautyninkai –

Nun ja, wie bei uns: Luisenbund, Vaterländischer Frauenverein. Voigt läßt den Damen den Vortritt, er könnte ganz andere Verbände oder was anführen, in diesem Jahr sechsunddreißig, wo es die genannten im Reichsgebiet gar nicht mehr recht gibt, nur noch in diesem Memelland, das dem litauischen Staat zugeschlagen ist oder, wie die Zeitung neben der Serviette sich ausdrückt: den Schutz des Reiches noch immer entbehren muß.

Voigt schiebt sie beiseite, diese Zeitung, einfach so weg, rückt den Teller heran, Marie tritt ein, die verehelichte Krönert, sie trägt die Suppe, grüne Bohnen mit Schöpsenfleisch.

Ich mag ein bißchen Kümmel dran, sagt Gawehn grämlich, aber das bedeutet nur, daß er nachdenklich geworden ist, und Marie sagt und läßt dabei die kurzbewimperten Lider halb über die lustigen Augen fallen: Weiß ich all, hab ich all rangemacht.

Hinterher, sagt Gawehn, muß aber mitgekocht werden.

Ja, gibt gute Luft, sagt Marie.

Mehr nicht.

Also die Oper. Und Schullehrer Potschka, dieser litauische Liedersammler, der die Willkischker und Motzischker, Maszurmater und Kerkutwether Kinder in einer Sprache zu unterweisen hat, die von über der Hälfte ohnehin zu Hause gesprochen wird, aber nur zu Hause, die Schule ist deutschsprachig wie die Kirche, ist eine Kirchschule, soll mittun, weiß auch schon, durch Voigt, davon und ist, wie Voigt auseinandersetzt, kein solcher Litauer, sondern ein solcher, nämlich kein Tautyninkas. Ich meine jetzt: der Gesinnung nach, erläutert Voigt, national natürlich, wie billig, Pflege des Volkstums, Linguist aus Neigung.

Gawehn ist noch nicht überzeugt. Er kennt diesen Ton aus der Deutsch-Litauischen Gesellschaft, die eine Geschichte hat, brave Philologengeschichte aus dem vorigen Jahrhundert, mit Wurzeln im vorvorigen und noch weiter zurück, jetzt aber nur in den Köpfen und Meinungen des Professors Voigt, des Professors Storost, des Professors Kurschat, des Geheimrats Bezzenberger und anderer Herren existiert, oder in ihren Schriften, falls sie gestorben sind inzwischen, es tut nicht sehr viel zur Sache. Und er weiß schon das nächste, was unweigerlich folgt, als eine Schürze, die sich die Herren umbinden, für dieses Geschäft, obwohl Geschäft vielleicht eine zu schnöde Vokabel ist, für diese Neigung also: Ein unwiderruflich untergehendes Volkstum, um das es schade ist, die Zurückdrängung geschieht von Süden nach Norden, eine aussterbende Sprache von größter Schönheit, eine Volkspoesie von höchstem Reichtum, schon Goethe und Herder -- Er weiß das alles: Ein Volk, freundlich und heftig, dem man aber einen gewissen Fatalismus nachsagt, in jedem volkskundlichen Aufsatz in Schulprogrammen, Vierteljahresschriften, Altpreußischen Monatsheften, Sitzungsberichten der Altertumsgesellschaft Prussia -- Er weiß es, und er glaubt es nicht recht.

Aber sagt man das hier, in dieser Stube, vor diesen Büchern, im Anblick dieser Bilder: Rombinus oder Engelsberg oder Schloßberg, deutlich erkennbar, im Vordergrund immer sitzende und singende oder tanzende junge Leute in farblich fein abgestimmter Tracht, von Gisevius, dem verdienstlichen Maler, dessen Porträt zwischen dem des verdienstlichen Rhesa und dem des verdienstlichen Passarge hängt, womit man wieder bei Donelaitis angelangt ist, denn beide haben ihn übersetzt, in recht gutes Deutsch und jedenfalls mit Liebe, aber doch nicht nur bei ihm allein.

Fahren wir hin, denkt Gawehn, und sehen wir selber. Und laut sagt er: Die Bohnen sind gut.

Und Voigt, was mag der gedacht haben inzwischen? Die Oper, natürlich. Voigt sagt, mit freundlichem Nachdruck: Ja.

Marie ist hereingekommen, keine rundliche Schönheit mit langen Füßen, wie es sie auf beiden Memelufern sprichwörtlich reichlich gibt, eher baltisch-trocken, ein bißchen estnisch, könnte man sagen, mit knochigen, abfallenden aber kräftigen Schultern, flacher Brust und vortretendem Bauch. Zum Petroleumkanneraufstellen, wie der sogenannte Volksmund sagt, ganz allgemein, gar nicht im Blick auf die Krönert.

Ja, es ist Zeit, Herr Gawehn. Professor Voigt erhebt sich, steckt noch ein paar Zettel ein, zu den anderen, in die verschiedenen Taschen, es herrscht da genaue Ordnung. Das zweimal angestückte Papier von vorhin findet, gerollt, seinen Platz in der Weste. Voigt tritt vor das Barometer, das zwischen den beiden Fenstern hängt, klopft zwei-, dreimal gegen das Glas, aber es zeigt, was es zeigt: schön. Nun noch den Hut mit der breiten Krempe, und nun noch den Stock.

Ein Raum ist verlassen worden. Eben waren noch Leute darin, gingen zwar nicht viel umher, maßen ihn also nicht aus, saßen doch aber da, auf ordentlichen Stühlen, mit ihren Reden und ihren Überlegungen. Und jetzt ist Marie Krönert ebenfalls gegangen, auch die Küche ist verlassen, ordentlich, in der Speisekammer steht der Steintopf mit den gebratenen Strömlingen in Essigtunke mit Lorbeerblatt und Pfefferkorn, Bier ist geholt und bereitgestellt, gleich neben der Tür. Eine Wohnung ist verlassen worden. Vorhänge vor die Fenster gezogen. Abgeschlossen.

Das ist ja noch alles da. Die Bücher. Der Tisch. Die Flickerdecken auf den Dielenbrettern. Die Voigts Mutter geknüpft hat, die Kämmerersfrau in Moritzkehmen, auf dem Gut des Amtmanns Kopp, damals.

Der Junge hat einen hellen Kopf, er fällt dem Kreisschulinspektor auf, dem Pfarrer Connor, der Schulrat Tromnau bringt ihn in die Stadt, ein Freischüler ist er jetzt, dann ein Stipendiat mit drei Freitischen, in Königsberg, eine hundertfünfzig Jahre alte Stiftung für litauische Jünglinge erlaubt ihm ein Studium, der Theologie, versteht sich. Obwohl er kein Litauer ist, das gilt seit ein paar Jahrzehnten nicht mehr ganz. Aber der Name ist geblieben. Ein Studium auf den Spuren des verdienstlichen Rhesa, der aus Karwaiten war, einem Dorf auf der Kurischen Nehrung, das verschwunden ist unter dem Sand, aufgefressen von der Wanderdüne, und wieder hervorgekommen, erkennbar noch die Lage der Gehöfte: wo Pfähle waren, Zäune oder die Grabkreuze, ist der Boden ein wenig dunkler, bräunlich.

Diese Wohnung also ist verlassen worden, ist also leer. Ein

Spielplatz ohne Kinder, ein Spinnennetz ohne Spinne, von beidem etwas. Ein Raum ist verlassen worden, er ist leer.

Und die ihn verlassen haben, Voigt und sein Gast Gawehn, stehen auf einem Platz.

Sie sind die Treppe hinuntergegangen. Im Untergeschoß, also unter der Beletage, also im Parterre ist eine Kneipe, eine bessere freilich, es wird ein Dienstjubiläum begangen, wie man sagt, und gefeiert, wie man leicht feststellt. An den Gesängen. An dem Clavier auch?

Ein Tafelclavier, dünner Ton, drei Pedale, deren Zugvorrichtung abgerissen ist, also benutzt wird ohne Gewinn. Und was wurde gespielt?

Wir müssen da überlegen. Denn Voigt und Gawehn stehen schon an der Haltestelle der Kleinbahn, sie haben ihre Begegnungen bei dieser Jubelfeier hinter sich. Überlegen wir, erinnern wir uns, vier Minuten noch bis zur Abfahrt des Zuges.

Sie kamen über den Fletcherplatz, da stand die Kleinbahn, vor dem deutschen Zollhaus, zwei Wagen. Voigt schrie dem Schaffner über den halben Platz zu: Haben sie schon gepfiffen, Herr Steiner? Und Steiner schrie zurück: Ja. Und Voigt wieder: All lang? Und Steiner: Nein, man ebent. Und von rechts, vom Gasthof Berg, kam der Herr Laupichler, Pumpen und Röhren, und im Zug saßen dann Krauledat vom Lehrerbund mit Gemahlin und Winkler, Lebensmittel, Spirituosen, ebenfalls mit Gattin, und Krauledat begrüßte Voigt mit Herr Amtsgenosse, und Winkler hob Unterarm und flache Hand gegen die Eintretenden auf und sagte: Schön Wetter.

Aber wir fragten, was da gespielt wurde, vorhin. Und wer hatte da gespielt?

Elisat, weißhaarig, wieder solch ein langer, stöckriger Typ, Musikdirektor vorzeiten und immer noch so genannt. Hatte da gespielt, die Stunde vier fünfzig, zum Mitsingen: Wo des Haffes Wellen, und: Zogen einst fünf wilde Schwäne, und: Ännchen von Tharau, Heimatlieder, wie man das so nennt, und als es lustig wurde für eine Zeit: Welch ein Wunder, welch ein großes

Wunder. Aber da hatte er den richtigen Text dazugesungen: O tai divai, was nicht so allgemein gefiel, und als es gemütlich geworden war, mit: Aus der Jugendzeit, aus der Jugendzeit, war er, alt und müde, schon wieder in ein litauisches Lied geraten: Kur bega Szeszupe. Was ja nicht so schlimm gewesen war, denn dieses Flüßchen Szeszupe floß ja auf deutscher Seite, worauf Obersekretär Nickel später immer noch einmal hinzuweisen nicht müde wurde, als es vorbei war und Elisat fortgeschafft, um die Ecke zu Sanitätsrat Pick. Assistent Lenuweit jedenfalls, mit einer enormen inneren Sicherheit, die sich an städtischem Aktienbier merkwürdigerweise noch hatte festigen können, war hinter den Spieler getreten, in Stiefeln, wie er sich trug, seit drei Jahren, und hatte ihm das Halbliterglas über den Kopf gehauen und über dem Zusammensinkenden eine Rede begonnen, wie üblich geworden: schrotig und körnig, von großer Gewalt und weiter schon gar nichts, Deutsch ist die Saar, so etwas; ich weiß nicht, breiter als die Szeszupe ist diese Saar ja auch nicht.

Da, an dem Geschrei und der aufgeschreckten Gesellschaft und dieser Feier, als nur wenige die Ruhe so glatt wie Assistent Lenuweit zu bewahren vermochten, waren die Ausflügler vorbeigekommen, an der offenen Kneipentür, und Voigt war hineingestürmt und hatte Lenuweit, während Gawehn den Kollegen aufrichten half, vor den dünnen Beamtenbauch gestoßen und Mensch zu ihm gesagt und: Du meldest dich bei der Polizei, du Pomuchel, sonst erledige ich das, Montag früh.

Deswegen hatten sie es so eilig gehabt, auf dem Fletcherplatz, und Voigt hatte hinüberschreien müssen, zu Steiner, der jetzt an seinem Zug entlanggeht, seinen blechernen Billettkasten vor die Brust nimmt und den letzten, nämlich den zweiten Wagen besteigt. Jetzt fährt die Kleinbahn ab.

Fährt, fährt, es geht ganz lustig, ein bißchen stuckerig, gar nicht wie auf Schienen, fast wie über das Steinpflaster rechts und links und zwischen den Schienen natürlich auch. Wer das nicht kennt, blickt besorgt aus dem Fenster. Der Boden hebt sich ein wenig auf die Brücke zu. Und jetzt ist man auf dem ersten Brückenteil, dem mit den niedrigen Geländern, jetzt am Brückenhäuschen, jetzt über dem ersten Pfeiler, hier fangen die Brückenbögen ihre großmächtigen Schwünge an. Unter sich, tief unten sieht, wer hinausschaut, den Strom, und wer vorausschaut, das jenseitige Ufer, den sandigen Streifen erst, von dem aus die Spickdämme sich vorstrecken, dahinter das Wiesenland, endlos weit und grün.

Prussellen ist eine Ortschaft, schon ein Stück in den Wiesen, man erkennt nicht viel davon. Auch von hier oben nicht, vom Damm aus, wo die Kleinbahn fährt, neben der Chaussee her. Das schrille, langgezogene Geräusch ist vorbei, Eisen rieb sich an Eisen, der Damm hatte einen Knick gemacht und also die Schienen mit ihm, der erste Wagen, der Triebwagen, hatte den angehängten zweiten durch zwei scharfe Kurven zu schleppen gehabt. Jetzt ist das Geräusch vorbei, nur dieser Ruck erfolgt weiter, immer in gleichen Abständen, immer dort, wo ein Schienenstoß zuende und an den nächsten angelascht ist, immer der gleiche Ruck, der nur verschwindet, wenn sich, wie jetzt, der Damm ein wenig senkt und das Fahrttempo sich also beschleunigt, an den man sich leicht gewöhnt.

Gawehn hat eine Taktphase, drei Zweivierteltakte, gefunden, die sich genau einpaßt, auftaktlos, der Ruck dann verhilft zu einer kurzen, gestoßenen Synkope: ein Zirkellied, zweizeilig, auf unentwegte Wiederholung eingerichtet, Suktinis, ein Drehtanz. Es ist ihm eingefallen, auf der Brücke über die Uszlenkis, die kein Fluß ist, nur ein, freilich längliches, mooriges Gewässer, ein jährlicher Rückstand der jährlichen Überschwemmung, im Frühjahr, wenn das Wasser hier auf dem rechten Stromufer bis hinter Prussellen steht, und das an die sechs Wochen, manchmal im Herbst auch.

Es ist ihm so eingekommen. Als sie über der Memel hinfuhren, auf der hohen Brücke, als der Strom rechterhand herzog, breit und dunkel, mit schwerem Atem, einen fliegenden Schleier weißer Spitzen, Licht und kleine kippende Wasserkämme, über sich, da hatte ihn noch eine andere Tonfolge beschäftigt, noch gar keine Melodie oder keine Melodie mehr, ein paar ungewöhnliche Intervalle, bei ständigem Taktwechsel, fortwährendes Modulieren, die Fermate keine Fermate, das Ritardando kein Ritardando, – ein Erzählton vielleicht, aber doch wieder auch nicht ein Parlando, schwerer, genauer, ein Rhythmus noch, aber kein geschlagener, einer aus schwingenden Bögen, ein geatmeter, über einem stark strömenden Wasser.

Es hatte ihn festgehalten am Fenster, jetzt begannen die Wiesen, er hatte kaum bemerkt, wie der Zug hielt, hatte dem litauischen Zollbeamten die Grenzkarte für den Tagesstempel hingehalten und sie wieder eingesteckt, der Zug war weiter gefahren, in die Wiesen hinein. Jetzt, mit dem Suktinis, nimmt er schon wahr, daß sich die Mitreisenden in ein Gespräch begeben haben und schon ziemlich weit darin gekommen sind, leicht zu bemerken an ein paar Schärfen. Krauledat sagt, und seine Gemahlin wiederholt diese Rede in einer höheren Tonlage und ein bißchen giftig: So kann man darüber wohl nicht reden.

Voigt nämlich hat den Vorfall von vorhin, den in der besseren Kneipe, bei diesem Jubiläum, berichtet, mit Empörung, und hat von Lümmeln gesprochen. Und Krauledat, das muß man schon feststellen, hat zunächst noch geschwiegen, sich wohl erst fassen müssen, aber freilich wegen des offenbaren Mangels an nationalem Gefühl: bei dem Herrn Amtsgenossen Voigt. Laupichler hat gleich gemeint: Das kann aber Verwicklungen geben. Und gleich hinterher gefragt: Haben Sie wirklich Pomuchel gesagt? Und angefaßt haben Sie ihn auch, Herr Professor? Er war doch in Uniform! Und Voigts Einwand, der Würde gegen Gefühl setzt – beides hier leider mit dem Zusatz National zu versehen –, durch den entschiedenen Hinweis auf Macht und Größe zurückgewiesen, auch dies wieder national. Und der richtige Ärger kam dann erst, als Winkler weiter in dieser nationalen Würde bohrte und ein bißchen generell eine Sitte der Tilsiter Bevölkerung meinte: National und national, aber nachmittags schön rüber nach Übermemel und Torte mit Sahne und die Lischken vollgestopft, weil das für deutsches Geld rein gar nichts mehr kostet.

Ist eben billiger, hatte Krauledats Gemahlin gesagt, machen

doch alle. Und Turnlehrer Krauledat hatte da doch ergänzen müssen: Wir sind für die litauische Mißwirtschaft nicht verantwortlich, und überhaupt – Und hier war dann der Satz gefallen, von Frau Krauledat wiederholt, im höheren Ton, bei dem sich Gawehn vom Anblick der Wiesen fort zu seinen Mitreisenden gewendet hatte, den Suktinis noch immer im Ohr: So kann man darüber wohl nicht reden.

Bisher hat vielleicht Bühnenmeister Schwillus recht behalten: Fiddel in die Hand, Noten vor die Nase. Aber jetzt nicht mehr. Der weltfremde Gawehn, Primgeiger oder Konzertmeister, wie man will, äußert sich kenntnisreich und präzis: Diese Mißwirtschaft, von der Sie da sprechen, Herr Krauledat, hat, denke ich, einen einfachen Grund.

Krauledat lehnt sich zurück, mit verschränkten Armen, und Winkler beugt sich vor; er hat etwas gegen dieses Währungsgefälle und diesen Ausverkauf an der Grenze, der eigene Umsatz sinkt auffällig, von Monat zu Monat. Und das muß man sich jetzt anhören, diese Gawehnsche Rede, muß man sich jetzt anhören, als Krauledat und als Laupichler: Die Kündigung der Handelsverträge durch die Reichsregierung – er hat Reichsregierung gesagt, dieser Mensch – bringt das Wirtschaftsgefüge eines Kleinstaates natürlich in Unordnung, und mir scheint, so gesehen liegen die Ursachen für diese Mißwirtschaft, wie Sie sagten, mehr auf unserer – immerhin: er hat unserer gesagt – als auf litauischer Seite.

Das ist ja nun wohl stark. Sieh an, der Gawehn, denkt Voigt, und Winkler sagt: Ich dachte, Sie sind Musiker? Während seine Frau jetzt aber mit allem Nachdruck versucht, Krauledats Gemahlin in ein Gespräch über altdeutsche Spitze zu verwickeln. Laupichler sagt: Das ist ja interessant, und zieht ein sehr deutsches Gesicht auf und behält es auch dann noch bei, als Krauledat leichthin, mit den Fingern schnipsend und ziemlich durch die Nase, hinwirft: Na, wenn schon.

Aber wir sind, wie gesagt, in der Gegend von Prussellen, eigentlich schon ein Stück darüber hinaus, in diesem Wiesenland, Grün und Grün, in dem die Ortschaften, die Einzelgehöfte sowieso, beinahe verschwinden, auch das langgestreckte Gewässer, das sich von Prussellen, an Schakeningken vorbei, in einem Bogen nach Süden wendet, ein früheres Flußbett der Memel, die ganz schön herumgewirtschaftet hat, als ihre Ufer noch nicht befestigt waren. Wir sind schon kurz vor Mikieten, hier hält die Bahn länger, hier steigt, wer im Triebwagen saß, in den Pogegener Zug um, der vier Wagen hat und zwei Viehwaggons dazu und schon auf dem anderen Gleis wartet, auf Fahrgäste und den zweiten Wagen, den er dem Tilsiter Triebwagen abnimmt.

Laupichler steigt hier aus. Die Verabschiedung ist kurz. Da klettert er vom Perron. Steiner steht draußen. Na, Ärger gehabt? Und hinter Laupichler her, der, ohne Steiners Frage zu beachten, mit kräftigen Schritten, immer die Hacken zuerst aufsetzend, abschiebt: Geh im Arsch nach Rosen.

Unsere Gesellschaft ist kleiner geworden, um einen Herrn, aber in Lompöhnen – das ist nun ein großes Dorf und liegt auch an der Bahnstrecke – steigen Krauledats ebenfalls aus, und deshalb und weil Winkler eingeschlafen ist und seine Frau strickt, kommt man auf ein anderes Thema, und wir haben es auch schon.

Priczkus, in Passarges Übersetzung der Schulze Fritz, die Sprache hat kein F, wie Sie wissen, pflegte viel wunderlich Zeug zu erzählen.

Das ganz allgemein, oder als einen Nachruf auf die Ausgestiegenen, aber jedenfalls als ein Zitat aus des Donelaitis erster Idylle: Die Gaben des Herbstes.

Voigt hat seinen Zettel, den gerollten aus der Weste, hervorgeholt, mit schnellem Griff, ihn schnell auseinandergezogen, Voigt sagt: Ich habe daran gedacht, im dritten Akt, dann später noch einmal, die eine oder andere der größeren Szenen aus den Idyllen zu verwenden, frei natürlich, das heißt: mit der originalen Personnage, also mit Enskys, das ist der mit dem didelis peilis, mit dem langen Messer, der auf seinem Schimmel kommt, und Dotschys, dem Faulenzer, Slunkius, dem Schlunkspecht, wie schon der Name sagt, aber Donelaitis selber soll sich da unter seine

Gestalten mischen und etwas Schönes reden: Schwein, wie lebst du, schämst du dich nicht?, vielleicht auch sein Studienfreund Sperber aus Kunzen, der ihn ja 1763 in Tolmingkehmen besucht.

Da ist man also mitten drin, ohne viel Übergang, und Gawehn wandert schon ganz auf Voigts Wegen und Seitenpfaden, er schlägt vor, einige Lieder einzufügen: Bei dieser Hochzeit, die Sie doch jetzt eben im Sinn hatten, ich erkenne es an den Namen, Herr Voigt, ich denke da an ein Scherzlied bei Juschka, Band I, von dem ältlichen Freiersmann, der, kaum in der Stube, die Augen nur immer in den Regalen hat.

Schön. Voigt lacht. Ich kenn das. Als er auf dem Hof einreitet, kniet das Pferd hin, damit er absitzen kann.

Und jetzt wird man sich also Einfälle zuwerfen. Voigts langer Zettel bekommt Anmerkungen und Einfügungen, Hinweise, in Voigts speziellen Abkürzungsformeln notiert.

Es ist inzwischen hübsch auf und ab gegangen, die bekannten Polomper Berge, Moränenhügel, wie man in der Schule lernt, aus Gletscherschutt, da kann man sich viel vorstellen, aber doch wieder nichts rechtes: wenn man die Hügel sieht, so schön grün und so schön bestellt mit Roggen und Hafer und Gerste und so schön bebaut mit Gehöften, Flieder und Holunder um das eine Scheunenende, und um das andere und um das Haus herum Gärten mit Obstbäumen und hohem Rittersporn, die bekannten Polomper Berge sind heran, das macht dem Lokomotivchen zu schaffen. Einmal fährt sie sogar zurück, für einen erneuten Anlauf, da wacht Winkler auf, mit einem Schnaufer, braucht gar nicht erst einen Blick aus dem Fenster: für seine Feststellung, der Laupichler habe früher hier ganz schön Pumpen abgesetzt. Grundwasser liegt tief, litauische Brunnen: Loch gegraben, Wände mit Balken abgestützt, das reicht hier nicht. Und der Laupichler, ich versteh den Mann nicht: wie der redet, – sein Geschäft hier ist doch jetzt futsch.

Der Zug hält. Polompen. Steiner steigt aus. Über den Fahrweg, den trockenen Lehm, kommen Kinder gelaufen und winken, und sind schon heran und erzählen dem Herrn Steiner etwas, und hinten, am ersten Gehöft, erkennt man jetzt eine Großmutter, schwarz angezogen, schwarzes Kopftuch, da weiß man ja Bescheid. Lauft man vor, Kinderchen, hat sie gesagt, der Herr Steiner soll warten. Und der wartet ja nun auch, geht der Großmutter auch drei Schritte entgegen, hilft ihr in den Zug.

Und jetzt pfeift er.

Wenn Pansegraus Mädchen gerade vor ihrem Häuschen stehn, hören sie vielleicht diesen Pfiff schon, nicht erst den nächsten, den Steiner in Höhe von Kerkutwethen losläßt, Willkischken, wo Pansegraus den Bahnhof besorgen, ist nicht mehr weit. Zwar, den Blick auf das Dorf, das rechterhand liegt, verdeckt ein ziemlicher Hügel, aber links, wo es flach bleibt, sieht man schon etwas, Maszurmaten, wo Meiers sitzen, und dann in einer Reihe, ganz ungewöhnlich, wie an einer Straße, ein paar kleinere Gehöfte, zum Schluß ein Haus aus roten Ziegeln, wie eine Fabrik.

Hier nun steigt man aus, Winklers fahren weiter, nach Wischwill, vor diesem Schuppen, und dieser bewohnbaren Verlängerung, vor diesem Bahnhof also, wenn man so will, wo Frau Pansegrau aus dem Fenster sieht und Frau Epstein und ihrem Mann, Textilien, Hüte und Mützen, zunickt.

Voigt hat ein kurzes Gespräch mit ihm, bis zur Chaussee. Epstein hat beim Aussteigen gefragt: Sie wollen zum Herrn Lehrer Potschka, hab ich Ihren Worten entnommen, freut mich sehr.

Da muß man doch fragen, was Herrn Epstein zu dieser Freude veranlaßt. Was erfährt man?

Ein Mensch, der singt –, immer eine Freude, meine Herren.

Das ist, weiß Gott, gut gedacht. Dazu Epsteins rundes, fröhliches Gesicht. Freu dich, Epstein, und Voigt soll dir nicht erst vom alten Elisat in Tilsit erzählen. Du weißt da ganz andere Geschichten. Denk jetzt nicht dran.

Seht ihr, er denkt nicht daran.

Aufwiedersehn, Herr Epstein.

Hier geht es, über den Hügel hinunter, ins Dorf. Der Kirchturm sticht in die Luft. Das Haus davor soll die Schule sein, im

Haus gegenüber, oben, über dem Saal von Plattners Krug, soll Potschka wohnen.

Soviel Freundlichkeit. Es erzählt sich hin. Und ist irgendwann zuende. Da wird gesagt, was sich sagen läßt.

Kommen Sie, Herr Gawehn, sagt Voigt. Denn Gawehn ist stehen geblieben. Er läßt den Blick über das Dorf wandern, über die verschwimmenden Umrisse der Hügel dahinter, über die Felder zur Linken, über die Sonnabendfarben: dunkles Grün, helles Gelb, rötliche Töne, ein langsam tiefer werdendes Blau. Es erzählt sich so hin.

## II. KAPITEL

Die Tassen sind grün, die Kaffeekanne ist blau, die Milchkanne weiß, der Teller mit dem Fladen gelb und rot. Frau Plattner hat alles selber heraufgebracht, auf einem braunen Tablett. Der Herr Lehrer hat Besuch aus der Stadt.

Da bleibt man noch ein Weilchen in der Tür stehen, das Tablett angewinkelt gegen den Leib, spricht über das Dorf und über die Stadt, über diese vielen Unterschiede, man kennt das ja alles, und daß sie so offen zu Tage treten, und von dem Fest morgen.

Da können wir morgen hier zumachen, morgen, den Reibach morgen hat der Wythe morgen allein.

Wythe ist der Bittehner Gastwirt. Und ob es Gawehn gewußt hat oder nicht, Voigt jedenfalls ist im Bilde. Morgen hat der Vaterländische Frauenverein sein Jahresfest: in Bittehnen, und morgen feiern die Litauer ihren Vytautas: auf dem Rombinus. Das sind zwei grundverschiedene Dinge, und es liegen ja auch zweihundert Meter Wiese dazwischen, da kann man sich lagern, da fahren die Wagen auf, da können die Kinder spielen, da geht man hinüber, vom Gasthof zum Berg, umgekehrt auch, auf dem Berg gibt es nichts: ein finsterer Fichtenwald, der sich die Abhänge hinunter nach Norden und Nordwesten in die Ebene fortsetzt, weg vom Strom, der sich von Süden gegen den Berg drängt. Ganz oben auf dem Rombinus, in der Mitte einer kleinen Lichtung: der Stein, der Opferstein dieses gewissen Perkunos, welcher donnern kann, wie man sagt, ein heiliger Stein mit den dazu gehörigen eingehauenen Ablaufrinnen, schwarz und grau.

Hier oben, umringt von den Fichten, sieht man vielleicht, zwischen den Stämmen hindurch, das Licht, wie es über dem Strom steht, den Strom sieht man nicht, Fetzen Licht, weil der Wind vom

Stromtal her einfährt in den Hügelwald und die trockenen Äste wegbricht und der Wald auf dieser Seite überhaupt immer dünner wird, weil der Strom sich hineinwühlt in den Berg, ihn unterspült und aushöhlt und die mit Bäumen und Sträuchern nachstürzende Erde hinter sich herreißt. Nur den Himmel, den hat man über sich, ein kreisrundes Stück.

Voigt weiß es, Gawehn erfährt es, Frau Plattner ist gegangen, Lehrer Potschka sagt: Das Wetter, mir scheint, wird so bleiben. Gawehn sagt: Sie haben hier ein schönes Dorf.

Das kann man leicht sagen, wenn man, wie Gawehn, aus Potschkas Zimmerfenster über den verwilderten Gutspark blickt. Das Zimmer liegt nach der Hofseite, also nach dem Gut hin. Voigt sagt: Ein bißchen laut.

Das Fenster ist offen, und man hört ein paar durchdringende Stimmen, man versteht fast, worum es in Plattners Saal unten geht.

Mein braves und getreues Volk.

Eine scharfe Stimme, eine ganze Handvoll Töne über ihrer natürlichen Lage, ein ganz schöner Lufttausch ist da in Betrieb gesetzt, über einer ganz gehörigen Atemstütze.

Muß ein gewaltiges Weib sein.

Gawehn redet nur vor sich hin, denn geschult wird das nicht sein können, das Organ, hier auf dem Lande, obwohl: man weiß es ja nicht. Und Potschka sagt zur Erklärung: Frau Fröhlich. Obwohl: was erklärt das schon? Jetzt unten, im Sprechchor:

Wir kommen hereingetreten,
Laub auf der Linden,
mit Singen und mit Beten,
Laub auf der Linden.

Und jetzt wieder die Stimme: Mein getreues Volk. Diesmal wie mit einem runden Bogen gesprochen, mit vorgeneigtem Oberkörper, wie vom Pferd herunter. Es muß aber anders kommen, wie aus einer Karosse gewinkt, über ein Spitzentuch hin. Und das wird nun unten erklärt und probiert. Es sind zwei, drei Männerstimmen zu hören, das ein wenig schrille Organ immer dazwischen, aber jetzt leiser.

Hier oben sagt Voigt: Da haben Sie etwas durchgemacht.

Er meint die Proben, die da unten seit Wochen im Gange sind, wie man sich denken kann.

Na ja, das ist wohl das letzte Mal.

Und jetzt fängt der Chor an zu singen, da weiß man doch, was gespielt wird: Die armen, aber treuen Landeskinder Preußisch-Litauens huldigen ihrer Königin, der betrüblichen Luise, die man nach ihrem Tode so geliebt hat, Tatort Tilsit, Zeit: Juli 1807. Das ist ein Schauspiel vom Oberlehrer Brühfisch, mit dem man schon aufwächst, als Luisenbraut und Jungfrau, mit diesem Schauspiel, im Luisenbund wie im Frauenverein. Frauenländischer Vaterverein, sagt mißmutig Voigt. Mit mehrfach wechselnder Betonung, die letzten beiden Silben ganz breit auf e.

Können Sie da nicht –

Gawehn unterbricht sich sofort. Er quält ihn ein bißchen, dieser Gesang, aber: Potschka, nein, man wird ihm das nicht zumuten können, Gesang, nein, ist nicht einfach Gesang, dieser schon gar nicht, aber daß er so langgezogen und mit einer ganz falschen zweiten Stimme sich hinreckt, – es tut einem weh, nur: tun kann man nichts.

Und das geht noch so weiter, da unten. Man hat eine andere Szene angefangen: Innenraum diesmal, viel schnelleres, immerhin leiseres Gespräch, man hört höchstens hin und wieder etwas herunterfallen, jetzt allerdings, gerade eben, bumst es ein paarmal schwer auf die Bretter.

Da lassen sich die preußischen Litauer auf die Knie hinab, sagt Potschka, nimmt einen Schluck Kaffee, steht auf, Gawehn sagt: Vielleicht setzen wir uns in die Gaststube.

Aber das müßte er doch gesehen haben, der Primgeiger, vorhin beim Betreten der Wirtschaft. Was saß da nicht alles herum!

Urbschat und Kairies, Lengweneit auch, also der Gemeinderat, Motzkus von der Raiffeisenkasse, Förster Schwill, Präzentor Kankelat, Nickel Skambraks, der Landtagsabgeordnete, allerhand Leute, und alle um einen Tisch, ein paar Fremde dazwischen, draußen stehen zwei Autos.

Das ist dieser Neumann aus Memel, hatte Potschka erklärt und, als ein Lehrer, hinzugesetzt: Mit seinen Spießgesellen; er hätte auch sagen können: Kumpanen oder Komplizen.

Also dieser Neumann, Rechtsanwalt Neumann, Memeler Führer einer neulich in Berlin gegründeten memelländischen Partei, treudeutsch und großdeutsch, man hört es schon, da kriegen wir eine Festrede, morgen, die sich gewaschen hat.

Also Gaststube nicht. Lieber einen Gang durch das Dorf.

Aber vorher doch noch: die Oper. Deretwegen man hergefahren ist.

Wir wollten Sie um Ihre Hilfe bitten, Herr Potschka, sagt Voigt.

Und nun eben der Zettel aus der Weste, aufgerollt, glattgestrichen, diesmal auf dem Tisch, und aus Voigts Munde jetzt, getragen von dieser Umgebung, die sie durchfahren haben, dieser Dorfstraße, die sich vom Bahnhof auf das Dorf zu verbreiterte, diesem ganzen Anblick, in den man hineinschritt und der sich als Höfe, Häuser, Scheunen, Ställe, stroh- oder pfannengedeckt, manchmal geschindelt, als Blumen-, Obst- oder kleine Weidegärten, für die Schafe, erwies, beim Näherkommen, und von den gestreckten Hügeln dahinter, nun noch von dem Blick über den Gutspark: jetzt aus Voigts Munde, getragen auch von diesem Raum hier, den litauischen Decken, dem Kränzchen über dem Bett mit roten, grünen, gelben Bändern, dem geschnitzten Handtuchhalter an der Wand, den beiden merkwürdig schönen Farbdrukken rechts und links vom Fenster, dem Porträt einer alten Frau über der Konsole, jetzt aus Voigts Mund: diese Oper.

Szenen, Auftritte, ein Monolog, ein behördlicher Einspruch, die Stiftung eines Verlöbnisses, ein scharfer Dialog, vorher aber: der Auszug eines jungen Menschen, vom Dorf nach der Stadt, eines Witwenkindes, der Abschied am Zaun. Es wird eine Mütze geschwenkt, ein bebänderter Stock wird erhoben, es fliegt ein Wort auf dem Wind, weitab von der Straße, – so etwas, schließlich die

Hochzeit mit der vielen Personnage, Slunkius und Dotschys, Selmyke, Magusze und Aste. Und das eine Clavier, dann der erste Flügel, dandum quandoquidem etiam posteritati aliquid est, der zweite Flügel zuletzt, der Gesang dreier Pfarrfrauen, das Entzünden des Kienlichts.

Gawehns Einwand zielt auf das betrübte Latein. Man könnte es deutsch sagen, meint Voigt, ein Gedanke sollte schon auf die Nachwelt gehen. Potschka schlägt des Donelaitis deutsche Reimepistel vor: Ihr Schatten schneller Zeit, und: Dein Nichts ist schon dahin, dein Alles ist verschwunden. Aber das ist das gleiche wohl nicht: ein Trostgedicht für den Onkel Amtsrat in Sommerau, zum Tode der Tante; das Deutsch, – da ist er noch jung, das Latein fließt ihm im Alter unter, bei Überlegungen im Obstgarten, Gedanken an Pfropfen und Okulieren, an dieses Dorf, an die Leute: Dann bin ich tot. Was wird dann sein?

Gedanken eines Dorfgeistlichen. Wozu die besorgten Berichte des Amtmanns Ruhig an seine Behörde vom Jahre 1775 passen: Die Leute hören nur auf ihn.

Wir wollten Sie um Ihre Hilfe bitten, Herr Potschka.

Das wissen Sie doch auch alles, Herr Professor.

Da hat Potschka schon recht. Voigt weiß, wie man sich anzieht, wie man lebt, damals, und wie man geredet hat: wie heute auch.

In Tolmingkehmen nun freilich nicht mehr, die Zurückdrängung geschehe vom Süden nach Norden, hieß es vorhin, in Bezug auf das leider unwiderruflich schwindende Volkstum, um das es schade sei, aber in der Ragniter Umgebung doch ein wenig, und hier, auf dem Nordufer der Memel gewiß noch, je weiter nach Norden man kommt. Und an dieser Stelle ist der Gawehnsche Hinweis auf die Lieder am Platz. Potschka blättert seine Sammlungen auf den Tisch.

Hier, sagt Voigt, hat ein Blatt ergriffen, übersetzt, für Gawehn, mit der rechten Hand skandierend, die andersartige Sprachmelodie gegen einen sperrig anmutenden Rhythmus setzend, mit unüblichen Dehnungen, einen Vokal – das a in Sand – wiederholend, um zwei Silben herauszubekommen:

Unterm Eichbaum dort im weißen Sand –

Und nun hat er es eilig und läßt den Rhythmus schießen:

Der grüne Eichbaum wird werden mein Vater,
der weiße Sand meine Mutter,
die Ahornschößlinge meine Brüder,
die weichen Linden meine Schwestern.

Schößlinge, wiederholt Potschka zweifelnd.

Sie haben recht, aber junge Bäume ist vielleicht schon zuviel.

Es geht voran mit der Oper, gewiß, gewiß, und unten in der Gaststube auch.

Noch immer sitzt die Runde um den Tisch, das hiesige Bier, jedenfalls das hier ausgeschenkte, ist gut, Wolf-Engelmann Kaunas, und die Herrschaften von der Probe haben sich dazuverfügt, kostümiert natürlich, weil man sich von dem Plunder nicht trennen kann, diese Frau Fröhlich, Lehrer Schimkus, Frisör Berger, Gendarm Wasgien. Wie groß das Gerede ist, und wie groß es sich anhört!

Gendrolis' Kleine, sagt Kairies, die Tuta, hat was angefangen mit diesem Litauer.

Da wird man doch müssen reinhauen, sagt diese Frau Urbschat, die auch mitgeübt hat vorhin, als Oberhofmeisterin Voß.

Hier im Dorf nicht, sagt Frisör Berger, das machen wir morgen ab.

Da steht also noch mehr auf dem Festprogramm. Und diese mit dem Auto gekommenen Gäste werden wohl auch etwas beitragen.

Rechtsanwalt Neumann schickt immer mal wieder einen schrägen Blick zu seinen Spießgesellen hinüber, so zwischendurch: zu diesem Kumpan oder jenem Komplizen. Dann saust auch gleich ein kräftiges Wort über den Tisch und spritzt auseinander, wie Peitschenknall um die Ohren: Nationale Schande, oder: Deutsche Ehre, irgendwas, laut wie sich soetwas spricht, wenn es der Richtige im Maul hat, mit weit geöffneten Naslöchern, angezogenen Mundwinkeln, wenig temperiert. Dann hat Führer Neumann sein Stichwort, dann kann er wieder eine ganze Partie seiner morgigen Festrede auf Wirkung prüfen, er ist da genau.

Jetzt, bei Gendrolis' Tuta, kommt er, nachdem er kurz Ehre mit Würde ergänzt hat, ohne Verzug auf die alten Germanen. Und wenn man diesem Memeler Herrn auch bisher mit Achtung gelauscht hat und es wohl sonst auch weiter tun wird, hier hält sich Präzentor Kankelat nicht mehr zurück, das Bier ist gut, vom Schnaps nicht zu reden: Die saßen zu beiden Seiten des Rheins und tranken immer noch eins, und – Neumanns Einwurf: Unser Rhein ist unsere Memel! glatt überhörend – noch einmal: Und tranken immer noch eins! Und jetzt das feine Gegröhle von Gendarm Wasgien und Schwill und Urbschat hinterher, und Frau Fröhlichs schneidendes Organ nun mit der Wiederholung: Sie saßen zu beiden Seiten des Rheins, und Altsitzer Lemkes würdige Feststellung, als einen würdigen Abschluß: Müssen aber großen Arsch gehabt haben, diese Germanen.

Nicht ganz leicht, für Neumann, Kimme und Korn in Einklang zu bringen oder, wenn man will: die Schneide scharf zu halten, das heißt, die Leute beim Thema.

Wir wissen doch, was auf dem Spiel steht, sagt er entschlossen.

Na gewiß doch, das wissen wir alle, ruft Plattner von der Theke herüber, das soll beruhigend wirken.

Aber Kankelat schreit: Na und wir erst! Mir haben sie diesen Litauer reingesetzt! und will weiter loslegen und sagt doch plötzlich, wie abgeschnitten, nichts.

Da kommen nämlich die Tilsiter Herren die Treppe herunter und Potschka vor ihnen her.

Kankelat erhebt sich sofort, steuert, mit einem knappen Nikker an Potschka vorbei, direkt auf Voigt zu: Herr Professor, wie kommen Sie denn hierher?

Mit der Kleinbahn, sagt Voigt, ich darf Sie mit Herrn Konzertmeister Gawehn bekannt machen, Herr Lehrer Potschka ist Ihnen ja wohl –

Ist er, sagt Kankelat eilig und: Sehr erfreut, Herr Konzertmeister. Und zu Potschka zurück, mehr gezischt: Wir sprechen uns noch, wegen heute früh.

Sie belieben, Herr Kankelat? Voigt setzt den Hut auf, nachdem er leicht zum Tisch hinübergegrüßt hat, und weil Präzentor Kankelat abgewinkt, Ach nichts! gesagt hat, mit einer freundlichen, langsamen Kopfdrehung: Wir machen einen kleinen Spaziergang durchs Dorf.

Neumann hat aufgehorcht – Professor –, schießt flink, aber adrett auf die Gruppe zu, steht, zieht einmal kurz das Kinn auf den Schlipsknoten hinab, läßt es wieder hochschellen, da tritt ein spitzer Adamsapfel hervor: Neumann, ein bißchen schnarrend, dann weicher: Ich habe die Ehre mit Herrn Professor Voigt? Und auf Voigts ungerührtes Gewiß doch! gleich etwas straffer: Sie werden das Vergnügen haben, hier ein nahezu unberührt deutsches Dorf vorzufinden.

Deswegen ist Voigt ja eigentlich gerade nicht hergekommen.

Unberührt, na na, und das mit Gendrolis' Tuta? Altsitzer Lemke wackelt der Kopf, vor Lachen natürlich, vor tiefinnerer Freude. Unberührt, na na! Und ist das nicht überhaupt der Kerl da, der Tuta ihrer, der Litauer? Hübscher Bengel!

Und deutsch kann er auch, sagt Frau Fröhlich, die aus der Stadt ist, aber das will ja nun gar nichts besagen. Deutsch kann jeder, sagt Lemke, er weiß, was er sagt, mehr auch nicht.

Wer nicht glaubt der wird nicht selig wer nicht mahlt der wird nicht mehlig. Das ist ein Gesang, hinten am Tisch, aus der Ofenecke hervor, ein Gesang ohne Zähne, kein Lallen, das nicht, ein Geheul wie ein Wischlappen, es hängt sich einem an.

Verabschiedung unter der Tür. Voigt ist Schritt für Schritt weitergegangen, zielbewußt auf den Ausgang zu, er hat den höflichen Gawehn fast ein bißchen ziehen müssen. Jetzt stehen sie auf dem Platz, wo die Straße vom Bahnhof her auf die Dorfstraße trifft. Wohin es Potschka gezogen hat, wissen wir schon. Er ist fort.

Die Kirche lassen wir uns für morgen, sagt Voigt. Da bleibt also die Kirche linkerhand zurück, hinter dem Pastorat ist das

Dorf sowieso zuende, es erstreckt sich nach rechts, eine gepflasterte Straße entlang, die sich zuletzt in drei Straßen verzweigt, die mittlere ist die Chausee und führt, aus dem Dorf hinaus, einen Hügel hinauf.

An den ziemlich baufälligen Gutsscheunen vorbei geht es, hinter denen die flache Bodenerhebung, über die sich das Gut regellos verstreut hat, gleich abfällt, auf die Wiesen zu und dahinter das Moorgebiet, an Strauchwerk und Schilf erkennbar und dem reichlich früh gestochenen Torf, der dort zum Trocknen aufgebaut ist. Die Straße verläuft am Fuß des linkerhand sich erstreckenden Hügelrückens. Auf halber Hanghöhe die Gehöfte, dahinter, bis zur vollen Höhe hinauf, die Gärten. Auf der anderen, flachen Straßenseite nur hier und da ein Gehöft.

Da sind sie nun schon ein Stück hineingewandert ins Dorf. Frau Kankelat, die aus dem Schulhaus gefegt kam, weil es ihr eingefallen war, ihren Mann aus der Wirtschaft zu holen, ihn zu retten, den armen Kranken, vor der Verführung und also vor dem Verderben, dem frühzeitigen: bei seinen sechzig Jahren, Frau Kankelat hat noch die Rücken zu sehen gekriegt, Voigts würdigbreiten und Gawehns gestreckt-schmalen, gerade noch, ehe die Herren herum waren um die Scheunenecke.

Wer mög das nun all wieder sein?

Aber die Kankelatsche hat keine Zeit für solche Überlegungen, jede heißt jetzt: Der unvernünftige Kerl!

Da hat sie schon recht, überhaupt: Lauter Ärger von morgens an. Was war heut nicht alles los!

Morgens gleich: Ein Geschrei in der dritten Klasse bei den Kleinen, ich sage: zum Wegrennen! Also läßt man die Betten Betten sein, ungemacht mitten im Machen, läuft hinüber, da sind die Kinder allein, vom Potschka nicht die Spur, da ist das ja dann kein Wunder: man kommt rein in die Schulstube und alles durcheinander, Greifchenspiele oder Versteckchen hinter den Bänken.

Wenn ich in Rucken in die Klasse kam, standen die Kinderchen hübsch auf und sagten Guten Morgen! Das hatte Frau Kankelat noch freundlich, aber schon laut genug kundgetan, diesen Kinderchen, und das Guten Morgen schön betont, wie man sich ein von vierzig Kinderchen gemeinsam aufgesagtes Guten Morgen auch vorstellt. Aber die Kinderchen waren nur schwer dafür zu erwärmen gewesen, erst nach ausführlichen Ermahnungen, namentlicher Anrede, auch ein paar Püffen. Und auf die Frage dann nach dem Lehrer hatte es, in einem wilden Chor, aber doch schon geordneter als bei der Begrüßung, geheißen:

Herr Lehrer,
weg wär er.

Also der Potschka nicht da.

Also den kleinen Endruschat hinübergeschickt, zu Plattner, das artige Kind. In einer halben Stunde war Potschka zur Stelle gewesen. Verschlafen. Wie wird das schon sein?

Liegt da halb über dem Tisch, die Finger alle zehn in seinen Zetteln, Petroleumlampe ausgebrannt, der Zylinder vollgerußt von oben bis unten, eine Luft im Zimmer –, ich kann mir schon denken: eingeschlafen bei dem vielen Papier, das der da alles hat. Wird noch ganz verdreht werden, der Mensch!

Schlimm wurde es ja erst dadurch, daß der eigene Mann, in diesem Zusammenhang der Herr Präzentor, also der Vorgesetzte Potschkas, auch nicht erreichbar gewesen war. Die ganze Nacht nicht nach Hause gekommen. Vollgesoffen – und also verführt – hatte sie ihn aufgefunden, und wo? Beim neuen Pfarrer.

Da hatte sie am Pfarrhaus geklopft, um neun Uhr, nachdem sie die drei Dorfkrüge abgeklappert und auch bei Lengweneits und bei Kairies hineingesehen hatte, weil die ihren Schnaps selber brannten – unerlaubterweise, aber ganz gut –, Schlag neun, weil man geistliche Herren nicht früher behelligt, aber Laser, der neue Pfarrer, hatte sie gleich hereingebeten, hatte gesagt: Ich kenne sie noch nicht auseinander, suchen Sie sich Ihren aus. Da hatten die Saufsäcke kreuz und quer auf den Dielen gelegen. Alles ganz harmlos, hatte Laser gemeint, und eigentlich war es ja auch so gewesen.

Laser, eben erst von Robkojen hierher versetzt, hatte seine neue

Stelle, noch vor der Einführung am Sonntag, mit einer Versammlung des Gemeindekirchenrates bei sich begonnen, Freitag abend um sieben. Es war auch alles schnell und ohne Widerrede besprochen worden, das Amtliche, aber dann hatte einer und gleich noch einer – wer, war ja vielleicht nie mehr festzustellen, denn Laser kannte sie noch nicht auseinander, und die andern kannten sich dann bald selber nicht mehr – auf den Ruf, der dem neuen Herrn Pfarrer vorgeeilt war, angespielt: Ein fröhlicher Mensch! Wozu noch eine bestimmte Armbewegung gehört, im Lied mit den Worten: Setzt das Gläschen an den Mund! ausgedrückt, in manchen Gegenden mit der Rede: Seele, weich aus, ich gieß dir eins über!

Laser, das hatte sich da herausgestellt, war tatsächlich kein Spielverderber. Hatte die Flaschen geholt, gar nicht erst aus der Kammer, sondern gleich aus dem Schrank in der Ecke, hatte alle geöffnet und auf den Tisch gestellt und sich selber durchaus nicht zurückgehalten.

Aber er schien solchen Geschäften auch gewachsen zu sein. Kankelat jedenfalls – und den andern ja auch – war die Sitzung nicht bekommen. Frau Kankelat hatte ihn nach Hause führen müssen und nicht einmal laut schimpfen dürfen dabei, nicht einmal leise, nur inwendig. Um den Mann nicht zu reizen. Der kriegte das fertig: Blieb auf dem Kirchplatz oder vor der Schule stehen und brüllte in die Gegend! Und jetzt saß das schon wieder im Krug, aber es heißt wohl: der – statt das –, der arme Mensch, der Verführte, der Kranke.

Eines Tages, sag ich, da platzt mir aber der Geduldsfaden!

Und damit ist Frau Kankelat durch die Tür und steht in Plattners Krug.

Das sieh dir nun aber gut an, Hermine Kankelat, das vergiß nicht so schnell. Wen hast du da alles beieinander? Sollen wir sie dir aufzählen? Wie sie da herumsitzen und schreien und ihren Führer hochleben lassen, der immer gerade irgendeinem auf die Schulter zu klopfen hat und auf einen anderen, noch größeren Führer zu verweisen, der nicht Neumann heißt, wie er. Und diese anderen sieh dir an, diese Komplizen oder Spießgesellen: die irgend etwas ausrotten wollen. Wie es scheint, Menschen. In die Steppe hinausjagen. Ab und Schluß. Und diesen dorfbekannten Schreier, da bei ihnen, den hör dir jetzt an: Wer nicht glaubt der wird nicht selig wer nicht mahlt der wird nicht mehlig.

Versuch deinen Kranken hier herauszuangeln, hoffentlich glückt es. Aber vergiß das hier nicht. Auch wenn sie jetzt, unvermutet vielleicht, für den, der von draußen kommt, alle zu singen anfangen, auch der Schreihals: Guter Mond, du gehst so stille. Weil Plattner die Fenster geöffnet hat, aber sie jetzt, bei diesem Gesang, gleich wieder zumacht.

Plattner läßt niemand mehr zur Türe herein. Lieber: Geschlossene Gesellschaft, als: es gibt einen Skandal. Der Verzehr reicht ja wohl aus. Den Saal hat er abgeschlossen, wer sich Bewegung machen muß, geht am besten nach Hause. Aber nicht unfreundlich werden. Wenn es auch schwerfällt. Und Frau Plattner schließt jetzt noch die Tür nach dem Hof ab. Die pissen mir ja die ganzen Begonien um.

Oben, über dem Saal, ist es still. Das Fenster geschlossen. Ein verlassener Raum. Vorhin waren Leute hier gewesen, hatten dagesessen, waren kaum einmal aufgestanden, für ein paar Schritte, hatten ihn also nicht ausgemessen, aber doch dagesessen, auf festen, litauisch geschnitzten Stühlen, mit ihren Reden und Überlegungen. Dann waren sie gegangen, der Raum war verlassen worden.

Der Vorhang ist nicht vor das Fenster gezogen. Das Licht, das um das Dorf geht und sich verändert, über dem Rieseln der Kornfelder hinter dem Pastorat, über dem Dunst aus dem kleinen Teich an der Schmiede, über den Gerüchen des Torfmoors, die wie ein Rauch sind, kommt mit immer neuen Farben, Färbungen, Farbtönen am Fenster vorüber. Hält sich vielleicht auf jetzt. Wischt über die litauischen Decken, auf dem Tisch und auf dem Bett: weiße Gewebe, mit mattierten und glänzenden Flächen, Vierecken von wechselnder Breite gemustert und gerändert von dreifachen Bändern aus Kreuzen, Winkeln und Sternen. Fährt über die litauischen Schnitzereien, an den Stuhllehnen und dem Handtuchhalter: Strahlblüten, Sechspässe, durchbrochene Halbringe, volutenartige Bekrönungen.

Die merkwürdig schönen Bilder zu beiden Seiten des Fensters leuchten ein wenig auf, dem Licht nach, das in den Raum hineingeht und sie nicht sieht, diese Bilder des Čiurlionis. Das eine: Die beiden Könige. Bräunliche und bläulich-grüne Töne, vor einem Gewirr von dunkleren Stämmen und Astwerk, durch das der Himmel mit weißen Sternfeuern scheint. Der jüngere König hält dem älteren auf den flachen Händen ein Bauerngehöft, über dem sich ein Sonnenrund geöffnet hat, entgegen, und der alte, langbärtige König neigt sich mit Ernst darüber. Und das andere Bild: Zwei Kreuze. Eigentlich zwei gekantete Stangen, die unter einem aufgesetzten Spitzdach kleine, von geweihartig ausgesägten Verzierungen umgebene Kreuze tragen. Beide auf einer Wiese aufgestellt, in der man Marguerite und Campanula erkennt, vor einer Schlucht, in der vielleicht ein Wasser läuft. Dahinter steigen die Hänge mit Felderstreifen auf, zu einem mit Birken bestandenen Höhenweg. Bilder dieses Čiurlionis, der nichts sein konnte, damals, der es versucht hat in Wilna, zuletzt in St. Petersburg, der krank gestorben ist, 1911. Die dem Licht nachleuchten, das sie nicht sieht, das zugeht auf das Bild gegenüber dem Fenster, die Fotografie einer alten Frau. Was ist da zu sehen, wie drückt man es aus? Die Augen einer alten Frau.

Ein Blick, der sein Gegenüber erfaßt, ihm entgegengeht, oder es erwartet. Und immer schon begonnen hat, Erwarten und Entgegenkommen in Übereinstimmung, schließlich zur Deckung zu bringen. Bereite Freundlichkeit. Die nicht zugreift, die einen oder einen halben Meter vorher verhält, den Raum läßt: für die Bewegung des andern, der nicht gezwungen sein soll, nicht einmal überredet, weder von diesem Blick noch von der eigenen Regung: Eine alte Frau, man müßte sie stützen.

Diese Augen haben geprüft, was zu prüfen war. Das heißt nur: sie haben gesehen, und es ist nicht hergegangen wie mit den Erbsen im Märchen. Das war ein braves Kind: Die guten, die schlechten, aber doch eben flink und schlicht, hierhin, dorthin. So brav ist die Welt nicht gewesen.

Das Licht tat sich ein bißchen irritant. Manchmal schien es, als wechselten die Dinge in der Beleuchtung, als schwankten Form und Konsistenz. So zogen sich die Lider ein wenig zusammen, der Blick verengte sich, aber es war doch zu spüren, wenn er es tat, – ein vorübergehender Zustand, vorüber mit dem irritanten Licht, dann wieder wie eh und je: der Blick aus Gehen und Warten.

Der feste Mund zum Reden. Weil nicht weniges zu sagen war und Überlegen und Denken nicht ohne Rede vorging. Dann, als die Kinder heranwuchsen, die andere Rede, die Mitteilung, aber nicht mehr auf Fragen gerichtet. Die verlor, an Wirklichkeit, was sie gewann, an Prägnanz. Also kam wieder das Innehalten, einen oder einen halben Meter vorher. Zuspruch, Mahnung – Moral, was gemeint war, fand sich zurückgetan in erlebbare Zustände, das Gute und Rechte als tägliches Verrichten.

Das Bild einer alten Frau, Potschkas Mutter, Mitte Sechzig, in farbigem Kopftuch und einem so kräftig gewebten wie entschlossen zugeknöpften Kleid. Das leichte Mißvergnügen, an der Nasenwurzel und im rechten Mundwinkel, geht auf den Fotografen, der wohl zu lange braucht für die Prozedur.

Was beschreibt man an einem solchen Bild?

Vielleicht, daß man es immer nur ansehen soll? Und zurückgehn wie das Licht.

Das den Raum hinter sich gelassen hat, draußen über die Hauswand fährt, über die Mauer zum Park, über die Spitzen im Grün, als schnitte es Zackenmuster hinein.

Ein verlassener Raum bleibt zurück. Ein summender Ton hat sich erhoben, von den Dielenbrettern herauf, oder ist niedergesunken, von der Balkendecke herab, ist stehen geblieben, wie um die angerissene Saite einer Gitarre oder um die schwingenden Hölzer eines alten Claviers.

Voigt und Gawehn stehen vor der Gasthoftür. Sie haben einen langen Weg gemacht, weit über das Dorf hinaus, wo sich hinter dem letzten Hügel zu beiden Seiten der Straße die Ebene auszubreiten beginnt, auf den Strom und seine Flüsse zu. Einen langen Weg mit langen Gesprächen: über diese litauischen Dinge, und also über diese deutschen Dinge auch.

Sie sind doch immer so gegangen, die Dinge, hat Voigt gemeint. Und Gawehn ist stehen geblieben, einmal, im Nachdenken darüber: Soviel gute Leute, und soviel Bemühung: um dieses Miteinanderleben. Soviel Kummer, aber soviel guter Wille doch, – was hat es eingetragen zuletzt?

Und ist mit Zuletzt dieser Tag gemeint?

Frau Plattner hat die Tür geöffnet. Da gehn sie hinein. Da drin hat es sich ausgelebt.

Gute Nacht, sagt Gawehn. Er wird morgen nach der Kirche zurückfahren in die Stadt. Abends: Der Schmied von Marienburg. Eine Oper. Man streicht seinen Part.

Voigt wird noch bleiben, morgen das Fest ansehen. Welches, sollte man fragen, aber warum? Abends mit dem Dampfer zurückfahren, stromab, das ist eine stille Fahrt, nur beim Ablegen und dann wieder, nach Stunden, beim Anlegen wird sich das Schaufelrad rauschend drehn. Da wird Voigt sitzen und auf die Lichter warten, mit denen die Stadt näher kommt, bis das Filigran der Brückenbogen erkennbar geworden ist und das Fluten des Himmels darüber langsamer, vor der Schwärze von allen Seiten.

Gute Nacht, Herr Gawehn, sagt Voigt. Morgen ist wieder ein Tag.

# III. KAPITEL

Potschka also hat es eilig gehabt.

Es ist ja noch nicht dunkel, als er vor Gendrolis' Wirtschaft steht und einen Augenblick überlegt, was er heute, am Sonnabend, sagen wird, in Gendrolis' Küche, also zu Gendrolis' Frau, oder in Gendrolis' Stube, also zu Tuta Gendrolis' Vater, denn die Gendrolis sind fromm, und Sonnabend ist, bei Frommen, ein frommer Tag, aber was wird er schon sagen? Guten Abend. Also: Laba vakara, aber ganz kurz zusammengezogen, wie ortsüblich. Obwohl der Herr Lehrer es schon so korrekt sagen könnte, wie er es den Kindern beizubringen hat, wochüber, aber am Sonnabendabend nicht.

Die Einfahrt von der Straße führt ein bißchen abschüssig auf den Hof. Der Hof ist fast völlig eingegrünt, Hundskamille und Wegeblatt, nur in der Mitte, um den Ziehbrunnen, tritt die freigespülte Erde hervor, und dicht um den hölzernen Brunnenrand zieht sich ein heller Streifen Sand.

Es ist die Zeit, wo die Hühner schlafen gehn, eins nach dem andern die Hühnerstiege hinauf. Der Hahn macht den Weg vor, zwängt sich dann aber noch einmal heraus, läßt sein Volk vorbei und beschließt den Einzug. Die Truthühner flattern in ihren Schlafbaum am linken Stallende auf. Weiße Truthühner, herrenlos, ohne Hahn. Da sitzen sie breit im fingrigen Eschenlaub.

Gegenüber der Einfahrt das Wohnhaus. Ein Lehmbau mit tiefhängendem Strohdach und niedrigen Fenstern, weiß gekalkt, wie Stall und Speicher auch. Tür und Fenster von zackig ausgesägten Brettern eingefaßt, und die Tür, am Sonnabend, offen, die Schwelle mit weißem Sand bestreut.

Potschka zieht den Kopf ein unter dem Türbalken. Der Flur

dunkel. Aber es sind ja die üblichen fünf Schritte bis zur Küchentür, dann, in der Küche, brennt die Petroleumlampe, die übliche Zylinderlampe ohne Glocke, hängt üblicherweise an der Wand, und damit genug.

Auf der Bank am Herd sitzt Oljane, die nur wenig, aber sehr schnelles Deutsch spricht, ein spätes Mädchen mit zwei Hochzeitsausstattungen, selbstgewebten sechzig Metern Handtuch, einem größeren Vorrat gesponnener Wolle, aber doch wenig Aussichten. Sitzt und behnt sich die Füße. Und hat, ohne Gruß und nichtige Nachfragen, ihre Rede beim Wickel: von den schlechten Zeiten, die kommen werden – als wären sie nicht schon da –, und von der großen Eile des Weltlaufs: Ich renn und renn, rein wie ein verspackter Eimer, das heißt: sie ist auf den Füßen, von früh bis spät, und jetzt sitzt sie, die Füße in kochend heißem Wasser, und das Wasser sieht sehr dreckig aus und ist aber nicht dreckig von den Füßen, die wäscht man sich an der Pumpe im Stall, wenn nicht am Hofbrunnen, sondern vom Hühnermist. Den löst man nämlich im heißen Wasser auf, das ist gut für angestrengte Beine, für aufgedrungene, also geschwollene Füße wie für aufgescheuerte Stellen, für oder gegen, das ist hier egal.

Also: die bedenkliche Eile, und überhaupt: die schnellebige Zeit. Aber das alles nun, weil Potschka dasteht, kurzerhand auf die Füße abgeschoben, da soll es jetzt bleiben, da unten, und oben, in den lebhaft miterzählenden Armen und, noch mehr, im lebhaft mitspielenden Gesicht: etwas Lustiges auf den Abend, denn Oljane ist allein im Haus, das erfahren wir noch, und lustig, wenn das nicht zu grob gesagt ist, aber es ist nicht so gemeint: lustig wie Staschulls Schwein. Die Geschichte ist so, aufs allerkürzeste:

Briefträger a. D. Staschull, also der Herr Staschull, hatte Bier gemacht, nicht zu viel und nicht zu wenig, gerade soviel, wie man, bei einem Morgen Wiese, zur Heuernte braucht, also zu wenig auf keinen Fall. Und die Rückstände, die schöne Gerste, dem Schwein eingeschüttet. Na ja, und die Sau hatte das, ratsch, ratsch, runter, und dann ging das los, hin und her, und gegen die Wände gewackelt und, wer weiß, die Wände hoch, wenn das geht, und gegrunzt und gequiekt, und wie der besoffene Mensch sich rein beschissen vor Vergnügen, und immer rund. Und der Staschull, also der Herr Staschull, rein in die Bucht und sich anfurzen lassen von dem Tier und wieder raus und das Messer geholt. Denn jetzt schmeißt sich die Sau hin und Augen zu und schnarcht. Und der Staschull sitzt da, wie du jetzt – also gar nicht: wie Sie, Herr Lehrer, jetzt ist es schon egal, jetzt mitten im Erzählen. Sitzt da und sitzt, auf dem gemauerten Trogrand, das Tier röchelt ganz friedlich, ein bißchen unregelmäßig, sitzt da, das Messer in der Hand. Ehe sie krepiert, wird er sie gleich abstechen. Sitzt bis Uhre fünf morgens, dann hat die Sau ausgeschlafen, steht auf, mäkelt am Futtertrog herum. Weil nichts drin ist. Jetzt kann der Staschull auch aufstehn, sich recken, in die Schlafstube gehn, fällt aufs Bett, ist weg, das Messer in der Hand, die Schlorren an den Füßen.

Und wer also jetzt lustig ist, ist lustig wie Staschulls Schwein, seitdem, gar nichts weiter dabei.

Und die andern, ja, Gendrolis sind bei Dreschers gegangen, Versammlung oder Betstunde. Das ist das gleiche, Oljane geht da nicht gerne hin, gesungen und gesungen, alles diese Zieper. Zipanschuju, sagt Oljane auf solche Sänger.

Also zu Dreschers hinüber.

Das ist ja einfach, bei diesen Betstunden, man setzt sich dazu. Und jetzt haben sie schon aufgehört mit dem Gesang, jetzt redet der Grinda, im Stehen, zu seinen Frommen, die sitzen.

Das ist eine andere Rede als Oljanes eiliger Bericht. Pausen, aber auch diese von runden Armbewegungen begleitet, nur langsameren, und die Rede ruhig, gleichwohl ohne Stocken, vorgetragen, wie billig: mit der gehörigen Salbung; dazu gehört weniger Übung, es ging von Anfang an so gut, doch dafür Erfahrung, die mußte man erst erwerben. Ehe das Reden beginnen konnte.

Was da in Rede steht, ist üblicherweise die Sünde, das, was der Mensch zuwege bringt, in Worten und Werken, darüber braucht man sich nicht viel aufzuhalten, sondern kommt bald zu den Strafen, dem Strafgericht, dem Sündenlohn, wo einem die Szenen, die

Bilder, Farben, Vergleiche nur so wie Öl vom Munde gehn, immer hinab wie in Aarons Bart, Psalm 133, Vers zwei. Und zu den Strafen, was gehört nicht alles dazu! Frau Drescher hat Zahnschmerzen, rechnen die auch darunter? Aber wofür denn, wofür? So gerät man auf eine Rechtfertigungslehre: rechtfertigen wird sich der Mensch, dieser Sünder, er sagt zu seinem Gott, der eigentlich die Rechtfertigung übernommen hat, er habe doch gar nichts getan, oder: wenn man zum Beispiel sieht, was andere alles machen, und denen passiert nichts, im Gegenteil. Also kommt man aufs nächste: auf Unschuldig-Leiden, womit der Vater die Seinen väterlich züchtigt, auf diese Prüfungen, die er seinen Kindern bereitet. Ein ganz fixer Werdegang: von der heulenden Horde der Sünder zur friedevollen Gemeinschaft der Heiligen, vom Zähneklappern zum Halleluja. Das ist erbaulich, man weiß sich gerecht, ohne Federlesen, man hat etwas hinabzuschauen, auf die Sünder, die draußen sind.

Zum Abschluß hat Grinda noch seinen gedruckten Traktat: Große Wunder Gottes in den jetzt vergangenen Tagen, zwei Lit fünfzig das Stück, acht Seiten, Verfasser Friedrich Wilhelm Grinda, Bäckergeselle in Ruhe, und die ebenfalls gedruckte Postkarte mit einem Gedicht, achtzig Cent, ebenfalls mit voller Verfasserangabe:

Ist die Sünde auch blutrot,
schlägt sie Gott in deinem Herzen tot.

Und wenn man, in der Ansprache vorhin, auch über eine solche Betrachtungsweise hinausgelangt ist, einige Karten wird Grinda schon noch los, das Achtseitenheftchen hat schon jeder, das abschließende Gebet ist wieder Sache des Hausvaters, also Dreschers, das Vaterunser sprechen alle: Vater unser, oder: Téwe musu, kurs esi Dauguje.

Man trennt sich, Grinda bleibt hier, Potschka sagt Gute Nacht, aber nicht allen, Schilat dreht sich weg, Tuta ist schon hinaus.

Und draußen ist es schön still.

Und dunkel noch immer nicht.

Man sieht weit über die Wiesen, bis an die Berge im Süden. Die Luft riecht nach Heu und vielleicht nach Staub, gar nicht nach Abend, nicht so glatt und gar nicht nach Feuchtigkeit, und ist fast ein bißchen bräunlich, gar nicht so bläulich-grün und weiß überhaupt nicht.

Man geht in die Wiesen hinein, auf dem Fahrweg, und die Berge kommen nicht näher, bleiben stehen in ihrem Licht und ein bißchen auch wie im Staub. Nur das Häuschen vor den Bergen, das aus seinem Garten hervorsteckt, das kommt näher, wenn auch langsam. Da hat man schon Licht gemacht, im Haus, man erkennt: die Sonne ist das nicht, dieser rötliche Schein in den Scheiben, die ist schon fort, weitergegangen, hinunter in Richtung Kerkutwethen.

Aber man muß ja nicht hingehn zu dem Haus, wenn man es schon weiß, man kann ja abbiegen vom Weg, der auf dieses Häuschen zugeht und dabei bleiben soll: ein litauisches Haus, Potschka kennt es, Gendrolis kennen es auch, zwei alte Frauen wohnen darin, der Garten ist voller Rosenstöcke, und an allen vier Hauswänden, an allen weißen Wänden stehen rote Malvenstöcke und blühen von oben bis unten, bei Malven richtiger: von unten bis oben, und die Blüten, diese einfachen Rosetten, schließen sich nicht, es kann Nacht werden, ihretwegen.

Also nach rechts abgebogen. Das Häuschen bleibt dort, es heißt Rosenhäuschen, es trägt die beiden, aus Brettern geschnittenen Pferdeköpfe am First, und bleibt zurück, und jetzt soll es wirklich dunkel geworden sein.

Das Mädchen sagt: Morgen, das Fest.

Sie gehen über die Wiese. Ein bißchen Tau, aber die Wiese ist gerade erst geschnitten, da ist es nichts mit feuchtem Gras, die Erde trinkt alles weg, und der erste Tau ist längst aus der Luft. Sie gehen in einem kleinen Bogen auf das Gut zu, das mit hohen Scheunen und dem alten Park wie ein Gebirge in der Dunkelheit liegt.

Die Eltern fahren nicht hin, sagt das Mädchen.

Aber wir, sagt Potschka, nicht wahr, wir fahren.

Komm, sagt Potschka. Da stehen sie an einem Heuhaufen. Potschka schichtet die oberen Schwaden um. Das Dunkel hat alle Wärme des Tages behalten, eher noch ein wenig dichter zusammengetan. Man möchte nicht reden, und hat doch, wie von selber, zu erzählen angefangen.

Der Park ist hier ganz nah. Man unterscheidet einzelne, besonders hohe Bäume. Und hört die Schreie, von einem der Bäume, und die antwortenden Rufe von unten herauf, und jetzt beginnen die Schreie um die Kronen der Bäume zu schweben, und ein Rauschen von Flügeln ist da: die Pfauen fliegen umher und rufen einander zu. Potschka kennt das, es tönt ihm Nacht für Nacht in den Schlaf, Juni über.

Er hat zu erzählen begonnen, von der Jugend, eine lange Geschichte, höhere Schule, Präparandenanstalt.

An meinen Vater erinnere ich mich nicht. Wir hatten ein Bild auf dem Vertiko. Damals hatte ich einen Freund, wir haben uns Gedichte vorgelesen, es gibt da Winkel in der Stadt, dort liest es sich leichter. Gedichte mit Gefühlen, die man sich nicht sagt, sonst; alte Steine helfen ein bißchen, am meisten der Schatten. Bäume gab es dort überall.

Sonst ist man fremd in der Stadt und bleibt es. Die Häuser eins an das andre gebaut, man geht an den Wänden hin, enge Straßen. Durch die Stadt fließt ein Fluß, teilt sich und vereinigt sich wieder. Die Insel, die er bildet, trägt eine alte Kirche aus Ziegeln und enge, hohe Häuser, in gehörigem Abstand von der Kirche, die auch noch eine Reihe alter Linden vor ihren schmal aufsteigenden Fenstern hat. Einen viereckigen Turm gibt es an der einen Ecke der Insel und nicht weit davon einen Torbogen, und über den Pauperhausplatz kommt man zum Collegium Albertinum. Dort hatte ich mit Freund Sperber eine Stube, auf Kosten der Litauischen Stiftung, wir speisten, wie das hieß, in der Kommunität. Einmal bin ich ohnmächtig geworden, auf der Straße, vom leeren Magen, in der Brodbänkenstraße, der Dr. Kongehl hat mich hereingenommen, in sein Haus, ich hab nicht essen mögen im Haus des Ratsverwandten, er rechnete gleich die Mittel der Stiftung auf, und es wäre über den Herrn Ephorus gekommen, daß er nicht zu wirtschaften verstehe, der Litauer, mit den doch reichlichen Mitteln. Da kannte ich dich noch nicht, Anna Regina.

Das Mädchen hat sich zurückgelehnt. In die Wärme, die aus dem Heu zu ihren Schultern aufsteigt.

Später hab ich ihn wiedergefunden, den Sperber. Er ist dann in Kunzen gewesen, lange Jahre, das ist auf der Kurischen Nehrung, er hat mich auch von dort noch besucht, es war immer, mit unseren Gesprächen, als säßen wir noch über dem Persius auf Stube Littera C: O curas hominum o quantum est in rebus inane.

Was sagst du?

O über die Sorgen der Menschen, o wieviel Nichtiges gibt es. Wir hörten damals bei Schulz und Kypke, bei dem Saltenius auch. In der Stadt redete man von ihm, er habe einen Pakt mit dem Teufel geschlossen. Wir glaubten es nicht, er kam immer langsam gegangen, er sprach leise, er hatte ganz weißes Haar. Und dann hat ihn einer von uns einfach gefragt, und er hat gesagt: Ja. Da war er ein Junge, er hat einen Zettel geschrieben und ihn ausgelegt, am Kreuzweg: An den Satan.

Drüben schreien noch immer die Pfauen. Jetzt fliegt einer über den Bäumen dahin, man sieht es gegen den Sommerhimmel, man erkennt die langwehende Schleppe, und etwas tiefer zwischen den beiden höchsten Bäumen fliegt ein zweiter. Und die Stimmen der Hennen mit kurzen, gestoßenen Rufen von unten herauf, aus den Büschen.

Was erzählst du mir da, Christian, was erzählst du mir da?

Potschka fährt auf. Anna Regina, sagt er, aber schon wie ohne Stimme, und dreht sich wie erkennend zu der neben ihm Liegenden. Und das Mädchen wendet sein Gesicht her, gegen das seine. Herr im Himmel, was hast du mir alles erzählt!

Wo komm ich jetzt her? Ich bin hier, ich weiß es, wo war ich? Und wie hast du mich angeredet eben, sagtest du Christian?

Ich weiß nicht, du sagtest Anna Regina.

Und jetzt schiebt sich das Mädchen eine Strähne aus dem

Gesicht. Aber, nicht wahr: Anna Regina, das ist doch die Frau von deinem Donelaitis? Und nach einer Weile, mit ein wenig zuckendem Mund: Potschka.

Potschka hält sie bei den Schultern, und findet sich wieder, in ihrem schon nicht mehr erschreckten Gesicht.

Du warst ein bißchen fort, du bist wieder da.

Und bleiben will ich, sagt Potschka, hier bleiben, jetzt bleiben.

Vom Park herüber die Schreie, leiser, verstummend. Jetzt ruft noch eine Henne, ganz hell und hoch, und eine kleine Weile später antwortet ihr Hahn. Dann hört man ein Rauschen, schwächer, nach der anderen Parkseite hin.

Der Mond hält sich schon lange hinter den wenigen Wolken auf. Nun wechselt er von einer zur nächsten hinüber, für ein paar Augenblicke treten zwei gelblich-weiße Wolkenränder scharf gegen die Dunkelheit vor, und jetzt gibt die dünnere Wolke einen Schein wie rauchiges Glas.

Dieser Professor und der Herr Konzertmeister schreiben eine Oper, sagt Potschka.

Das erzählst du mir morgen, sagt das Mädchen und zieht Potschka bei den Haaren zu sich hinab.

Ich rede und rede, flüstert er, das Gesicht auf ihrer Schulter, ich weiß doch, wo ich bin. Und sagt nichts mehr.

Ich war wie unter dem Wasser. Ich rief deinen Namen.

Wenn die Hände zu sprechen begonnen haben, was redet dann noch in uns? Es ist doch etwas, das redet weiter, wir hören es doch. Mit dem Ohr nicht mehr. Wie hören wir da?

Bleib bei uns, Rede ohne Mund. Bleib bei uns, Gehör ohne Ohr.

Ob die Pfauen aufgehört haben zu schreien?

Ob der Mond zu leuchten angefangen hat?

Das müssen andere wissen.

Sie kommen herauf, vom Dorfausgang, sind schon an der Pastorenscheune vorbei, Stimmen. Andere als die hiesigen, wir sind ja hier auf einer Mundartengrenze, wie Voigt gesagt hatte, das hört man schon: die Krakischker. Knechte und Mägde, einige mit Rädern, die sie führen.

Die Straße nach Schreitlaugken steigt ein wenig an, vor dem Dorf, und fällt dann wieder.

Jetzt sind sie auf der Höhe angelangt. Man erkennt die Festkleider der Frauen, Tücher und litauische Hauben, bebänderte Schürzen. Es wird schon hell.

Dieser Tag heute beginnt als ein Lied:

Wo warst du, Jonei, wo zogst du herum?

Potschka bleibt noch in seinem Dunkel, redet aus seinem Dunkel herauf: Na wo schon!, ein bißchen vermault. Und von der Straße herüber tönt es:

Bei Prachern war ich, in Schilleningken.

Und jetzt fragen die Frauenstimmen erneut:

Wo warst du, Jonei, wo zogst du herum?

Und die Männer antworten:

Bei Prachern war ich, hinter Sallehnen.

Und dahinter gleich schlägt ein Gelächter auf, aber es geht schon weiter:

Wo warst du, Jonei, wo zogst du herum?
Bei den Reichen war ich, war in Lasdehnen.
Was hat es gegeben zu essen, zu trinken?
Trank roten Wein und aß Schweineschinken.
Wer hat dich gebettet, wo hast du geschlafen?
In schöner Klete, im Buntbezognen.

Das ist das Lied, mit dem die Krakischker vorüberziehen, halb gespielt, mit Zwischenreden und anzüglichen Späßen; das Lied der Kräutersammler eigentlich, vor dem Johannistag. Königskerze, Johanniskraut, Weißklee werden gesammelt, Kamille und, aus dem Garten mitgebracht, Raute. Der Johannisbaum, ein geschälter Stamm, wird damit umwunden, Kränze flicht man daraus.

Potschka hat sich aufgerichtet, hat mitgesungen:

In schöner Klete, im Buntbezognen.

Er winkt hinüber, und die Krakischker winken zurück, und Tuta mit roter Stirn nestelt ein paar Halme aus ihrem Haar und hört, sie haben ein neues Lied und schreien es herüber zu ihnen beiden:

Wir essen grüne Gräser,
wir trinken Tau des Morgens,
wenn wir nur bleiben immer,
wir beide beieinander.

Die sind schon unterwegs, die Krakischker.
Dann steh du man auf.
Und du auch.

Hier ist diese Nacht vorbei. Diese Nacht.
Ach es war doch noch etwas: in dieser Nacht?
Zurückschauen ist schwer.
Da kommt einer den Hohlweg herauf, die rechte Abzweigung am Dorfende, wo die Chaussee anfängt. Wo Voigt und Gawehn gegangen sind, nachmittags, mit ihren Gesprächen und ihrem langen Nachdenken.
Dem sehn wir entgegen, der da heraufkommt. Das ist wie in den Ofen geblickt.
Schwärze. Die sich bewegt, zittert, weil die heißen Wände begonnen haben, unter dem Aschenbezug hervor, die aufgesogene Hitze abzutun, Dunst und gar nichts. Und weiter zurück, tiefer unter der Holzasche, taubes und blankes Rot, wechselnd aufleuchtend, verlöschend: der Junimond, ein Stück Glut und ohne Kraft.
Aus dieser Finsternis kommt das Geschrei, herauf wie gerannt, stellt sich auf den Weg. Wer nicht glaubt der wird nicht selig wer nicht mahlt der wird nicht mehlig wer nicht glaubt der wird nicht selig wer nicht mahlt der wird nicht mehlig, immer so weiter, immer dasselbe, aus dem Hohlweg herauf, mit Schnaufpau-

sen, im Stehen oder Gehen, oder im Torkeln, unterbrochen jetzt von einem Fluch. Aus dem Ofen, aus der Asche, vor dem Junimond her, der zu fahren beginnt, in den Hohlweg hinab: das Geschrei, und herauf, nun auf den Weg, jetzt vor der eingestürzten Scheune, wo der Hohlweg zuende, der Weg in Höhe der Straße angelangt ist, wo das Pflaster anfängt, wo früher das Dorf war.

Das ist nach der anderen Seite abgewandert, nach Westen, nach der Bahnstrecke hin und hat hier alles mitgenommen, nur was zerbrochen war nicht. Und nicht die großen Bäume, die Rotbuchen, die schwarz sind, jetzt. Auch die französischen Geister nicht, die da herumstehn, in diesem Hohlweg, an dieser Straße, dieser Heerstraße von damals. Wo der Napoleon vorbeigezogen ist, weiß und blau, klein und mit schneller Rede, der Imperator, auf seinem Weg nach Borodino.

Dort an den Bäumen noch einmal, jetzt, das Geschrei.

Das sieht man doch noch: Der schleifende Schritt der Soldaten, auf der Chaussee, wo die Straße ganz herauf und angekommen ist, langsam vorüber, schon aus dem Dorf heraus, die Soldaten. Und wie von ihnen nachgeschleppt – wie an Stangen nicht, aber an Seilen – die Pferdefuhrwerke, flache Wagen auf niedrigen Rädern. Nordöstliche Richtung, das ja, und Geschrei nicht mehr.

Steh am Baum, Schreihals, bleib stehn mit deiner versoffenen Zeit, deinen Flüchen auf deine Hure. Wir wissen das alle, es ist nicht schwer, das zu wissen. Und jetzt geh weiter, alles fort, die Pferde und die schleifenden Wagen. Das ganze Dorf weiß es, geh doch hinein ins Dorf.

Oder bleib. Jetzt fallen die Krähen herab, knarrende Stimmen, auf harten Flügeln, aus einer Finsternis in die andre, bis auf die Chaussee hinunter, auf die Fußspuren, Hufspuren, Schleifspuren von damals vielleicht. Schwarz drapierte Skelette, denen entgeht nichts.

Wer nicht mahlt der wird nicht mehlig. Der Mann geht nicht hinein in das Dorf, er kommt von seiner Hure und geht nicht hinein in sein Haus, und alles fort, die Straße leer, da war niemand.

Aber was war da? Hatte das angefangen, heute, in Plattners Krug? Oder wann? Früher?

Ja, wir erkennen dich schon, fang nicht erst an zu reden.

Du hattest da gesessen, mit diesen Memelern. Dir hatte der Herr Rechtsanwalt doch auch auf die Schulter geklopft. Und was solltest du doch erledigen?

Ja, richtig, den Josupeit.

Erledigen? Den Josupeit?

Du solltest ihm etwas überbringen, mündlich, einen Befehl, nicht wahr?

Das hast du doch nicht vergessen? Oder vergessen wollen? Bei deiner Hure?

Dann mach dich schon auf die Beine, es ist spät.

Der Josupeit wird noch nicht schlafen. Der wartet, der hat eine Nachricht bekommen. Du wirst erwartet, Schreihals. Aber halt dich jetzt ruhig. Graut es dich nicht?

Der Josupeit weiß nicht, wer kommt. Einer unserer Männer, so hieß es. Er wird dir also entgegenkommen. An der Parewis, am Waldrand wird er warten, hinter der Tränke. Du weißt noch, was du zu sagen hast?

Heraus aus dem Dorf bist du. Es ist, meine ich, kühler geworden. So plötzlich nicht, daß man aufschaute oder anhielte, kein Wind also, der einen treffen könnte, ins Gesicht oder in den Nakken, nur: es wird kühl, ein Frösteln zieht sich zwischen den Schulterblättern den Rücken hinab, es ist, als wären um einen her Fenster und Türen aufgegangen, unbeachtet erst, aber da hat sich eine klare Luft verbreitet, um einen her, ist ausgetauscht worden gegen die schwere, lähmende, das umgibt einen jetzt, Wasser, aber gewichtlos, und es ist heller, jetzt, unbemerkt heller geworden, ein schwimmendes Grau liegt den Schläfen an, man erkennt Bäume über sich, Dächer, Gewölbe, aus denen es wie Atmen herabfällt, und das offene Land wird sichtbar, flache Weidegärten, über denen die Helle sich ausbreitet.

Und dort zieht schon der Fluß, noch finster, eingegraben in die Buschstreifen, die sich gegen ihn drehen, erst mit dem steigenden Licht wird er weiß sein und anfangen zu glänzen.

Die Chaussee überquert ihn mit einer eisernen Brücke auf zwei Steinpfeilern, wie sie ein paar Tümpel und Gräben schon überquert hat. Linkerhand taucht er auf, der Fluß, aus den Nebeln, die man jetzt wahrnimmt, vor der Schwärze: dem Wald, und zieht nach Süden fort, auf den Strom zu, vorbei dort, wo einer schon stehen wird und warten, und weiter hinab zur Mündung, wo alle Lüfte her sind in diesem Land. Wo der andere stehen wird, der euch beide erwartet, einen nicht ohne den andern, den Josupeit und dich.

Der eine Hügel vorhin, rechts von der Chausee, an dem ein Pfad hinauflief und ankam vor einem hölzernen Tor, hinter dem sich ein Wald von dünnarmigen Kreuzen versammelt hatte, zum Herabmarsch auf die Chaussee, wie es aussah, hat sich die Krähen, die in den Bäumen waren wie vorjähriges Laub, abgeschüttelt, sie ausgeschickt, Schwärme, die sich in Gruppen teilen, in einzelne, vorauseilende Späher, die schweigen, in hin und her jagende Verbindungstrupps, die ihre Meldungen zurückrufen gegen die vorrückenden stärkeren Gruppen und das langsam folgende Gros. Dem Mann nach, der unten geht, auf der Chaussee, ein bißchen schwankend noch immer und vor sich hin redend, folgt in der Luft ein aufgefächerter, vielfach gegliederter Heerzug, folgt mißtönig langes Geschrei, sich unterbrechend und immer doch in der gleichen Tonhöhe, einförmig, zunehmend laut. Jetzt tiefer, über den Chausseebäumen hin, ihn überholend und ihm voraus jetzt, noch weiter fallend, auf das Dorf zu, das sich nach links von der Chaussee am Wald hinzieht, dort wo sich das Stromufer erhebt, aus wenig bewachsenem Sand, wo die Vögel erwachen, jetzt, mit einem kurzen Ruf, für einen ersten Flug über den Fluß. Die litauischen Vögel.

Es wird heller. Du wirst dich beeilen müssen. Über die Brücke, nach rechts in den Wald. An dem einen Gehöft vorbei.

Der Hund hat dich gehört und reißt an seiner Kette und randaliert dir nach. Scher dich darum nicht, lauf, wenn du willst. Ja, lauf! Nicht erst den Weg, gleich am Waldrand.

Da ist die Parewis. Der Graben. Die schwarze Erlenreihe. Die Wiese. Aus der sich der unbewachsene Hügel auf den Wald zu erhebt. Dahinter die Tränke.

Die Rehe, die dort gestanden haben, mit den Köpfen über dem Ufernebel, ziehen ab, als du um den Hügel herum kommst. Da steht der Josupeit, das ist er.

Ich stehe seit vier Stunden.

Sie werden heute noch nach Deutschland gebracht. Keine Widerrede, soll ich bestellen.

Wieso nach Deutschland, sagt Josupeit.

Nichts zu fragen, sagt der Mann. Knöpft sich die Jacke auf, es ist ihm heiß geworden vorhin.

Ich verstehe das nicht, sagt Josupeit. Diese Schlägereien jetzt überall. Ich bin dafür nicht geeignet. Ich dachte, ich bin in einen Kulturverein eingetreten.

In einen deutschen Verein. Der Führer sagt.

Lassen Sie mich mit Ihrem Führer. Josupeit dreht sich um und will zurück in den Wald. War das alles?

Du wirst mitkommen, Josupeit.

Was hat der Mensch da in der Stimme? Josupeit wendet sich halb. Wie sagten Sie?

Sehen Sie mal, Herr Josupeit, ich habe den Auftrag, weiter nichts, nur was ich Ihnen gesagt habe.

Du hast einmal nachgegeben, Josupeit, du gibst auch ein zweites Mal nach. Du gehst zum Fluß hinunter mit diesem Mann. Du hast ihn schon einmal irgendwo gesehen, nicht wahr.

Du gehst weiter mit ihm. Zur Mündung hinauf, zur Memelmündung. Der Mann hat gesagt: Wenn Sie nicht wollen, ich habe da nichts zu entscheiden, sagen Sie es dem Herrn Gottschalk.

Du gehst wirklich weiter, Josupeit?

Am Fluß hin, über dem es ganz hell geworden ist und der Schwalbentag angefangen hat, mit zischenden Schreien und pfeilgeraden Flügen. Du gehst wirklich?

Soll der Hörnerbock dir zu Hilfe kommen? Es ist doch Heuernte jetzt: wo er herumrennt und in die Heuhaufen stößt, daß das Feuer herausschlägt.

Und kein schwarzer Hund, tot auf deinem Weg? Dann wäre wieder ein Teufel tot. Der vielleicht, der dich erwartet.

Umgedrehte Rasenstücke am Saumpfad links. Siehst du das nicht? Was sagt man darüber, erinnere dich.

So versteckt sich der Teufel vor Perkun, das sagt man. Weißt du es nicht mehr?

Nur noch ein Mittel: Den Rock ausziehn, durch den ausgekehrten Ärmel blicken. Dann siehst du ihn, den Satan, dann erkennst du ihn, weißt, wie er sich unkenntlich gemacht hat, wie er zu dir gekommen ist, in wessen Aufzug, in wessen Namen.

Auch das vergessen, Josupeit?

Dort steht er. Erkennst du ihn jetzt? An der Mündung, noch in der Dämmerung, gerade noch vor dem ersten stürzenden Licht.

Sie wollen nicht, Herr Josupeit? Abspringen wollen Sie, Herr Josupeit, jetzt?

Dann werden wir Sie auf Grund legen. Sie zwingen uns dazu.

Aber ich bin doch kein Verräter, schreit Josupeit.

Ruhe, sagt der Säufer und hält ihn.

Zu unsicher, sagt der Teufel.

An dieser Stelle, am Zusammenfluß der Jura – die als Nawese bezeichnet wird – und der Memel, die leicht erkennbar Mymmel heißt, erfahren wir in Johannes Lindenblatts Chronik über die Taten der Deutschen Ritter zwischen 1360 und 1417, habe ein festes Haus des Ordens bestanden.

Das weiß hier keiner. Ein festes Haus, und nichts mehr zu finden, kein Stein.

Dann wird auch keiner wissen, wo der Josupeit verschwunden ist. Ein Ort, wo die deutschen Taten ihre Spur verlieren.

Und also jetzt, vom Strom herauf, über die Wiesen, die Flutlichter, mit denen der Tag angekommen ist: Sonntag, der 24. Juni 1936.

Da setzt ein Kahn über den Fluß Jura. Jetzt ist er angekommen, am anderen Ufer des Flusses. Jetzt wird ein Zeichen über den Strom Memel gewinkt.

Jetzt trennen sich die Männer. Der eine geht über Wallenthal, der andere über Schillehnen, beide haben das gleiche Ziel.

Heute Mittag, in Bittehnen.

# IV. KAPITEL

Schade, sehr schade.

Aber, Herr Voigt, sagt Gawehn abwehrend.

Man hat Sie in den letzten Jahren so selten als Solist zu hören bekommen. Schade. Ich fahr aus dem Bett, vom Glockenläuten, und finde ja auch Socken und Schlips, aber trotz aller Eile, es reichte nur noch für die halbe Predigt, Sie waren schon vorbei. Was war's denn?

Nun was schon? Bach, Solosonate C-dur, erster Satz.

Tam ta tam ta tam ta, tam ta tam ta tam ta, dann auf der Septime weiter. Voigt weiß Bescheid.

Das gleich am Anfang. Vor der Predigt noch, auf Wunsch, üblicherweise Largo.

Für alle Vorfälle des Lebens: einmal Largo, es tut wohl. Wie fanden Sie die Predigt?

Wie anderswo, aber geläufig.

Und der Hinweis auf das Fest heute? Mit dem Pfingsttext: Die großen Taten in verschiedenen Zungen, – ein bißchen kühn.

Eine Ermahnung, meine ich, die dem Gemeindehirten ansteht.

Ist aber nicht überall gern gehört worden, ich saß hinten, es war zu bemerken.

Kann er wirklich soviel bemerkt haben, der Professor Voigt?

Das Bild an der rechten Seitenwand, vor dem Ansatz der Empore, hatte ihn beschäftigt. Offenbar alt, sechzehntes Jahrhundert, wenn nicht alles täuschte, ganz fremd gegen die sonstige Ausstattung. Aus einer anderen Kirche stammend, denn diese hier gehörte wohl zu den Salzburgerkirchen, diesen schmucklosen Saalbauten, die sich die Exulanten aus Österreich gebaut hatten, als nach der langen Pestzeit die verödeten Dörfer wieder zum Leben erwachten. Ein Epitaph, eine Holztafel in reich geschnitztem, stark abblätterndem Goldrahmen: für einen Bartell Skrinius, dessen Kopfbild im Untergeschoß angebracht war, während das Obergeschoß die bekrönten Gesetzestafeln zeigte. Das Mittelfeld, eine Darbringung im Tempel, hatte Voigt am längsten ansehen müssen. Denn die nur nach den Rändern zu erkennbare Tempelhalle war auf den Hintergrund hinaus in ganzer Breite geöffnet, man sah, über einen weißen Weg herankommend, einen Bauernhaufen, Spieße und Heugabeln, hinter einem Stangenkreuz her, das ein rothaariger Mann trug.

Das hörte man doch, das sang doch, aus diesem Bild noch: Nun bitten wir den heiligen Geist. Und ihnen entgegen, in der rechten Bildhälfte: der Weißbart zu Pferde, vor Rittern und Geharnischten, unverkennbar Albertus, der vormalige Hochmeister, der preußische Herzog.

Dann konnte der Rote der Müller von Kaymen sein, jener Kaspar, der gepfählt worden war, nach dem Samländischen Aufstand 1525, als die Achttausend auf dem Feld Lauth den Zusicherungen des Herzogs vertraut und sich also selber in die Hände des von ihnen verklagten Adels gegeben hatten, in Königsberg, in Quednau, in Kaymen. Da waren doch schon einmal alle zusammengestanden, die deutschen Ansiedler mit den unterdrückten preußischen Einheimischen und den Schamaiten am nördlichen Haff.

Voigt war nicht losgekommen von diesem Bild. Das war es: was niemals geglückt war, nur für eine kurze Zeit, nur fertiggebracht von einer gemeinsamen unerträglichen Not. Andere Wege gab es nicht?

Voigt hält die aufsteigenden Gedanken mit anderen Überlegungen zurück. Aber wie soll das glücken? Klagen, Eingaben, Mahnreden, alles nichts? Die bitteren Worte des Dorfpfarrers nichts? Die alle gesagt werden sollen, in dieser Oper?

Da sind sie auf dem Weg zum Bahnhof. Voigt bringt Gawehn zum Zug. Gawehn sagt:

Herr Potschka war so freundlich, mir einiges mitzugeben, gestern, ich hab gegen Morgen etwas notiert. Ein Ensemblesatz, acht Stimmen plus Orchester, Ihr Personenverzeichnis reicht doch wohl aus? Die Hochzeitsszene meine ich: Donelaitis unter seinen Figuren. Sie würde dann das Hauptgewicht haben, was ja in Ihrem Sinne, denke ich.

Der scharfe Dialog mit dem Amtmann –

Stünde dann davor. Aber vielleicht – schon wieder ein neuer Einfall, Gawehn bleibt stehen –, vielleicht sogar besser: danach. Dann müßte allerdings etwas Kräftiges folgen, ein Unisono aller Hochzeitsgäste.

Sehen Sie, sagt Voigt vergnügt.

Ja, Herr Voigt, ich fahre nach Hause, es juckt in den Fingern, es hat mich erwischt.

Sehen Sie, sehen Sie.

Und jetzt wird Voigt sich nach Bittehnen kutschieren lassen, per Automobil. Er hat es mit Bäcker Eywill verabredet, der Gelegenheitsfuhren macht.

Hut und Stock, die Zettel noch einmal überprüft, alles da.

Dann sind wir so weit, sagt Eywill. Und nach einer halben Stunde Kieschaussee, an Polompen und Uszbitschen vorbei, erst ein bißchen Lehm, dann immer mehr Sand, sandige Wiesen, Buschwald, viel Laubbäume: Endstation. Eywill hat eine städtische Ausdrucksweise.

Auch nichts vergessen, Herr Professor?

Er hat zu tun, der Bäcker. Zurück jetzt, nachmittags noch eine Ladung Semmel und Pamel – größer und runder als Semmel – hierherbringen, Geschäft ist Geschäft.

Soll ich Sie abends abholen, Herr Professor?

Nein, danke schön, Herr Eywill, ich fahr mit dem Dampfboot.

Eywill also wird kehren, Rückwärtsgang rein. Aber jetzt gerade jagt ein Geschrei die Dorfstraße herauf: Da koame se, da koame se! Und es ist auch schon zu hören, wer da kommt, auf der Straße von Bardehnen: die Musik. Piston, Posaune, Tuba. Und alle

Bittehner Kinder, und die anderen, auf Leiterwagen, Landauern, Hehlen mitgebrachten, auch: den Musikanten entgegen.

Da kommen sie, da kommen sie, und blasen erst recht, bei soviel Publikum, und setzen gar nicht ab, und mit der ganzen Kinderschar um sich, mit dem ganzen Geschrei und Händeklatschen hinein ins Dorf, bis vor Wythes Gartenetablissement. Und dort also erst einmal Schluß.

Kankelat kommt Voigt eilig entgegen. Schon da, Herr Professor?

Ich habe Herrn Gawehn noch zur Bahn gebracht.

Hat ja wunderbar geklappt, in der Kirche, hat ja herrlich gespielt. Kankelat ist, wie man so sagt, tief beeindruckt. Ein Künstler! Kankelat muß es wissen, er schlägt die Orgel, hat also heute früh das Largo begleitet. Wie reine Butter, sage ich Ihnen, Herr Professor, und Schmalz gar nicht, sage ich Ihnen.

Hab ich leider versäumt, sagt Voigt, verschlafen, gestern spät in die Federn gekommen.

Ja ja, sagt Kankelat, das Alter, das Alter.

Er klagt gern, Voigt nicht, Voigt sagt: Da haben wir wohl noch Zeit, der gesunde Mensch, meine ich, braucht seinen Schlaf.

Gewiß, sagt Kankelat, aber Sie hätten das hören sollen.

Wie war der Bach am Anfang?

Wissen Sie, sagt Präzentor Kankelat, ich erwärme mich da nicht so. Ist ja gewissermaßen alles heilig: eben Bach, aber wenn Sie mich fragen, da kann einer spielen wie die Engel: immer so hin und her, es hört sich an wie mit der Säge.

Das ist doch aber ein ziemlich langsamer Satz, gibt Voigt zu bedenken.

Trotzdem. Kankelat möchte bei seiner Meinung bleiben. Langsame Säger gibt es auch. Hier geht es hinein, Herr Professor, sagt er. Obwohl die Tür zur Gastwirtschaft wirklich nicht zu übersehen ist: über drei Stufen, beide Flügel offen.

Was für eine Menge Leute.

Die Wirtschaft, wie man schon sieht, voll. Voigt blickt noch einmal über den weiten Vorplatz, wo die Fuhrwerke aufgefahren sind, und die Wiese, die ihn fortsetzt: Leute und Leute. Was sich da alles trifft, wie sonst nur beim Pferdemarkt: Aschmutats und Urmoneits, Brüsewitz mit allen Töchtern, Wallats neun Mann hoch.

Wenn ich nicht störe? Voigt läßt sich, ein bißchen widerstrebend, an Kankelats Tisch führen.

Aber nein, aber nein, Herr Professor! Hermine Kankelat macht in der Aufregung einen Knicks, und wird darüber ganz rot im Gesicht, die runde Person – aber es steht ihr doch gut, soll sie doch! –, und dreht sich gleich wieder zurück, hinunter auf ihren Stuhl.

Hier, Herr Professor. Kankelat drückt Voigt auf seinen eigenen Platz. Ich besorg mir schon was. Wie denken Sie, Herr Professor, eine Erfrischung?

Schmand mit Glumse, sagt Voigt.

Schmand mit Glumse für Herrn Professor, schreit Kankelat zu Frau Wythe hinüber, und Frau Wythe schreit es weiter, in die Küche hinein. Aber schön voll!

Weißkäse also, oder Quark oder wie man das sonst nennt, woanders oder anderwärts, mit Sahne übergossen, aber reichlich. Bißchen Salz und Kümmel.

Das sind doch diese Herren von gestern, sagt Voigt leise zu Kankelat und nickt einmal zu der Ecke hin, wo Neumann sich halb erhoben und schon die ganze Zeit versucht hat, für seine betont höfliche Begrüßung Voigts Aufmerksamkeit zu finden. Komme hier leider nicht heraus, Sie sehen, Herr Professor: drangvolle Enge.

Bleiben Sie man. Voigt grunzt es beinahe. Kankelat kriegt einen bedeutungsvollen Zug ins Gesicht. Die gefallen ihm nicht, dem Professor?

Frau Kankelat wagt gar nicht zu zeigen, wie sehr ihr Voigts Unmut zusagt, das ist wie Öl auf die Seele, Ölchen aufs Seelchen. Diese Plautzköppe!

Voigt hat seine Glumse bekommen. Erst einmal essen.

Aus dem Hinterzimmer, Achtung!, torkelt Warschoks, völlig

betrunken. Hinter ihm dieser Gottschalk vom Kulturverein. Halt du die Schnauze, sagt er. Neumann mit seinen drei Kerlen ist sofort aufgesprungen, drängt sich aus seiner Ecke, jetzt geht es auf einmal doch. Aber Warschoks hat es schon hinausgeschrien: Der wollte nicht nach Deutschland, ich lach mich dot, wir wollen alle nach Deutschland, alle, wie wir gebacken –

Neumann steht vor ihm. Schweigen Sie!

Warschoks, wie ein Nagel im Brett, ohne eine Bewegung, er kann plötzlich stehen. Jetzt haben ihn zwei Mann bei den Schultern. Raus, sagt Neumann.

Ich sag doch – diese Stimme hat noch keiner bei Warschoks gehört, diese brüchige Stimme, ein paar Silben nur noch wie gehaucht, röchelnd: Ich hab doch immer gesagt: Heim ins Reich.

Raus.

Neumann bleibt stehn, bis sie hinaus sind.

Setzt sich mit dem dritten seiner Kumpane in die Ecke zurück.

Unangenehme Geschichte.

Draußen haben die vaterländischen Frauen mit ihren Luisenkindern die Kaffeetafel aufgebaut. Draußen hat die Musik Platz genommen, auf einem Hubbel, um einen Kasten Flaschenbier herum. Draußen versammeln sich Kaffeedurstige und Zuschauer, Bittehner und Bittehner Kinder.

Aber da zieht sich ja auch allerhand nach dem Berg hinüber. Alles, was bunt ist, Trachten, weiße Blusen, bestickte Jäckchen, Tücher und Hauben. Voigt möchte am liebsten gleich hinterher. Na aber, Kaffee werden Sie doch mit uns trinken, Herr Professor!

Meinetwegen, dann also Kaffee. Rechts Kankelats, links die Königin Luise mit Mann, also Viehhändler Fröhlich mit Gattin. Und solch ein Gerede, das man auch noch überstehen wird: Schöner Tag, und: Endlich wieder, und: Jedes Jahr, und: Soviel Leute, und: Aber in der Stadt, da ist es denn doch noch viel schöner.

Die Luisendamen hin und her mit den Kaffeekannen, und Kuchen immer vom Brett.

Lange Tafeln, weiß gedeckt, auf Böcken. Die Sitzbretter über Fässer gelegt. Frische Blumen in Töpfen und Kannen. Für die Kinder Milch aus dem Eimer. Aber sie wollen Limonade. Also beruhigende Reden, Verweise, Geschrei.

Und weiter Geschrei, auch als die Erwachsenen jetzt schweigen wie abgedreht und sich zurechtsetzen. Herr Rittergutsbesitzer von Draschke mit Gattin und beiden hochblond bezopften Töchtern wird von Oberförster Siemoneit an die Tafel geführt. Kurze Begrüßung mit Rechtsanwalt Neumann, der langsam dazutritt. Handkuß für die Damen. Hatte erst neulich die Ehre, Herr von Draschke.

Draschke, den linken Zeigefinger im Ohr: Ja, richtig, Berliner Hof. Lange Rede des Herrn Landtagspräsidenten.

Wird nicht mehr lange reden, sagt Neumann.

Werden wohl selber, wie? Draschke nimmt den Finger aus dem Ohr und droht mit ihm, diesem Herrn Rechtsanwalt, und dann puhlt er ihn sauber, richtig vertieft in dieses Geschäft.

Bleibt einfach so stehen, erst ein Puff ins Kreuz bringt ihn vorwärts in Gang. Die Frau Rittergutsbesitzerin macht das ganz zwanglos, während die Töchter freien Blickes nach männlicher Jugend Ausschau halten. Nicht viel da.

Herr Professor! Kankelat möchte sich zu gern mit seinem Gast sehen lassen, aber Voigt wird verdrießlich, jetzt wünscht er sich endlich auf den Berg, es lockt sehr.

Und gerade jetzt kann ihm Kankelat nicht einmal seine Begleitung offerieren, jetzt muß er hierbleiben, Herr von Draschke wird ein paar Begrüßungsworte loslassen: Damen und Herren, Außenposten des Deutschtums, immer so weiter, Treue fest. Von dieser Güte.

Fehlt noch: Majestät hochleben lassen. Neumann marschiert ab, deutlichen Hohn um die Nase. Die beiden Kumpane sind am Ende der Tafel aufgetaucht. Der Dünne berichtet: In den Wald gesetzt, zum Abkühlen. Schläft.

Gottschalk her, sagt Neumann. Treffen uns am Wagen.

Gottschalk kommt.

Haben Sie gequatscht, Gottschalk?

Nicht die Bohne. Mir unerklärlich.

Also wer?

Ist ja kein Name gefallen, sagt Gottschalk.

So so? Wie heißt der Mann?

Warschoks. Bauer in Absteinen.

Kümmern Sie sich um ihn.

Dann kümmern Sie sich nur, Herr Gottschalk, ab in den Wald. Da ist der Warschoks schon aufgewacht. Und wer sitzt bei ihm? Der Versoffene, der Schreihals, eine halbleere Flasche in der Hand.

So so? Gottschalk hat Neumanns Tonfall noch im Ohr. Außerdem ist er, bei diesen Leuten, sicherer. Aber lassen wir die Herren nur unter sich, die werden sich etwas zu sagen haben.

Wir gehn Voigt nach, vom Waldrand quer über die Wiese. Eben hat die Musik wieder angefangen: Freiheit, die ich meine.

Was für erschreckliche Töne da Opa Lamms Tuba hergibt. Sonst läßt er die Töne hüpfen, hier bläst er sie aus, zwingt die Posaune, sich seinem langsameren Tempo anzupassen, das Piston setzt da mehrere Male einfach aus. Schwache Brust, wie?

Voigt geht schnurstracks auf den Berg zu, wählt dann aber einen Umweg. Er hat, nachdem er von der Tafel losgekommen war, eines der zuschauenden Bittehner Kinder nach den Grabungen gefragt. Da könnte er ja erst noch kurz hin.

Dort runter, hinter die Faulbäume lang.

Also dort, und dann rechts halten, sind ja alles keine Entfernungen.

Also hier. Sieht man ja, wo die Gruben waren. Zugeschüttet, aber der Sand ist nachgesackt, flache Vertiefungen, in denen das Grundwasser steht.

Und daneben, wo das Gras wieder anfängt, sitzt Potschka, und hat Voigt schon erblickt und läßt Tuta, die sich aber auch schon erhoben hat, und kommt auf Voigt zu. Schon da, Herr Professor?

Habe Vaterländisches bereits hinter mir: Kaffee und Besoffene und eine Ansprache. Jetzt wollte ich auf den Berg.

Es ist ziemlich schlimm da oben.

Warum schlimm, Herr Potschka? Ich muß das sehn, deswegen bin ich doch hier.

Kein Vergnügen, Herr Professor. Potschka geniert sich da wohl ein bißchen.

Aber Potschka, ich hab vorhin die jungen Leute den Berg hinaufziehen sehen, ein wunderschönes Bild, die Farben.

Ach, Herr Professor. Ein Festspiel, aber ein Schauerdrama: Vytautas Didysis. Der Großfürst, der Didkunigaikštis, immer herumtrampelnd auf dem Stein, das tut man doch nicht, und die Laimen und Ullaimen in weißen Hemden um ihn herum. Und die Laumen blau. Und Perkunos verspricht ihm Preußen und Polen und Nowgorod, und Kiew auch gleich, und Bangputys das Baltische und das Schwarze Meer, und Pajibelis, mit schwarzen Tüchern behängt, geht hinten immer hin und her und schreit: Tokia béda, und: Ašaru pakalne.

Warum soll er, als Gott des Verderbens, nicht von Not und Tränenwelt reden, Herr Potschka.

Das meine ich ja auch nicht.

Ich weiß. Voigt stochert mit seinem Stock im Sand. Also dies ist die Stelle, nicht wahr? Und war das nun die letzte Grabung?

Potschka muß lachen. Tuta hat es zu lange gedauert, das Gespräch der Beiden, sie kommt einfach dazu und gibt Voigt einfach die Hand. Und weiß besser als Potschka, was hier losgewesen ist, im vorigen Sommer, und was überhaupt los ist mit diesem Platz. Und wir fassen ihre ausführlichen Erklärungen zusammen, unter eins und zwei.

1.) Hier soll die Napoleonische Kriegskasse vergraben worden sein, damals beim Rückzug. Und viele Jahre danach ist ein französischer Offizier aufgetaucht, aber schon sehr alt und ganz blind, und hat eine Zeichnung mitgehabt. Aber es hatte sich alles verändert, alles mit Bäumen und Strauch zugewachsen. Man hat an drei Stellen gegraben, aber die richtige nicht getroffen.

2.) Die Geschichte hat dann geruht, aber dreißig Jahre später hatten sich neue Interessenten gefunden, diesmal mit Tilsiter Leuten zusammen. Wieder nichts. Und dann hat sich das alle zehn, fünfzehn Jahre wiederholt, immer an anderen Stellen, manchmal auch an den gleichen, dann nur anderthalb Meter tiefer. Und voriges Jahr war das ein richtiges Unternehmen gewesen. Ein Haufen Leute und Absperrung und alles geheim. Einen richtigen Vertrag mit der Regierung in Kaunas hatten sie gemacht. Na und trotzdem nichts.

Da möchte man am liebsten 3.) hinzufügen: Die kommen bestimmt nochmal. Aber dann graben sie ganz Bittehnen um. Wär doch gelacht, muß doch zu finden sein. Dabei sagen manche: Die Sachen sind längst nicht mehr da. Gleich rausgeholt, beim ersten Mal, bloß schön vorsichtig, nachts und ab.

Vielen Dank, mein Fräulein, sagt Voigt, aber jetzt muß ich doch auf den Berg. Übrigens, Herr Potschka, Gawehn ist wie angestecktes Feuer, er hat mindestens drei große Musiknummern im Kopf, machen wir uns auf etwas gefaßt.

Und damit also geht Professor Voigt ab.

Und kommt oben auf dem Berg an. Es war ein bißchen beschwerlich. Und setzt sich erst. An den Rand der Lichtung. Die Darbietung, dieses Festspiel, ist ja auch laut genug. Wenngleich längst nicht so pompös, wie Potschka beschrieben.

Jedenfalls jetzt nicht mehr. Jetzt lagert sich nämlich das Heer der litauischen Schamaiten »zu Luccowe in Volhynien« und gedenkt in Klageliedern der fernen Heimat, weil man schon so lange in der Fremde umherzieht, während Vytautas die Königskrone erwartet, die schon unterwegs ist, und, achtzigjährig, am 27. Oktober 1430 in dieser Erwartung stirbt.

Nun folgen die Trauergesänge, aber auch wieder die Laimen und Laumen, in ihren Hemden, und der Totengott Pikollos jetzt, der ihn fortführen wird, wohin er nicht gewollt hat.

Die Lieder sind schön, Klagelieder ohne große Bewegung, einfache Intervallfolgen, die keine Begleitung brauchen, frei schweben können und durch die Luft gehen wie Regen und Wind.

Einige hat Voigt noch nie gehört. Er erhebt sich und bleibt, an einen Baum gelehnt, stehen. Und während das Schauspiel unter tiefer Teilnahme, Seufzen und Schneuzen zuende geht und Voigt sich die letzte Melodie einzuprägen versucht, indem er sie vor sich hinsummt, treten zwei langgewachsene Herren von seitwärts auf ihn zu. Und da die ergriffene Pause eben einem begeisterten Beifall weicht, und die Sitzenden aufspringen, um sich die steif gewordenen Beine zu vertreten, und die vor Aufregung Stehengebliebenen sich niedersetzen, um sich zu erholen, spricht der ältere der beiden, der Bärtige, Professor Voigt an: Herr Kollege, Sie hier?

Voigt fährt herum. Herr Storost, sagt er erfreut. Und dann: Habe mit dem größten Interesse gelauscht. Ihr neues Werk, ich vermute doch richtig?

Wie man es nimmt, sagt Professor Storost. Stark gekürzt und etwas frei bearbeitet, ich hatte mehr an ein Schicksalsdrama gedacht als an ein Weihespiel.

Aber sehr eindrucksvoll, Herr Kollege, sehr eindrucksvoll.

Freut mich. Herr Redakteur Saluga – ich darf Ihnen den Herrn hier gleich vorstellen – hat die Inszenierung besorgt, wie übrigens auch die Bühnenfassung.

Voigt braucht sein Litauisch nicht erst zusammen zu suchen.

Herr Saluga, wenn mich nicht alles täuscht, aus Šiauliai, nicht wahr. Einige von Ihnen gelieferte Beiträge im Keleivis sind mir bekannt.

Keleivis ist, nebenbei, eine litauische Zeitung, zu Deutsch: Der Wanderer. Seit Jahrzehnten vorhanden.

Die Herrschaften also werden jetzt ein Gespräch anfangen. Voigt immer auf Litauisch, Saluga in gewandtestem Deutsch, Storost wechselnd von Fall zu Fall. Voigt wird von seiner Oper zu sprechen haben und wird sich Fragen ausgesetzt sehen, auf die wenig Gewisses, zu diesem Zeitpunkt, gesagt werden kann. Was ihn da nicht im Stich läßt, in diesem Gespräch, ist, vorerst noch kräftig, die Hoffnung. Aber wird sie sich halten?

Heute noch ja. Und wie lange?

Saluga sagt: Aber das ist doch längst nicht mehr so, Herr Professor.

Voigt sieht ihn ein wenig verletzt an. Belehrungen wünscht er wohl nicht. Storost schweigt.

Ich weiß, Herr Professor, Sie meinen die Königsberger und Tilsiter Bemühungen, damals: ein paar Jahrzehnte und ein bißchen länger. Kreuzfeld, Rhesa, Passarge, Salopiata, Stiftungen, Gesellschaften, das Litauische Seminar. Die reinen Linguisten, Ostermeyer, Schleicher, Nesselmann, Bezzenberger, vorher Daniel Kleins Grammatik, Kurschat übergehe ich jetzt –, das ist doch alles verschwunden.

Meinen Sie wirklich? Und Kurschat reiner Linguist? Oder Daniel Klein? Dazu Ostermeyer 1793, Erste Litauische Liedergeschichte: Ein gelehrter, frommer und für alle litauischen Gemeinden eifrig sorgender, aber bis an sein Lebensende sehr geplagter Mann, dessen Fleiß und Treue mit einem Undank belohnt wurde, der kaum seinesgleichen hat, und seinen Neidern und Verfolgern zu unauslöschlicher Schande gereicht. Das also zu Klein. Und die andern: Theophil Schultz, Christoph Sappun, Johann Hurtelius, Lehmann in Memel und Friedrich und Christoph Prätorius? Soviel Mühe.

Gut, ich habe mich falsch ausgedrückt, ich will nichts herabsetzen, ich habe die größte Hochachtung, wir verdanken ausländischen Philologen sehr viel, gerade deutschen. Aber jetzt, was bleibt davon jetzt? Eine Art Volkskundemuseum, – ein imaginäres außerdem.

Ich habe, sagt Voigt gemessen, die Überzeugung, in einer guten Tradition zu stehen.

Sie tun es, Herr Professor. Herr Professor Storost auch. Aber werden Sie nicht morgen schon alleine stehen? War das alles doch eher Romantik, und ist sie vorbei? Weil es seit ein paar Jahren einen litauischen Staat gibt? Und das Patenkind also nun abgedankt ist? Oder liegt es ganz anders, ging es nicht um die Integration Litauens und also um seine Auslöschung? Dieser Staat jetzt, so wie er ist, wird unsere Hoffnungen nicht erfüllen, es sah von Anfang an nicht danach aus, er ist zu sehr nach alten Mustern geschnitten, und nun: diese Voldemaras-Leute an der Regierung!

Vielleicht ein Kommunist, dieser Herr Saluga, denkt Voigt, Gawehn würde sich womöglich ein bißchen fürchten. Und laut sagt er: Die Oper, an deren Text ich arbeite, wird das Leben des Christian Donelaitis zum Gegenstand haben.

Herr Professor Storost hat mir schon eine Andeutung gemacht, und ich überlege und komme zu keinem Ergebnis. Ich finde den Vorwurf so schön wie reizvoll, wir müssen Ihnen alle dankbar sein, – aber was beabsichtigen Sie damit?

Eine Oper, sagt Voigt.

Über Donelaitis, stellt Saluga mit Nachdruck fest.

Mich bewegt – Voigt spricht langsam, als müßte er jedes Wort neu überlegen –, mich bewegt: das Leben, ich weiß nicht, ob es exemplarisch sein kann, vielleicht nicht, wahrscheinlich nicht: das Leben eines Dorfpfarrers, ein preußisches Dorf litauischer Zunge, ein deutsch gebildeter Mann, – der sich einer Sprache bedient, damals, in seinen Werken, die seine Wirkung doch nur einschränken kann. Oder hat er gemeint, kann er gemeint haben, seine Bauern würden ihn lesen, wer denn?

Denen hat er gepredigt, ganz kräftig, sagt Storost.

Ja sicher. Voigt hat noch nicht alles gesagt. Ich möchte wissen, – es heißt immer, er habe resigniert, sich in Krankheiten zurückgezogen, sich mit Klagen beschieden. Aber so kann es doch wieder nicht gewesen sein. Die Reinheit der Sitten schwinde mit dem Vordringen der Deutschen, deutsch – das sei aus Stehlen und Fluchen zusammengesetzt, woketis aus wogt und keikt, Sie kennen diese Stellen bei ihm. Wie bei meiner Mutter. Da hieß es: Träumst du von einem Deutschen, steht dir schlechte Gesellschaft bevor.

Also ein Deutschenfeind, denken Sie, Herr Professor?

Nein, denke ich nicht. Voigt fühlt sich diesem Journalistentempo nicht recht gewachsen.

Also etwas anderes?

Jetzt wird Saluga sogar direkt ein bißchen spitz, warum bloß? Es geht ihm zu langsam.

Ja, sagt Voigt und ist bei der äußersten Bedächtigkeit angelangt: Er meinte die Herrschaftsverhältnisse.

So ganz einfach, ganz langsam gesagt, von Voigt, beinahe überraschend, für alle drei.

Und Sie wollen das in Ihrer Oper zum Ausdruck bringen? Storost ist erschüttert. Er sollte seinen Kollegen umarmen, aber er ist so erstaunt, daß er es einfach vergißt. Nur dasteht, kein Wort mehr weiß.

Vielleicht stört ihn auch etwas, er weiß noch nicht was.

Voigt hat schon geantwortet: Ja, ich denke.

Und nach einer Weile: Es wäre mir sehr wertvoll, wenn Sie mich Ihrer Hilfe versichern wollten, Herr Storost. Und Sie auch, junger Freund.

Ein Gespräch. Aber aus lauter Lücken. Was ist schon gesagt worden?

Alles auf Hoffnung: Diese Oper. Dieses Voigt'sche Ja, ich denke. Alles, was daran hängt: Gawehns schöne Ensembles, Duette, Monologe, Unisoni.

Saluga geht hinter den beiden her, zum Absturz des Ufers. Da stehen sie oben über dem Steilhang und sehen über den Strom hin, zum Kapellenberg, und über die Lankas-Wiesen auf dem anderen Ufer.

Das Dampfschiff unten arbeitet sich zum letzten Mal heute stromauf, auf Ragnit zu und daran vorbei bis zum Signalberg. Dahinter gleich, in Untereisseln, wird es anlegen und auf dem Rückweg abends Voigt und Storost mitnehmen, die dann an der Anlegestelle unten warten werden. Und ihre Gedanken haben.

Jedes gehet morgen
auf schmaler Erde seinen Gang,

wird Voigt sagen und dann nicht mehr viel.

Diese Oper. Wer wird sie aufführen wollen? Oder können, jetzt, in Deutschland? Und in Litauen, wie stünde es damit? Das sieht doch alles, hüben wie drüben, sehr ähnlich aus.

Storosts Gedanken.

Da wird ein Anspruch nach dem anderen aufgerechnet, nach außen. Und insgeheim vielleicht konspiriert. Sieht manchmal schon so aus.

Storost nimmt den Lärm um sich herum kaum wahr. Obwohl er von allen Seiten gegrüßt wird, als eine bekannte und ehrwürdige Erscheinung.

Aber sie werden sich doch ein bißchen unter die Leute verstreuen, unsere drei, für viele beginnt das Fest eigentlich erst jetzt. Lieder und Tänze und ein Viertelchen Meschkinis, Honigschnaps also. Meinetwegen auch Monopolsprit, der einfach Puske heißt, aber eigentlich Degtinis. Meinetwegen auch mehr als ein bißchen.

Storost wird auch einiges reden, zu Voigt. Er hat am Vormittag einen Besuch gemacht, hier in der Gegend. Er hat jemand begrüßt, doch der hat nicht mehr antworten können wie sonst.

Hat aber, wenn man es recht bedenkt, doch gegrüßt, hat ihn gemeint, den Storost, davon reden wir jetzt, oder Storost redet selber: wie das war.

# V. KAPITEL

Was ist mit diesem Juni?

Der Faulbaum stinkt, daß es eine Art hat. Auch dieser elend blasse Strauch mit den rosa Dolden, dieser Zuckerwatte, hat zu blühen angefangen.

Man schmeißt sich aufs Kreuz, längelang ins Gras. Jetzt muß nichts weitergehen, stehn bleiben soll alles, wo es steht. Man sagt: Ich bin tot. Und legt die Arme unter dem Kopf zurecht.

Dann kommen die Lüfte, in dieser letzten Juniwoche, kalt und angeheizt doch, mit schlecht versteckten Gewittern, in der Ferne donnert es schon. Aber über zwei Flüsse und den großen Forst im Süden kommt man nicht alle Tage, als ein Gewitter, jedenfalls nicht ohne Mühe, so mir nichts, dir nichts, da muß es günstiger stehn.

So, jetzt ist es vorbei mit diesen Geschichten, sagt man laut, man meint, daß die Wochen und Monate vorüber sind: das langwierige Frühjahr nach dem langwierigen Winter, und die wilden Sprünge vielleicht auch, mit denen der Sommer sich hereingedrängt hatte, mit Fäusten und Ellenbogen und steifem Nacken, zurückgerissenem Kopf, daß man die Zähne sah und die angestrengten Stirnadern und den Hals wie gestriemt. Rein zum Fürchten.

Er ist da, der Sommer, dieser Tag, angekommen und da: es hat noch nie einen Tag gegeben wie ihn, angekommen und da: auf diesem Ufer, auf diesem Berg.

Da wird er schon bleiben. Alle diese Farben: der Roggen gelb, die Gerste fast weiß, der Hafer noch grün. Der Mohn ist hier lila und weiß, seltener rot. Die Kartoffeln blühen. Ehe er geht, zeigt der Tag die anderen Farben vor, die er noch übrig hat.

Der nördliche Ausläufer des Berges, der ganz im Wald bleibt, in ihm beginnt und endet, ehe der Wald sich in niedrige Gehölze auflöst, trägt auf seiner Höhe eine Lichtung, einen langen Streifen Acker und Weide.

Auf halber Höhe, ein wenig mehr nach der Berghöhe zu, steht ein Haus, in einem Apfelgarten. An einem Hausende ein Anbau, für die Kuh, die drei Schafe, die Hühner. Ich bin da oft gewesen, ich wollte Sie einmal mitnehmen, Herr Kollege, Sie erinnern sich vielleicht. Ich erzählte Ihnen von dem Besitzer, einem gewissen Indra. Er hat dort allein gelebt, seit dem Tod seiner Frau, nur mit dem nötigsten.

Er hat dort gelebt, ich wollte ihn besuchen, heute, und traf ihn nicht an. Alles still, auch die Tiere fort. Ich hab da gestanden und bin weggegangen.

Hier ein Bündel Papiere, verschnürt. Für mich abgegeben, bei einem Besitzer im Dorf, im letzten Herbst, heute habe ich es bekommen, es hat den ganzen Winter hinter dem Balken versteckt gelegen, so sieht es auch aus: gebräunt und an den Rändern gestockt. Blätter, einige beschrieben. Briefe. Ein Buch, die Deckel und das erste Drittel Text fehlen, die Schleichersche Ausgabe des Donelaitis, wie Sie sehen. Und immer an den Rand geschrieben, hier: Das habe ich auch erlebt, am 14. Oktober 1882. Und: Es ist wahr, wir leben so. Und: Gott wird schon machen. Aber wenn er nicht macht, schafft er dann Rat?

Ich erinnere mich. Ich kam ja immer im Sommer hierher. Ich fand ihn dann im Kartoffelfeld, mit der Hacke, oder er holte die Ziegen vom Berg zurück. Einmal, im Spätsommer, war er beim Apfelpflücken, als ich kam. Er stand auf einem Stuhl, mit dem Oberkörper ganz verschwunden in dem volltragenden Baum. Ohne ein Wort stieg er herab und hielt mir beide Hände voll Äpfel hin.

Er wird damals schon über die achtzig hinaus gewesen sein. Wir haben uns vor das Haus gesetzt, und er hat von seinem Leben erzählt: Wie er geheiratet hat, nachdem er lange zur See gefahren und das Mädchen, das noch ein Kind gewesen, als er die Eltern verließ, die vielen Jahre gewartet hatte, bis er zurück war. Wie ihnen die Kinder gestorben sind, der Sohn als ein Seemann, wie er früher.

Hier die Blätter, einige datiert, sehen Sie:

Ich bin bei deiner Mutter. Ich tue alles, wie sie sagt. Du hast mich gerufen, du wirst mich heiraten, wenn du wiederkommst. Ich schicke dir diesen Brief nicht, du weißt auch so, was ich geschrieben habe. Am 30. Juli 1874. Unterschrieben: Marta.

Und der Zettel hier gehört dazu:

Verschreibung. Geschrieben am 29. September 1872. Was ich dir, Marta Grikus, gesagt habe, ist wahr und bleibt es. Wir heiraten uns, wenn ich komme. Ich traue dir, und du traust mir auch.

Und dies hier: der Sohn Armanas. Zwanzigjährig im Hospital in Boston gestorben, an den Folgen einer Schlägerei. Und der Nachsatz des Vaters, unter dieser Nachricht: Er hat das von mir gehabt, diese aufsteigende Hitze, aber ihn hat keiner bewahrt wie mich. Werde ich es noch lernen, das Stillehalten wie Gott will?

Ein Vermächtnis, mir anvertraut. Ich habe herumgefragt: wie er gestorben ist. Er hat seine Habe noch unter die Nachbarn verteilt, ist wieder nach Hause gegangen, als die Leute abends nach ihm sehen wollten, war er schon tot.

Ich weiß, sagt Voigt, alles ganz einfach. Sie werden es lesen und es bewahren. Es wird sein wie nicht gewesen.

Und Storost sagt: Sie denken jetzt, das gehört auch in diese Salugaschen Fragen und Zweifel hinein.

Und auf Voigts Ja: Sie haben wohl recht.

# VI. KAPITEL

Sie sind unten am Berg angekommen. Sie gehen über den Platz.

Voigt wird sich einmal sehen lassen, bei den Vaterländischen Damen. Die den ganzen Aufwand draußen, den ausgetrunkenen Kaffee, jedenfalls Geschirr und Fladenbleche und Eimer, Kannen, die Blumen auch, abgeräumt haben. Jetzt steckt alles, voll und satt, in Wythes Saal, und man ist mit dem Fest ganz hübsch weit gekommen.

Wir sehen uns ja noch, Herr Storost.

Da geht er zum Dorf. Er hat viele Freunde hier, er ist ein Dichter, ein bißchen zu hoch hinaus vielleicht, aber die einfachen Leute mögen das. Schatten der Ahnen, oder: Weltenbrand. Allegorische Bühnendichtungen. Doktor Wilhelm Storost. Der sich Vydunas nennt.

Draußen die Kinderchen spielen noch vor dem Gasthof. Abzählreime, für jede Gelegenheit.

Eene meene Rickefoot,
Juden raus und in die Höll,
Hölle stürzt und alles tot,
mit dem Moses geht es schnell,
Hühnerleiter schlägt ihn tot.

Und drin im Saal, was für Abzählverse da?

Die Polen. Die Russen. Die unnatürliche Grenze, man kann hinübersehen, dort ist das Elterngrab, früher Petunien und jetzt nichts, man kann ja nicht hin. Untermenschen. Internationales Judentum. Neumann hält seine Festrede.

Obwohl es ja alles so nicht stimmt, der Neumann wohnt ja

in Memel, wie seine Eltern früher auch, aber es wär nicht so gut. So wirkt es.

Der kann reden, sagt Schweissinger, es greift einen an. Noch ein Bier, und Puske auch.

Beträchtlich laut, diese Rede.

Voigt bleibt, an die Theke gelehnt, in der Gaststube stehen. An der Saaltür, ein junger Bauer klopft Wythes Tochter, rundlich und über die Vierzig doch auch, die mit einem Tablett Gläser vorbei will, aufs Hinterstück, wohlmeinend, aber Frau Wythe hat es erspäht. Weg von's Kind, erschallt es streng und gesittet.

Na ja, reine Sitte, dann also nicht, armes Kind. Oder später.

Wollen Sie nicht rein in den Saal, ich besorg Ihnen Platz, sagt der Bauer.

Und Sie, wollen Sie nicht, fragt Voigt.

Das lange Gered, sagt der junge Mann. Morgens Kirche und jetzt schon wieder. Aber nachher gibt Theater.

Also draußen geblieben, zu hören ist ja genug.

Aber jetzt hat Neumann wohl zu sehr aufgedreht. Für ein paar Worte noch hält sich die Stimme in der ungewohnten Höhe: Sauwirtschaft und so etwas, dann kippt sie ab, oder überschlägt sich, – man kann das nicht gleich sagen: eine Art Schleifer, dann setzt sie aus, die nächsten Laute von unten heraufgeknurrt, heiser.

Und was ist das?

Gelächter im Saal? Vereinzelt, aber doch Gelächter.

Ungewöhnlich, ganz ungewöhnlich.

Neumann unterbricht sich, diesmal freiwillig. Dann, mit mühsam wiedergewonnenem natürlichem Ton: Wer hat da etwas zu sagen?

Und, als Antwort – tatsächlich eine Antwort! – eine ganz andere Stimme, gar nicht landesüblich, aber allgemein bekannt in der Gegend: Ziehen Sie ab nach Hause, da können Sie weiterschreien.

Der junge Bauer macht die Tür auf. Das ist doch der Hennig?

Na sicher, Maurer Hennig. Ein Sachse, einundzwanzig hier aufgetaucht, seßhaft geworden in Motzischken, fleißiger Kerl, und geschickt, aber mit unangenehmen Reden, über die Bauern: Denen scheißt die Kuh die Butter, und über die neuen Machthaber auf der drübigen Seite: Manifestantenklub; zu letzterem noch die Erklärung: Die haben alle schon den Offenbarungseid geleistet. Solche und schlimmere Reden. Sagte Neumann jetzt, was man, als besserer Mensch, auf solche Pöbeleien sagt: Betrachten Sie sich als moralisch geohrfeigt, Hennig antwortete getrost: Und Sie sich als moralisch totgeschossen. Dazu das bekannte, üblicherweise Mißachtung ausdrückende unanständige Geräusch. Da rückt manch einer von Hennig ab, wenn der hereinkommt.

Aber er sitzt hier, es macht ihm nichts aus, daß sich Neumanns Kerle aufgestellt haben, vorn, Gesicht zum Publikum. Neben ihm sitzt Antanas, Landarbeiter in Motzischken, ein Kerl wie drei Eichen. Wie ist der hier hereingekommen? Sahen wir ihn nicht eben erst, auf dem Berg?

Also weiter, Herr Neumann, aber es wird nicht mehr viel. Unterbrochen ist unterbrochen, der Faden ist ab. Und die Zuhörer haben Zeit gefunden – und das ist der Tod jeder Rede –, ihre Bedürfnisse festzustellen: Theater und, vorher noch, Bier.

Also unvermutet dürftiges Ende: dieser doch sonst so sehr eindrücklich verlaufenen Kundgebung, wie sowas alles seit einiger Zeit genannt wird, Schluß und aus. Gottschalks Feststellung noch: Kommunistenschwein. Und wieder einmal Frisör Berger: Den kaufen wir uns, im Dustern.

Gestern Potschka, nicht wahr? Und heute Hennig. Aber es müssen doch inzwischen noch einige mehr geworden sein? Vielleicht wollen Sie notieren, Herr Berger, hier ist ein Zettel.

Und jetzt Theater.

Vergnügungsvorstand Schweissinger vom Kulturverein tritt vor. Verbeugung vor der Frau Rittergutsbesitzer, aber sonst: Deutscher Mann. Jetzt werden uns die klassische Künstlerinnen und Künstler was vorführen. Vonne Königin Luise. Da habense aber lange geübt.

Tusch. Und Beifall, weil der Vorhang zu früh auseinandergeht und Lehrer Schimkus noch dasteht, den Hammer in der Hand und den Schal um die Schulter, den die Königin Luise hinter der Szene sucht, laut und deutlich: Wo hat sich das Mist verkrochen?

Rein zum Verrücktwerden, sagt Schimkus erbittert zu seinen Zuschauern und rennt von der Bühne.

Das ist immer so, wie man weiß, beim Theater. Aber jetzt fängt es an.

Sogar einen Souffleurkasten haben sie, und wer da drin sitzt, sieht man auch gleich. Weil Präzentor Kankelat halb herausgekrochen kommt und aufmunternd in die linke Kulisse hineinwinkt.

Und nun kommen ja endlich auch die Luisenjungfrauen angegangen, sechs an der Zahl, hintereinander, aber hübsch bei den Händen gefaßt und rot vor Verlegenheit, in Kornblumenblau gekleidet, Kornblumenkränze im Haar. Die haben nämlich den Prolog aufzusagen.

In Preußens allerschwerster Zeit,
in einer Stadt, von hier nicht weit,
wo deutsche Sitte, Ehr und Kraft
sich längst gehörig Raum verschafft.

So fängt das an, so geht das weiter.

Voigt hat sich in den Saal verfügt. Doch mal sehen. Auch die Kinderchen hat man jetzt auf der Wiese zusammengesucht und hereingebracht, jetzt gib es was Feines.

Die Frau Urbschat, schreien die Willkischker Kinder, als die Oberhofmeisterin Voß auf die Bühne kommt. Sie haben sie gleich erkannt, weil ihr der falsche Zopf aufgegangen ist, das passiert ihr auch sonst überall.

Also die Oberhofmeisterin ist gekommen, und die Frau Fröhlich steht schon da und sagt:

Mein liebes Vößchen.

Und die Frau Urbschat sagt:

Meine geliebte Königin.

Sie hat die geliebte Königin darauf vorzubereiten, daß das einfache Volk sie sehnsuchtsvoll herbeisehnt. Da ist die Königin aber gar nicht erstaunt, sondern bloß versonnen, wobei sie eine Kornblume zerrupft.

Na denn wollen wir mal, oder so ähnlich. Und dann weinen beide schnell, und dann geht die Frau Urbschat ab, um ihren Knoten in Ordnung zu bringen, und die Frau Fröhlich weint noch ein bißchen alleine.

Mit der nächsten Szene befindet man sich schon mitten im Volk. Das kann Frau Fröhlich sehr gut: immer so mit spitzem Mund und wie geflötet, und dabei in alle Ecken geguckt:

Wie reinlich hier, wie angenehm.
Ist denn die Holzbank auch bequem?

Man hat sich also zu armen, aber braven Landeskindern begeben. Die Voß, mit neu gedrehtem Knoten, packt aus einer Kiste Spielzeug, ganz hübsche Sachen, und gibt sie der Königin in die Hand, und die geht immer in die Knie, so tief es gehen will, und sagt, sie möchte sie den Kinderchen schenken.

Da fühlt sich jedes der Kinder im Saal, als bekäme es die Holzpferde und Bleisoldaten selber. Und allgemeine Trübsal breitet sich aus, als die Familienmutter auf der Bühne, Fräulein Sellnick, die Willkischker Lehrerin, entschlossen zugreift, alles einsammelt und viel zu laut und zu hoch ins Publikum schreit: Aber, Majestät, das ist doch viel zu viel, das will ich gleich in meinen Glasschrank stellen!

Entweder: das ist ein original historisches Wort, oder: den Dichter Brühfisch haben die Reime verlassen. Voigt lacht, aber das mag sein, wie es will, die Kinder im Saal empfinden nicht sehr herzlich für eine Königin, die sich solch eine Mutter aus dem Volke bieten läßt. Sie müßte ihr alles wieder wegreißen und Stück für Stück an die Kinder verteilen.

Aber der Frau Urbschat geht jetzt wieder der Haarknoten auf. Sie versucht ihn mit einer Hand, dann mit beiden zusammen zu halten, und stampft mit dem Fuß auf vor Ärger. Das gibt den ersten großen Beifall. Kankelat drückt sich wieder aus seinem Kasten hervor und beschwichtigt das Publikum. Denn jetzt kommt auch Papendick, der Nausseder Papendick, auf die Bühne, als König, und sagt zwei halbe Sätze, weil er bekanntlich einsilbig gewesen ist, und daß die Frau Fröhlich gleich kommen soll, der Usurpator, der Kaiser der Franzosen, sei angelangt.

Der Usurpator hält Audienz,
begegne ihm mit Indulgenz.

Und jetzt weinen die Frauen wieder, aber die Oberhofmeisterin hat immer zwischendurch gute Lehren parat, Verhaltungsmaßregeln.

Das ist überhaupt so mit ihr: entweder sie erteilt Anweisungen an die Königin, man bedenke, oder sie weint. Immer so ins vorgehaltene Tuch. Und die Königin ist von dem Spiel so ergriffen, oder bewegt, daß sie wirklich Tränen hervorbringt, beim Weinen, man sieht es, sie bekommt eine rote Nase, die Frau Fröhlich; auch eine ortsbekannte Eigenheit.

Das weitere übergeht man vielleicht. Da ist nur noch zu sehen: dieser Napoleon, untersetzt, mit Bauch. Käsereibesitzer Dürrmatt, ein Schweizer, spielt ihn in ziemlich französischem Geschmack, rollende Augen und kurze, schnelle Bewegungen, die Rede fast durchweg durch die Nase.

Und dann nachher, um die betrübte Königin zu trösten, die noch mehrfach geweint hat und jetzt schon wieder: der letzte Akt. Das kennen wir schon, von gestern: Die armen, aber treuen Landeskinder Preußisch-Litauens huldigen ihrer unglücklichen Königin, manche in exakt gebrochenem Deutsch.

Ein ganz hübscher Aufzug, die ganze Bühne voll Leute, alle blauen Luisenmädchen, Frauen und Kinder. Die Kapelle hinter der Bühne intoniert: Ich bin ein Preuße, kennt ihr meine Farben?

Und die Königin sagt: Mein braves und getreues Volk.

Und dann die Bumser von gestern: als sich die preußischen Litauer auf die Knie fallen ließen. Jetzt tun sie es wieder, und geübt ist geübt, es knallt ganz gehörig.

Da hat der Jubel kein Ende. Bier ran, schreit Wythe in der Tür. Und Schweissinger rennt hinter die Bühne, ihm ist etwas eingefallen, und damit mußte man ja rechnen, die Kapelle setzt ein: Siegreich wolln wir Frankreich schlagen.

Da sind wir dann soweit, der Saal singt. Ein fröhliches Volk, ach ja.

Und nun geht das Fest weiter, und hat eigentlich erst die richtige Temperatur. Es wird nun auch dunkel.

Da sind erst einmal die Kinderchen an der Reihe, für einen Lampion-Umzug. Da geht das wie eine Prozession Leuchtkäferchen über die Wiese und um ein paar einzeln stehende Bäume, mit hübschen Liederchen: Laterne, Laterne.

Das vorderste, ein Mädchen, steif wie ein Talglicht, Schritt vor Schritt, achtsam. Und die beiden hinter ihm haben gleich einen Streit und dreschen mit ihren Stocklaternen aufeinander los, da sind die Lichter sofort aus, die beiden, da wird beruhigt, da werden die Lichter neu angesteckt. Da geht es friedlich weiter.

Bei den Pferden am Waldrand, ein wenig zurück, stehen Warschoks und der Schreihals. Warschoks hat sich wieder gefaßt. Die können mir gar nichts, sagt er, die nicht.

Und nach einem weiteren Zug aus der Flasche: Wir haben die doch in der Hand. Wenn die was wollen, gehn wir nach Wischwill aufs Gericht.

Da ist der Schreihals nicht so ganz von der Zweckmäßigkeit des Verfahrens überzeugt. Vielleicht weiß der Warschoks auch nicht alles?

Jedenfalls sagt der Schreihals: Du wirst dich bremsen, Warschoks. Hast du nicht gesehen, wie ich das gemacht hab, vorhin, mit dem Gottschalk? Einfach abgestritten: ich weiß nichts, und du hast einen ganz andern gemeint.

Aber ich weiß doch nicht, sagt Warschocks, der war gleich

damit zufrieden, – nichts weiter gefragt, ging mir zu schnell, ich weiß nicht.

Na aber jetzt weißt du: wie ich dir sage. Wenn er nochmal angeschissen kommt, dann hast du den Steiner von der Kleinbahn gemeint, der hat sich ja nicht versetzen lassen, damals, als es noch ging, nach Insterburg.

Und wenn der Neumann kommt?

Dasselbe. Bleib dabei. Immer dabei bleiben, immer dasselbe.

Na prost.

Die können uns doch nicht, uns!

Wo die hinkommen, kommen wir schon zurück.

Und noch einmal daumenbreit aus der Flasche.

Wer kann uns Buure bändige!

Wie leicht redet sich's da, und wie komisch kriecht es einem da mit einmal das Kreuz hoch: ein leichtes Kribbeln, plötzlich dann eine spitze Kälte. Als wär einem der Rock geplatzt.

Hast du ihn gesehen? Rauskommen? Eine geflüsterte Frage.

Nein. Noch nicht. Eine geflüsterte Antwort.

Und eine plötzliche Eingebung jetzt, bei Warschoks, wie direkt vom Himmel: Wir fangen was an, mit den Litauern, großen Klamauk, große Holzerei – Wie stehn wir dann da? Dann kann uns keiner, uns Helden.

Das ist die Lösung, jawohl. Damit kann man aus dem Wald heraus. Damit kann man auf die Wiese. Damit kann man sogar in die Gaststube. Damit kann man geradewegs ins Licht.

Nur noch ein paar Leute dazu geholt: Frisör Berger, Wallats Jungens, Schwill, Urbschat. Machen wir.

Und wie wird das gemacht?

Einfach über den Tisch. Frisör Berger sagt: Aber na klar, steht schon einiges auf der Liste.

Urbschat hat es eilig: Jetzt wird Feuer gemacht, am Wasser. Die Ragniter und die Paskallwer haben schon angefangen, die Neuhöfer auch.

Da sind die Johannisfeuer auf der deutschen Seite gemeint, die heißen dort Sonnwendfeuer.

Und wie ist mit Mitmachen?

Na gewiß doch. Sag mir Bescheid.

Wirst schon merken, sagt Warschoks, wir machen es unten.

Oben auf dem Berg, die Litauer, haben ihr Feuer schon hoch. Sie singen eine Weile. Das Feuer brennt über dem Stein, ruhig, nur manchmal greift der Wind von oben her in das offene Rund hinab und dreht die Flammen auseinander. Dann legen sich weiße Lichtbahnen, schnell, bis an die dichten Mauern der Fichtenstämme, an diese Palisadenwand, bis in die Büsche hinein. Und sind schon wieder fort, nur in den aufgehobenen Gesichtern bleibt es noch stehn, das Licht.

Einer hat zu erzählen angefangen, jetzt, wo die jungen Leute nach und nach den Berg hinab verschwinden und die Zurückbleibenden sich enger zusammen setzen: eine alte Geschichte, vom Mägdlein Neringa, das so stark und groß wurde, höher als die höchsten Fichten, das die Wagen mitsamt den Pferden aus dem Dünensand heraushob und bei Sturm die Schiffe sicher ans Land brachte oder an der Kette in die schützende Mündung der Memel hineinzog. Mit allen Fischern an der Küste baute sie einen Damm gegen die Bosheit des neunköpfigen Meerdrachens Galwirdas, daß er sich nur noch im offenen Meer tummeln konnte, freilich jetzt mit doppelter Wut. Bis aus Schamaiten der Jäger Naglis kam, der den Drachen erschlug und Neringa heiratete. Da wurde eine Hochzeit gefeiert, von der man bis auf den heutigen Tag spricht, in Litauen. Wie auch noch heute der Damm nach dem Mägdlein Neringa benannt wird: Neringa, die Kurische Nehrung.

Tuta Gendrolis ist mit den Krakischkern mitgegangen, vorhin. Sie haben sie gleich wiedererkannt und ein bißchen gestichelt: Bist doch schon aus der Schule raus, rennst all wieder beim Lehrer, – und gleich auffem Heukäps rauf.

Potschka ist noch am Feuer geblieben, mehr mit seinem lebendigen Donelaitis als mit einem toten Vytautas. Da hat er nicht viel reden mögen. Wovon auch? Daß sie noch alle leben: der Mäusefresser Peleda, der Schleicher Slunkius, der Schwätzer

Bleberis, der Schiefnas Schlapjurgis, wie sie in des Donelaitis Jahreszeiten herumgeistern. Vielleicht, daß er Sorge hat, wie seine Lieblingsstellen abschneiden werden: in dieser Oper, ob Platz für sie sein wird. Die eine, in den Sorgen des Winters, der zweiten Idylle:

Seht, wie der Ochse, ein roter, ein schwarzer, ein falber, gefleckter,
brüllt, weil ihn hungert, erblickt er ein Bündelchen Krummstroh in euren
Händen, und gebt ihr ihm freundlich, aus gutem Herzen ein Büschel,
zieht er es mit der Zunge sogleich in das Maul und zerknirscht es,
frißt die knackenden Halme, und unverwandt blickt er uns an. Ach,
könnten sie reden, die Tiere, auf Litauisch, wie sie euch dankten
für eure Gabe, euch allen, jetzt wo sie im Stall sind, im Winter!

Da hat er noch gesessen. Nun wird er dem Gelächter nachgehn, das unten um den Berg zieht.

Auf halber Höhe, über den Sandlöchern bleibt er stehen. Hier sieht man noch über den Strom. Drüben die Feuer, und das Feuer unten am Wasser jetzt auch, und denkt nicht: es könnten andere Feuer sein als oben das auf dem Berg.

Aber dann hört man es doch: Feuersprüche werden gerufen, es wird gerannt und gesprungen, da versucht man, über das Wasser zu schreien, da werden brennende Äste geschwenkt: Die drüben sollen antworten.

Und die werden ja wohl drüben dasselbe vorhaben: herüberschreien, Zeichen geben, Sprüche aufsagen.

Wo wird Voigt sein?

Er hat mit Storost und Saluga in der Wirtschaft gesessen. Zwei Professoren jetzt, leibhaftige zwei. Kankelat ist ganz aufgeregt gewesen. Immer hin und her: vom Tisch, an dem Rittergutsbesitzer von Draschke präsidiert, wo sich inzwischen auch Nickel Skambraks, der Landtagsabgeordnete, eingefunden und seine Reden über die Autonomie des Memellandes aufgesagt hatte, wie all die Jahre schon, als wäre nichts geschehen, als gäbe es die Voldemaras-Regierung in Kaunas nicht, nicht einmal diese Reichsregierung dieses Herrn Hitler, wie er sagt, die schon gar nicht, – zum Tisch der Gelehrten hinüber und wieder zurück.

Neumann war es zuletzt zuviel geworden, dieses Autonomie-Geschwätz. Aufgestanden. Herr Skambraks, Ihnen werden noch die Augen aufgehen. Und ab.

Von Draschke hatte sich nur immer zu wundern gehabt. Schließlich, bedeutungsschweren Tones, eine Frage nach seinen Töchtern.

Ja, wo *die* sind?

Aber dann war mit diesem Pendeln für Kankelat doch einmal Schluß gewesen. Das sind doch wohl alles Litauer, diese Herren da drüben, hatte sich Herr von Draschke vernehmen lassen. Und da war Kankelat also in die Entscheidung gefordert worden. Und hatte erst einmal, zum Überlegen, das Häuschen aufgesucht.

Und dann – ein heiterer Mensch und leicht zu verführen – hatte ihn das große Feuer am Ufer angezogen, er war hingesteuert, schon ziemlich im Tran, ein bißchen benommen von der frischen Luft. Und dort hatte ja auch das Bier gestanden, kastenweise, und die Musik hatte sich auch dahin verfügt, und immer mehr Leute, sogar Maurer Hennig mit seinem Freund Antanas. Und vier andere, vom Trappöner Sägewerk, wie zu erfahren war, von der deutschen Seite also, aber keine Neumannschen Freunde oder Kameraden, sowas gar nicht. Mit Hennig und Antanas und schließlich den Krakischkern hatten sie geredet, als die angelangt waren, Tuta noch immer unter ihnen.

Nur Potschka nicht. Wo ist Potschka? Wo ist er jetzt?

Auch Voigt und Storost werden jetzt hinausgehn. Man wird sich langsam mit dem Gedanken an die Heimfahrt vertraut machen müssen. Also: Gute Nacht, Herr Saluga. Und noch ein bißchen hinaus, unter die Leute.

Ich hätte mich gern von Herrn Potschka und seiner Braut verabschiedet, sagt Voigt. Wo mag er sein?

Sicher draußen, wir finden ihn schon, sagt Storost.

Aber sie finden ihn nicht. Am Feuer ist er nicht. Sie gehen unten am Berg entlang, an der Uferseite, da ist er auch nicht.

Storost hat noch einen Einfall wegen der Oper.

Die großen Lehrreden, die der Dichter einschaltet, für mich gehören sie zum Schönsten bei ihm, wie wollen Sie die behandeln? Ich meine: wenn Sie eine Handlung haben, – das verbindet sich schwer miteinander.

Da habe ich auch schon überlegt. Mit Arien schafft man es nicht, das würden ja Wagner-Monologe.

Ich meine zum Beispiel die bekannte Stelle, sagt Storost, Sie kennen sie bestimmt.

Und jetzt sagt er auf, was er meint, die stille Redlichkeit eines vielgeprüften Sittenpredigers mit der hintersinnigen Kratzbürstigkeit eines Dorfweisen, auch im Vortrag, vereinend:

Schwein, wie lebst du! Schämst du dich nicht! Vorgestern
kam ich vorbei an deinem verlotterten Hofe.
Wiehert mein Brauner doch da, gleich fliegen die Sparren
vom Dache,
stoßen die Fenster entzwei. Drei bunte Schweine mit ihren
Ferkeln schreien im Haus und stürzen hinaus aus der Türe,
grad als ging es ans Schlachten, – mir standen die Haare
zu Berge!

Voigt faltet die Hände über dem Bauch und sagt:

Nein, ich weiß noch nicht wie, doch weiß ich, das muß
in die Oper.
Darauf verzichten wird nur, wen die Götter – und alle! –
verlassen.

Storost lacht. Vielleicht sollten solche Stellen einfach gesprochen werden?

Aber vielleicht zaubert Gawehn auch ein kleines Orchester drunter hin? Muß ich mal mit ihm besprechen, er ist jetzt so schön in Fahrt. Und dann:

Schade, daß Potschka nicht da ist, er wüßt es, er ist musikalisch.

Da fährt Storost fort:

Werden wir also die Büsche absuchen, verehrter Kollege.
Finden müssen wir ihn, und wenn in den Armen des Bräutchens!

Aber nun ist es wohl genug damit. Voigt bleibt stehen, den Kopf seitwärts geneigt, horcht, drückt seinen Stock in den Erdboden. Hören Sie nicht, was ist denn da unten los?

Kommen Sie, sagt Storost.

Da steht Gottschalk vor ihnen. Wo wollen Sie hin?

Dort hinunter, zum Feuer, sagt Voigt. Sehen Sie denn nicht, da ist doch was passiert!

Ich glaube nicht, daß die Herren dort etwas zu suchen hätten.

So, Sie glauben nicht? Behalten Sie Ihren Glauben für sich. Religionsfreiheit.

Gottschalk tritt Voigt in den Weg. Sie werden hierbleiben, meine Herren, das geht Sie nichts an.

Erlauben Sie mal, sagt Storost.

Sie alter Litauer halten sowieso besser den Mund.

Das ist doch die Höhe, schreit Voigt. Und an Gottschalk vorbei. Und zu Storost zurück: Kommen Sie, Herr Kollege.

Schon ist Gottschalk wieder neben ihm. Herr Professor, wir haben uns das bis jetzt ruhig angesehen: Den ganzen Tag haben Sie irgendwas mit diesen Litauern gehabt.

Was wollen Sie? Und wer hat sich das angesehen, wer ist: wir?

Das werde ich Ihnen wohl nicht erst erklären müssen.

Gehen Sie zum Teufel, sagt Voigt.

Jetzt ist es genug. Da hat Voigt wohl das richtige Wort gebraucht. Gottschalk dreht sich um und ist verschwunden, wie aufgelöst, vor ihren Augen.

Und jetzt zum Feuer.

Herr Storost, ruft Voigt, sehen Sie doch, das ist ja eine Schlacht!

Weiß Gott, eine Schlacht. Um das niederbrennende Feuer herum. Abgerissenes Gebrüll.

Ach Gott, meine Litauer mitten drin.

Voigt schreit. Und rennt jetzt, den Stock schwingend, auf den Kampfplatz zu. Halt! Werdet ihr wohl auseinander!

Aber das sind hier ja keine Jungens.

Herr Professor! Kankelat kommt ihm entgegen. Bleiben Sie hier, Herr Professor!

Ach was, Kankelat, sehen Sie nicht? Und vorbei.

Da steht Tuta Gendrolis.

Mädchen, was wollen Sie hier, wo ist Potschka?

Er ist nicht da, nicht zu finden. Aber unsere Männer –

Da meint sie die Krakischker. Die Voigt schon gesehen hatte, von weitem.

Ach, diese Schnauzen. Jetzt hat Voigt die Neumannschen Kumpane oder Spießgesellen entdeckt. Und noch so einen, der gestern in Plattners Krug herumtorkelte, noch solch ein Gesicht, das man nicht vergißt.

Aber jetzt ein Quieken. Als würde einer abgestochen.

Da unterbrechen die Zweikämpfer ihren Gang, auch die Mehrkämpfer oder wie man das nennen will. Was ist los?

Hennig.

Also: *Wer* ist los?

Hennig.

Was hat der Hennig?

Er reibt sich das Kreuz. Er sagt: Mir hat eener genau uffs Been gedräten. So ähnlich.

Na das ist etwas. Soll man jetzt lachen?

Wäre schon besser. Aber es hilft nichts, Hennig. Warschoks reißt beide Arme hoch, brüllt auf und stürzt sich auf den Motzischker Antanas: Hund, verfluchter, dir werd ich geben!

Und kommt nicht weit.

Einen guten Meter vor Antanas ist dieser Sturm zuende, aus

und verblasen: an Antanas' ausgestreckter Rechter. Auf die dieser Warschoks zugerannt ist wie ein Ochs.

Aber er fällt zurück, anstatt einfach umzusacken. Fällt zurück, mit dem Schädel auf einen angekohlten Stubben.

Und reißt die Augen auf. Und schließt sie nicht mehr.

Man ist nicht unerfahren in dieser Gegend, man hat Tote gesehen. Eigentlich wächst man mit ihnen auf.

Wer aus der Niederung ist, weiß: jedes Kind bringt Wochen mit Gestorbenen zu: unter einem Dach.

Die Gehöfte sind, im Überschwemmungsgebiet, auf Hügeln angelegt, jedes auf seinem Hügel. Dann, Ende Februar und März, ist das Eis morsch, dann ist es nicht mehr betretbar, der Fuß geht wie durch Watte, es knirscht ein wenig, und es ist naß. Aber es taut nicht weg. Mit dem Kahn: kein Fortkommen. Dann ist man für fünf, sechs, sieben Wochen eingeschlossen, keine Verbindung zum nächsten Gehöft, das Dorf unerreichbar, aber was heißt Dorf in einer solchen Gegend, also: der Amtsvorsteher oder die Post, aber beide nützen jetzt nichts, eingeschlossen sind alle, und jeder für sich.

Wenn jetzt einer stirbt, bleibt er im Haus, bis zum Frühjahr, bis das Eis weg ist, der Schaktarp vorbei. So heißt diese Zeit. Sie hat einen Namen, man versteht warum.

Er kann ja auch bleiben, im Haus, der Tote. Unter dem Dach stehen Särge bereit. Eingesargt unter Tränen. Dann steht das da. Man gewöhnt sich daran, sollte man denken.

Man ist nicht unerfahren in dieser Gegend. Man weiß. Und daß die Frauen jetzt aufschreien und die Männer zur Seite treten, eine breite Gasse lassen, das ist nicht ohne Grund. Schreck reicht da nicht aus.

Voigt hat Tuta Gendrolis in die Arme genommen und hält sie fest. Streicht ihr mit dem Mund übers Haar. Kind, liebes, wein nicht.

Aber sie wegführen kann er jetzt nicht, weggehn kann er jetzt nicht. Er weiß genau, was jetzt kommt.

Neumann steht plötzlich da, wie aus der Erde gewachsen.

Antanas glaubt das alles noch nicht: Das Schweigen um ihn herum. Diesen Mann, der sich, im Abstand, vor ihm aufstellt. Den anderen Mann, der daliegt, mit aufgerissenen Augen, und sie nicht schließt. Oder wenigstens aufsteht.

Die Schreitlauker haben sich vor ihn gestellt. Hennig steht an seiner Seite. Die Trappöner gehen auf Neumann zu.

Was wollen Sie tun, fragt der eine.

Jetzt hat wohl die Polizei das Wort. Neumann ruft: Herr Wasgien, das ist, denke ich, Ihr Ressort.

Und Wasgien tritt vor. Herr Rechtsanwalt, sagt er und schlägt die Hacken zusammen.

Zu den Schreitlaukern: Machen Sie keine Schwierigkeiten.

Zu den Trappönern: Sind Sie hier aus der Gegend?

Zu Hennig: Hau ab, du.

Zu Antanas: Sie gehen voraus. Gasthof Wythe.

Antanas glaubt das alles noch nicht. Er steht da und blickt sich um.

Voigt, einen Arm noch immer um Tuta gelegt: Herr Rechtsanwalt Neumann, ich habe dem Vorgang aus nächster Nähe beigewohnt, es handelte sich um einen Unfall, außerdem um Notwehr.

Neumann: Wie meinen Sie das, Herr Professor?

Voigt: Wie ich gesagt habe. Ich stelle mich als Zeuge zur Verfügung.

Nicht nötig. Sie sind Reichsdeutscher, es sind genug Einheimische da.

Voigt: Ich bestehe darauf.

Ich greife nicht vor, Herr Professor, aber Ihre Aussage dürfte hierorts nicht sonderlich interessieren.

Voigt wendet sich um, erblickt neben sich Kankelat.

Herr Präzentor Kankelat, sagt Voigt, stand die ganze Zeit hier. Dann wird er eben aussagen.

Und was, denken Sie, wird Herr Kankelat aussagen?

Das gleiche wie ich.

Herr Wasgien, ruft Neumann dem Gendarmen hinterher. Herr

Wasgien, Herr Professor Voigt versucht hier Zeugen zu beeinflussen.

Wiegeln Sie die Leute nicht auf, ich warne Sie, schreit Wasgien zurück. Und dann setzt er seinen Marsch fort.

Sie haben gehört, sagt Neumann.

Unsinn! Voigt wendet sich noch einmal an Kankelat: Sie standen hier, Herr Kankelat. Sie haben alles gesehen. Sie können nichts anderes sagen.

Nun also auch Neumann, an Kankelats Adresse: Herr Präzentor Kankelat, ich wäre Ihnen verbunden, wenn Sie sich unmißverständlich äußerten.

Kankelat, was sagt Kankelat?

Herr Rechtsanwalt, sagt er, ich denke, ich kuckte gerade nach der Seite. Hier nach dieser.

Und dazu eine Handbewegung.

Nun ja, dann kann man also Schluß machen. Urbschat und Berger, Schwill und Schweissinger, Wallat und Oberförster Siemoneit braucht man nicht mehr zu befragen. Nicht einmal diesen vorsichtigen Siemoneit. Der seinem Hund den Schwanz stückchenweise abgehackt haben soll, jeden Tag ein Endchen, nicht alles auf einmal, damit es nicht so weh tat.

Nichts mehr.

Jetzt schreit Martha Kairies: Der Dampfboot!

Und jetzt gehen Wilhelm Storost und Martin Voigt zur Anlegestelle hinunter.

Grüßen Sie mir den Potschka, sagt Voigt und hält das weinende Mädchen, bis der Schiffer mahnt: Kommen Sie, oder wir legen ab.

## VII. KAPITEL

Das Holzgerüst, das hier zu beschreiben ist, wenn das geht, das also zu beschreiben wäre, nennt man Trigonometrischer Punkt: einen Trigonometrischen Punkt. Es wird hier beschrieben, an diesem Ort, der bezeichnet sein soll als eine Bodenwelle, einige hundert Meter westlich des Berges Rombinus, eine flache, kaum bemerkbare Erhöhung des niedrigeren Bergrückens, der, bewaldet, sich von dem beherrschenden Berg fortbewegt, auf die Ebene zu. Der Ort wird bezeichnet als eine unregelmäßige, wahllos mit Feldsteinen bestreute, da und dort von Heidekraut überwachsene Ödstelle – kleine Einsprengsel von trockenem grauweißem Moos nicht gerechnet, eher die vier oder fünf krummwüchsigen Wacholderbüsche, die hier Kaddik genannt werden. Die Stelle von Holunder und wilden Johannisbeeren eingegrenzt, dahinter Nadelgehölz, Fichten und halbdürre Kiefern. Dies ist der Ort. Das Holzgerüst, der Trigonometrische Punkt wird hier stehen müssen.

Er ist zu beschreiben als stünde er hier, nicht drüben auf dem anderen Memelufer, schräg gegenüber: dort, wo er aufzufinden sein wird laut Einzeichnung auf der Karte, Maßstab 1 : 150 000, Bezeichnung Memeldurchbruch bei Ragnit. Ein fünfgeschossiges Gerüst aus geschälten, unbehauenen Stämmen. Vier rechtwinklig zueinander aufgestellte Masten, schräg auf die Mitte des Quadrates zu geneigt, die im fünften Geschoß, über einer kleinen, von einer Art Gittergeländer umgebenen Bühne, zusammenlaufen, mit schweren Eisenbolzen verbunden; vom Vereinigungsstück steigt eine etwa zwei Meter lange Stange auf.

Von Geschoß zu Geschoß führt jedesmal eine Leiter, jedesmal von einer anderen Ecke aus. Die Geschosse werden gebildet durch jeweils vier nach außen zu waagrecht befestigte Querbäume, die

die Masten verbinden. Von ihren überstehenden Enden gehen die schräg zum nächsten Geschoß aufsteigenden Verbindungsbalken, überkreuz natürlich.

Aber wir sind ja eigentlich erst beim Untergeschoß, wo es keine Leiter gibt, wo also Potschka sich nicht aufhalten soll, mit Überlegen oder sonst etwas, es wird ja auch dunkel jetzt, sondern einfach springen: mit einem Sprung ins erste Obergeschoß, von dort kann er die Leitern benutzen.

Springen erst, auf diesen Turm, den es nicht gibt, weil die Leiter im Untergeschoß nicht zur Hand ist, springen aufs erste Obergeschoß, auf den quergelegten Brettern stehn, dann also steigen, von Geschoß zu Geschoß. Es ist immer dunkler geworden, das reicht, als eine fliegende Dämmerung von wechselnder, vielleicht mit steigender Höhe nachlassender Dichte, bis zum vierten Geschoß. Dann wird es hell. Hier nicht, um dieses Gerüst nicht, um diesen Trigonometrischen Punkt nicht, aber irgendwo doch: ein Leuchten, von weit her. Wo ist es?

Über dem Strom nicht. Hinter den Wäldern, hinter zwei Strömen, irgendwo weit von hier.

Da also ist Potschka angelangt, im fünften Geschoß, wo es heller ist als im vierten, dritten, zweiten, in dieser dünner werdenden Dämmerung, immer leichter geworden von Leitersprosse zu Leitersprosse. Aber das Verlassene, so wie es hinter dem Steigenden zurückblieb: unkenntlich fast, blickte man hinab.

Hier ist Potschka. Wer hatte alles nach ihm gefragt? Hier ist er. Und von hier blickt man hinaus. Wo hinaus?

In eine Landschaft. In eine Dunkelheit. In der es diese Helle gibt.

In eine Zeit. Wenn man das weiß: was das ist, Zeit.

Das Gegenwärtige? Das schon immer, indem es bemerkt wurde, abgeschlossen ist, vergangen, Vergangenheit geworden.

Das Zukünftige? Das immer herankommt, ganz nah heran, und nie eingetreten ist, immer draußen geblieben.

Die Vergangenheit? Abgeschlossen, abgetan, nicht mehr zu rufen, weil ohne Gehör. Erkennbar vielleicht in leblosen Gegenständen, Gestorbenes, in einem Augenblick unkenntlich geworden.

Aber man blickt darauf. Und worauf sonst? Als auf etwas, das man zu haben meint. Man sieht Häuser, ein Dorf, Fenster. Man blickt durch ein Fenster. Was sind das für Leute? Wie sehen sie aus?

Leute mit Gesichtern, mit Händen. Wie sind sie gekleidet?

Zwei Männer, Perücken um das Sonntagsgesicht, in schwarzen Schoßröcken, weißen Hemden, vielknöpfigen, kaum gemusterten Westen, deren drei Oberknöpfe geöffnet sind, Kniehosen, Schuhen mit weißen Schnallen. Wir wollen uns ihre Namen aufsagen.

Bitte, Hochwürden, stehen Sie auf.

Das könnten wir sagen, dann stünde der eine Mann, an den wir uns wandten, da und wäre leicht zu beschreiben: als der gewisse Christian Donelaitis, Pfarrer zu Tolmingkehmen, gebürtig aus Lasdinehlen, Freischüler, Student, Hofmeister, Kantor in Stallupönen, 1742 Rektor dortselbst, im Jahr darauf nach Tolmingkehmen vociert, nach Examination und Ordination in Königsberg, am 24. Decembris hujus anni introduciert in das hiesige Predigeramt, in dessen Observation er bereits das zwanzigste Jahr continuiert.

Da werden wir dringlicher. Zwanzig Jahre. Da lassen wir unsere Rede ohne Form und Schnörkel gehn, wie sie gehn will. Rede, daß ich dich sehe, sagen wir. Rede, daß wir dich sehn.

Er steht, die linke Hand auf den Tisch gelegt, er wendet sich an den anderen: Antworten ist mein Amt.

Es gibt Fragen, denen sich der Befragte versagen muß.

Das sagt der andere, und für diese Rede soll er jetzt aufstehn. Dafür muß er sich anschauen lassen.

Ein Mann wie sein Gegenüber. Hochwürden Sperber. Freischüler, Student, Hofmeister, schneller ins Amt gekommen, Vorgänger des Donelaitis in Tolmingkehmen, seit 1756 Pfarrer zu Kunzen. Der seinen Jugendfreund besucht, der heute hier getauft hat: ein Kind weiblichen Geschlechts aus Raudonen. Woher seine vorsichtige Rede eben?

Seine Erfahrungen gleichen denen des Freundes. Darüber haben sie zu sprechen gehabt, seit er hier ist, drei Tage. Er hat eine Patronatskirche, da redet also sein Herr Baron: was zu beachten und was zu tun. Hier ist es das Kammeramt, das auf dem Königlichen Vorwerk sitzt und über die 27 Dörfer befindet, über die insgesamt 309 Feuerstellen, über das Pfarrland, bis vor vier Jahren vertreten durch den Amtmann Franz Boltz, dem Donelaitis einen feinen Kopf und Religion nachzurühmen hat, aber dann durch Bäring und jetzt durch diesen Ruhig, Amtmann Ruhig, obwohl es doch nicht an der Person liegen kann, eher daran, daß das Erträgliche für Wohltat genommen wird, wenn das Unerträgliche nun aufgetreten ist und darum doch nur, weil Hochwürden nicht geneigt ist, sich den Fragen zu versagen: den Fragen der Pfarrkinder über Dienste und Leistungen und ihre immer noch steigende Last, in diesen Jahren, diesen sieben, eines Krieges, der eben stirbt in diesem dreiundsechziger Jahr.

Da hält es schwer, Briefe zu schreiben: von der Nachtigall, die dieses Jahr gesungen und so manchen himmlischen Augenblick gemacht, morgens und nachts, doch seit Tagen so gut wie verstummt ist. Sie war ein Vogel nach der Uhr, fing mit dem Nachtwächter an und hörte praecise um sieben auf. Wechselte in meinen und meines Nachbars Garten, je näher dem St. Johannis, desto lauter wurde sie auch am Tage.

Da richtet man eine Mahnung an den Amtsbruder in Kilgis und überschickt sie durch Küster Friedrich Seligmann: keine Beförderung in eine fremde Gegend anzunehmen, weil gute Litauer rar seien in dieser Zeit.

Und das heißt doch nur, die Schafe nicht zu verlassen, denen es schwer wird zu antworten wie verlangt: preußisch statt litauisch. So mag man es ausdrücken, wenn das reicht.

Und andere Sorgen auch.

Wir hatten seit 58 die russische Besatzung, es hat nicht viel gemacht. Die Orthodoxen verordneten uns ihre Festtage: am Tage Alexander Newski war auch über ihn zu predigen, ich hab mir einen Ersatz gefunden: den Schmied gleichen Namens, 2. Thimoteus 4, 14, du weißt: Der Herr bezahle ihm nach seinen Werken.

Aber der Sperber soll aufstehn, sich anschauen lassen für seine schwachmütige Rede. Ehe er wieder fortgeht nach Kunzen in seine Gemeinde. Hör zu, Sperber, hier wird einer reden, daß wir ihn sehen:

Ach daß Gott sich erbarm, es kämmen die gnädigen Herren
immer noch weiter des Bauern Fell nach dem letzten der
Groschen.

So wird er beginnen. Dabei wird er sich umblicken. Und es wird ihm ins Auge fallen – – Was denn schon?

Oh unersättlich ist ja der Geiz des derzeitigen Amtsrats.
Würd er womöglich doch einmal dem Bettler nur schenken ein
Gröschlein,
könnt er ob solcher Verschwendung drei volle Nächte nicht
schlafen,
weinen müßt er in aller Frühe schon bitterste Tränen,
weil der gegebene Pfennig als blanke Sünd ihm erschiene
gar in den Träumen, um ihn, den Bedauernswerten zu quälen.
Brüder, ihr kennt ja die Gnadenbezeigung der Herrschaft,
unser Verdienst ist allein, die Arbeit getreulich verrichten,
während der Herr es sein Recht nennt, die Bauersleute zu jagen,
hierhin zu stoßen und dorthin, als sei'n es verlaufene Hunde.
Oh du selbstsücht'ger Tyrann, du Schmerbauch, dem wüst sich
das Haar sträubt,
der wie ein züngelnder Blitz umherschlägt und Schrecken
verbreitet,
hast du denn anders begonnen als einer der Armen auf Erden,
hat eine Mutter dir nicht wie jedem den Hintern gewaschen!
Denke, daß Gott dich sieht, wohin auch die Schritte du lenkest,
daß, wie du uns vor den deinen, vor seinen Stuhl er dich ziehn
wird.

Vielleicht, daß Hochwürden Sperber eine Abschrift nehmen wollen? Hier liegen die Seiten, hunderte schon. Sperber, das wäre doch gut, schon deinetwegen.

Aber ist das nicht alles abgeschlossen, abgetan, nicht mehr zu rufen, weil ohne Gehör? Erkennbar vielleicht, wie es hieß, an leblosen Gegenständen, Gestorbenes, unkenntlich geworden in nur einem Augenblick.

Ja, es ist so. Das ist das Vergangene.

Und die Zukunft? Wirklich nicht eingetreten? Immer noch draußen?

Ja, es ist so. Und hier?

Hier ist Dunkelheit, um diesen hölzernen Turm. Da sind Schritte, da stößt etwas gegen einen Stein.

Die französischen Geister?

Dann liegt also der vergrabene Schatz doch noch in der Erde? Unter dem Sand, nur noch tiefer vielleicht? Und ihr habt etwas zu bewachen, ihr napoleonischen Geister?

Redet, obwohl ihr auch dann nicht zu sehen sein würdet, an diesem Ort, der beschrieben worden ist, den es nicht gibt.

Kein Anlauf, kein Sprung. Aber da ist jemand. Schon im ersten Geschoß. Da hat einer seine Hände an den Balken und am Stangengehölz. Da geht ein Atem, schneller noch als das Wasser, das um den Berg herum ist und es nun eiliger hat, ungehindert stromab. Den kleinen Lichtern nach, mit denen sich das Dampfboot stadtwärts davonmacht.

Mit Voigt und Storost, die am Heck sitzen und zurückschauen, obwohl es ganz dunkel ist und das wenige Licht nur dahinfliegt, dicht über der Wasserfläche, manchmal schon so, als müßte es jetzt ertrinken –, dasitzen, am Heck, und zurückschauen, das Herz voll Ratlosigkeit. Was soll man nur tun?

Was ist auszurichten? Und womit? Doch mit der Oper, Herr Voigt? Ja, vielleicht doch.

Um den Turm ist das Dunkel. Aber ein Geräusch auch, Füße und Hände. Da hat einer herumtastend die Leiter gefunden, da steigt einer herauf, vorsichtig, Sprosse für Sprosse. Der braucht wohl die Dunkelheit?

Und du, Potschka, auf deiner Höhe, du hörst ihn nicht. Du siehst noch immer: da ist ein Licht, Häuser, ein Dorf, hinter zwei Strömen und hinter Wäldern, weit von hier, und entfernt von allem.

# VIII. KAPITEL

Dieses neue Kapitel sollte vielleicht einen Namen tragen: Litauische Hochzeit, oder: Auf einer litauischen Hochzeit. Freilich, man verspricht da leicht zuviel, immerhin: es könnte ein bißchen bunt hergehn, im Kapitel, obwohl: man sagt ja, die litauische Braut ziere sich, was nicht bedeutet: sie schmückt sich aus, das tun schon die andern mit ihr, da braucht sie sich nicht zu sorgen, sondern: sie sei schüchtern, timid, verlegen, fast peinlich berührt, Mittelpunkt, beglückwünschter oder bedauerter, zu sein, so etwas.

Ach nein, sagt sie immer noch einmal und steht und geht, als solle sie, wohl oder übel, im nächsten Moment durch ein viel zu schmales, gerade eben noch frisch gekalktes Tor, habe sich also zwischen abfärbenden Wänden hindurch zu drängen, und das mit hochbeglücktem Gesicht.

Sie ziert sich; es ist das, wie gesagt, eine Haltung, eine Seelenhaltung, die sich gewiß als Körperhaltung ausdrückt, mancher behält das bei; die Lehmannsche, sagt man, zierte sich noch im Sarg.

Also genügt es vielleicht auch ohne Kapitelüberschrift, wenn es nun schon hier angesagt ist wie eine Polonäse. Und aufgeschrieben wird es ohne Besorgnisse: ob es einen Akt in Voigts Oper abgeben könnte, ob ein Mann wie Gawehn so etwas wenigstens als eine hinreichende Skizze für den musikalischen Aufbau, die Szenenfolge nehmen würde, sogar: ob der Potschka alles so ähnlich sähe, gäbe es den Turm, auf dem er steht, und das Licht, in dieser Dunkelheit, den Ausblick vom fünften Geschoß, von dem gesagt wurde, es sei eine Art Bühne, mit einer Art Gittergeländer, mit einer senkrecht aufgestellten Stange darüber.

Auf den Landkarten ist Tolmingkehmen immer sehr klein, auf Carl Flemmings Generalkarte Nr. 3 gerade noch zu finden, auf

Justus Perthes' Nordblatt Osteuropa gar nicht mehr da, am besten wohl bei Harms-Wiechert auf Blatt 8/9, dort als Kirchdorf und Marktflecken erkennbar.

In des Magisters Leonhardi Erdbeschreibung der Preußischen Monarchie, die 1791 in Halle gedruckt worden ist, also ziemlich weit von hier, worin er sich auch, und unzutreffend, über die litauische Sprache äußert, indem er sie zu einer scythischen erklärt, heißt es: Tolmingkehmen, ein meliertes Dorf, mit dem Kgl. Vorwerk, dem Sitze des Domainenamtes, hat nebst der Kirche 14 H. Wobei unter H. die sogenannte Große Hufe von nicht ganz 67 Morgen (preußisch) zu verstehen ist. Das Amt Tolmingkehmen enthält in zwei Vorwerken und 27 Dörfern 309 Feuerstellen. Das ist alles, und das wußten wir auch schon. Auf der Karte jedenfalls liegt Tolmingkehmen zwischen Walterkehmen und Mehlkehmen, was auch nicht viel sagt, zwischen den Flüssen Pissa und Rominte, die beide auf der Höhe von Tolmingkehmen ihr erstes Knie beschreiben. Hier beginnen auch schon die Bodenerhebungen, die sich nach Süden durch die Heide fortsetzen, in Richtung auf die Königshöhe, die Goldaper Berge, die Seesker Höhe. Dahinter kommt der Kreis Oletzko.

Da kann man ja viel sagen und muß es doch nicht, nur ein bißchen differenzieren sollte man schon und muß also beschreiben und sehen, wie weit einem das hilft.

Von oben sieht solch ein Dorf gewiß aus wie Seligenfeld. Also wie eine Straße, an die man Häuser gebaut hat, dahinter dann Scheunen und, wie um ein Gehöft oder Anwesen vom nächsten zu trennen, im rechten Winkel zu Haus oder Scheune, das ist ganz egal, Ställe für Pferde und Kühe, Speicher für Getreide, Keller für Kartoffeln, Holzschauer und sogenannte Kleten, niedrige, aber hübsch verzierte Häuschen, in denen es sich sogar recht angenehm wohnt, wenn man das will. Alle diese Speicher, Schauer, Kleten in dem Maße und Ausmaße, wie man zum Hineintun hat. Und dann gibt es die Gärten – Gemüse, Obst, Blumen – und auf dem Hof den Brunnen und auf dem Scheunendach jedesmal ein Storchennest; das muß man ausdrücklich sagen, denn eine Gegend ohne Störche ist, denke ich, ein unbewohnter Ort. Es muß einen nicht stören, daß er so geraden Schrittes und so schwarz-weiß-rot daherkommt, in diesen angeblich deutschen Farben, ein Deutscher ist er nicht, eher ein alter Ägypter, dort fliegt er ja auch immer hin, zu den Ägyptern, ein friedlicher Vogel, obwohl eigentlich streitbar genug, für seinen eigenen Bedarf, der sich vor Kriegsläuften immer gleich wer weiß wohin verzieht. Und dann eben steht an einem Ende des Dorfes oder in seiner Mitte die Kirche, jedenfalls auf einem guten Platz. Weil dahinter der Friedhof liegt und daneben der Pfarrhof oder das Pastorat.

Aber damit etwas gewonnen würde, mit der Beschreibung, die in dieser Form einfach für nichts steht, werden wir sie bevölkern, mit Leuten, weil die schönste Landschaft ohne Leute eine entsetzliche Öde ist, schlimmer als die Hölle, mit Leuten, versteht sich, die sich in dieser Umgebung zu bewegen wissen, nicht solchen, die jeder verkehrt hingestellten Harke gleich auf die Zinken treten, daß ihnen der Stiel ins Gesicht schlägt: also mit Selmyke und Magusze, Aste, Pimme, Urte, Lyne, Anorte, Tuze, lauter Frauen und Mädchen, und mit Lauras, Martynas, Enskys, Justinas oder aber Matteoszus, Markoszus, Lukoszus, Jonas, auch wenn dies die Namen der heiligen Evangelisten selber sind, hier sind es die Männer, dazwischen immer auch ein jaunikas, ein Jüngling, wie der Bräutigam hier, der, seine Braut am Arm, jetzt vor dem Hause stehen bleibt, nachdem er von der Straße durch das weitgeöffnete Tor auf den bewachsenen Hof eingebogen ist und die wenigen Schritte bis zur Haustür auch noch hinter sich gebracht hat, mit seiner marti am Arm: weil die Brauteltern heraustreten und die Gäste sich hinter ihnen drängen, Gläser in der Hand, den Schwiegersohn und die Tochter hereinzuführen, durch die bekränzte Tür. Mit Zurufen und Händeklatschen in die große Stube rechts, an den Platz vor dem Ofen, der im Sommer angenehm kühlt, an die Mitte der Tafel, wo man sich niederläßt und schön aussieht, erst einmal und als Braut oder Brautjungfer, Mutter oder Schwiegermutter: den Mund nicht gespitzt, aber möglichst klein, die Nasenflügel angezogen, das Haar weggestrichen von der Schläfe und vorsichtig sitzend, wegen der Bänder und bauschigen Ärmel, der Umlegetücher und vielfachen und vielfarbigen Röcke, oder als Bräutigam, Vater oder Schwiegervater, Brautführer und sonstwas: in Schuhen, schwarzen Strümpfen vom schwarzen Schaf, überquer geknöpften Überröcken, locker fallenden Pumphosen, gestickten Leibriemen, gezwirbelten Bärten und, weil man das Wort führt, als Mann, jedenfalls bei den Begebenheiten und am Anfang immer, mit geschäftigem Mundwerk, geschlossen plötzlich, vom Bier, und eiliger und befeuerter darauf, wieder vom Bier und jetzt schon vom Branntwein, der in den Tragefäßchen gewartet hat und nicht mehr warten muß: weil die siebente Gelegenheit zur Begrüßung heute gekommen ist: jetzt sind sie im Haus.

Didwiszus, der Schwiegervater, der Großschuh, trägt mit Schwager Lauras die Eimer mit Bier herein, da sollen sie schöpfen mit hölzernen Kellen und Töpfen, und Aste und Magusze kommen mit den Speisen, mit dem Gebratenen und dem Gekrösetopf und Szupinis und Kissehl, und die Musik, Geige und Zither, wird später essen, jetzt wird sie spielen.

Ake, ake, sagt die Bräutigamsmutter voll Staunen, als die Mädchen einen Gesang anstimmen, mitten hinein in die Musik:

Lein hatt' ich gezogen,
wusch mir ab die Hände,
fiel der Ring vom Finger,
von der weißen Hand.

Ganz einfach hinein in die Musik, die, und wenn auch nur zu zweit, hoffnungslos drin ist: in ihrer Dreiviertel-Hopserei, die zu nichts paßt und also vom Gesang schlicht an die Gurgel genommen wird, aber sich wehrt, immer weiter und immer verbissener:

Kam der Bursch geritten.
Halt mein Pferdchen, sprach er,
werd ins Wasser springen,
hol dein Ringlein dir.

Da singen sogar die Männer, wenn Zeit dafür bleibt, weil eben jetzt der Schulze Fritz hereintritt mit dem gewundenen Botenstock, heute den Griff mit einer Schleife umschlungen, einem bunten geflochtenen Band, und den Stock, sein Amtszeichen, erhebt und nachdrücklich wieder auf die Dielen aufsetzt und gleich seine Rede beginnt, es geht ihm alles sehr schnell: mit Glück und Segen an Kindern und Bettwäsche und Ernte und Regen und, zuletzt, dem Wechseltrunk.

Priczkus, schreit Enskys ihn an und schwingt sein Messer und sticht das Schweinelendchen in der Holzschüssel vor sich am Boden fest, daß der Kohl ein bißchen rund herum in die Gegend fliegt: Priczkus, hier ist Vakarelis.

Ach du bildukas, sagt Fritz und nennt den Enskys also einen Poltergeist und stellt, weil seine Würde noch gut bei Kräften ist, fest: Hier wird eine Hochzeit stattgefunden.

Und das wird also nun zu bestätigen sein, von allen, auch von dem Lärmgeist Enskys, dem Schwätzer Bleberis, dem Faulsack Dotschys, der von all und jedem um sich aufgehäuft hat und still in sich hineinschlingt: Jawohl, Hochzeit, und wie!

Und es sind auch noch ein paar Verse zu singen, und die Musik will noch spielen, es hilft alles nichts: daß Dotschys schreit und Enskys mit beiden Armen den Takt der Melodie auf den Tisch schlägt, aber was soll das für ein Takt sein? Gawehn rätselt daran herum, Potschka weiß nicht, wie ihn notieren. Einfach weitersingen, ihr Mädchen, nicht wahr?

Priczkus, darunterhin, erzählt von anderen Hochzeiten, bei Salzburgern, also in den Dörfern nach Norden hinauf, die ihren Kohl nicht in Gefäßen aus Lindenholz säuern, eingestampft mit bloßen, sauberen Füßen, sondern ihn in die Erde vergraben, bei Deutschen, die sich die Jacken ausziehn und schamlos im kahlen Hemde tanzen, oder von den schrecklichen Speisen der Gutsherrschaft: von abgehangenem Wild, wo man die Maden einfach in der Küche herauskratzte, von schleimigen Wassertieren in flachen, breiten Muschelschalen, von schmutzig schwarzem Fischrogen, Fröschen, Schnepfengedärm, es wird einem ganz schlecht, wenn man das hört. Aber ich habe es mit eigenen Augen gesehen.

Einer erzählt von einem Wolf mit spitz gefeilten Zähnen, der aber gewiß kein Wolf war. Totgeschlagen hab ich ihn, tot war er und tot blieb er, aber ein Wolf war das nicht. Freilich, es ist in dieser Zeit hier keiner gestorben oder verschwunden, dann kam er wohl von weiter her, Sturnkats Großmutter kann es ja nicht gut gewesen sein. Und einer lobt seine Stute. Ein Tier, sag ich, mit einem Arsch wie ein Weib. Und dabei schiebt er den Unterkiefer vor, das bringt ein paar schräg aufsteigende Falten ein, zwischen Untergesicht und Augenpartie und dünnere an den Schläfen auch, wenn man genauer hinsieht. Und Lyne hat es mit ihren Gänsen, die alle Namen tragen und von denen sie redet, als müßte sie jeder auseinanderhalten wie sie.

Da sagt Priczkus, der Amtsrat habe eine gute Milchkuh Euterpe getauft, richtig betont auf der ersten Silbe: Euterpe. Und das ist vielleicht ein Stichwort für den Auftritt des Pfarrers, der Bildung gelernt hat.

Er ist eingetreten, Anna Regina, die geborene Ohlefant aus Goldap, am Arm, am linken, eine schlanke, etwas verdrießliche Frau mit dünnem Haar, von dem nur wenig unter der schwarzen Haube hervordarf. Sie werden an einen guten Platz geleitet, und die meisten sind dazu aufgestanden, und Donelaitis sagt: Aber setzt euch doch Kinder. Und: Habt ihr auch schön gebetet? Und das haben sie allerdings nicht, da wird er es tun, und Bleberis wird den Mund dabei halten. Nur seinen schnellen Blick wird er anpflocken, genau zwischen beiden Augenwinkeln, ihn starr auf die Braut richten, statt die Augen zu schließen wie die andern. Da scheint die Pupille kleiner zu werden und dunkler, ganz rund und scharf steht sie in den gelblich-weißen Augäpfeln, wie mit einer Nadelspitze in der Mitte. Aber wie himmelschön sieht die Braut auch aus mit ihrem schneeweißen durchbrochenen Kopfputz und den Schleiern, die zu beiden Seiten über die Schultern herabfallen bis unter die Knie.

Oh Zeiten, oh Zeiten, sagt Küster Seligmann ohne Übergang

und erzählt von einem Sauerbrunnen in Thuren, den der Kreisphysicus Mehlhorn aus Gumbinnen, unter Hinzuziehung des Hofrats Ehrenreich und des Medicinalapothekers Böttcher, überprüft habe.

Herr Mehlhorn hat mir geschrieben, sagt Donelaitis, er übertrifft an Luftsäure das Selzer Wasser, kommt an Eisengehalt dem Pyrmonter Brunnen nahe und dürfte etwa dem Polziner Wasser gleichen.

Man baut schon Häuser in Thuren, zur Aufnahme der Heilungsuchenden, sagt Seligmann, die Gumbinner sind auf dem Kien. Und das heißt ja, wenn man Seligmanns Seufzer richtig deutet, soviel wie: Wir müßten mal auf dem Pfarrland graben, womöglich finden wir auch etwas.

Aber da muß sich Priczkus einmischen: Erst mal den Herrn Kammerrat anfragen, sonst gibt das Ärger.

Das wäre wieder ein Fressen für Amtmann Ruhig, denkt Donelaitis: Auf dem Pfarrland! Und er sagt: Du hast recht, Fritz, unser Seligmann ist ein unruhiger Geist.

Aber das kommt traurig heraus, zu der Leibesschwachheit und Hypochondrie stimmend, die er sich zuschreibt und deretwegen er sich mit Gedanken an die Errichtung eines Witwenhauses für Anna Regina trägt: Wenn ich tot bin, was wird dann sein? Traurig auch im Blick auf die Thermometer, die er bauen würde, und die anderen Apparate, die man vielleicht benötigte, wenn es eine solche Quelle, womöglich gar eine warme, hier gäbe.

Und Selmyke und Katrine am anderen Ende der Stube haben auch etwas zu reden: daß das Kindchen, das Pimme unter dem Herzchen trägt, den sechsten Monat schon, das Kind, vom Bräutigam ist, der da sitzt, krausgelockt wie ein Jungbulle, aber heiraten –, da sieht man mal wieder.

Und da wollen wir vielleicht lieber auf die Musik hören, und vielleicht lieber noch auf den Lärm jetzt, unter der Tür.

Das ist der verdammte Slunkius, der Schleicher, der Schlunkspecht, der überall seine Ernte sucht, wo er nicht gesät hat, und sein Oheim, den man Peleda, die Mäusefresserin, also: die Eule nennt. Man sieht es und glaubt es nicht: stehen da in der Stube, ungebeten, und sagen ihren Spruch auf:

Wo ist denn hier die Köchin,
wir wollen mit ihr sprechen.

Also, das paßt doch nicht. Aber die Musik hat schon angefangen, Preikschas und Kurmies, die beiden Alten, Geige und Zither. Also weiter:

Wir wünschen ihr eine schöne Pfann',
das nächste Jahr einen dicken Mann.

Das paßt nun schon gar nicht.

Und jetzt noch das dusselige Gered von Peleda: Da haben wir, mir scheint, richtig getroffen, alles so schön zusammen, rein zum Weinen, alles ausgefeint bis in die Unterhosen, richtig wie für uns.

Ach, und der Priczkus auch da, schreit Slunkius, da freut sich aber die Sau im Stall.

Halt dein Maul, sagt Fritz.

Nein, und der Herr Pfarrer auch, schreit Slunkius erneut auf. Und das ist jetzt wirklich zuviel, für Bräutigam, Schwiegervater, Bräutigamsvater: Der fromme Mann, der heilige Mann! Gerade noch, daß Donelaitis den Enskys, der schon wieder mit dem großen Messer fuchtelt, am Arm festhalten kann: Tu deinen didelis peilis weg.

Wenn du dein Maul halten möchtest, du Trogschnauz, sagt der Schwiegervater zu Peleda. Und weil Slunkius gleich beteuert: Aber wir sind wie die Mäuschen, wobei Peleda erschrickt, weil er sich angesprochen vorkommt, und sich zur Beruhigung hinterm Ohr kratzt, sagt die Hausfrau beruhigend: Ihr werdet schon kriegen, und nimmt die beiden mit. So ist das mit der litauischen Gastfreundschaft, und man könnte ja hier noch sagen, daß es mit Essen und Trinken immer weiter gegangen ist, unterdessen, und mit dem Reden und Singen.

Aber es sollte doch nur ein Dorf, das beschrieben war, aber dennoch tot geblieben, bevölkert werden: mit dazugehörigen Leuten, und wir sind immer in der einen Stube geblieben. Da gehen wir besser ein Weilchen vor die Tür.

Und weil es schon finster geworden ist, draußen, reden wir jetzt von den Büschen nach der Straßenseite. Dort ist es still, der Jasmin hat sich weit geöffnet und leuchtet, in dieser Luft, in der es leise, unhörbar schon zu rieseln scheint: nicht wie Regen, wie ein ganz feines, ganz zerlöstes Licht, das einmal, vielleicht, ein weißes Metall war. Aber das müßte lange her sein.

Und hier, durch das Rieseln, im Dunkel, kommen die Schritte wieder, das Steigen der Füße, eine Sprosse knirscht.

Eine Bewegung, ein unterdrücktes Fluchwort jetzt, oder ein anderes Geräusch, ein Tritt ins Leere, ein Körper fällt schwer gegen die Leiter, es hat eine Sprosse gefehlt, könnte man denken. Da schwankt es ein wenig, das Holzgerüst. Ein Zittern die Masten hinauf, bis oben.

Werden wir ihn erkennen, den Kletterer? Jetzt, wo er im vierten Geschoß anlangt. Erst den Kopf über die Bretter hebt, nun die Schulter heraufdrückt. Eine runde Schulter. Die sahen wir schon einmal.

Fort alles, fort das Licht, diese fliegende Dämmerung, dieser Blick hinaus, über Wald und zwei Ströme. Häuser, ein Dorf, Fenster – alles fort, die Leute fort.

Hier sind wir. Wo ist das?

Nichts mehr gehört: Daß Donelaitis leise zu reden begonnen hatte. Vom nun beschlossenen Frühjahr, vom wiedergekehrten Sommer mit seiner vielen Arbeit, von der starken Sonne, die ihr Feuerrad auf den höchsten Gipfel gesetzt hat. Nun wird es herabrollen, langsam erst, immer schneller mit jedem Tag.

Freunde, schaut, die erstrahlende Glut vermöchte den Kienspan zu zünden.
Mählich aber auch welken die Kränze der Erde, die Blumen
senken hinab ihre schönen Häupter zum trocknenden Grase,

ach, und wie manche hat schon die leuchtenden Kleider
verloren,
traurig steht sie, gebeugt, ein Mütterchen, blaß und mit
Runzeln.

Nein, nichts mehr gehört. Nur diese Hände und Füße am Holz, ein eben noch unterdrücktes Wort. Wahrgenommen den Stoß, das leichte Zittern im Gerüst. Gesehen vielleicht den Umriß einer Schulter. Wo sahen wir ihn schon?

Und die Musik, Geige und Zither, die man doch nicht vergißt: fort.

Es hat ein altes Clavier angefangen, brüchig, wie ohne Stimme. Das hören wir noch: Töne, Akkorde, über verzogenen Saiten.

# IX. KAPITEL

Und eine Stimme, allein, durch den Wald, der Ruf: Potschka, Potschka. Die Stimme ganz in der Finsternis.

Bin ist das? Werde ich gerufen? Wo bin ich?

Ich habe meine Hände hier auf dem Holz, auf einer Stange, auf einem Geländer. Ich stehe auf Holzbrettern, das Knarren unter den Füßen sagt es. Der Wind geht darunterhin, das höre ich auch. Über dem Wind bin ich, ich stehe hoch: über dem Rauschen, das nicht der Wind ist, der nicht allein. Ein anderes Rauschen geht da, ein schwereres, darunter, in Baumwipfeln.

Und ganz tief ein drittes noch: leicht, ein Rieseln, Wasser, das sich bewegt.

So über einem dreifachen Rauschen sein, was ist das? Denn hier ganz oben sind die Lüfte ohne Bewegung und ohne Laut. Über den Bewegungen, über den Geräuschen, in der Reglosigkeit, in der Lautlosigkeit: wo ist man da?

Aber ich höre die Stimme, unten, aus dem Rauschen herauf, noch nicht hoch genug, nicht bis hier herauf, aber doch höher schon. Sie sagt meinen Namen. Ich bin der Gerufene. Ich werde gerufen.

Wird es heller hier, vor den Augen? Ich sehe meine Hände auf einem Geländer. Ist das wahr, daß ich sehen kann, seit diese Stimme heraufreicht? Meinen Namen heraufträgt, über das Rauschen herauf?

Aber sah ich nicht vorher auch? Vorher, wann war das?

Höre ich die Rufe besser, wenn ich mich jetzt hinabbeuge, müßte ich sie herziehen zu mir, diese Rufe?

Aber hörte ich nicht vorher auch? Vorher, wann war das?

Sind sie nur so undeutlich, weil diese Stille hier ist, hier in der

Höhe? Diese Reglosigkeit? Diese Lautlosigkeit? Bin ich es allein, der sich hier bewegt?

Ein Luftzug kommt auf mich zu. Eine Wärme wie ein Dunst steht mir im Rücken. Da ist hinter mir eine Bewegung.

Bleib stehen, sagt eine Stimme. Die kenne ich nicht. Wo bist du, Stimme? Antworte! Sie spricht weiter: Ich komme allein, nur wir sind hier, du und ich.

Höre ich die andere Stimme nicht mehr? Muß ich mich tiefer hinabbeugen? Höre ich das Rauschen jetzt nicht, Wind nicht, die Bäume jetzt nicht, Wasser nicht, nichts?

Ein Gelächter, wie ein Knurren: Wer nicht glaubt der wird nicht selig wer nicht mahlt der wird nicht mehlig wer nicht glaubt der wird nicht selig wer nicht mahlt der wird nicht mehlig, immer so weiter, immer dasselbe, hier über dem Rauschen, das fort ist, über dem Wind, der fort ist, über dem Wasser, das irgendwo ging, ganz in der Tiefe.

Noch einmal der Ruf, im Wald, die Stimme, aus der finsteren Tiefe herauf.

Ich hör dich, Stimme.

Ich hör dich nicht mehr.

Auf meiner Schulter die Hand. Die mich herumdreht. Der Atem. Der mich trifft, mich anhaucht, wie ein Glas, wie eine Scheibe: ein Gesicht hinter dem Glas, ein offener Mund. Ein Nebel legt sich über das Glas. Ein Grau, vor dem ich zurückweiche. Das sich nähert. Das mir folgt.

Das Geländer in meinem Rücken noch. Es hält mich, knirschend, es hält mich nicht mehr. Der Schritt in der Luft.

Ein Sausen jetzt. Das setzt ein in den Ohren, das dreht mich: ich werde getragen. Aber die Hände schon wieder fortgerissen unter mir, ich werde nicht mehr getragen. Das Sausen, jetzt, hüllt mich ein.

Und eine Helligkeit. Das Zeichen der Schlange geht in der Luft. Giltine kommt. Giltine sticht mit der Zunge.

Flieg, sagt die fremde Stimme, wer fliegt, wird nicht mehlig, wird nicht selig, immer schön fliegen.

Sie ist dort oben allein. Und wendet sich. Alles getan.

Anna Regina.

Ein Gesicht, kahl, weißes Schläfenhaar, zu frühe Weiße, ein blasser Mund.

Ich hab geordnet, was zu ordnen war.

Eine Stimme aus der Zimmerecke, wie ein Luftzug: Es wird besser, schlaf ein. Nur eine Stimme, keine Hand auf der weißen Stirn, kein Darüberhinfahren, leicht, – so gilt diese Stimme wohl nicht.

Wenn ich noch Barometers machen könnte – –

Der schmale Mund noch einmal redend, und nicht mehr geöffnet. Wo kam diese Stimme her? Nur noch das Rasseln, in einer Brust, die keinen Atem mehr wünscht. Dies mit den Händen gesprochen: Anna Regina.

Und vor den Augen der letzte Tag: Juni. St. Johannis.

Das dritte Clavier war fertiggestellt. Die Amtsbrüder aus Mehlkehmen und aus Walterkehmen waren mit ihren Frauen zu Besuch. Bruder Kempfer und Bruder Jordan und ich, wir setzten uns jeder an eines. Die Claviere stimmten gut zueinander, meines, das letzte, war ein wenig kräftiger im Ton.

Die Pedale, rief ich. Alle drei waren ohne Geräusch, die Mechanik glatt wie die der Tasten.

In allen meinen Taten
laß ich den Höchsten raten.

Bruder Kempfer spielte eine Obligatstimme in guter Bewegung, Jordan einen einfach-schweren Baß.

Der alles kann und hat.

Und die Frauen sangen.

Er muß zu allen Dingen,
soll's anders wohlgelingen –

Ich setzte als erster ab. Das ist doch zu hoch, Anna Regina!

Ich wollte es nicht sagen: Auch die beiden anderen, Kempfers und Jordans Frau, lagen zu hoch, fast einen Ton zu hoch.

Noch einmal setzten wir ein. Wieder waren die Frauen zu hoch. Diesmal gleich zu Anfang. Jordan bekam es mit einem Lachen: Kommt ihr denn von da oben gar nicht mehr herunter?

Diesmal hatte er zuerst abgesetzt.

Da saßen wir und dachten: Nein, das werden sie nicht, unsere Frauen, von da herunter kommen sie nicht, das ist ihre Höhe.

Kempfer schlug vor: Werden wir eben hinaufstimmen. Und Jordan, lachend, fiel ein: Na dann eben höherstimmen, was meinst du?

Was sollte ich sagen? Daß es mit der Stimmung schon immer höher geworden wäre, in den letzten Jahren? Ein neuer Geschmack, eine Mode.

Daß ich schon ziemlich hoch gestimmt hätte, eigentlich schon einen guten Ton höher als früher üblich?

Daß ich beim Bau der Rahmen damit hätte rechnen sollen? Denn das Höherziehen jetzt, – würden die Rahmen die Spannung aushalten?

Gut, es war Fichtenholz, es vertrug schon etwas. Aber noch höher? Sie sollten mir ja nicht springen, die Rahmen.

Daß am schönsten die verstimmten Claviere sind, die leicht verstimmten, vor allem in Oberlagen, das konnte ich doch nie jemand sagen, das hätte niemand verstanden. Und ich denke: mit Grund.

Wenn man es langsam machen könnte? Ganz leicht anziehen. Dann immer ein paar Tage warten. Bis sich das Holz gegewöhnt hat.

Aber wenn nun schon, dann mußte es heute sein. Morgen waren unsere Gäste wieder fort.

Anna Regina, sagte ich, mach uns Kaffee.

Das Stimmen unterblieb. Das Singen, für diesen Tag, auch.

Anna Regina stand auf, einen herben Zug um den Mund. Aber sie ging.

Das war dieser letzte Tag. Jetzt nur: Schlaf ein.

Aber eine Hand doch, jetzt, ein Darüberhinfahren, leicht.

Potschka, sagt das Mädchen. Potschka, Potschka.

Eine Hand ist auf seiner Stirn. Jetzt kehrt ihm die Farbe wieder ins Gesicht zurück. Das Mädchen wird es nicht sehen können, so nah sie ist: über seinen Augen, über seinem Mund. Der sich öffnen will. Und kein Wort hat, das ihn sprengen könnte.

Der Wald hat zu rauschen begonnen. Das Rauschen kommt immer tiefer, wie Regen. Die Kühle steigt auf, über das Moos hinaus. Potschka richtet sich auf. Er greift in die Gräser, sie sind naß.

Noch immer kein Wort.

Der Turm, und wo ist der Turm?

Potschka, sagt das Mädchen. Potschka, komm wieder. Das von früher, das geht nicht mehr.

Kein Turm. Potschka öffnet die Augen. Kein Turm. Die Lichtung nicht. Nur das Rauschen, das geht in den Bäumen umher.

Hingehen, das geht nicht mehr. Hingehen nicht.

Jetzt spricht er, langsam, mit einem Mund, der das Sprechen erlernen, mit einer Stimme, die ihre Laute noch finden wird, heute oder morgen:

Herrufen, hierher. Wo wir sind.

## NACHBEMERKUNG

Die Zitate aus den Idyllen des Christian Donelaitis sind auf Grund der Nachdichtung durch Louis Passarge (Halle, 1894) frei gestaltete Neufassungen.

Die in Kapitel V verwendeten Züge aus dem Leben des Kätners Indra Budrus gehen auf einen 1912 niedergeschriebenen Bericht des litauischen Dichters Dr. Wilhelm Storost-Vydunas, des 1953 verstorbenen verehrten Mittlers und Wahrers litauischer Volkskultur, zurück.

Alle anderen Personen des Buches sind, wie die Handlung, frei erfunden.

# EDITORISCHE NACHBEMERKUNG

Der dritte Band der Gesammelten Werke Johannes Bobrowskis enthält die Romane *Levins Mühle* und *Litauische Claviere*. *Levins Mühle* erschien 1964 im Union Verlag Berlin und gleichzeitig als Lizenzausgabe im S. Fischer Verlag Frankfurt am Main. Die Niederschrift erfolgte vom Oktober 1962 bis zum Juli 1963. Den Roman *Litauische Claviere* schrieb Bobrowski vom 6. Juni bis zum 28. Juli 1965; zwei Tage nach Abschluß der Arbeit kam Bobrowski ins Krankenhaus, das er lebend nicht mehr verließ. 1966 erschien der Roman im Union Verlag Berlin, 1967 als Lizenzausgabe im Verlag Klaus Wagenbach Berlin/West. Von *Levins Mühle* sind die Bleistiftniederschrift eines Großteils des Schlußkapitels, das handschriftlich stark überarbeitete Originalmanuskript (Typoskript) und das ebenso überarbeitete Satzmanuskript (Typoskript), von *Litauische Claviere* allein das Originalmanuskript (Typoskript) mit einigen handschriftlichen Korrekturen und Ergänzungen, das als Satzvorlage diente, erhalten. In beiden Fällen folgt der Abdruck der Satzvorlage und macht damit Angleichungen an die Rechtschreibung des Dudens in den Erstausgaben rückgängig. Wesentliche Varianten und gestrichene Textpartien sowie Materialien und Details zur Entstehungsgeschichte werden im Kommentarband zur Prosa mitgeteilt.

E. H.

Johannnes Bobrowski

GESAMMELTE WERKE
in sechs Bänden
Herausgegeben von Eberhard Haufe

*Erster Band*
Die Gedichte

*

*Zweiter Band*
Gedichte aus dem Nachlaß

*

*Dritter Band*
Die Romane

*

*Vierter Band*
Die Erzählungen
Vermischte Prosa und Selbstzeugnisse

*

*Fünfter Band*
Eberhard Haufe:
Erläuterungen der Gedichte
und der Gedichte aus dem Nachlaß

*

*Sechster Band*
Holger Gehle:
Erläuterungen der Romane und Erzählungen,
der Vermischten Prosa und der Selbstzeugnisse